L'HOMME DE L'ANNÉE

L'HOMME DE L'ANNÉE

SARINA BOWEN

Tuxbury Publishing LLC

L'HOMME DE L'ANNÉE

SÉRIE IVY YEARS

SARINA BOWEN

TRADUCTION PAR
LAURE VALENTIN

TUXBURY PUBLISHING LLC

À PROPOS DU LIVRE

Ce qui se passe au lycée reste au lycée. En théorie…

Il y a cinq ans, Michael Graham a trahi la seule personne qui l'ait jamais vraiment connu. Depuis, il est passé maître dans l'art de cacher son orientation sexuelle aux autres et de se mentir à lui-même.

Imaginez sa stupeur quand son passé fait irruption dans les vestiaires de l'Université de Harkness, avec un sac de hockey et ce petit sourire qui a toujours fait chavirer Graham. Pour lui, il n'y a qu'une seule réaction possible : la panique la plus totale. Il suffirait d'un mot de la part du nouvel ailier gauche de l'équipe pour détruire la vie que Graham s'est construite.

John Rikker se retrouve dans le rôle du nouveau. *Encore*. Et cette fois, c'est pire que d'habitude, car les médias ont décidé de s'intéresser de près au seul joueur de hockey de première division ouvertement gay. Les fourgons de télévision ont pris racine sur le trottoir devant la patinoire, au grand dam de ses nouveaux coéquipiers.

Un joueur en particulier semble très mal à l'aise chaque fois qu'il entre dans la pièce.

Certes, Rikker se doutait bien que l'accueil ne serait pas chaleureux, mais il ne pensait pas se heurter à une attitude aussi fuyante. Ancien meilleur ami, ex-copain ou relation d'adolescence, peu importe ce qu'il représente à ses yeux, une chose est sûre : Graham ne va pas bien. Il boit trop et a du mal à se concentrer pendant les entraînements. Les deux garçons les plus solitaires de l'équipe vont finir par s'autodétruire sous la pression qu'ils subissent, à moins qu'ils ne parviennent à se retrouver malgré leur histoire douloureuse. Ce ne sera pas facile, mais il en vaut la peine, *l'homme de l'année.*

Avertissement : À *la différence des autres tomes de la série, cette histoire d'amour émouvante met en scène deux garçons. Elle contient des situations sexuelles, de la dance music, des t-shirts à messages sarcastiques et une grand-mère adepte de poker.*

NOTES DE LA TRADUCTRICE

La série *The Ivy Years* se déroule dans l'univers du hockey sur glace universitaire. Dans le monde francophone, ce sport étant essentiellement pratiqué au Québec, la question s'est posée du vocabulaire à privilégier. Nous avons néanmoins opté pour le vocabulaire du hockey tel qu'employé en France, pour favoriser la compréhension du plus grand nombre de lecteurs. Ainsi, la traduction choisie pour *puck* est palet et non rondelle, *stick* devient crosse et non bâton, etc. Merci aux lecteurs québécois pour leur compréhension.

Enfin, en l'absence d'équivalent en français, nous avons conservé les termes culturels anglophones, tels que Thanksgiving (fête traditionnelle) ou Ivy League (regroupement des universités américaines les plus prestigieuses)…

Bonne lecture !

CHAPITRE 1
ENGAGEMENT
SEPTEMBRE

ENGAGEMENT : le début du match, moment où l'arbitre lâche le palet entre deux joueurs adversaires.

GRAHAM

Dans tous mes films préférés, quand un malheur était sur le point de se produire, le personnage principal avait tendance à le sentir. Il remarquait un signe, percevait un déséquilibre des forces. Mais ce n'était pas comme ça que fonctionnait ma vie réelle. Et je ne suis pas un héros de films d'action. Je vous jure que je n'avais rien vu venir.

Pendant toute ma vie, je n'avais jamais rien vu. Pas dans les moments importants, en tout cas.

Cet après-midi-là, c'était le premier entraînement de hockey de la saison. Nous nous affairions dans les vestiaires, avec un sentiment de chance. Notre formation nous paraissait formidable. Il y avait deux recrues québécoises du tonnerre, avec un accent français à couper au couteau et des barbes plus épaisses encore. Nous ne les connaissions que depuis une demi-heure, mais nous avions déjà donné à l'un d'eux le surnom de Pépé, comme le personnage de dessin animé Pépé le Putois. Et apparemment, nous n'allions pas tarder à en trouver un autre pour le deuxième Frenchie. Parce que nous étions d'humeur très créative.

J'avais presque terminé d'enfiler ma tenue, mais mon pull s'était accroché à un carré de Velcro qui dépassait de mon épaulière. Je me débattis pendant un moment, jusqu'à ce que quelqu'un arrive derrière moi et le remette en place en tirant d'un coup sec.

— Maintenant, tu es paré.

La voix et le coup de main venaient de mon amie Bella. Quand je me retournai pour la regarder, elle m'accorda ce sourire aux jolies fossettes dont elle avait le secret.

— Merci, maman, dis-je pour la taquiner.

Elle me donna un coup de pied aux fesses, suffisamment fort pour que je le sente à travers le rembourrage.

— Graham, tu es censé m'appeler *Ô Votre Grandeur* cette année, dit-elle. Pourquoi tu ne t'exercerais pas ? Vas-y, dis-le : « Merci, *Ô Votre Grandeur*. »

Bella était un drôle d'oiseau, mais dans le bon sens du terme. Fille riche de l'Upper East Side de Manhattan, c'était le fan de hockey le plus acharné que j'aie jamais connu, même si ses bourgeois de parents (je les avais déjà rencontrés) n'avaient jamais assisté à un match, et avaient encore moins daigné mettre les pieds dans les vestiaires d'une patinoire. Personne ne savait d'où Bella tenait son enthousiasme pour ce sport.

Sa passion insatiable pour le hockey n'était surpassée que par sa passion pour les joueurs. Je ne connaissais pas les chiffres exacts, mais j'étais presque certain qu'elle avait couché avec 75 % de l'équipe. Votre serviteur compris.

Ce serait la première saison où Bella serait avec nous à un poste officiel, en tant que manager étudiant. Décidément, le pouvoir lui montait à la tête. Je m'apprêtais à lui en faire la remarque, mais je n'en eus pas l'occasion car au même moment, Coach James ouvrit violemment la porte du couloir. Nous nous tournâmes vers lui comme un seul homme.

— Regardez-moi cette salle pleine de hooligans ! Mais vous savez ce que vous êtes ? Une bande de petits branleurs, tous sans exception. Bon, j'ai des annonces à faire. Alors fermez vos clapets et laissez-moi terminer.

Son visage ridé se durcit.

— Commençons par la mauvaise nouvelle. Cet été, Bridger McCaulley a abandonné le hockey pour des raisons familiales. Je l'ai enguirlandé pendant une heure, mais ça n'a rien changé. Malheureusement, nous allons devoir nous passer de lui.

Un murmure mécontent s'éleva dans la salle. C'était un coup dur. McCaulley était un ailier solide et j'avais toujours apprécié ce gars-là.

— La bonne nouvelle, c'est que nous avons un nouveau joueur, un transfert de Saint-B. C'est un étudiant de deuxième année, en ligne d'attaque. Alors voilà, le Seigneur nous a repris un ailier, mais il nous en a accordé un autre.

Une deuxième silhouette apparut alors dans l'encadrement de la porte, un sac de hockey sur l'épaule. Quand j'aperçus son visage – ces grands yeux sombres et perçants sous un enchevêtrement familier de cheveux noirs brillants –, je fus déstabilisé comme jamais auparavant. Ma vision périphérique se brouilla et la voix du Coach fut noyée, comme si j'avais la tête sous l'eau.

Ce fut un bruit soudain qui me ramena à la surface. Un instant plus tard, Bella me tendait mon casque, la mine perplexe. Je venais de le lâcher et il avait roulé par terre avec fracas.

Ce fut à ce moment que ma mémoire musculaire, développée après des *années* passées à dissimuler toutes sortes de réactions spontanées, se remit en marche. Je pris le casque des mains de Bella et en soulevai la grille, comme si je n'avais jamais rien vu de plus fascinant que ses mécanismes de fermeture.

J'entendais toujours la voix du Coach à l'autre bout de la salle, qui présentait le nouveau joueur.

— ... Bonne vitesse de pieds et statistiques incroyables pour sa saison à Saint-B. C'est un formidable atout pour cette équipe. Je vous demande de faire un bon accueil à Johnny Rikker.

La mention de son nom me fit l'effet d'un coup de poing dans le ventre. Je me laissai tomber sur le banc derrière moi et me pliai en deux comme si j'avais été frappé en plein dans les abdos. Je me baissai et retirai mes protège-lames, pour justifier ma position repliée, la tête entre les jambes. Même enlever les bandes en caoutchouc de mes patins s'avéra plus difficile que d'habitude, car j'avais les mains tremblantes.

Bon sang, Graham, m'ordonnai-je. *Ressaisis-toi.*

— Hartley ! lança le Coach à notre capitaine d'équipe. Rikker peut prendre l'ancien casier de McCaulley. Ça te va ?

— Oui, répondit Hartley d'une voix sèche.

McCaulley était son meilleur ami depuis longtemps et Hartley ne semblait pas enchanté par cette situation.

— Viens par ici, dit-il néanmoins, en s'adressant au nouveau venu.

Ce nouveau dont j'allais devoir soigneusement éviter de croiser le regard à partir de maintenant et jusqu'à la remise de diplôme.

Je laçai une fois de plus mes patins, histoire de m'occuper.

Le Coach ajouta :

— En avant ! Sur la glace dans une minute, les jeunes.

Puis il disparut.

— Comment se fait-il que tu aies été transféré, au juste ? demanda Hartley à Rikker.

Il ne devait pas être le seul curieux, car le silence se fit dans les vestiaires. L'ACAA, l'association sportive universitaire, avait environ une centaine de règles pour encadrer les transferts entre équipes. En règle générale, si on voulait changer d'établissement pour jouer au hockey en première division, il fallait se mettre en retrait pendant une année.

J'entendis un ricanement familier et les cheveux se dressèrent sur ma nuque.

— Je ne pense pas que nous ayons le temps pour cette histoire maintenant.

Seigneur. Le son de sa voix me donnait l'impression d'être écorché vif. Ses intonations rauques me bouleversaient, réveillant toutes sortes de souvenirs. Des bons et des mauvais.

— … Je vous l'expliquerai plus tard, dit-il. Autour d'une bière. C'est le genre d'histoire qui nécessite de l'alcool.

Hartley étouffa un petit rire.

— D'accord. Mais avec un suspense comme ça, elle a intérêt à être bonne, cette histoire.

— Fais-moi confiance, chuchota Rikker.

J'étais incapable de rester assis plus longtemps. J'avais la sensation d'être sur le point d'exploser et je m'empressai de me lever pour rejoindre la porte donnant sur la glace. Je l'ouvris vivement et l'air froid de la patinoire me gifla aussitôt le visage. Je pris une profonde inspiration revigorante et descendis l'allée d'un pas précipité, le revêtement en caoutchouc s'enfonçant mollement sous mes lames en acier. Sans ralentir l'allure, je franchis le rebord et me propulsai sur la surface lisse.

Mon cœur cognait à tout rompre dans ma poitrine. Je fléchis les jambes et accélérai, survolant la glace. La balustrade qui filait à côté de moi devint floue. Si je patinais de toutes mes forces, je parviendrais à me calmer.

Il le fallait.

RIKKER

Au hockey, à la différence des autres sports, il n'y a pas beaucoup de temps morts. Et c'est bien dommage. Parce qu'après être entré dans ces vestiaires et avoir brièvement aperçu le visage de Michael Graham, j'en aurais eu grand besoin.

Je savais qu'il serait là. J'avais lu la liste des joueurs avant mon transfert. Et je croyais y être préparé. Après tout, j'avais eu cinq ans pour laisser libre cours à ma colère. Les cicatrices sur mon visage avaient guéri depuis longtemps et les côtes cassées n'étaient qu'un lointain souvenir. J'étais passé à autre chose à de nombreux égards.

En traversant cette salle bondée, je n'avais eu de lui qu'un aperçu fugace. Mais un coup d'œil m'avait suffi pour comprendre à quel point cela serait difficile. Car on ne se remet jamais vraiment de son premier amour, n'est-ce pas ?

En tout cas, c'était ce que me disaient les paroles des chansons populaires.

Il avait pourtant changé physiquement. Pendant tout ce temps, je m'étais remémoré cet adolescent maigre et timoré qui m'avait laissé ensanglanté sur l'asphalte. Mais le Graham version 2.0, en train d'enfiler sa tenue dans un coin, était un grand malabar qui jouait en défense. Je n'avais pas besoin d'une vision aux rayons X pour deviner qu'il y avait de sacrés muscles sous ce rembourrage. *Canon.* Mais malgré ce nouveau corps de folie, c'étaient les mêmes yeux d'un bleu limpide qui fixaient le sol, encadrés par les cils blonds les plus épais que j'aie jamais vus chez un homme.

Et j'en avais vu beaucoup.

Quand je l'aperçus, mon cœur eut un véritable choc. Malheureusement, l'expression de son visage m'annonçait que j'allais au-devant de grosses difficultés. Parce que Monsieur n'avait *pas* l'air content de me voir.

Évidemment, cela n'avait rien d'étonnant. S'il avait voulu se souvenir de mon existence, il m'aurait appelé au cours de ces cinq dernières années. Ou envoyé un e-mail. Ou un texto. Je savais déjà qu'il en avait fini, et bien fini, avec moi.

Mais bon sang, sa mine renfrognée me faisait mal.

Or il n'y avait aucun temps mort. Ni dans la vie, ni au hockey. Je me pencherais sur la question une prochaine fois. Pour l'instant, l'heure était au hockey. Et dire que j'avais des choses à prouver à cette équipe, c'était un doux euphémisme. Le nouveau doit toujours prouver sa valeur, non ? Maintenant, prenez cette épreuve somme toute très classique et multipliez-la par cent. C'était ce que j'allais endurer quand ils apprendraient mon histoire.

Je sanglai mes protections en deux temps trois mouvements. Les autres étaient déjà sortis des vestiaires, à l'exception du capitaine. Ce type – qui s'appelait Hartley – semblait m'attendre.

— Ne te mets pas en retard pour moi, dis-je en tirant sur les lacets de mes patins.

— Ce n'est rien.

Il était debout et faisait tournoyer la palette de sa crosse sur le sol.

— Je connais déjà les discours du premier jour de la saison. Le Coach aime citer les présidents morts.

— Ah oui ?

Je jetai un regard circulaire. Les vestiaires avaient l'air flambant neufs.

— C'est joli, ici.

— N'est-ce pas ? acquiesça Hartley. C'était minable avant les rénovations. Maintenant, nous avons une nouvelle salle de muscu. De nouvelles douches. Tout est neuf.

Je me levai et traversai la salle sur mes patins, jetant un coup d'œil dans le coin, vers l'espace carrelé dans les douches adjacentes.

— C'est peut-être pour ça que votre entraîneur m'a accepté. Parce que vous avez des cabines de douche fermées.

— Que veux-tu dire ?

Hartley n'avait pas saisi ma plaisanterie pas très fine, ce qui signifiait que le Coach ne lui avait pas encore parlé de moi.

J'aurais sans doute dû tenir ma langue, mais l'année qui venait de s'écouler m'avait essoré. Alors si Hartley devait en faire toute une histoire, autant le savoir tout de suite.

Je le regardai droit dans les yeux et annonçai :

— J'ai été transféré parce que Saint-B. m'a viré de l'équipe et que l'ACAA m'a rendu justice.

Je récupérai ma crosse et Hartley se tourna vers la porte de la patinoire, qu'il ouvrit pour me laisser passer.

— C'est bien. Mais je ne comprends toujours pas, dit-il en me précédant dans l'allée.

— L'entraîneur de Saint-B. est un catholique pur jus. Et une grenouille de bénitier, je suppose.

Comme Hartley ne se retournait pas, je me lançai sans plus de préambules :

— Je suis gay, mec.

Hartley me tournait le dos, nous rejoignions la glace. Je sentis les secondes s'égrener tandis qu'il franchissait les trois derniers mètres qui le séparaient de la porte en plexi. Posant son gant sur la poignée, il se tourna enfin vers moi. Son expression était infiniment plus mature que ce dont j'avais l'habitude avec les sportifs de base.

— Le Coach n'intègre pas n'importe qui, dit-il. Il doit penser que tu représentes un bon atout pour l'équipe.

— C'est bien possible, répondis-je en espérant de toutes mes forces ne pas me tromper.

Hartley cala un gant sous son bras et referma son casque.

— Le département des sports a une position très claire sur le problème.

Pendant un instant, l'idée que je puisse être un *problème* me hérissa le poil. Mais Hartley était bien informé, car ce qu'il disait était vrai. L'une des raisons pour lesquelles j'avais été transféré à Harkness, c'était qu'ils prenaient l'aspect « libéral » des arts libéraux très au sérieux. Ils avaient même mené une campagne sur la diversité sexuelle dans le sport l'année dernière. Elle avait pour titre *Si tu peux jouer, tu dois jouer*. Sur le site web de l'université, j'avais regardé une vidéo de trois minutes pendant laquelle divers étudiants sportifs répétaient ce slogan, avant qu'un narrateur déclare que tous les étudiants étaient bienvenus dans les équipes de sport, quelle que soit leur orientation sexuelle.

C'était la démarche la plus progressiste que j'aie jamais vue. Et j'espérais du fond du cœur qu'ils étaient sincères.

— J'ai vu la vidéo, précisai-je. Cela dit, tu n'y apparais pas.

En d'autres termes : *Et toi, qu'en penses-tu ?*

— Tu n'as rien à en déduire, m'expliqua-t-il en riant. J'étais en repos forcé l'an dernier, et on ne peut pas dire que le Coach me portait dans son cœur à ce moment-là.

Il avait l'air dépité.

— Bienvenue à Harkness, mec. À toi de voir comment tu souhaites t'y prendre. Si tu veux que je dise un mot à l'équipe, n'hésite pas.

Son regard brun m'examinait. Jusqu'à présent, sa réaction était aussi positive que j'aurais pu l'espérer.

— Je ne sais pas encore comment je vais m'y prendre, répondis-je en toute franchise. Je n'ai encore jamais assumé devant mes coéquipiers. Et si je pouvais, je choisirais d'éviter.

Hartley ouvrit la porte de la patinoire.

— Tiens-moi au courant. Et maintenant, place au jeu.

Je donnais tout ce que j'avais. Sans retenue. Je patinais comme si j'avais des démons aux trousses. Et c'était le cas. Parce qu'il s'agissait de ma dernière chance dans l'aventure du hockey. Le transfert d'une excellente équipe de hockey universitaire à une autre, ce n'était pas quelque chose qui arrivait tous les jours. J'avais une chance folle d'être là.

Si ça ne marchait pas, je n'aurais plus d'autres occasions. Et j'adorais ce sport. À vingt-et-un ans, en tant qu'étudiant de deuxième année, j'étais susceptible de jouer dans cette équipe pendant trois saisons. S'ils voulaient bien de moi.

Après un échauffement, que j'avais pratiqué comme s'il y avait un examen à l'arrivée, le Coach organisa un exercice de passes. Je m'y consacrai corps et âme. J'accordai chaque particule de mon attention aux palets qui volaient vers moi. C'était ce qui m'avait permis de ne pas perdre les pédales pendant cinq ans. Le hockey exigeait une concentration absolue sur le palet et sur les corps qui filaient autour de vous. Si vous laissiez votre esprit vagabonder, même une fraction de seconde, tout partait en vrille : l'adversaire vous reprenait le palet ou vous alliez vous écraser comme un insecte contre le plexi.

J'étais doué pour ça – pour mettre toute ma conscience dans le jeu. Quatre-vingt-dix minutes s'écoulèrent sans que je m'en rende compte. Quand l'entraîneur donna le dernier coup de sifflet, j'étais en nage. Lorsque je retirai mon casque de ma tête, de la vapeur d'eau s'en dégageait.

— La prochaine fois, nous travaillerons la mêlée, c'est promis, nous dit le Coach tandis que nous défilions devant lui, à bout de souffle. Je ne suis pas un sans-cœur.

Le Coach avait un mot gentil pour chaque joueur qui quittait la glace. « Pas mal, les feintes », disait-il. Ou encore : « Je veux retrouver cette niaque la prochaine fois. »

Je fus le dernier à sortir et il m'attrapa l'avant-bras.

— Bien joué, gamin. Si tes pieds sont toujours aussi rapides, tu n'auras de comptes à rendre à personne.

— C'est le but, répondis-je.

Le Coach ricana.

— J'ai un bon pressentiment. Tu vas les secouer un peu, mais ça ne peut pas leur faire de mal. Je te conseille de rester proche de ton capitaine, d'accord ? Hartley est un bon gars. Le meilleur.

— Compris, dis-je avant de me diriger vers les vestiaires.

Les casiers, comme je l'avais déjà remarqué, n'en étaient pas vraiment. À la place, les vestiaires de Harkness offraient de beaux placards en bois. Ils ressemblaient un peu à ceux que j'avais en maternelle, sauf que là, c'était une école de guerriers. Chaque gars disposait d'un mètre carré de rangement, avec de l'espace pour les patins, les protections, et même une étagère supérieure pour le casque. On se serait cru au Ritz Carlton plutôt que dans des vestiaires.

Tout était ouvert et aéré, ce qui était rudement bien pensé. Ainsi, les bonnes vieilles odeurs de transpiration étaient réduites au minimum. Si les rénovations avaient été bien faites – et je n'en doutais pas –, il devait aussi y avoir un système de ventilation du feu de Dieu.

Chaque emplacement était doté de son propre banc. En s'asseyant pour retirer ses patins, tout le monde se faisait face. Cet agencement donnait une impression d'espace, mais ce n'était pas l'idéal pour moi. Si je voulais convaincre mes nouveaux coéquipiers que je n'étais pas menaçant comme le diable, je ne pouvais pas me permettre de les regarder se déshabiller. Je décidai de me tourner dans l'autre sens et posai un pied sur le revêtement en caoutchouc du banc pour défaire mes lacets.

— Les serviettes sont dans le coin, me dit Hartley en retirant ses protections. C'est l'organisation de base.

— Merci.

— Tiens, tiens, bonjour ! retentit une voix féminine à mon oreille.

Je levai les yeux pour découvrir une très jolie fille aux cheveux bouclés qui me souriait, armée d'un porte-documents.

— Je m'appelle Bella. Je suis le manager étudiant cette année. Alors si tu as besoin de quelque chose, viens me voir.

Puis elle posa la main sur ma joue en sueur et ajouta :

— Quoi que ce soit.

L'instant d'après, elle était partie. Dans mon dos, j'entendis Hartley éclater de rire. Je risquai un œil dans sa direction et le découvris, un grand sourire aux lèvres.

— Elle n'est pas subtile, fit-il. Sois gentil quand tu lui diras non, d'accord ? Crois-moi, tu ne veux pas avoir Bella comme ennemie.

À ces mots, il se remit à rire.

Comme il voudra. Je pris tout mon temps pour organiser mon casier. J'inscrivis RIKKER sur le tableau blanc au-dessus de mon placard, avec le marqueur prévu à cet effet. Ils avaient vraiment pensé à tout.

Hartley disparut pour se laver. Quand il revint, une serviette autour de la taille, je pris mon tour sous la douche. J'entrai dans la cabine flambant neuve et tirai le rideau derrière moi, avant de rester longuement sous le jet d'eau chaude. Quand j'émergeai enfin, il ne restait plus beaucoup de joueurs. Hartley était parti. Graham aussi. J'étais prêt à parier qu'il avait été le premier à s'enfuir des vestiaires après l'entraînement.

Sur la glace, j'étais resté trop concentré sur les exercices pour regarder autour de moi. J'avais pourtant remarqué que, chaque fois que j'affrontais un autre joueur sur la ligne d'attaque, le visage qui me faisait face n'était jamais celui de Graham.

Je ne m'attendais pas à recevoir un accueil chaleureux de sa part.

Cinq ans plus tôt, il m'avait très clairement fait comprendre que nous n'étions plus amis. Ni rien d'autre. Graham avait décrété qu'il était devenu hétéro, il ne fallait pas être un génie pour s'en rendre compte. Ou du moins, il n'était pas près de faire son coming-out.

Il était sans doute en train de se torturer en ce moment même, craignant que j'entame une conversation en lançant : « Devinez ce que Graham a testé au lycée ? » Mais je ne ferais jamais une chose pareille. L'an passé à Saint-B., j'avais été forcé contre mon gré à révéler mon orientation sexuelle, et les conséquences avaient été désastreuses. Personne ne méritait cela. Je ne raconterais jamais d'histoires dans le dos de Graham, car je ne ferais que me rabaisser à leur niveau.

Cependant, il n'en savait rien. Et en me voyant, il avait dû avoir un sacré choc. J'espérais juste que Graham réussirait à s'en remettre, ne serait-ce que pour me serrer la main. Sinon, l'année s'annonçait vraiment très longue.

Quelqu'un avait ajouté un mot sur mon tableau blanc : « Pizzéria Capri, 19 h », pouvait-on lire. C'était signé « H ».

Hmm. Je pouvais l'interpréter comme une invitation ou comme un ordre.

Reste proche de ton capitaine, m'avait conseillé le Coach.

Bon, d'accord. J'y serais.

CHAPITRE 2
SUBSTITUTION LIBRE

SUBSTITUTION LIBRE : changement de joueurs entre la glace et le banc de touche sans arrêt de jeu.

GRAHAM

Nous étions installés chez Capri, avec les premières bières de la saison devant nous. La majeure partie de l'équipe s'était entassée dans quatre ou cinq vieux box en bois. Et la première commande de pizzas de l'année avait été passée une demi-heure plus tôt.

C'était mon endroit préféré au monde et j'étais en compagnie de toutes les personnes que j'aimais le plus. J'aurais dû être détendu.

Je ne l'étais pas. Pas le moins du monde.

Mon premier verre de bière n'avait duré que vingt secondes. Bella s'en était rendu compte et s'était empressée de le remplir.

— Tu sais, tu es faite pour administrer cette équipe, lui dis-je en passant mon bras sur ses épaules. Ça saute aux yeux.

— Évidemment, répondit-elle en levant son verre. Qu'est-ce que tu as prévu ce week-end ?

Le semestre débutait à peine et nous étions toujours dans cette période bénie de l'année où personne n'avait encore de devoirs ni de révisions.

— Comme d'habitude. Ce soir, j'ai juste envie de me bourrer la gueule et de m'envoyer en l'air.

— Pour toi, c'est du pareil au même. Parce que tu obtiens toujours les deux.

Elle pencha la tête vers moi, les yeux pétillants.

— Tu vas… te bourrer en l'air. Oui, ça sonne mieux que t'envoyer la gueule.

— Si tu le dis.

Je l'attirai contre moi en essayant de me détendre. Mais j'avais l'impression qu'un bloc de béton me comprimait la poitrine.

De la bière, par pitié. J'inclinai mon verre et avalai le contenu cul sec.

— Il nous faut une nouvelle chanson de la victoire cette année, annonça Hartley. Vous proposez quoi ?

— *After Midnight*, m'empressai-je de suggérer, uniquement pour provoquer Bella.

— Hors de question, réagit-elle aussitôt. Clapton est peut-être une légende vivante, mais ce type n'a composé aucune chanson triomphale. Je crois que nous devrions choisir *What the Hell*.

Bella remua les hanches pour essayer de gagner de la place sur la banquette. Le box était exigu. Mais ça ne me dérangeait pas, car nous étions proches, Bella et moi. Je pense pouvoir dire que c'était ma meilleure amie.

— C'est une bonne chanson, dit Hartley, fidèle à lui-même et à sa diplomatie légendaire. Mais je crois qu'on devrait choisir une chanson de la victoire composée par un artiste qui a quelque chose entre les jambes.

Bella renifla.

— Tu sais à quel point j'aime ce que vous avez entre les jambes, capitaine. Mais *What the Hell* est une super chanson. Même si elle est chantée par une fille.

— *Can't Hold Us*, lança quelqu'un.

— Nous avons trop utilisé Macklemore, objecta Bella. Mais j'étudierai cette proposition.

— Comme si c'était toi qui choisissais ! s'exclama Hartley en lui remplissant son verre.

— J'ai les clés du système audiovisuel des vestiaires. Alors, je fais juste semblant de prendre en compte vos suggestions.

Décidément, le pouvoir lui montait vraiment à la tête.

— Et *Timber* ? fit Hartley en donnant un coup de coude à Bella. Pitbull et Kesha. Tout le monde y trouverait son compte.

— Pas mal, capitaine. Pas mal.

Au même moment, le haut-parleur crachota :

— Quarante-deux ! Commande quarante-deux, vos pizzas sont prêtes.

— C'est nous ! s'exclama Bella avec enthousiasme.

Elle prit le ticket sur la table et se trémoussa pour se lever. Je lui pinçai les fesses au passage.

— Bas les pattes, crétin, dit-elle en se campant à côté de la table, une main sur la hanche. Est-ce que j'ai l'air de pouvoir porter deux pizzas toute seule ?

— Oui, tu en es tout à fait capable, répondis-je en me décalant pour la suivre. Allez, je veux bien t'aider. Gardez nos places, lançai-je par-dessus mon épaule.

Nous nous frayâmes un chemin à travers la foule jusqu'au vieux comptoir miteux du fond. Les frères Capri, dans leurs éternels t-shirts blancs tachés de sueur, abattaient les plaques à pizzas sur le plan de travail et récupéraient les tickets.

Bella leur adressa son plus beau sourire et l'un d'eux trouva aussitôt notre commande.

— Ooh ! me dit-elle en s'emparant d'une pizza avant de lever le menton en direction de la porte. Voilà le nouveau beau gosse. Rikker.

Mon estomac dégringola dans mes chaussures. J'avais cru pouvoir au moins profiter de la soirée pour me faire à l'idée que les pires moments de ma vie étaient revenus me hanter. Mais visiblement, je n'en aurais même pas le temps. Il se dirigeait tout droit vers nous, vêtu d'un vieux sweat-shirt du Vermont et d'un short qui dévoilait sa musculature…

Alerte. Atterrissage d'urgence !

— Occupe-toi des assiettes, soufflai-je à Bella en lui prenant la pizza des mains.

Je n'avais pas pour habitude d'affronter mes problèmes en face.

Quel foutu désastre. Et par désastre, je parlais de *moi*.

RIKKER

La pizzéria Capri était une gargote, mais plutôt agréable – des panneaux en chêne partout et de vieilles tables en bois qui avaient sans doute été vernies plusieurs milliers de fois. Des noms étaient gravés sur toutes les surfaces visibles et une odeur de bière légèrement éventée flottait dans l'air.

Il émanait de l'Université de Harkness – même de ses recoins les moins reluisants – l'aura d'une présence ancestrale. C'était authentique. J'adorais l'ancienneté de cet établissement. Je n'étais là que depuis une semaine, mais j'appréciais déjà la force qui s'en dégageait. J'aimais me dire que je n'étais qu'un infime rouage dans la mécanique de sa longue histoire. Tous mes ennuis me paraissaient tout de suite moins graves.

En traversant la première salle, je n'aperçus aucun joueur de hockey. Au fur et à mesure que je me rapprochais du fond, je me rendis compte que Chez Capri était un véritable terrier de lapins. Il y avait deux autres salles de part et d'autre du comptoir, mais je pouvais arrêter mes recherches, car Graham et la pin-up aux cheveux bouclés venaient justement de récupérer deux pizzas. Même s'il était de profil, j'aurais reconnu son visage entre mille.

Autrefois, j'avais caressé chaque centimètre carré de ce même visage.

La fille agita sa main libre pour me faire signe avant de dire quelque chose à Graham par-dessus son épaule. Je jure que je vis nettement son corps se fermer quand il l'entendit. Il leva les yeux dans ma direction, pendant une fraction de seconde. Puis il me tourna le dos. Il délesta Bella de sa pizza et disparut en droite ligne dans l'une des salles aux allures de caverne.

La première pensée qui me vint à l'esprit fut : *Merde, je n'aurais pas dû venir.*

Et puis, tant pis. Parce que dire que je n'aurais pas dû venir Chez Capri, cela revenait à dire que je n'aurais pas dû venir à Harkness. Autant passer ma vie caché sous mon lit. Dieu sait que certaines personnes dans le monde auraient aimé que je le fasse. Je n'étais pas venu ici pour revendiquer quoi que ce soit ni pour faire une démonstration quelconque. J'étais venu pour jouer au hockey et vivre ma foutue vie. Alors c'était que je devais faire. Et Michael Graham pouvait aller se faire foutre s'il n'était pas content.

J'étais encore en train de réfléchir quand Bella se rapprocha, un grand sourire aux lèvres.

— Tu es venu ! Nous sommes là-bas... fit-elle en hochant la tête vers la gauche.

Elle prit des assiettes en carton et des serviettes sur une table, puis elle se pencha sur le comptoir et lança :

— Eh, Tony ! Un verre pour mon nouvel ami, s'il te plaît.

Elle leva la main et me tapota le torse d'un geste possessif. Tony nous donna un gobelet en plastique, que je rattrapai avant qu'il glisse du comptoir.

— Passez une bonne soirée, dit-il.

Comme je me retournais pour le suivre, le pizzaïolo me fit un clin d'œil.

Bella m'attrapa par la poche avant de mon sweat-shirt du Vermont et m'entraîna à travers le vacarme de la salle la plus bondée, en direction d'une table dans un box, où Graham était assis en face d'Hartley.

Oups. Je ne me doutais pas que ce serait aussi intime. En fait, je n'avais aucune place assise. Pendant une seconde, j'eus l'impression d'être revenu en cinquième, quand je ne savais pas où m'installer dans ma nouvelle classe.

C'était comme ça que j'avais rencontré Graham – en classe d'espagnol de cinquième. Nous étions les deux freluquets de la rangée du fond, avec d'affreux accents de gringos et aucun ami. Le professeur nous mettait toujours deux par deux pour nous exercer à dialoguer. Graham et moi étions partenaires.

Hola, Miguel.

Hola, Juan.

Te gusta jugar el futbol?

Sí, me gusta jugar el futbol.

Les premiers jours au collège avaient été gênants. Mais ça ? Tellement pire.

— Je peux m'asseoir sur les genoux de Graham, suggéra Bella en prenant une part de pizza sur le plateau.

— Non, je vais trouver une chaise, dis-je en retournant promptement dans la foule.

Et bam, par la grâce de Dieu, j'en trouvai justement une devant un vieux téléphone payant. Je déposai la chaise au bout de leur table pour me donner la distance dont j'avais besoin. Assise au bord de la banquette, Bella avait coincé Graham dans le coin. Deux secondes après que je me fus assis, la main de Bella trouva le chemin de mon genou.

Quelqu'un remplit mon verre.

— Tu veux une part ? demanda Hartley.

— Merci, j'ai déjà mangé, m'empressai-je de répondre.

Je sirotai un peu de bière. Ce n'était pas très bon, mais sans doute n'était-ce pas non plus très cher.

— Raconte-nous ton transfert, proposa Bella tandis que les autres étaient penchés sur leurs assiettes. Tu as dit que tu nous en parlerais autour d'une bière.

Zut, c'était trop tôt.

— Eh bien, hésitai-je.

J'avais souvent annoncé aux gens que j'étais gay, en de très nombreuses occasions. J'étais même plutôt doué pour ce genre de révélation. Mais ça ne se fait pas quand vos interlocuteurs sont bloqués autour d'une table. Il faut lâcher la bombe quand vos victimes sont libres de s'en aller. Parce que même ceux qui feront aussitôt demi-tour et resteront à vos côtés peuvent avoir besoin d'une minute pour se faire à l'idée.

Et avec la présence de Graham à un mètre de moi, en train de fixer sa part de pizza comme si elle recelait les secrets de l'univers, le moment était mal choisi. Je n'avais pas envie de paraître vulnérable devant lui. J'avais déjà essayé autrefois, et ça s'était mal terminé. Très mal.

— Tu sais quoi ? Je n'ai pas encore bu assez de bière pour en parler.

— Et voilà, tu continues le suspense, dit Bella en grignotant sa part.

— Oui ? Eh bien, mes histoires sont rarement décevantes.

Cet élan de bravade ne servait pas à grand-chose. Mais c'était sans doute la vérité.

À ce moment, je jetai un œil vers Graham. Malgré la lumière tamisée de la pizzéria, je le vis se figer. Et je me rendis compte à quel point cette petite discussion au sujet des *histoires* que je risquais de raconter le terrorisait. Je ne pensais pas à mal, et pourtant l'effet de mes paroles sur lui avait été instantané et puissant. Sa mâchoire se contracta et il serra le poing sur la table.

Du calme, vieux.

— Parlez-moi du calendrier des entraînements, fis-je pour changer de sujet.

Hartley s'y plia et m'expliqua le déroulement des après-midis, y compris la musculation, l'entraînement hors glace et le temps passé à la patinoire.

Dans son coin, Graham éclusa sa bière avant de vider à nouveau le pichet. Je sortis un billet de vingt dollars de ma poche et le posai sur la table.

— La prochaine tournée est pour moi.

— Je vais la chercher, lança Bella en glissant sur la banquette.

— Non, répliqua précipitamment Graham. Je m'en charge.

C'était la première fois que j'entendais sa voix en cinq ans. Sans un regard vers nous, il déplia son corps musclé hors du box et contourna Bella, puis ma chaise, pour se diriger vers le comptoir.

Il ne toucha pas au billet de vingt dollars sur la table.

— Alors comme ça, tu es en deuxième année, dit Bella en passant ses doigts dans mes cheveux, trois bières plus tard.

Je m'étais attardé à une table différente pour discuter avec les gardiens de but, mais Bella m'avait retrouvé et elle déployait son petit jeu. J'allais devoir trouver une stratégie pour la décourager. Et vite.

— Euh, oui, répondis-je en déplaçant ma chaise pour prendre un peu de distance.

Mais ce ne fut pas suffisant pour l'arrêter, car elle se pencha vers moi :

— Je devrais être en troisième cycle, mais j'ai fait une année supplémentaire pour jouer dans la ligue de développement américaine.

— Sympa, fit l'un des gardiens de but.

— Sympa, chuchota Bella en faisant courir ses doigts le long de ma cage thoracique.

Ce n'était pourtant pas la première fille à me draguer, mais je devais marcher sur des œufs, car j'allais beaucoup fréquenter Bella cette saison. Et c'était une fille formidable. Intelligente, amusante et visiblement grande fan de hockey. Elle avait tout ce qu'il fallait. Seulement, elle n'avait pas tout ce qu'il *me* fallait.

Je pris Bella par la main et me levai.

— Tu peux venir avec moi un instant ? J'ai besoin de ton aide pour un truc.

L'un des gardiens poussa un grognement amusé tandis que je l'entraînais à l'écart, en direction du petit renfoncement obscur où se trouvait le vieux téléphone payant. Elle me suivit, le menton levé et la mine réjouie. J'avais le sentiment que Bella ne faisait jamais rien en fonction du regard des autres. Elle donnait l'impression d'être à 100 % authentique, en permanence. Je connaissais quelques personnes qui auraient bien fait d'en prendre de la graine. Comme Graham, par exemple.

Dès l'instant où nous entrâmes dans l'intimité relative du réduit, elle posa les mains sur ma taille.

— De quoi avais-tu besoin ? demanda-t-elle, un sourire taquin aux lèvres.

Je pris ses doigts aventureux entre les miens. L'une après l'autre, je lui embrassai les deux mains. Elle rayonnait.

— Écoute, Bella. Il y a quelque chose que je dois te dire, et que je devrais probablement dire aussi à toute l'équipe. D'une manière ou d'une autre. Parce que ça va finir par se savoir.

Elle prit un air grave sans toutefois détourner le regard. La sérénité de ses yeux bleus me donna le courage de poursuivre.

— La vérité, c'est que j'aime la queue tout autant que toi. Peut-être même plus.

Maintenant, je commençais à avoir l'habitude d'annoncer cette nouvelle aux gens. Ce n'était jamais facile. Et pourtant, je connaissais déjà toute la palette de réactions possibles à cette révélation. Bella parut troublée un instant, comme c'est souvent le cas. Puis je pus presque voir les synapses se connecter derrière ses yeux. Ses lèvres frémirent. Enfin, elle pencha la tête en arrière et éclata de rire.

— Oh, mon Dieu. Tu es sérieux, n'est-ce pas ?

Je lui tenais toujours les mains, que je serrais entre les miennes.

— Est-ce que je mentirais sur un sujet pareil ?

Bella retira ses mains, mais ce fut pour les poser de part et d'autre de mon visage.

— Tu es adorable. Et honnêtement, je me demande pourquoi ce n'est pas arrivé plus tôt.

— Pardon ?

— Rikker, les joueurs de hockey sont *sexy*. Les plus sexy. Et c'est bizarre qu'aucun autre joueur de hockey ne s'en soit encore jamais rendu compte. Maintenant, je vais avoir peur que tu marches sur mes platebandes.

Je partis d'un grand éclat de rire étonné.

— Je ne sais pas pourquoi, mais j'ai le sentiment que tu vas t'en sortir.

— Oui, mais j'aurais pu faire carton plein.

— Je ne m'inquiète pas pour toi. Où que tu passes, tu dois toujours faire un carton, répondis-je.

— Tu n'es pas obligé de me faire des compliments, dit-elle en levant les yeux au ciel. Je suis une grande fille.

Elle recula et croisa les bras.

— Est-ce que ton départ de Saint-B. a quelque chose à voir avec ça ?

— Plutôt, oui. Quand il a appris la nouvelle, l'entraîneur a pété une durite et il m'a jeté hors de l'équipe.

Elle ouvrit de grands yeux ébahis.

— Pourquoi ? C'est contraire au règlement de l'ACAA.

— *Bingo !* C'est pour ça que j'ai atterri ici. Mon oncle est avocat. Il voulait poursuivre Saint-B. en justice, mais je lui ai demandé d'invoquer les règles de transfert à la place.

Elle me regarda en clignant des yeux.

— Tu préférais jouer au hockey ailleurs plutôt que perdre ton temps dans un tribunal.

— Tout juste.

Bella me donna une pichenette sur le bras.

— Je savais que je t'aimais bien. Et Coach James est au courant ?

— Bien sûr. Quand mon oncle a commencé à prospecter auprès d'autres équipes, il leur a tout de suite annoncé pourquoi j'avais été viré de Saint-B. Et aujourd'hui, j'ai lâché la nouvelle devant Hartley, aussi.

— D'accord, laisse-moi réfléchir…

Elle tourna les yeux vers le plafond.

— L'entraîneur n'est pas du genre à juger les gens. Il aime gagner et il aime le scotch single malt. Dans cet ordre. Alors je le vois parfaitement t'engager dans l'équipe. Quant à Hartley, c'est simple, il aime tout le monde. En quoi puis-je t'aider ?

Ah, je savais que cette fille était géniale.

— J'ai juste besoin de conseils. Avant, je pensais pouvoir garder privée ma vie privée. Mais tout m'a explosé en pleine face l'an dernier. Il y a forcément quelqu'un dans l'équipe de Harkness qui est ami avec un joueur de Saint-B., non ?

Bella hocha la tête et dit :

— Alors ça va se savoir.

— Je le crains.

— Bon. Dans ce cas, il vaut mieux que l'équipe l'apprenne directement par toi et non par le bouche-à-oreille.

— C'est une bonne idée, sur le principe. Mais je n'ai aucune stratégie.

Elle afficha une mine pensive.

— Si tu faisais une annonce, ça laisserait sous-entendre que c'est quelque chose d'important. Et tu ne veux pas monter cette affaire en épingle.

Je n'étais pas sûr d'avoir le choix. Même après quelques bières, Bella s'avérait très perspicace.

— Exactement.

— Ce serait plus naturel si tu en parlais à chacun en tête à tête.

— Oui, dis-je en soupirant. Si ce n'est que je ne les connais pas encore.

Sauf un. Et il le sait déjà.

Elle se mordit la lèvre.

— C'est vrai. Tu sais, dans les films, le héros sportif remporte toujours un match décisif, n'est-ce pas ? Et ensuite il pleure en conférence de presse, et c'est là qu'il révèle au monde entier qu'il est gay.

Elle posa la main sur son cœur.

— Et toute l'équipe est en mode : « Nous t'aimons comme tu es ! »

— Je suis presque certain que ce film n'a encore jamais été tourné, objectai-je.

Elle croisa les bras.

— Je souligne juste le fait qu'être nouveau ne facilite pas les choses.

— Tu crois ?

Elle me donna un autre coup amusé sur le bras, mais son visage retrouva aussitôt tout son sérieux.

— C'est peut-être à leur manager de le leur annoncer.

C'était une proposition généreuse, mais elle présentait un inconvénient majeur. Quand on est le gay des vestiaires, c'est une mauvaise idée de montrer son appréhension.

— Je ne veux pas leur donner l'impression d'avoir trop peur pour le leur dire moi-même.

— Ce ne serait pas le cas, parce que le message qu'ils doivent entendre, ce n'est pas que Rikker aime les mecs. Le message qu'il leur faut entendre, c'est : au fait, Rikker a été forcé de quitter l'équipe de Saint-B. parce qu'il est gay. Mais chez nous, à Harkness, ce n'est pas un problème.

Eh bien, ça alors. C'était franchement intelligent.

— … et si quelqu'un a un problème avec ça, qu'il se sente libre d'en parler au Coach. Ou de pratiquer un sport différent.

Je posai mes mains sur ses épaules.

— Manager, tu es un génie. Et une vraie beauté.

— Je le sais déjà, bizut, dit-elle. L'un comme l'autre.

Sur ces mots, elle se rapprocha et se hissa sur la pointe des pieds pour m'embrasser. Ce ne fut pas un baiser furtif. Elle prit tout son temps pour plaquer ses lèvres contre les miennes et faire durer le plaisir. Quand elle me mordilla la lèvre inférieure, je lui rendis son baiser. Dans une certaine mesure, du moins. Je ne voulais pas passer pour un enfoiré en restant de marbre.

Enfin, elle recula.

— Ça, déclara-t-elle, c'est parce que j'ai une réputation à entretenir.

— Je comprends.

— Je vais m'en occuper. Après en avoir parlé au Coach.

Elle me serra le bras et s'éloigna en souriant.

C'était le moment pour moi de rentrer dans ma petite chambre, à la résidence qui m'avait été affectée. La soirée était terminée, j'avais eu assez d'émotions pour la journée.

GRAHAM

Je bus mes sixième, septième et huitième bières pendant que Bella et Rikker avaient leur petite conversation privée. *Mes histoires ne sont pas décevantes*, avait-il dit. Dieu sait ce qu'il était en train de raconter à Bella. Était-ce le récit des événements de l'époque où nous étions plus que des amis ? Ou était-ce le détail du jour où nous avions *cessé* d'être amis ?

Au moins, s'il lui racontait cette histoire, ce serait une histoire courte : c'était dans une ruelle. Quatre ploucs nous poursuivaient en hurlant : « Attrapez ces tapettes ! » J'avais détalé et Rikker avait passé la semaine suivante dans un hôpital. Je ne lui avais pas rendu visite et je ne l'avais même pas appelé. Puis il avait quitté l'État.

Fin.

Vous connaissez ce cliché selon lequel le temps guérit toutes les blessures ? Le temps avait formé une belle croûte sur celle-ci, mais dès que Rikker était réapparu, elle s'était remise à saigner. Et j'étais certain que si l'on me regardait en ce moment, on s'en rendrait compte.

Avant ce soir, je ne savais pas qu'on pouvait être à la fois saoul et littéralement tordu par l'angoisse.

Bella et Rikker étaient là-bas depuis longtemps, hors de vue à l'exception du coude de mon amie, et leur échange semblait durer une éternité. Enfin, elle se dressa pour le prendre dans ses bras. Ou peut-être l'embrasser (parce qu'il s'agissait de Bella, tout de même). Puis elle réapparut, un sourire joyeux aux lèvres.

Et Rikker prit l'autre direction pour sortir du bar.

Quant à moi, je bus une bière de plus, incapable de chasser mes craintes.

Bella ne revint pas s'asseoir à côté de moi pendant un bout de temps. Du moins, c'était l'impression que j'en avais. Les détails commençaient à devenir plutôt flous.

— Graham.

J'ouvris les yeux. Bella me secouait.

— Quoi ?

J'étais toujours assis sur la banquette de Chez Capri.

— Réveille-toi, mon chou. Tu vas bien ?

— Bien sûr, essayai-je d'articuler malgré ma gorge pâteuse.

Bella éclata de rire.

— Comment as-tu réussi à te saouler avec les pichets de Chez Capri ? Tu as dû boire tout un *tonneau* de cette bibine.

— Il faut vraiment le vouloir, grommelai-je.

— Viens. Je te ramène chez toi.

Elle me fit sortir par la porte de derrière et nous remontâmes College Street en direction de la résidence Beaumont.

— Attends une seconde.

J'avais prononcé « geconde ». Nous passions devant une crypte appartenant à l'une des sociétés secrètes du campus. Je me faufilai derrière les haies parfaitement taillées et déboutonnai mon pantalon. Les sociétés secrètes n'étaient qu'une bande d'élitistes qui ne voudraient sans doute jamais entendre parler de moi. Alors chaque fois que j'avais besoin de pisser en rentrant d'un bar, je faisais honneur à leurs murs.

J'entendis le profond soupir de Bella, qui patientait sur le trottoir.

— Nous avons une vie palpitante, tu sais ?

— Oui, bébé.

D'une démarche avinée, je suivis Bella jusqu'à la porte d'entrée de ma résidence.

— Je peux y arriver tout seul, dis-je d'une voix traînante.

— Ne discute pas. J'aimerais voir ta piaule, je ne suis encore jamais montée.

— Heureusement que j'ai pas de coloc, dis-je en m'efforçant d'entretenir une conversation normale.

Une fois que nous eûmes gravi les escaliers jusqu'à ma chambre, je tâtonnai autour de la serrure avec ma clé pendant si longtemps que Bella finit par me l'arracher des mains pour déverrouiller elle-même la porte. À l'intérieur, elle poussa un petit sifflement.

— Sympa. Comment se fait-il que tu aies un deuxième lit ?

À la place d'un seul lit double comme c'était la règle, j'en avais deux que j'avais placés côte à côte.

— Tu connais Donovan ?

— L'ailier ? fit Bella en se déchaussant.

— Oui. Il a acheté un matelas d'eau, alors j'ai récupéré le sien.

Elle gloussa.

— Sérieusement ? Et comment l'a-t-il rempli ?

— Pas mon problème, répondis-je en tirant la couette de mon lit géant. J'ai dû m'acheter de la literie king-size, alors j'espère qu'il ne changera pas d'avis.

Je quittai mon jean et fis passer mon t-shirt par-dessus ma tête. Une fois en boxer, je roulai sur le lit pour laisser de la place à Bella. Puis je fermai les yeux, comme si cela m'était égal qu'elle s'installe ou pas à côté de moi. Pour tout dire, je n'avais pas envie de rester seul. Je ne voulais pas savoir où m'entraînerait mon esprit ce soir si je le laissais dériver. Sans doute n'obtiendrais-je rien de bon.

Après un moment d'hésitation, Bella se laissa tomber sur le lit. Elle s'adossa contre mon deuxième oreiller, les bras croisés derrière la tête.

— C'était une drôle de soirée, dit-elle.

À qui le dis-tu ?

— Ça va me plaire de travailler pour l'équipe de hockey. Même si je n'ai pas fini de me faire chambrer, à mon avis.

— À cause de quoi ? bafouillai-je.

— La même chose que d'habitude. On va me dire qu'il n'y a que dans le palet que je ne tape pas, puisque je me tape tous les joueurs.

J'éclatai de rire, même si mon état d'ébriété rendait la manœuvre plutôt malaisée. En roulant sur le côté, j'éprouvai un léger vertige. Comme Bella était tout près, je l'attirai contre moi et lui donnai un baiser mouillé. Elle se laissa faire et passa ses bras autour de moi. Quand je m'aventurai dans sa bouche moelleuse, elle me rendit chacune de mes caresses. Je n'avais pas prévu de faire ça ce soir, mais j'eus soudain le sentiment que ce serait un excellent moyen de garder la tête froide. Si je m'abandonnais à Bella.

Soudain, elle s'écarta.

— Tu es tellement saoul, murmura-t-elle.

Je perçus une accusation dans sa voix.

— Je suis toujours saoul, observai-je. Ça ne t'a encore jamais arrêtée.

Elle me répondit d'une voix plus sèche :

— C'est *toi* qui m'as arrêtée, souffla-t-elle. Tu m'as dit que nous ne le ferions plus.

— J'ai changé d'avis.

J'avais beau être complètement ivre, je savais que je n'aurais pas dû dire ça. Et Bella me le confirma en me repoussant vivement, une main sur mon torse.

— Ne me traite pas comme une traînée, Graham.

Merde. Au prix d'un gros effort, je me hissai sur un coude pour regarder en plissant les paupières son beau visage contrarié.

— Je ne traiterais *jamais* comme ça, Bella. Ce n'est pas ma façon de penser.

Ce n'était pas une justification très éloquente, mais c'était la vérité. Bella était la meilleure. Elle ne s'excusait jamais pour ce dont elle avait envie. Elle fonçait.

Comme jamais je ne serais capable de le faire.

Je rassemblai mes pensées embrumées et choisis une meilleure approche.

— Je suis désolé. Je n'aurais pas dû faire ça. Ce soir, je suis vraiment une épave.

Après ma tirade, je roulai sur le dos et m'enfonçai à nouveau dans mon oreiller. J'étais un abruti d'avoir tenté quelque chose avec Bella. Non seulement maintenant, elle m'en voulait, mais de toute façon, ça n'aurait probablement pas marché. Il y avait un certain degré d'ivresse que je devais atteindre pour réussir à coucher avec une fille. Je devais déjà être assez saoul pour que l'idée me paraisse bonne. Et assez saoul pour invoquer les effets de l'alcool si ça ne fonctionnait pas. Mais je ne devais pas non plus être *trop* éméché. Parce que je devais pouvoir me concentrer pour aller jusqu'au bout.

Et en ce moment, mes paupières étaient trop lourdes pour rester ouvertes. Je refermai une main sur celle de Bella. Elle ne me repoussa pas.

Je commençais à peine à m'assoupir quand Bella se leva du lit. Je discernai un froissement de vêtements et j'entendis sa ceinture tomber par terre. Puis, elle ouvrit et referma un tiroir de ma commode, sans doute pour me piquer l'un de mes t-shirts. Une minute plus tard, elle revint au lit. Elle posa sa tête sur ma poitrine et un genou par-dessus le mien. Son bras vint s'enrouler autour de ma taille lorsqu'elle se pelotonna contre moi. Elle avait toujours été très câline.

Glissant une main sur sa cuisse lisse, je finis par m'endormir.

RIKKER

Il y avait des avantages et des inconvénients à s'inscrire dans une nouvelle fac au mois de juillet, avant d'entrer en deuxième année. Dans la colonne du positif, j'avais eu la chance d'obtenir une chambre à moi tout seul. Mais comme ils n'avaient plus de place pour moi dans la résidence Turner où j'avais été affecté, j'avais atterri dans un petit bâtiment d'appoint du nom de McHerrin. Il y avait deux autres chambres à mon étage, occupées par des étudiants chinois du programme d'échange international. McHerrin n'était pas franchement la résidence des fêtards, mais ça ne me dérangeait pas.

Après un arrêt dans la salle de bains commune pour aller aux toilettes et me brosser les dents, je me glissai dans mon nid. L'an passé, j'avais fait l'effort d'accrocher des décorations aux murs pour m'approprier les lieux. Mais cette année, je ne m'étais pas donné cette peine. J'étais sans doute blasé. Autrefois, je croyais qu'une fois qu'on avait choisi une université, on n'en changeait pas pendant quatre ans. Dans ce cas, on pouvait même aller jusqu'à pendre la crémaillère.

Je m'étais emballé un peu trop vite.

À présent, ma petite chambre ressemblait à la cellule d'un monastère. Ou d'une prison. Je me mis au lit et éteignis la lumière, mais ne parvins pas tout de suite à trouver le sommeil. J'étais trop fébrile après tout ce qui s'était passé au cours de la journée.

Le côté positif, c'était que je m'étais bien débrouillé sur la glace. Le Coach et Hartley avaient été gentils avec moi. Bella avait été *formidable*. Mais ce n'était que le début. Il y avait toujours mille possibilités pour que tout dégénère.

Et puis, il y avait Graham, qui s'était montré aussi chaleureux qu'un champignon atomique ce soir. Je connaissais des choses à son sujet qu'il ne voulait pas révéler aux autres. Une fois qu'il se serait remis du choc de me voir, j'espérais qu'il m'appellerait tout simplement pour me l'expliquer. S'il le faisait, je lui dirais de ne pas s'inquiéter. Je n'avais jamais dévoilé l'homosexualité de qui que ce soit, parce que je savais à quel point c'était difficile.

Même si Graham avait été le pire des amis.

Mais s'il voulait cette promesse de ma part, il allait devoir arrêter de faire semblant que nous ne nous connaissions pas. Quand nous nous étions retrouvés à un mètre l'un de l'autre chez Capri, il n'avait même pas réussi à croiser mon regard.

Bon sang, ce que c'était délicat. Certes, c'était bien Graham. Mais en même temps, ce n'était pas lui. J'avais presque eu l'impression de tenir compagnie à un fantôme.

Je restai allongé dans l'obscurité, à penser à lui. Ce n'était pas la première fois que ça m'arrivait. Quand je m'étais inscrit à Harkness, six semaines plus tôt, les souvenirs étaient remontés à la surface. Avant que tout finisse mal, nous avions vécu beaucoup de bons moments. De la nostalgie, peut-être. De la stupidité, sûrement. Mais mon subconscient préférait les souvenirs des étreintes de Graham plutôt que ceux de son rejet.

Et puis, nous avions quinze ans à l'époque. Tout ce que je partageais alors avec Graham était si vivace et neuf ! Pas étonnant que notre histoire soit encore diffusée en Technicolor à l'intérieur de mon crâne.

Même si je n'y étais pas retourné depuis cinq ans, je pouvais encore visualiser avec une précision parfaite la maison de Graham. C'était toujours là-bas que nous faisions nos bêtises, car il disposait du sous-sol pour lui tout seul, avec un vieux sofa élimé et une XBox. Au collège, nous passions tout notre temps sur la XBox.

En seconde, c'était sur le sofa.

Chaque fois que je songeais à ce temps-là, j'avais du mal à déterminer le moment précis où j'avais pris conscience de ce que je ressentais pour lui. Nous étions deux adolescents un peu empotés, pas du genre à parler de nos sentiments. Même après avoir commencé nos petits jeux, nous n'avions jamais eu de véritable conversation à ce sujet. Pas même : « Tu aimes les filles ? — Pas vraiment ! — Moi non plus ! » Pour ce que j'en savais, Graham aimait peut-être les filles aujourd'hui. Quoi qu'il en soit, je ne comptais pas lui poser la question.

Mais cinq ans auparavant, c'était moi qu'il aimait.

Nous avions d'abord été meilleurs amis. Ensemble, nous avions survécu au collège. Nous jouions au hockey dans un club et nous fréquentions la même école chrétienne. À vrai dire, le christianisme était d'une importance capitale dans la région du Michigan où nous

avions grandi. Dans la cour de récréation, il était courant d'entendre :
« À quelle église tu vas ? » Parce que tel était le regard que portaient
nos parents sur le monde.

Cela dit, mes parents étaient plus religieux que ceux de Graham.
Je le savais, car chez Graham, personne ne nous interdisait de jouer
aux jeux vidéo le dimanche. Et j'avais déjà entendu le père de Graham
se moquer de ce que pensaient les parents de nos camarades.

— Si je vous emmène voir le film *Harry Potter*, vous n'allez tout de
même pas vous mettre à adorer le diable, si ? Je ne pense pas, les
enfants.

Personne ne trouvait étrange notre amitié fusionnelle. En tout cas,
pas moi. Au collège, je n'aurais jamais osé penser à lui de cette façon.
Et pourtant même à l'époque, j'étais étonnamment conscient de sa
présence. Quand il entrait dans une pièce, je le savais sans même
lever les yeux. À quinze ans, il avait déjà une voix grave et
rocailleuse. Elle trouvait écho en moi comme aucune autre.

Les filles ne m'avaient jamais fait un tel effet. Certaines étaient
gentilles et c'était amusant de discuter avec elles, mais elles n'étaient
pas Graham. J'avais également remarqué qu'il ne semblait pas non
plus prêter attention à elles. Nous allions danser aux bals du collège
avec quelques amis, et nous nous déchaînions sur des chansons au
rythme enlevé. Mais Graham ne m'avait jamais pris à part pour me
demander : « Tu crois qu'elle m'aime bien ? »

Pas une seule fois.

À l'époque, les jeux vidéo dans le sous-sol de la maison de
Graham étaient comme un emploi à plein temps pour nous. Et le
regard que nous posions l'un sur l'autre quand nous nous retrouvions
seuls tous les deux était différent. Graham avait toujours rougi très
facilement. Avec le temps, je m'étais rendu compte que le faire rougir
était d'une facilité déconcertante. Il me suffisait de soutenir son
regard plus longtemps que nécessaire pour que des taches roses
éclosent sur ses pommettes.

J'aimais bien ça, alors je le faisais en permanence.

Les regards appuyés – et l'habitude que nous avions prise de nous
asseoir tout près l'un de l'autre devant les films – durèrent pendant
deux ans. Et puis, un vendredi soir, pendant notre premier mois de
lycée, nous nous étions disputés pour avoir la télécommande. Pour

gagner la bagarre, Graham avait posé son genou en travers de mes cuisses afin de m'immobiliser. Il avait ensuite étendu son long corps vers mon bras, au bout duquel j'agitais la télécommande hors de sa portée. Ce fut à ce moment que j'avais pris conscience que Graham était *sur moi*. *Enfin*. Et sans réfléchir, j'avais posé ma main libre sur son torse.

Je n'oublierai jamais le brusque mouvement de recul qu'avait eu son corps sous ma main. Il avait alors baissé les yeux sur moi, les joues rouges et le souffle court. J'avais légèrement soulevé le menton et il n'en avait pas fallu plus. Soudain, Graham posait sa bouche sur la mienne.

Notre premier baiser avait été enfiévré et maladroit, et mon corps s'était embrasé comme une torche.

Oui. C'était exactement ça. *Oui. Oui. Oui.* Pendant peut-être deux minutes, tout n'avait été que stupéfaction et émerveillement. Jusqu'à ce que la mère de Graham nous appelle depuis le palier, en haut des marches descendant au sous-sol :

— Ohé, les garçons ? Vous voulez du pop-corn ?

Graham s'était jeté en arrière à l'autre bout du sofa.

— Euh, oui ! avait-il répondu.

Ensuite, il s'était levé et avait lancé un jeu vidéo. Et nous avions joué à Call of Duty jusqu'à ce que les pop-corn soient prêts.

Nous n'en avions pas reparlé. Pas un mot. Mais pendant toute la semaine qui suivit, je fus incapable de penser à autre chose et j'avais une érection chaque fois que je le voyais. Lors de ma visite suivante chez Graham, mes mains furent moites pendant les deux parties que nous disputâmes. Puis la mère de Graham nous appela depuis la porte pour nous annoncer qu'elle allait faire des courses et nous demander si nous voulions quelque chose.

— Non, lui répondit-il.

Nous entendîmes ses chaussures cliqueter sur le carrelage de la cuisine, suivies par la porte du garage et enfin le moteur de sa voiture qui reculait avant de s'éloigner.

Il y eut un moment de silence dans le sous-sol.

— Bon…

Nous avions parlé en même temps.

— Fais un vœu, m'exclamai-je.

Graham eut un rire nerveux et répondit :

— La machine à vœux est hors service. Veuillez insérer une autre pièce.

Il afficha un demi-sourire et ses joues s'empourprèrent.

— C'est nul.

Deux secondes plus tard, Graham m'avait fait basculer et plaqué contre le canapé. Il gémit en m'embrassant et je ressentis sa voix dans tout mon corps.

Il n'y a rien de plus explosif que deux garçons de quinze ans chauds comme la braise qui goûtent enfin à ce dont ils ont terriblement envie. Tandis que nous nous embrassions, Graham fit bouger ses hanches contre les miennes. Le mouvement et la sensation de son corps dur contre le mien étaient encore meilleurs que tous les fantasmes qui me passaient par la tête chaque demi-heure depuis notre premier baiser.

À peine cinq minutes plus tard, Graham ferma les yeux et poussa un petit gémissement bref. Il me suffit de regarder son visage à ce moment-là pour le rejoindre dans l'extase. Je refermai mes bras autour de lui et le gardai contre moi pour un dernier baiser – baveux, sale et plus délicieux que j'aurais jamais pu le rêver.

Et pourtant, j'en avais souvent rêvé.

Quarante minutes plus tard, la mère de Graham rentra à la maison pour nous découvrir en train de jouer à RealStix Hockey sur la XBox. Elle ne se serait pas doutée que deux serviettes en papier venaient de rejoindre le fond de la poubelle familiale.

Ce fut ainsi que tout commença.

Nos corps à corps étaient toujours rapides et effrénés, car les moments intimes étaient rares. Nous n'étions jamais nus, c'était bien trop risqué. Mais nous portions des joggings aux ceintures élastiques très pratiques. Et il ne m'en fallait pas plus, grâce à la sensation exquise de ses longs doigts glissant le long de mon ventre en direction de mon entrejambe. Il était parfois lent et joueur, mais souvent rapide et emporté. Quant à moi, je voulais tout. Tout le temps.

Nous étions excessivement précautionneux. En y repensant, je suis stupéfait par notre discipline. Les garçons de quinze ans ne sont pas réputés pour leur prudence ni leur application. Cette même année, j'avais sans doute perdu trois paires de gants et je m'enfermais hors de chez moi au moins une fois par semaine. Mais Graham et moi ne nous touchions jamais s'il y avait quelqu'un d'autre dans la maison ni même si quelqu'un devait arriver dans l'heure. Et malgré cela, nous avions appris à tendre l'oreille pendant nos étreintes, bondissant souvent au moindre bruit. Personne ne nous avait jamais surpris.

Jusqu'à cette affreuse journée du mois d'août, avant le début de notre année de première, alors que je venais d'obtenir mon permis de conduire. La liberté causa notre perte.

Nous nous étions rendus dans un quartier miteux de la ville pour trouver une boutique de bandes dessinées dont nous avions entendu parler. Mais ce n'était qu'un prétexte pour nous retrouver seuls tous les deux. Une fois que j'eus coupé le moteur, Graham avait posé la main sur ma jambe, libre d'agir sans crainte. Nous étions ensemble et à l'écart du monde, dans une voiture. Deux immenses libertés en une seule après-midi. Après un coup d'œil hâtif par la vitre de la voiture, je m'étais penché par-dessus le levier de vitesse et l'avais embrassé.

En souriant, il avait pris mon visage entre ses mains et avait passé sa langue sur ma bouche. Nous n'étions sans doute là que depuis une minute et demie, peut-être même moins, mais lorsque nous sortîmes de la voiture, tout vola en éclats.

Il y eut des cris et des bruits de pas derrière nous. Nous partîmes en courant. Je crus que nous allions nous échapper, mais je regardai alors par-dessus mon épaule pour compter nos poursuivants.

Cette erreur bouleversa ma vie.

Je trébuchai. Puis ce fut l'horreur. Je basculai vers l'asphalte et j'entendis avec terreur les bruits de pas se rapprocher. Une seconde plus tard, le premier coup de pied m'atteignit aux côtes. Le second me percuta la pommette et je m'entendis hurler.

Mon dernier acte conscient fut de me rouler en boule pour me protéger.

Les heures qui suivirent s'écoulèrent sans que je m'en rende compte. Je me réveillai dans une chambre d'hôpital avec mon bras en écharpe, des points de suture au visage et un bandage ajusté sur le torse. Ma mère pleurait et mon père était au téléphone.

— Où est Graham ? fut la première question que j'essayai de poser.

— Pourquoi ? fit ma mère en sanglotant.

Lui dire la vérité fut ma deuxième grosse erreur.

Je passai les cinq jours qui suivirent allongé dans ce lit d'hôpital à me demander ce qui lui était arrivé. Chaque fois que quelqu'un passait devant ma chambre, mes yeux se posaient sur la porte. Chaque fois, je m'attendais à voir Graham.

Il ne vint jamais.

CHAPITRE 3
MISE EN ÉCHEC

MISE EN ÉCHEC : l'emploi du corps contre un adversaire. La mise en échec est autorisée contre un joueur adverse qui détient le palet ou a été le dernier en possession du palet.

RIKKER

Avant l'entraînement suivant, j'étais debout dans les vestiaires, en train de sangler mes protections tout en écoutant vaguement Hartley et un type qu'ils appelaient Big-D se disputer au sujet de la ligne défensive de l'équipe des Bruins.

Bella faisait le tour des joueurs, les bras chargés de dossards d'entraînement, et les distribuait sur son chemin.

— Merci, dis-je quand elle m'en lança un.

Mais avant qu'elle puisse s'éloigner, je lui pris la main pour regarder plus attentivement son t-shirt.

— Eh ! J'avais le même, moi aussi.

On pouvait y lire : *Jésus est le sauveur*. Jésus était dessiné en tenue de gardien de but, et il déviait un palet. Sous le dessin était écrit *W.M.C.A. Hockey*. Comme dans : *West Michigan Christian Academy*.

Elle baissa les yeux sur sa poitrine et sourit.

— J'adore ce truc. Je l'ai piqué à Graham.

Elle inclina la tête dans sa direction.

Ah, évidemment. Je levai les yeux pour surprendre Graham en

train de nous regarder, sa belle bouche étirée en une ligne fine. Il détourna le regard dès qu'il croisa le mien.

Et puis, merde. Cette situation était en train de virer au ridicule. Quand j'avais débarqué une semaine plus tôt, je ne pensais pas faire semblant que Graham et moi ne nous étions jamais rencontrés. Nous devions au moins être capables de nous saluer par un hochement de tête. N'importe quoi, mais un signe de reconnaissance.

Bella poursuivit sa tournée, semant les dossards autour d'elle comme autant de grains de blé. J'étais en train d'enfoncer le pied dans un patin quand j'entendis mon nom.

— Rikker ?

Je levai les yeux pour apercevoir le Coach, qui me faisait signe dans l'encadrement de la porte.

— Tu peux venir ici une minute, fiston ?

Je me débarrassai du patin et suivis le Coach en chaussettes de sport. Il me conduisit jusque dans son bureau, où il ferma la porte.

— Assieds-toi une minute, proposa-t-il.

Je pris place sans connaître la raison de ma convocation.

— Il y a des vidéos que j'aimerais que tu regardes ce week-end, dit-il en ouvrant un tiroir de son bureau pour en sortir deux DVD. Nos deux premiers matchs sont contre Brown et Colgate. Nous allons revoir la stratégie la semaine prochaine, mais je me suis dit que tu pourrais prendre de l'avance.

— Formidable, dis-je en prenant les disques.

— Tu peux les visionner ? Les ordinateurs n'ont pas toujours de lecteurs adaptés de nos jours.

— C'est bon. Merci.

— Comment se passe ton installation ? Ça va, les cours ?

Il était assis sur son fauteuil, les mains croisées comme si nous avions toute la journée pour bavarder.

— Euh, oui… bien sûr. Jusqu'à présent, tout va bien.

— Quelle résidence t'a-t-on donnée ?

— Je suis à Turner. Mais comme je ne faisais pas partie de la résidence l'an dernier, je suis logé dans un bâtiment qui s'appelle McHerrin.

— Ah, fit le Coach. Hartley y vivait l'an dernier, dans une chambre pour handicapés, parce qu'il ne pouvait pas monter les escaliers.

— C'est ce qu'il m'a expliqué, répondis-je.

Le Coach tambourinait des doigts sur son sous-main.

— Nous allons attendre une minute de plus, d'accord ? Bella avait quelque chose à annoncer à l'équipe avant l'entraînement.

— Oh.

Oh.

— Bon sang, je suis désolé. J'ai horreur de faire les gros titres.

Il sourit.

— Moi, j'aimerais bien faire les gros titres, dit-il en levant les mains comme pour soulever une pancarte dans les airs. *Harkness remporte le championnat Frozen Four.*

— Bien sûr, répondis-je en riant. Votre version me convient aussi.

— L'espoir fait vivre. Ça s'annonce bien cette année, gamin. Hartley est de retour. Nous t'avons récupéré chez Saint-B. Et ces jeunes Québécois patinent comme des fous.

— J'ai remarqué.

La conversation retomba à nouveau. Je sentis le regard du Coach sur moi. C'était gênant.

— Tu sais... dit-il avant de marquer une pause. J'ai un petit-fils qui joue au basket dans un petit lycée du Midwest. Il a eu quelques conversations très délicates avec ses coéquipiers l'an dernier. Mais il n'y a pas eu mort d'homme.

Je me retins d'ouvrir grand la bouche. Le Coach avait donc un petit-fils gay ? Je ne m'attendais pas à ça.

— S'il y a des oppositions dans l'équipe, je suis prêt à les faire taire, me dit-il. Alors j'aimerais que tu m'en informes si nécessaire. Je compte me tenir en retrait et voir d'abord si les choses se tassent d'elles-mêmes.

Ça alors.

— Merci, parvins-je à articuler. J'espère que nous n'en arriverons pas là.

Pendant un moment, son visage exprima une profonde lassitude.

— Moi non plus.

On entendit de légers coups contre la porte et Bella avança la tête dans l'embrasure.

— J'ai demandé à tout le monde de se mettre en piste.

Le Coach se leva et passa son sifflet autour de son cou.

— Va enfiler tes patins, gamin. C'est parti.

Pendant que je finissais de me préparer, il ne restait que Bella dans les vestiaires. Elle inspectait ses ongles, assise au bout du banc à la place d'Hartley.

— Alors ? demandai-je enfin.

Elle haussa les épaules.

— C'est trop tôt pour le dire. Big-D a fait la grimace comme si je venais de lui servir de la merde pour le dîner. Les autres m'ont juste regardée sans rien dire. Ensuite, ils ont pris leurs crosses et sont partis.

Je me levai et tendis la main vers ma crosse, la dernière sur le portant.

— Merci, Bella.

Elle me suivit jusqu'à la porte en pinçant le rembourrage de mes fesses.

— À l'action, Rikker. Putain, j'adore ce boulot.

Comme la semaine précédente, je pratiquai les exercices du Coach comme si des zombies m'avaient pris en chasse. Puis, nous nous exerçâmes à la mêlée pendant quarante-cinq longues minutes. Quand j'étais sur le banc de touche, je ne cherchais pas à parler à mes coéquipiers. Je suivais attentivement le match comme s'il y avait un questionnaire à la fin de la session.

Notre groupe dominait. À la moitié de la partie, l'entraîneur inversa la rotation. Par la suite, chaque fois que nous jouions en défense, le hasard voulut que j'affronte Graham. Je me donnais toujours à fond et je jouais comme si la Coupe Stanley était en jeu. Si cette équipe devait me détester, au moins ce ne serait pas à cause de mon incompétence.

Graham, à ma grande surprise, jouait comme une grand-mère atteinte de tremblote. Il perdit si souvent le palet face à moi que c'en devenait presque lassant.

— Concentre-toi, Graham ! dut crier le Coach à plusieurs reprises.

Aïe.

Après l'entraînement, je me portai volontaire pour ranger les filets avant le passage des dameuses. J'empilai les cônes et tâchai de me faire oublier pendant un petit moment. Lorsque je revins dans les vestiaires, il ne restait plus grand monde. Debout devant mon placard, je pris le temps de suspendre mes protections jusqu'à être à peu près certain que tout le monde s'était rhabillé. Puis je me rendis tout seul dans les douches.

Quand je sortis, il ne restait plus que Bella et Hartley. Ils avaient la tête penchée sur ce qui ressemblait à un programme de hockey sur papier glacé. Bella y faisait des inscriptions au marqueur noir.

— Rikker, dit-elle alors que j'essayais de remonter mon boxer sur ma peau humide. Nous aurions besoin de ta bio pour mardi. Écoles et équipes, taille, poids. Tu connais la chanson.

— Compris, répondis-je en sautant dans mon jean.

Bella fourra ses documents dans un sac à dos rose pétard.

— C'est l'heure du barbecue chez le Coach.

J'hésitai en enfilant mes chaussettes.

— Je ne comptais pas y aller.

— Oh si, tu viens, dit Bella en me tendant mon t-shirt. Ce n'est pas le message que tu veux envoyer.

— Je ne veux envoyer aucun message, dis-je, la tête cachée dans mon polo.

Quand j'aperçus de nouveau Bella et Hartley, ils me regardaient tous les deux fixement.

— Sérieusement. Tout le monde ne va parler que de moi ce soir. Pourquoi ne pourrais-je pas faire profil bas, juste cette fois ?

Bella me prit par le bras et me força à me lever du banc.

— Tu viens.

Zut.

— Il faut apporter quelque chose ?

— Non, fit Hartley.

— Juste ton joli minois, ajouta Bella.

— Ça ne m'aide pas beaucoup, répondis-je tandis que Hartley ricanait.

Vingt minutes plus tard, nous étions réunis dans le grand jardin du Coach. J'avais cru qu'il n'y aurait que les membres de l'équipe, et que chacun essaierait de m'éviter. Heureusement, leurs petites amies avaient aussi été invitées à la réception de l'entraîneur. Avec la présence des filles, la conversation tournait autour des vacances d'été et des derniers potins.

— Tu peux me l'ouvrir ? demanda Bella en me tendant une bouteille de vin à moitié débouchée. Je croyais pouvoir y arriver.

Je posai sur la table ma bière tant désirée pour lui rendre service. Serrant le tire-bouchon dans ma main, j'exerçai une légère traction en essayant de ne pas émietter le liège. Après quoi, je récupérai ma bouteille de bière.

— Merci ! La femme du Coach m'a demandé de lui apporter un verre de vin blanc. Tu crois qu'elle voulait du chardonnay ou du pinot blanc ?

— Désolé, Bella, mais je ne suis pas ce genre de copain gay. Je ne reconnaîtrais pas un pinot blanc même s'il me fonçait dessus.

L'un des gardiens de but – un grand gaillard du nom d'Orson – s'étrangla avec sa bière en m'entendant. Pendant une seconde, je crus qu'il était surpris de m'entendre prononcer le mot « gay » à haute voix, mais quand il entrechoqua sa bouteille avec la mienne, je me rendis compte qu'il ne faisait que rire à ma plaisanterie.

Bella leva les yeux au ciel.

— Alors si j'ai besoin d'aide pour choisir des chaussures, tu ne seras pas de bon conseil ?

— Tu peux toujours essayer, répondis-je. Mais la seule chose que je sais faire, c'est choisir la paire qui pue le moins.

— Tu sais, c'est déjà ça ! La plupart de ces types n'en sont même pas capables.

Bella prit un verre de vin blanc et se dirigea vers la maison.

— Tu nous adores quand même, lança Orson dans son dos.

Elle brandit son majeur sans se retourner et, cette fois, nous éclatâmes de rire tous les deux. Maintenant, je savais qu'Orson était de mon côté. Un de moins, plus que deux douzaines.

GRAHAM

Au barbecue du Coach, j'engloutis deux sandwichs au porc braisé tout en me demandant au bout de combien de temps je pourrais m'éclipser. Mais le Coach n'avait pas encore fait son discours de début d'année. Et j'avais tellement mal joué cet après-midi que je ne voulais pas attirer davantage l'attention sur moi.

Mon troisième verre de blonde ne suffit pas à me calmer les nerfs. Les paiements que me versait la bière sur mon compte ivresse n'étaient pas suffisants pour le renflouer correctement. Comme le Coach était un adepte du scotch, je m'aventurai dans la maison pour voir ce qu'il pouvait proposer.

Je le retrouvai dans son bureau avec une poignée d'autres joueurs, en train de regarder une séquence de hockey sur grand écran.

— Graham ! lança-t-il. J'ai la vidéo du match de Brown de l'an dernier. Regarde-moi ce jeu défensif…

Mais ce n'était pas la vidéo que j'étais venu chercher.

— Qu'est-ce que tu bois ? demandai-je à l'un des nouveaux, celui que nous surnommions Frenchie.

Il plissa les yeux d'un air désolé. Sans doute se demandait-il si whisky était le même mot en anglais et en français. Au lieu de tenter de résoudre ce mystère, il me tendit le verre et je bus une gorgée.

— Sympa.

— Je vais t'en servir un, me dit le Coach sans quitter l'écran des yeux. Ça te fera peut-être pousser des poils sur le torse, Graham. Tu en aurais bien eu besoin aujourd'hui.

— Je n'étais pas dans mon assiette, concédai-je dans un souffle.

Il me mit un verre dans les mains.

— Règle ça, gamin. Nous avons de grandes chances d'accomplir des exploits cette année.

Sur ces mots, le Coach quitta la pièce.

Quand il eut disparu, j'avalai le scotch en deux gorgées. Big-D prit la carafe et remplit son verre, puis le mien.

— Règle ça, gamin, dit-il en imitant le Coach. Mais après l'entraînement, fais attention de ne pas laisser tomber ton savon dans les douches.

Un autre défenseur se mit à rire et les Canadiens se joignirent à leur hilarité, comme le font les gens quand ils ne sont pas certains d'avoir compris la plaisanterie. Comme Big-D était juste devant moi, je me forçai à sourire avant de boire une longue gorgée.

Cette fois, l'alcool laissa une traînée brûlante sur son passage.

Le Coach faisait toujours son discours avant le dessert. Quand je vis les cupcakes sortir de la cuisine et entendis le *ding ding ding* annonciateur d'une cuillère sur un verre, je rejoignis la pelouse de devant.

— Ce soir, déclara le Coach, son verre de scotch à la main, j'ai envie de vous lire ma citation préférée du président Teddy Roosevelt. Vous l'avez peut-être déjà entendue en cours d'histoire ou de philosophie. Mais elle aurait pu être écrite pour les joueurs de hockey. Nous irons loin cette année, et en chemin on va essayer de nous dire qu'un petit établissement de l'Ivy League ne peut pas jouer au niveau national. Mais ce ne sont que des conneries !

Évidemment, nous applaudîmes. Comme toujours. En d'autres circonstances, j'aurais bu le discours du Coach. Les deux dernières saisons, je l'avais écouté comme si ses mots de sagesse étaient parole d'Évangile. Mais ce soir, j'avais l'impression de me tenir à l'écart de ma vie et d'y assister de loin.

C'était le résultat d'une longue semaine d'angoisse.

— Écoutez tous ! reprit le Coach en se concentrant sur ses notes. « Ce n'est pas le critique qui compte ; ce n'est pas celui qui montre du doigt comment l'homme fort a trébuché, ni ce que l'homme qui agit aurait pu faire de mieux. »

Coach nous sourit avant de poursuivre :

— » Tout le mérite appartient à celui qui descend vraiment dans l'arène, le visage couvert de poussière, de sueur et de sang ; qui se bat vaillamment ; qui échoue encore et encore, parce qu'il n'y a pas d'action sans erreur et sans échec. À celui qui, s'il échoue, au moins échouera en *combattant avec grandeur*, si bien que sa place ne sera jamais parmi ces âmes froides et cruelles qui ne connaissent ni victoire, ni défaite ! »

Les applaudissements redoublèrent. Et Hartley porta deux doigts à ses lèvres pour siffler.

— Bon, les garçons, ajouta Coach. Je n'aime pas l'échec. J'ai même horreur de ça. Mais ce que Teddy voulait dire, c'est que vous devez accepter que l'échec existe, sinon vous n'atteindrez jamais la grandeur. Cet homme a écrit une putain de longue phrase pour dire, au fond : voyez grand ou restez chez vous !

Sur ces paroles, il leva à nouveau son verre et tout le monde but ensemble.

Mon estomac se serra, j'étais mal à l'aise. Encore une fois. Parce que je ne ressentais aucun amour. Toutes les erreurs que j'avais commises dans ma vie venaient de me rattraper.

L'addition, s'il vous plaît. Il était temps de filer à l'anglaise.

Avant tout, je me dirigeai vers les toilettes pour me soulager avant de rentrer chez moi. Alors que je me frayais un chemin dans la maison, je fus distrait en apercevant Bella dans le bureau. Elle était debout devant Frenchie et avait posé les mains sur son torse. Elle le caressait doucement tout en parlant sans discontinuer. Quant à lui, il la regardait bouche bée, comme si c'était un ange descendu du ciel. Oh mon Dieu, elle était en train de le manipuler. Le pauvre ne comprendrait pas ce qui allait lui tomber dessus.

Un demi-sourire aux lèvres, je continuai sans regarder devant moi. Si j'avais voulu donner un coup d'épaule à Johnny Rikker qui sortait des toilettes au même moment, je ne m'y serais pas pris autrement.

— Bon sang, pesta-t-il en se retenant à l'encadrement de la porte pour ne pas perdre l'équilibre.

Le mot « désolé » mourut sur mes lèvres quand je compris qui c'était. Je reculai d'un bond pour m'éloigner le plus possible de son corps, mais j'eus le temps de prendre conscience de notre proximité. Le visage que j'avais évité toute la semaine me regardait en fronçant les sourcils. Je me rendis compte que j'étais plus grand que lui. Quand nous avions quinze ans, nous faisions la même taille.

À l'époque, c'était très facile de l'embrasser.

Je devais sans doute afficher la terreur la plus totale. C'était mon expression par défaut depuis l'instant où il était entré dans les vestiaires une semaine plus tôt.

Il m'observa pendant une seconde et sa mine s'assombrit. Il leva la main pour se frotter les pectoraux à l'endroit où je l'avais percuté, puis il sembla se ressaisir et haussa un sourcil provocateur.

— Ça t'a plu ?

Je restai debout, incapable de parler, étouffé par ma propre stupidité.

Un instant plus tard, il baissa la tête et passa à côté de moi pour rejoindre la pelouse de devant. Je le regardai s'éloigner, incapable de détourner les yeux.

CHAPITRE 4
MARQUAGE
OCTOBRE

MARQUAGE : technique de défense consistant à coller de près un joueur adverse pour limiter son efficacité.

RIKKER

Par un bel après-midi d'automne, je me rendais en salle de musculation de hockey tout en admirant la beauté de la vieille architecture. Au bout de quatre semaines, je commençais à bien connaître la carte du campus et à maîtriser tout ce que les nouveaux étaient censés apprendre. Il y avait du Pepsi au réfectoire. Les bibliothèques de master fermaient plus tard que celles de licence. Pas besoin d'avoir des pièces de vingt-cinq cents à la laverie, car ils acceptaient les cartes de crédit.

J'essayais aussi de ne pas déprimer à l'idée d'être toujours le nouveau.

Les gens que je croisais discutaient toujours par groupes de deux ou trois. C'est toujours délicat d'être un étudiant nouvellement transféré. Les amitiés se sont déjà formées. Les affinités aussi. J'allais rester à l'écart pendant un bon bout de temps. Comme un étranger.

Je m'y étais déjà habitué.

À la salle de sport, je transpirai sur le banc de musculation en compagnie de Trevi. C'était un autre attaquant aux cheveux noirs et frisés et au sourire charmant. (Même si, de toute évidence, c'était un hétéro pur jus.)

J'attribuais à Trevi un six sur l'échelle de Rikker. C'était un système de mon invention pour noter le niveau de tolérance de mes coéquipiers à mon égard. Trevi avait gagné la note de six parce qu'il me regardait toujours dans les yeux et qu'il se comportait de manière amicale quand nous étions l'un à côté de l'autre chez Capri, ou sur la même machine en salle de musculation.

Mais il n'avait jamais entamé la conversation avec moi. Pas une seule fois. Comme si c'était trop lui demander que d'attendre qu'il prenne des initiatives – comme si les autres gars risquaient de se poser des questions, vous voyez ?

Telle était ma vie dans les vestiaires.

— À toi, dit Trevi en s'éloignant pour faire ses étirements.

Je m'installai derrière les poids et les hissai sur mes épaules. Puis je fis un grand pas en arrière, contractai mes fessiers et descendis. Les trois premiers squats furent faciles, mais le quatrième et le cinquième faillirent bien me tuer.

Une fois que j'eus reposé les poids sur leur support, je me retournai et découvris Trevi en train de se masser l'épaule à une main. Il avait souvent fait ce geste cet après-midi.

— Ça te dérange ? lui demandai-je.

— C'est juste un gros nœud, répondit-il en haussant les épaules. Mais ça dure depuis deux jours maintenant. Saleté de muscle.

— Hmm, fis-je en jetant un regard circulaire dans la salle de musculation. Tu sais s'il y a des balles de tennis dans le coin ? J'ai une astuce.

— Ah bon ? Attends. Au point où j'en suis, je suis prêt à tout essayer.

J'étirai mes quadriceps, jusqu'à ce qu'il revienne avec une balle en caoutchouc rigide.

— Ça fera l'affaire ?

— Oui, dis-je en la lui prenant des mains. Maintenant, assieds-toi sur ce banc.

Je perçus à ce moment une légère hésitation chez lui. Peut-être Trevi ne s'était-il pas rendu compte que j'allais devoir lui *toucher* l'épaule. Et à présent, il se demandait si cela en valait la peine.

— Ça ne va pas te rendre gay, plaisantai-je.

L'air tout penaud, il s'assit sur le banc. Le mieux aurait sans doute été de lui palper l'épaule avec les doigts pour chercher l'emplacement du nœud. Mais je savais qu'il serait plus tranquille si j'évitais de poser les mains sur lui.

— Montre-moi l'endroit qui te fait mal, demandai-je.

Il tendit deux doigts dans son dos et les enfonça dans le muscle.

— D'accord, fis-je en y déposant la balle de tennis.

Quand il retira sa main, j'exerçai une pression.

— Juste là ? demandai-je en appuyant sur la balle.

— Oui. Un peu plus haut ?

J'ajustai la balle d'une fraction de centimètre avant d'accentuer la pression.

— Aïe, grogna-t-il.

— Je sais, mais c'est efficace. En fait, ce serait toujours efficace même si tu te mettais à pleurer comme une fillette.

Il eut un petit rire.

— Baisse la tête et essaie de te détendre. Il faut quelques minutes à ton muscle pour abandonner toute résistance.

— D'accord, fit-il.

Tout en appuyant la balle contre son muscle, je jetai un œil dans la salle animée. Hartley et Orson faisaient des fentes près des fenêtres. C'étaient les deux joueurs les mieux notés sur l'échelle de Rikker. Orson avait un huit franc. Il était toujours facile de discuter avec lui. Et Hartley obtenait neuf. Ce type faisait des *efforts* pour m'intégrer et ne semblait même pas s'en rendre compte. À vrai dire, il aurait même pu décrocher un dix sur dix, mais je réservais de la place sur l'échelle de Rikker. Ma notation était peut-être sévère, mais j'espérais que viendrait le jour improbable où quelqu'un me dirait qu'il était content que je sois venu jouer au hockey avec eux.

Après ces deux-là, il y avait deux sept et une poignée de six, comme Trevi.

Graham se trouvait à l'autre bout de la salle. J'apercevais ses grandes jambes de part et d'autre du banc où il s'exerçait aux développés couché. Il obtenait un zéro pointé sur l'échelle de Rikker. Cela faisait un mois que j'étais à Harkness et il ne m'avait toujours pas regardé dans les yeux, sauf par accident.

Son évitement me sidérait et me mettait en colère. Malheureusement, j'avais mal géré la situation. Au lieu de l'ignorer, j'avais commencé à essayer de le provoquer, juste pour essayer d'obtenir une réaction. N'importe laquelle.

Tout avait commencé le jour où il m'était rentré dedans chez le Coach. Je ne sais même pas pourquoi j'avais lancé cette remarque ridicule. *Ça t'a plu ?* Plutôt ringard ! Et pourtant, malgré ma réplique ridicule, il avait réagi comme si je mettais sa vie en danger. Il avait blêmi et s'était ratatiné dans un coin.

Je n'en étais pas fier, mais je l'avais encore torturé à quelques occasions. C'était tellement facile. La semaine passée, nous étions tombés nez à nez dans le couloir de la patinoire. Il n'y avait personne autour de nous. Je n'avais rien dit, mais je lui avais envoyé un baiser. Et une fois de plus, il m'avait opposé cette même mine terrifiée. Ces derniers temps, il allait même jusqu'à frôler les murs des vestiaires juste pour m'éviter.

En revanche, j'étais toujours conscient de sa présence. Chaque fois qu'il entrait dans une pièce, je le sentais, comme un changement dans la pression de l'air. Un seul coup d'œil dans sa direction me suffisait pour me mettre en alerte maximale. Ça ne me plaisait pas d'être aussi sensible avec lui, mais j'ignorais comment faire autrement. Nous avions été si proches pendant toutes ces années. Mon subconscient ne parvenait pas à se faire à l'idée que nous ne l'étions plus.

Le plus dur à supporter, c'était son rire. S'il était de l'autre côté de la pièce en train de parler à Bella ou à ses amis, il m'arrivait de l'entendre rire. Et ce son à la fois guttural et discret m'ébranlait toujours.

Autrefois, j'adorais le faire rire. Et aujourd'hui encore, je ne pouvais pas m'empêcher de l'écouter.

— Waouh, dit Trevi en tournant la tête. C'est dément.

— Quoi ? demandai-je en revenant de ma rêverie. Tu as senti que ça te détendait ?

Je relâchai mes efforts sur la balle de tennis, que j'avais presque oubliée. Je pris le risque de poser directement mon poing dans son dos pour chercher un nœud, mais je n'en trouvai plus aucun.

— Oui, carrément !

Il essaya de faire rouler son épaule.

— C'est beaucoup mieux. Formidable, dit-il en se levant avant de se tourner vers moi. Merci.

— Ce n'est rien, répondis-je en lui rendant la balle. Si le nœud revient, tu peux essayer toi-même, en coinçant la balle contre un mur. Mais c'est difficile de trouver le bon angle.

Il leva une main pour taper dans la mienne, et je le rejoignis à mi-hauteur.

— Merci, vieux. Sérieusement. Je vais aux tapis de course, tu viens ?

— J'arrive.

Trevi gagnerait peut-être un échelon sur l'échelle de Rikker. Comme on le disait dans le football, la guerre se gagnerait par de petites victoires.

Je le suivis dans la salle de cardio, où je n'aurais plus à regarder Graham.

GRAHAM

— Eh, Graham. Tu veux bien m'assurer ?

— Oui, bien sûr.

J'allai me placer derrière la tête de Smitty et posai mes mains sous les poids. Bon sang, j'étais dans la lune. *Encore.*

— Alors, que penses-tu de notre formation de défense ? demanda Smitty juste avant de décrocher la barre du portant.

C'était un étudiant de deuxième année qui jouait derrière la ligne bleue. Un défenseur, comme moi.

Ce que je pensais ? J'aurais seulement aimé être *en mesure* de penser. Ma tête était sens dessus dessous. Je n'avais pas dormi une seule nuit complète depuis que Rikker était entré d'un pas nonchalant dans les vestiaires. Bella avait pris l'habitude de débarquer dans ma chambre tous les matins pour me tirer du lit et chercher d'éventuelles bouteilles vides.

Ça ne m'empêchait pas de boire, mais j'avais développé un vrai talent pour faire disparaître les preuves.

— Hmm, répondis-je à Smitty.

Dernièrement, je n'arrivais jamais à parler du premier coup.

— Je trouve que nous sommes plutôt costauds. Les Québécois travaillent bien ensemble. Je parie que le Coach va les placer sur la même ligne.

En dessous de moi, Smitty poussa un grognement d'approbation. Pendant les quatre-vingt-dix secondes qui suivirent, je concentrai toute mon attention sur les poids dans mes mains et sur le visage crispé de mon coéquipier en contrebas. Je pouvais bien y arriver, non ? J'étais capable de faire attention assez longtemps pour éviter de *tuer* Smitty par ma négligence.

Après six répétitions, les bras tremblants de Smitty reposèrent la barre sur le portant et j'allai prendre sa place sur le banc. En m'allongeant, j'aperçus Rikker en train de plaisanter avec Trevi. Il ne souriait jamais comme ça quand il me regardait. Et pourquoi sourirait-il, d'abord ?

La colère qu'éprouvait Rikker à mon égard était physique et palpable. Chaque fois qu'il posait les yeux sur moi, mon cerveau subissait un court-circuit. Plus je le voyais, plus je me comportais comme un idiot. De toute évidence, j'allais devoir lui parler, c'était la seule solution envisageable. Bien sûr, j'y avais déjà pensé. J'y réfléchissais longuement chaque soir, entre minuit et deux heures du matin. Mais comment amorcer cette conversation ? *Je suis désolé que tu te sois fait tabasser à cause de moi. Et je suis désolé de ne plus jamais t'avoir parlé parce que j'avais trop peur.*

Ce serait impossible à expliquer, car il n'existait aucune explication plausible. La peur n'était pas une raison suffisante pour faire ce que j'avais fait.

La seule chose qui semblait m'aider à trouver le sommeil, ne serait-ce qu'un peu, c'était le whisky. Dieu bénisse l'alcool. Quand j'avais tout juste seize ans et que je vivais un enfer après notre accident dans la ruelle, je ne pouvais même pas compter sur cette béquille pour atténuer ma douleur.

Après que Rikker eut disparu de mon lycée et de ma vie, il m'avait fallu un long moment pour digérer ce qui s'était passé. Avant ce jour malheureux, j'avais baigné dans une béatitude naïve. Je ne m'étais jamais rendu compte à quel point c'était dangereux d'être avec Rikker. Je savais que nous ne devions jamais en parler à personne. Cela allait sans dire. Mais je n'avais jamais été contraint de voir ce qui se passerait si quelqu'un venait à le savoir. Je n'avais pas compris la profonde *aversion* que je risquais de susciter en aimant un autre garçon.

Ce qui m'avait le plus frappé, c'était le dégoût sur le visage de nos agresseurs.

— Sales dégénérés ! avaient-ils dit.

Dégénéré. J'étais un dégénéré. Ce mot avait vibré dans ma poitrine pendant des mois.

J'étais complètement perdu, mais je savais une chose : je ne voulais *jamais* voir cette expression sur le visage de mes proches. S'il y avait quelque chose de dégénéré en moi, j'espérais pouvoir le guérir avant que quiconque s'en aperçoive.

Après le départ de Rikker, ses parents avaient annoncé à toute l'église qu'il était parti quelque temps chez sa grand-mère.

Et moi ? J'avais passé de longs mois recroquevillé dans ma chambre. Parfois, j'essayais de trouver des réponses sur internet. Et nous savons tous ce que ça donne, n'est-ce pas ? J'avais cherché sur Google « expériences même sexe » et j'avais trouvé toutes sortes d'articles. Pendant une seconde, je m'étais senti mieux. J'avais lu que les adolescents hétérosexuels s'entraînaient souvent avec leurs amis, parce qu'ils étaient disponibles et volontaires. En gros, les adolescents se touchaient parfois le paquet ou se masturbaient ensemble. Et en grandissant, la majeure partie d'entre eux étaient heureux de coucher avec des femmes et finissaient par se marier et avoir de beaux enfants.

Bonne nouvelle, non ?

Pas si vite. Aucun de ces témoignages n'évoquait des hétéro-sexuels qui essayaient carrément de coller leurs bouches à celle de leur meilleur ami chaque fois que les autres avaient le dos tourné. Il n'y avait aucune histoire sur des types qui rêvaient de sentir le corps de leur ami sur le leur, ou qui étaient excités par un simple sourire de l'autre côté de la pièce.

Ce que Rikker et moi étions l'un pour l'autre dépassait tellement la notion d'expérience sexuelle que ce n'en était même pas drôle. Et tant pis si nous n'avions jamais réellement couché ensemble ni même eu le courage suffisant pour tenter le sexe oral. Plus je lisais et mieux je comprenais que c'était l'un des cas où l'esprit de la loi était plus important que la lettre de la loi.

Après ça, j'avais arrêté mes recherches sur Google.

Je ne pouvais plus mettre les pieds au sous-sol. C'était trop diffi-cile d'être en bas sans penser à lui. Rien qu'en passant devant ce canapé j'en avais mal au cœur. J'avais toujours envie de lui et je ne m'en détestais que plus.

J'avais emporté la console de jeux vidéo dans ma chambre, mais ce n'était pas aussi amusant de jouer sans lui.

Et puis, quelques mois après le départ de Rikker, la saison de hockey avait recommencé. J'avais postulé auprès de l'équipe du lycée et j'avais été accepté. Pourtant, chaque fois que je chaussais mes patins, je pensais à lui. Je me demandais où il était et s'il jouait au hockey quelque part, dans une équipe du Vermont.

Pour essayer de chasser Rikker de mon esprit, j'avais commencé à sortir avec des filles. Tout s'était très bien passé. En première, beaucoup de garçons étaient trop timides. Ils aimaient les filles, mais les enjeux étaient trop importants et ils avaient peur de les inviter à sortir, ou à l'inverse, ils se comportaient comme de vrais mufles quand la chance se présentait.

Moi, en revanche, j'étais intrépide. Essuyer le refus d'une fille ne figurait même pas dans les cinquante premières places sur la liste de mes pires craintes. J'avais donc invité la plus jolie fille de ma classe au bal de début d'année. Et tout s'était si bien déroulé que j'en avais invité une autre au cinéma la semaine suivante.

Sortir avec des filles ? C'était aussi facile que d'aller à la pêche dans un tonneau, comme disait mon père.

Mais Rikker me manquait toujours atrocement. C'était ridicule, car même si je n'avais pas saisi l'occasion d'aller lui rendre visite à l'hôpital, seul un coup de téléphone nous séparait. Seulement, je ne pouvais pas me *permettre* cet appel téléphonique. Le prix à payer était trop fort. Non seulement j'appréhendais de lui faire face après m'être enfui comme un lâche dans cette ruelle, mais j'avais peur de lui dire ce que je ressentais vraiment. À savoir que nous ne pouvions pas rester amis, que c'était trop dangereux. Parce qu'avec lui, j'avais envie de faire des choses de *dégénéré*.

Cinq ans, c'est long. Avec le temps, le hockey avait cessé de me rappeler Rikker. J'avais persévéré, même quand ce sport avait changé. Le hockey au lycée – et ensuite, en université – était un sport bien plus sérieux et physique que les matchs que nous disputions dans la ligue d'amateurs. Le hockey me servait à exprimer toute ma colère. Jeter mes adversaires contre la balustrade ? Personne ne me traitait de

« dégénéré » pour ça. Quand c'était bien joué, la foule se levait même pour applaudir.

Le monde marche sur la tête. Vraiment.

Et maintenant, moi aussi j'étais tout retourné. Parce que Rikker était revenu dans ma vie et qu'il l'avait fait en annonçant à toute l'équipe qu'il était *gay*. C'était la chose la plus couillue que j'aie jamais vue. L'apparition de Rikker à Harkness, c'était comme si mon film d'horreur personnel devenait réalité. J'avais peur de ce qu'il pouvait révéler à mon sujet. Je craignais ce qu'il risquait de me dire. Je faisais dans mon froc en permanence.

Et puis, j'avais peur *pour* Rikker. Il ne semblait pas vraiment comprendre le danger. J'avais regardé la haine en face et je n'oublierais jamais son affreux rictus.

Au cours des cinq dernières années, j'avais bâti et peaufiné des mécanismes de défense que j'employais pour brouiller les pistes chaque fois que je parlais à un homme très attirant. Je prenais soin de ne pas le dévisager et je savais comment feindre le langage corporel qui ne traduit qu'un intérêt poli.

Mais avec Rikker, impossible de brouiller les pistes. En sa présence, plus rien ne fonctionnait. Mes yeux se dirigeaient là où ils n'étaient pas censés se diriger, et respirer le même air que lui me donnait des palpitations impatientes. En ce moment même, j'essayais de ne pas le suivre des yeux tandis qu'il traversait la salle en compagnie de Trevi.

Essayer d'ignorer quelqu'un est sans doute la chose la plus contraignante et la plus épuisante du monde. Chaque fois que Rikker entrait dans une pièce, j'avais l'impression d'être dépouillé de ma propre peau.

— Tu es prêt pour une autre série de développés ? me demanda Smitty.

— Oui, répondis-je par automatisme.

Bon sang, j'étais même prêt pour dix autres séries. Je réussirais peut-être à me fatiguer suffisamment pour dormir jusqu'au matin.

Bof, c'était peu probable.

CHAPITRE 5
PERCÉE
NOVEMBRE

PERCÉE : terme qui s'emploie quand un défenseur quitte sa position arrière habituelle pour s'avancer dans la zone d'attaque.

RIKKER

Nous étions dans le bus qui nous emmenait à Boston quand je reçus un texto de Skippy, mon ex-petit ami. Pendant quelques minutes, je l'ignorai. Je m'étais fixé des règles strictes en ce qui le concernait. La première règle était : ne jamais être le premier à lui envoyer un texto. Parce que c'était franchement pathétique. La deuxième règle était : toujours attendre une demi-heure avant de répondre.

Mais j'étais dans un bus et je fixais l'autoroute. Alors, bien sûr, j'y jetai un coup d'œil. Il m'avait envoyé une photo et je lâchai un « ooh » attendri avant de m'empresser de répondre.

— À qui tu écris ? demanda Bella sur le siège voisin.

— À mon ex, répondis-je en appuyant sur le bouton d'envoi.

— Ah oui ? s'exclama-t-elle. Tu me montres une photo ?

— De mon ex ? Non. Je les ai toutes effacées. De mon téléphone, en tout cas.

Comme l'aurait fait tout être humain qui se respecte.

— Mais tu peux voir une photo de son nouveau chien, ajoutai-je en lui tendant le téléphone.

— Ooh, fit-elle à son tour.

J'essayai de le lui reprendre, mais elle l'éloigna à bout de bras sans détacher les yeux du caniche sur la photo.

— Pourquoi le chien porte-t-il des lunettes ?

— Je n'en sais rien. En fait, je viens juste de lui poser la question. Mais je ne m'attends à aucune réponse raisonnable.

Skippy était plutôt farfelu.

— Tu sais, Rikker…

Elle fit traîner sa phrase, les yeux plissés sur la photo.

— Si un type me disait ça, je le tuerais, mais ce chien et moi, je trouve qu'on se ressemble.

— Quoi ?

Je récupérai le téléphone et regardai à nouveau la photo. J'émis alors ce genre de rire un peu douloureux, que l'on essaie de retenir sans y parvenir.

— Oh mon Dieu, Bella ! Tu as raison.

Le chien avait une fourrure bouclée d'une couleur similaire à la sienne. Et un sourire niais.

— Tiens, on va prendre ta photo et l'envoyer à mon ex.

— Attends !

Elle leva une main et je crus qu'elle allait rejeter mon idée, mais au lieu de ça, elle se retourna sur son siège.

— Eh, Trevi ! Je peux emprunter tes lunettes de lecture ? Juste une minute.

Une fois de plus, je pouffai. Bella était vraiment la fille la plus géniale du monde entier. Ce fut ce que je lui dis quand elle revint avec, sur le nez, des lunettes étonnamment semblables à celles du caniche sur la photo.

Mon téléphone vibra pour m'annoncer un texto qui répondait à ma question sur le pourquoi d'un chien à lunettes : *Rikky, tout le monde n'a pas une vue parfaite. Ne la mets pas mal à l'aise. Nous ne lui avons pas encore trouvé de nom. Ross veut l'appeler Kujo, mais je refuse. Des idées ?*

— Quel comique, dit Bella en lisant par-dessus mon épaule.

— Oui.

— Qui est Ross ?

— Mon remplaçant.

Elle fit la grimace.

— Désolée. Montre-moi le caniche encore une fois pour qu'on

fasse du mieux possible.

Je montrai à nouveau la photo à Bella et elle ajusta la barrette dans ses cheveux pour les gonfler comme la fourrure du chien.

— Bon, ça ira, dit Bella en souriant.

J'enclenchai la fonction appareil photo de mon téléphone et ajustai le cadrage.

— Attends.

Je tendis la main pour incliner légèrement son menton sur le côté, comme le caniche.

— D'accord. Tu peux me faire un sourire un peu plus... canicheux ?

Ma remarque la fit éclater de rire, ce qui m'amusa à mon tour, si bien qu'il nous fallut une minute pour nous calmer.

— Qu'est-ce qui vous fait rire ? demanda Frenchie de l'autre côté de l'allée.

— Rien, répondit Bella en gloussant.

Je perdis à nouveau mon sérieux. Plusieurs personnes se tournaient à présent pour nous regarder. Nous étions comme cette tablée bruyante et tapageuse au restaurant – agaçante, sauf quand c'est la vôtre.

— D'accord, dis-je en prenant une grande inspiration. On peut y arriver. Montre-moi encore ta pose.

Elle me fit son sourire le plus canin et je cliquai sur l'obturateur.

En légende, j'écrivis : *Cher Skippy, ton nouveau chien et ma nouvelle amie... séparés à la naissance ?*

— Envoie-la ! gloussa Bella.

Je m'exécutai et il ne me fallut que soixante secondes pour obtenir la première réaction. *Oh, mon Dieu.* Bien sûr, ça nous fit hurler de rire. Puis il écrivit : *Je ne peux même pas... Comment elle s'appelle ?*

Bella, répondis-je.

Presque aussitôt, mon téléphone sonna.

— Allô ? fis-je en hoquetant.

— Rikky ! Je veux parler à Bella.

Tu m'étonnes.

Je lui passai le téléphone, qu'elle prit avec des yeux pétillants.

— Ici Bella. Ravie de faire ta connaissance, Skippy.

Il y eut une pause.

— Je serais honorée si tu l'appelais Bella. Sérieusement. De rien.

Elle me rendit le téléphone :

— Il veut te parler.

— Quoi de neuf, Skipster ? demandai-je en baissant la voix.

— Je suis content que tu te sois fait une amie, Rikky.

Pile ce dont j'avais besoin, l'attitude complaisante de mon ex. Mon ex qui semblait s'en sortir beaucoup mieux que moi.

— Euh, merci ?

— Ce ne doit pas être facile d'être le nouveau trois ans de suite.

Je soupirai. C'était la vérité.

— Je survivrai. Comme toujours.

— Bien sûr, je n'en doute pas. Où es-tu, d'ailleurs ?

— Dans un bus en direction de Boston, pour un match.

— Ça me paraît plutôt sympa. Un bus rempli de grands athlètes musclés.

— Ça a des avantages.

— Content de l'entendre. À bientôt, Rikky. Ross t'embrasse fort.

Sérieusement ?

— Euh, merci. Bye-bye, Skip.

Quand je raccrochai, je surpris Bella en train de m'observer.

— Il a l'air chouette. Il te manque ?

— Parfois.

C'était la vérité. Et Skippy était vraiment chouette. Pourtant, environ un an plus tôt, il m'avait semblé que lui et moi n'étions plus vraiment sur la même longueur d'onde. Je le lui avais dit, il n'avait pas apprécié. Et quand il m'avait officiellement largué, j'avais éprouvé des regrets.

Bah. Sujet suivant, merci.

Je rangeai mon téléphone et ouvris le livre que j'étais censé lire pour mon cours d'anglais. Quand Bella eut rendu ses lunettes à Trevi, elle sortit un classeur de son sac à dos.

— Maintenant que tu es avec nous depuis deux mois, dit-elle en reposant son sac à ses pieds, tu dois m'aider à décider qui est le plus bel homme de l'équipe.

— Bien essayé, bébé, lui répondis-je en levant les yeux vers l'autoroute 95 qui défilait derrière les vitres de notre bus.

— Sérieusement, Rikker. Tu ne peux pas être mon meilleur ami gay si on ne peut même pas parler de mecs !

Son stylo-bille produisit un déclic et elle entreprit d'écrire des chiffres sur le côté gauche d'un bloc-notes. De un à douze.

— C'est non. Je refuse de risquer une dérouillée juste pour réaliser tes fantasmes hollywoodiens.

Dans mon sac de sport, j'avais caché une grosse barre chocolatée avec des éclats de caramel au beurre salé. Bella pouvait plaisanter tant qu'elle le voulait, mais mon véritable rôle en tant que meilleur ami gay était de l'approvisionner en chocolat de qualité.

Notre relation fonctionnait parfaitement.

— Je ne plaisante qu'à moitié, murmura-t-elle. Ces deux dernières années, je me suis penchée sur une question essentielle. Qui a les plus belles fesses dans ce bus ? Ce n'est pas facile pour une fille de garder pour soi ce genre de choses.

— Tu ne le gardes *pas* pour toi, justement, soulignai-je. Il ne se passe pas une journée sans que tu dises à chaque propriétaire de ces fesses ce que tu en penses.

— Faux, rétorqua-t-elle. Je suis très généreuse avec mes compliments. Un bon manager sait motiver ses troupes.

Je pouffai. L'école de management de Bella était une bien étrange institution. Mais c'était *notre* étrange institution.

— Les plus belles fesses sont celles d'Hartley, dit-elle à voix très basse. Je suis dégoûtée qu'il soit mon échec le plus retentissant.

Maintenant, elle éveillait ma curiosité.

— Tu n'as jamais pu mettre le grappin dessus ?

J'avais beau préférer éviter le sujet des (très belles) fesses d'Hartley, l'envie d'en apprendre un peu plus sur les machinations secrètes du cerveau de Bella était trop forte.

— Pourquoi ?

— Mauvais timing. L'an dernier, quand il a largué son ancienne copine, il s'est mis avec Corey dès le *lendemain matin*.

Elle secoua la tête, à la fois incrédule et dévastée.

— Et j'adore Corey plus que tout, alors je ne peux même pas leur souhaiter de rompre.

— C'est fort de ta part.

J'avais rencontré Corey, moi aussi, et elle était formidable. Bella sourit.

— Tu peux le dire, c'est fort. Je ne coucherais jamais avec quelqu'un qui est en couple. Pépé, par exemple, a une copine à Montréal. Il y a au moins cinquante photos d'elle dans sa chambre.

Je me demandais comment elle pouvait bien le savoir, mais je choisis de laisser cette question de côté pour l'instant.

— Donc chaque saison, il y a une grande partie de l'équipe qui m'est interdite. C'est pour ça que Graham et moi, nous sommes si souvent sortis ensemble l'an dernier. Il est toujours célibataire.

Je tentai de réprimer le tic nerveux de mon visage, mais ce ne fut pas facile. J'avais déjà assisté aux simagrées de Graham avec les femmes, et chaque fois j'en éprouvais un élan inattendu de... je ne sais même pas de *quoi*. Chez Capri, les filles étaient pendues au cou de Graham aussi souvent qu'à ceux des autres joueurs. À plusieurs reprises, je l'avais vu sortir complètement ivre, en compagnie d'une groupie de patinoire qui nous avait suivis à la pizzéria.

Je savais déjà que Bella et lui étaient proches. Ils étaient affreusement tactiles l'un envers l'autre. Mais il faut dire que Bella tripotait *tout le monde* tant qu'on ne lui demandait pas d'arrêter. Alors je ne m'étais jamais imaginé Bella et Graham nus tous les deux. Pour une raison quelconque, je n'aimais pas cette image.

Si j'étais une meilleure personne, je serais content pour lui, sans doute. Mais apparemment, j'étais du genre rancunier.

Ce ne sont pas tes affaires, me rappelai-je.

Il était temps de penser à autre chose. Comme à mon tir frappé qui avait envoyé le palet dans le coin du filet la semaine dernière, marquant le premier but de l'année pour Harkness dans notre rencontre d'avant-saison contre Brown. C'était une pensée positive à laquelle me raccrocher. Je n'étais pas près de me déshabiller avec quelqu'un de sitôt. Le hockey accaparait la moitié de mon temps et ça n'allait pas s'arranger. L'autre moitié était occupée par les études.

À part moi, j'étais incapable de *nommer* un seul gay à Harkness.

Je n'avais aucune vie sociale réelle. Quand l'équipe allait chez Capri pour manger des pizzas et boire des bières, je me contentais de faire de brèves apparitions. Je prenais une part ou deux, une pinte, et je bavardais hockey avec ceux qui m'accueillaient sincèrement. En général, je partais tôt pour prendre de l'avance. Elle n'était pas très saine, cette impression que je devais m'excuser la majeure partie du temps. Mais je n'avais aucune feuille de route à respecter. J'agissais sous la vague intuition que, si mon jeu était excellent cette année, tout finirait par s'améliorer. Mes coéquipiers m'accepteraient comme un véritable ami, et non pas comme *ce type gay* qui sait faire des passes au cordeau.

Parce que tout le monde aime les vainqueurs, non ?

À côté de moi, Bella prenait des notes sur son calepin. Elle tira de son classeur un programme de hockey sur papier glacé.

— Tu l'as déjà vu ? demanda-t-elle. Il sort de chez l'imprimeur.

— Sympa, répondis-je.

Je savais qu'elle avait travaillé dur sur ce document.

Elle l'ouvrit sur la page du trombinoscope, où nos visages souriants fixaient l'appareil photo, nos uniformes encore immaculés, sans la moindre tache de sang.

— Tu es très photogénique, Rikker, dit-elle en soupirant.

J'éclatai de rire.

— J'étais justement en train de me dire qu'elles étaient très photoshopées. On dirait qu'on vient tous de se faire blanchir les dents.

Elle approcha la page de son visage.

— Que penses-tu de la barbe d'Orson, avec ces pattes ? C'est un look plutôt audacieux, mais je trouve que ça lui va bien.

— Sans commentaire.

— Bon sang, Rik ! fit-elle en soupirant. C'était une question parfaitement innocente. Je ne t'ai pas demandé si tu te le *taperais*.

— Bella, l'avertis-je en baissant la voix. Je ne plaisante absolument pas à ce sujet. Même si j'avais envie de t'avouer que la pilosité faciale, ce n'est pas trop mon truc, ce n'est pas une conversation que je peux me permettre d'avoir. C'est exactement ce que craignent les homophobes, tu comprends ? Que je les dévisage. En les évaluant.

— Ils devraient peut-être se décoincer un peu, chuchota-t-elle.

— Je ne pense pas pouvoir y faire grand-chose, répondis-je sur le même ton.

Elle soutint longuement mon regard et je vis qu'elle avait compris, avant que son sourire diabolique reprenne le dessus.

— Sérieusement... tu n'aimes pas les barbes ? *J'adore* ça. Même si ça m'irrite l'intérieur des cuisses. *Surtout* dans ce cas, devrais-je dire.

En gémissant, je fermai les yeux et me frappai la tête contre le dossier de mon siège. *Merci pour cette image, Bella.* De toutes les personnes dans ce bus, qui aurait cru que celle qui me rappellerait à quel point j'étais en manque serait une fille ? Ma vie était pitoyable.

Elle gloussa.

— Je viens d'avoir une super idée.

— J'ai hâte de l'entendre.

— Pour plaisanter, je vais dire à tous les membres de l'équipe que tu n'aimes pas les poils au visage. À Noël, ils seront tous aussi velus que des loups-garous.

Mon rire m'échappa avant que je puisse le retenir.

— Ou tu pourrais leur dire l'inverse, juste pour délirer. Dis-leur que j'*adore* les barbes, et demain ils seront tous aussi bien rasés que des militaires.

Nous étions pliés en deux. Bella en avait les larmes aux yeux.

— Qu'y a-t-il de si drôle ?

Une tête se dressa au-dessus du siège devant nous. Manque de chance, c'était celle de Groucho, le défenseur le plus âgé, qui arborait la barbe la plus fournie de l'équipe. Bella s'esclaffa et Groucho fronça les sourcils.

— C'est l'heure du chocolat, dis-je en plongeant la main dans mon sac.

Parce que tout le monde aime le chocolat. Je devrais sans doute en commander au kilo.

Le bus continuait. Nous étions invités à Boston. Nous allions disputer un match ce soir et un autre le lendemain.

Le programme toujours ouvert sur les genoux, Bella griffonnait sur son bloc-notes. De temps à autre, elle faisait quelques ratures en grommelant.

— Au fait, sur quoi tu planches ? demandai-je.

— La répartition des chambres. J'ai l'impression d'élaborer les plans de table d'un mariage.

Voilà qui attira mon attention.

— Que comptes-tu faire de moi ? Tu seras ma camarade de chambre, n'est-ce pas ?

— Je ne peux pas, dit-elle en notant quelque chose sur sa page. La femme du département des sports doit dormir avec moi. Nous sommes les seules filles.

Merde alors.

— Et Hartley ?

— Il m'a demandé que je le mette avec Frenchie, pour pouvoir le surveiller. Apparemment, Monsieur ne se déplace jamais sans son bang. Et Hartley n'a pas envie qu'il se fasse arrêter.

— Qui, dans ce cas ?

— J'y travaille.

À voix basse, elle compta tous les inscrits sur la page. Sous mon regard attentif, elle biffa un nom et l'intervertit avec un autre.

— Bon, je crois que je vais te mettre avec Graham.

— Waouh, fis-je en sentant mon cœur dégringoler jusque dans mon ventre. Tu ne peux pas faire ça.

Elle leva les yeux avec un air sincèrement étonné.

— Pourquoi ?

Je déglutis en essayant de ne pas montrer la panique qui s'était emparée de moi.

— Ce type ne m'aime *vraiment* pas. Je ne plaisante pas. Big-D serait sans doute plus heureux de m'avoir avec lui que Graham.

Bella plissa les yeux.

— Ne me dis *pas* que tu compares Graham à Big-D.

Je clignai des paupières en me demandant que répondre. Évidemment, je connaissais la différence entre Big-D, qui était juste un fanatique religieux et un parfait abruti, et Graham, qui me détestait pour une raison très spéciale. Mais nous ne pouvions pas partager une chambre.

— Graham est juste un gros nounours, poursuivit Bella. J'aimerais que tout le monde lui lâche la grappe.

Ses pommettes rosirent tout à coup.

S'il y avait un moment où marcher sur des œufs, c'était bien celui-là, car je me rendais compte que j'avais raté quelques détails. Elle avait beau crier sur tous les toits qu'elle était un électron libre, Bella semblait avoir un faible pour Graham. À en juger par ses joues rouges, je me doutais qu'il était son nounours *préféré*. (Elle serait sans doute stupéfaite d'apprendre que c'était moi qui l'avais câliné en premier, mais passons.) Et puis, elle se faisait du souci pour lui, probablement parce qu'aux derniers entraînements, il n'avait fait que brasser du vent.

Que faire ?

— Je n'ai rien contre Graham, Bella, répondis-je d'une voix douce. Mais si tu veux qu'il se détende et soit en forme pour jouer, je dis juste que tu devrais lui donner un autre compagnon de chambre.

Bella remit le nez dans son document.

— Je prends note de ton conseil, mais je n'ai pas une grande marge de manœuvre. Et tu te trompes à son sujet.

Merde.

— Qui sait pourquoi il a une dent contre moi ? Il trouvait peut-être que j'étais un joueur lamentable au lycée. J'habitais dans le Michigan avant de déménager au Vermont.

Elle leva les yeux.

— J'ai remarqué ça dans ta bio. L'équipe *Jésus est le sauveur*, n'est-ce pas ?

— Oui, répondis-je en riant.

En dehors des t-shirts plutôt cool, les établissements chrétiens que nous avions fréquentés n'étaient pas faits pour moi.

— J'ai posé la question à Graham. Il m'a dit qu'il ne se souvenait pas de toi. C'était grand, comme endroit ?

Je ne pus que hocher la tête, car il me fallait un moment pour digérer intérieurement cette nouvelle. *Il m'a dit qu'il ne se souvenait pas de toi.* L'entendre à haute voix me portait un nouveau coup au cœur.

Elle ne s'en rendit pas compte et continua :

— C'était une école chrétienne, n'est-ce pas ? Ce devait être très amusant pour un jeune gay. Enfin, je veux dire, si tu le savais déjà.

Mon propre rire me sembla amer.

— Oh, j'en étais déjà tout à fait conscient. Et dans cet établissement, ils le prêchaient dans le texte.

Même avant Graham, alors que je vivais toujours dans le déni, ils me vouaient déjà à la damnation éternelle dans leurs leçons de morale quotidiennes. Je détestais cet endroit.

— Le Vermont, c'était beaucoup mieux. Parce que tout le monde là-bas est un peu bizarre.

— Alors tu avais déjà fait ton coming-out au lycée ?

Elle fit cliqueter son stylo et me dévisagea avec ses grands yeux verts.

C'était une question légitime, mais il était difficile d'y répondre. Les hétéros partent toujours du principe que soit vous cachez votre jeu, soit vous êtes carrément extraverti sur le sujet. Mais ça ne fonctionne pas exactement comme ça. On peut très bien s'être ouvert à certaines personnes tout en restant secret devant les autres.

— Ma famille le savait, et mes plus proches amis. Mais pas l'équipe de hockey.

Bella mordillait le bout de son stylo.

— Le sport est vraiment l'ultime frontière, n'est-ce pas ? Regarde, le mariage du même sexe est autorisé dans dix-sept États, mais comme par hasard la Ligue nationale de hockey est à cent pour cent hétéro.

— Mais oui, *bien sûr.*

— Tu vois ? fit-elle en éclatant de rire.

Nous restâmes assis sans dire un mot pendant une minute, tandis que le bus poursuivait sa route.

— Ne me mets pas avec Graham, repris-je à mi-voix.

Elle grogna pour exprimer son agacement.

— Ce n'est pas un enfoiré, d'accord ? Le monde est tapissé de cons, mais Graham n'en fait pas partie.

Peut-être était-ce la vérité, mais cela n'avait aucune importance. Si Bella nous mettait dans la même chambre d'hôtel, je l'imaginais presque en train de sauter du balcon. Et en un sens, ce serait de ma faute, parce que je ne ratais pas une occasion pour le tourmenter par un sourire entendu ou un regard appuyé.

— Que dis-tu de ça ? demandai-je avant de lui apporter la solution. Propose-le d'abord à Graham.

Ainsi, je ne vexerais pas Bella en insistant lourdement. Il pouvait le lui dire lui-même.

— S'il n'aime pas cette idée, dis à Hartley que je veux bien me charger du baby-sitting de Frenchie.

Je n'avais jamais entendu l'un de nos coéquipiers francophones me critiquer. Et « gay » était le même terme en anglais et en français.

— D'accord.

Je me tournai alors vers la vitre et regardai le monde défiler. En essayant de me concentrer sur le hockey. Rien d'autre que le hockey.

GRAHAM

Par miracle, j'avais enfin réussi à jouer correctement ce soir-là à Boston.

Les lumières vives et les acclamations de la foule m'avaient réveillé. Même si j'avais été très mauvais à l'entraînement, l'opportunité d'aplatir une véritable équipe adverse m'avait secoué les puces.

Cela faisait des semaines que je ne m'étais pas senti aussi léger sur mes pieds. Chaque fois que les autres avaient le palet, je me transformais en boule d'énergie ambulante. *Il est à moi*, scandais-je intérieurement en leur reprenant le palet. Et si le joueur ne cédait pas, je le reprenais de force. Mes protections furent à rude épreuve. À la fin du match, j'avais repoussé chacun de leurs attaquants contre la balustrade.

J'avais été avantagé par le moral en berne de l'équipe adverse. Rien de tel qu'un but précoce pour annoncer la couleur. Hartley en avait placé un alors que le compteur n'indiquait que 15 : 55 dans la première période.

Et je n'étais pas le seul à me sentir pousser des ailes. Notre vitesse était excellente. Nos passes précises. Nous conservâmes la même assurance pendant les trois périodes pour un score final de 4 à 0.

Enfin. C'était agréable de me rappeler que je savais jouer.

Pitbull et Kesha chantaient à tue-tête dans la patinoire quand je rejoignis les vestiaires. Alors que je retirais mes protections trempées de sueur, la fatigue commença à se faire sentir. Mais c'était une fatigue positive. J'empilai mon équipement du mieux possible dans un casier métallique à l'allure piteuse. L'établissement qui nous recevait ne disposait pas de l'ameublement élégant que nous avions. (À moins qu'ils s'en réservent l'exclusivité.)

Derrière moi, Bella écrasa soudain le talon de sa botte sur quelque chose qui détalait par terre.

— Dégueu, s'exclama Big-D. Ne me dis pas que c'était un cafard.

— Ça fera des protéines, plaisantai-je.

Cela ne servait à rien d'être trop pointilleux. Nous risquions juste de passer pour les snobs élitistes dont on nous traitait constamment, étant donné que notre université faisait partie de l'Ivy League.

— On se croirait dans des douches de prison, lança quelqu'un en contournant le mur de séparation qui menait à la salle d'eau, dans un recoin.

— Et comme en prison, ajouta Big-D, tu peux t'attendre à te faire baiser des yeux par ceux qui préfèrent les garçons.

Et voilà. La médisance quotidienne de Big-D sur les gays. Et quelle était ma réaction ? *Détourner le regard. Garder un visage neutre. Encore et toujours.* Ma vie entière n'était qu'un exercice de lâcheté, avec mes mécanismes de défense.

— Je suis certaine que tu parles de *moi*, intervint Bella qui n'était pas du genre à se défiler. J'aime les garçons. Beaucoup. Et laisse-moi te dire une chose, je ne vais pas te baiser des yeux pendant que tu prendras ta douche.

— Pas la peine, ma belle. Tu y as déjà goûté pour de vrai.

Je crus que Bella avait perdu la partie, mais elle haussa une épaule et lui porta l'estocade finale.

— Merci de me le rappeler de temps en temps. Comme ça n'a duré que dix secondes, j'ai tendance à oublier.

Comme souvent, Bella fit voler en éclats toutes mes défenses et j'éclatai de rire.

Tourné vers le mur, j'expédiai ma douche en trois secondes et demie.

Les types dans le genre de Big-D se trompent. Ils croient que le gay est celui qui va prendre son temps pour se savonner la queue tout en vous regardant vous laver les cheveux. Mais ce n'est jamais le cas, dans aucune douche collective, nulle part sur la planète Terre. Le gay est au contraire celui qui se douche discrètement et en vitesse, avant de ficher le camp. Il enfile ses sous-vêtements alors que sa peau est encore humide, même s'ils doivent lui coller à la raie des fesses pendant le reste de la soirée.

Il ne vous dévisage pas, et il préférerait manger du verre pilé plutôt que d'avoir une érection dans les vestiaires. Ainsi, quand sa vie lui explose au visage parce qu'il a exceptionnellement baissé sa garde, vous ne pouvez pas l'accuser d'avoir eu un comportement louche. Vous aurez beau penser aux années pendant lesquelles vous vous êtes douchés ensemble, vous ne vous rappellerez pas une seule chose qu'il ait pu dire ou faire quand vous étiez nu.

Parce qu'il est invisible. Ou du moins, il essaie de l'être. Il efface l'historique de son navigateur chaque fois qu'il éteint son ordinateur. Ses vêtements sont indéfinissables. Son visage est scrupuleusement neutre.

En toute honnêteté, c'est épuisant.

Tout en enfilant mes chaussettes, j'aurais pu parier que Rikker établissait un record de vitesse similaire au mien, de l'autre côté de la pièce, et cherchait à fuir au plus vite cet enfer pour claustrophobes. Mais je ne pouvais pas en avoir le cœur net, car pour cela il me faudrait jeter un œil dans sa direction, et je ne voulais pas enfreindre les nombreuses règles que je m'imposais. Règle numéro un : aucun regard en coin dans les vestiaires. Règle numéro deux : ne *jamais* regarder Rikker.

— Eh, Graham ? J'ai un service à te demander.

Bella apparut à côté de moi. Ses cheveux frisottaient à cause de la vapeur d'eau dégagée par les douches. La ventilation n'existait pas encore quand ce bâtiment avait été construit.

— Oui, je t'écoute.

— Je vais annoncer la répartition des chambres d'hôtel et j'aimerais mettre Rikker avec toi.

Heureusement que j'avais le visage dans mon casier à ce moment-là, parce que malgré mes années de pratique, aucun mécanisme de défense n'était suffisamment solide pour supporter ce genre de choc. Non mais... *putain de merde*. Il fallait bien que je lui donne une réponse. Ce n'était pas évident quand votre cœur venait de vous remonter dans la gorge.

— Ça ne te dérange pas, si ? insista-t-elle. Tu ne m'as jamais semblé être du genre homophobe.

— C'est bon, bafouillai-je.

Sur le moment, je n'avais plus toute ma tête. Elle avait dit que je ne lui semblais pas être du genre homophobe. Pourtant, elle se trompait cruellement. J'étais la personne la plus homophobe du monde. Parce que « homophobe » signifie « qui a peur des homosexuels ».

Et j'avais une trouille bleue de moi-même.

— Graham, regarde-moi.

Désolé, ma belle. Impossible.

— Une seconde, répondis-je. Couvre-moi.

Cette conversation venait juste de me rappeler quelque chose d'important : la flasque dans mon sac de hockey. Comme la porte du casier me cachait d'un côté et Bella de l'autre, je la sortis discrètement et dévissai le bouchon. La tête dans mon casier, je bus une longue gorgée.

J'étais encore en train d'avaler quand Bella m'arracha la flasque des mains.

— Graham ! se récria-t-elle. Bon sang, mais qu'est-ce qui ne tourne pas rond chez toi ?

— *Rien*, lui répondis-je à mi-voix. Rends-moi ça tout de suite.

— Hors de question.

Ses doigts tremblaient de colère lorsqu'elle remit le bouchon en place. Elle laissa tomber ma flasque dans une poche de son sac.

— Tu as très bien joué ce soir, dit-elle d'une voix blanche. Et ça m'a soulagée, parce que tu me fais peur ces temps-ci.

Je parvins enfin à affronter son regard, au prix d'un gros effort. Bella était plutôt douée pour voir clair dans le jeu des gens. Je sentis le laser de ses yeux m'examiner attentivement à la recherche d'indices.

Elle se pencha vers moi, même si personne ne pouvait nous entendre par-dessus le martèlement de la musique et les portes de casier qui claquaient autour de nous.

— Pourquoi bois-tu autant, Graham ? demanda-t-elle. Que t'arrive-t-il ?

Je me contentai de hausser les épaules. Je n'avais rien à dire sur le sujet.

— D'accord, dit-elle en se fermant comme une huître. Joue au connard avec moi, si tu veux.

Elle me fourra dans les mains une enveloppe de l'hôtel qui contenait la clé magnétique de ma chambre.

— Mais ne joue pas au connard avec lui.

Bon sang, j'avais horreur de l'entendre dire ça. C'était une torture chaque fois que je voyais Bella et Rikker discuter. Non seulement j'avais peur pour ma vie privée, mais j'avais la désagréable impression de perdre ma meilleure amie. À cause de *lui*.

— Ma flasque, dis-je d'une voix que je ne reconnaissais pas.

— Tu la récupèreras demain, après le match.

Sur ces mots, elle s'en alla.

Et merde.

Je n'avais rien d'autre à faire que de sortir me chercher de quoi manger. Et – s'il y avait vraiment un Dieu au ciel, comme ils nous l'enseignaient dans cet infernal lycée d'homophobes – de quoi boire.

RIKKER

Le dîner fut tardif. Je mangeai des beignets de crabe et des petits pains au homard avec les autres, dans un restaurant de poissons que le Coach nous avait conseillé, puis tout le monde rentra à pied à l'hôtel, largement à temps pour le couvre-feu de vingt-deux heures. Quant à moi, je m'attardai, flânant dans les rues de traverse où je m'achetai une glace en cornet dans un petit café tranquille. J'aimais les grandes villes. J'aimais leurs trottoirs animés et leur anonymat.

Là où j'avais grandi dans l'ouest du Michigan, je n'avais eu qu'un aperçu de la vie citadine. La majeure partie des gens préféraient les mornes banlieues. Quand j'avais déménagé au Vermont avant d'entrer en première, je croyais que je détesterais l'atmosphère rurale. Mais finalement, j'avais plutôt apprécié, car elle était plus honnête que les pelouses de ma jeunesse, entretenues avec une telle sévérité qu'elles en étaient presque agressives. Il y avait des prairies aux herbes folles broutées par les vaches, des forêts de pins qui couraient sur des kilomètres et la silhouette des Montagnes Vertes où que vous portiez le regard.

Et pourtant, je préférais les bonnes vieilles villes. Mon ex-petit ami et moi nous rendions souvent à Montréal, à quatre-vingt-dix minutes de Burlington en voiture, où l'âge légal pour boire (et par conséquent pour faire la fête) n'était que dix-huit ans. Nous nous étions amusés comme des fous à chercher tous les bars gays de la ville pour les essayer.

Un groupe d'étudiants passa en riant près de moi sur le trottoir. Je ne pouvais nier que je me sentais seul et, ce soir, j'avais le moral à zéro.

À vingt-deux heures tapantes, je retournai à l'hôtel, les épaules alourdies par mon sac de sport et le poids de mes craintes. Quand Bella m'avait donné la clé magnétique de ma chambre, elle avait l'air soucieuse.

— Si tu vois quelqu'un en train de boire avant le match de demain, tu me le diras ?

— Euh, oui.

Il faudrait être sacrément idiot pour avoir envie de boire avant de descendre sur la glace avec une bande de types qui rêvaient de vous écraser comme un insecte.

Comme elle n'avait pas évoqué mon problème de chambrée, je savais à qui m'attendre. À moins qu'il ait trouvé le moyen de se dérober.

À l'étage, la porte de la chambre 312 s'ouvrit dans un déclic mécanique et j'entrai. Il faisait si noir à l'intérieur que je crus d'abord être seul. Une fois que mes yeux se furent accoutumés à la pénombre, je fus stupéfait de découvrir Graham assis à la petite table près de la fenêtre, le menton posé sur ses mains croisées.

Je lâchai mon sac sur le sol et tâtonnai pour trouver l'une des lampes de chevet. Même quand elle s'alluma en projetant un halo de lumière sur le tapis, il ne bougea pas.

— *Hola, Miguel*, dis-je à voix basse.

Aucune réaction.

Sérieusement ? Même si je comprenais sa réticence à me parler dans une salle remplie de monde, m'ignorer maintenant relevait de la débilité profonde. J'avais l'impression de jouer dans ce film où Bruce Willis est mort, mais l'ignore.

J'aurais *dû* me contenter de passer dans la salle de bains pour me brosser les dents et faire comme si de rien n'était. Mais je ne pouvais pas jouer ce jeu-là. Pendant les dix secondes qui suivirent, ma colère s'enflamma. J'avais brusquement *blêmi*, j'entendais le sang cogner dans mes oreilles. On a beau souhaiter de toutes ses forces que l'autre n'existe pas, on ne se comporte pas de la sorte. Surtout quand l'autre est votre coéquipier.

Surtout quand l'autre était votre meilleur ami.

Je traversai la chambre pour aller me camper à côté de lui. Il ne bougea pas. Pas le petit doigt. Je levai alors la main pour la suspendre devant son front, là où ses cheveux blonds et souples encadraient son visage. Autrefois, j'y passais mes doigts. Au lieu de ça, je rejetai violemment sa tête en arrière, du plat de la main.

S'il bougea, ce fut uniquement parce que je ne lui avais pas vraiment laissé le choix. Sa nuque partit en arrière jusqu'à heurter le mur et ses yeux hagards rencontrèrent les miens. Il ne prononça pas un mot. Son absence de réaction me mettait hors de moi, j'étais à deux doigts de perdre les pédales. Sans même en avoir l'intention, je serrai le poing.

— Frappe-moi, chuchota-t-il alors.

Son visage exprimait une telle douleur qu'on aurait dit que je l'avais *déjà* assommé.

— Va te faire foutre, lâchai-je.

J'avais envie de le frapper – vraiment envie. Mais le peu de santé mentale qu'il me restait décida de remonter à la surface pour me rappeler que je risquais juste de m'attirer des ennuis. Après tout, il voulait peut-être que je le cogne pour me faire virer de l'équipe.

Ça n'en vaut pas la peine.

Ça n'en vaut pas la peine.

Respire.

Je ne lui envoyai pas mon poing dans la figure, mais je tendis la main comme un vrai rebelle et lui décochai une pichenette sur le front. C'est dire à quel point, sur le moment, j'étais à un cheveu de la folie. J'en venais presque à souhaiter qu'il me frappe pour avoir une bonne raison de me sentir fou de rage.

Mais il n'en fit rien. Au lieu de ça, Graham leva la main et m'attrapa le poignet. Maladroitement, il attira le dos de ma main contre son front et la garda ainsi prisonnière. Puis il ferma les yeux et expira, un long souffle qui semblait chargé de tout le poids du monde.

Stupéfait, je restai interdit pendant une fraction de seconde. Mon cerveau se déconnecta temporairement lorsque je sentis la main de Graham se refermer autour de la mienne. Pendant un long moment, je ne fus conscient que de la chaleur de sa paume et de ses doigts tremblants.

Soudain, pris de panique, je retirai vivement ma main et fis deux pas en arrière. Mes genoux rencontrèrent le bord d'un lit et je m'assis sans le vouloir. *Temps mort*, implorait mon esprit qui peinait à comprendre ce qui se passait. Pendant tout ce temps, mon cœur cognait à l'intérieur de ma cage thoracique.

— Je suis désolé, fit-il d'une voix rauque.

Je me raclai la gorge.

— Pourquoi ?

Il secoua violemment la tête.

— Pour tout. Tout ça, putain. C'est beaucoup trop tard maintenant, mais je suis sincère. Sincèrement désolé.

Waouh. Mon silence s'étira. J'attendais que le monde cesse enfin de vaciller.

— D'accord, dis-je en prenant une grande bouffée d'oxygène.

— Je suis désolé de m'être *enfui*.

Il posa sa tête dans ses mains et je vis son torse se soulever et s'affaisser au rythme de sa respiration.

Ça alors. Une partie de moi avait attendu cinq ans d'entendre ça.

Mais maintenant qu'il m'avait présenté ses excuses, j'avais trop mal pour en parler.

— Euh, merci pour ta sincérité. Mais je me suis enfui aussi, vieux. C'est juste que tu as couru plus vite.

À vrai dire, ce n'était pas en s'enfuyant que Graham avait mal agi. Fuir devant des abrutis qui vous traitent de « sales petits pédés ! », ce n'est pas une mauvaise idée. Son véritable tort avait été de ne plus jamais m'adresser la parole. Et d'après ce que j'en savais, il n'avait jamais dit à personne qu'il était avec moi le jour de mon agression.

Cela dit, si j'avais eu toute ma tête au service des urgences, je n'en aurais sans doute parlé à personne, moi non plus. Mais on m'avait donné des antalgiques à l'hôpital, et j'avais raconté à mes parents une version émotive des événements. Il ne leur en avait pas fallu plus pour paniquer.

Quand la police était arrivée pour m'interroger au sujet des brutes qui m'avaient frappé, je leur avais raconté ce que mes parents m'avaient demandé de dire.

— Ils voulaient mon portefeuille.

Les policiers n'avaient même pas pris la peine de me demander pourquoi, dans ce cas, je l'avais toujours sur moi. Je suis presque sûr que personne n'était dupe.

La solution de mes parents avait été de m'envoyer le plus loin possible. Ils pensaient que s'ils m'éloignaient de Graham, je ne resterais pas gay.

— Le Vermont te fera du bien, avaient-ils dit quand ils m'avaient conduit chez ma grand-mère. Tu vas y aller le temps de guérir.

Ce fut permanent.

Décidément, je n'aimais pas beaucoup réfléchir à tout ça.

Graham était toujours assis à la table, la tête dans ses mains. On aurait dit un homme qui attendait d'être exécuté pour ses crimes. Et même si je lui en avais voulu pendant cinq ans, je n'avais plus envie d'en parler.

— Bon, Graham. Voilà ce qu'on va faire.

J'attendis qu'il redresse la tête pour me regarder. C'était la première fois qu'il rencontrait volontairement mon regard depuis mon arrivée à Harkness.

— Je vais arrêter de t'embêter, lui dis-je. Plus de…

Je ne savais même pas comment qualifier les taquineries que je lui infligeais.

— Je ne le ferai plus.

— Je l'ai mérité, rétorqua-t-il.

Sa réponse me ramena des années en arrière, c'était du Graham tout craché. Il avait toujours eu ce petit côté méfiez-vous-de-l'eau-qui-dort. Chaque fois que nous nous disputions au sujet de la XBox, ou parce que l'un des deux avait vexé l'autre – quelle que soit la raison pour laquelle des jeunes de quinze ans peuvent se chamailler – il en était profondément affecté.

— Très bien, dis-je. Alors voilà ce que tu vas faire pour te racheter. Tu vas arrêter de te comporter comme si tu avais envie de vomir chaque fois que je franchis une porte. Je ne suis pas venu à Harkness pour faire de ta vie un enfer. Je suis venu pour jouer au hockey. Il y a beaucoup de gars dans cette équipe qui aimeraient bien me foutre une raclée, alors tu peux déjà essayer de ne plus en faire partie.

Son visage était plus sombre que jamais.

— D'accord, dit-il enfin.

— Je le pense sincèrement. Oublions toutes les merdes qui nous sont arrivées. Nous ne parlerons plus jamais de ces histoires. Mais dans les vestiaires, respectons un accord.

— Très bien, répondit-il lentement.

— Je ne m'attends pas à ce que tu me soutiennes, m'empressai-je d'ajouter. Mais détends-toi, bon sang. Tu peux le faire ?

Il hocha la tête sans enthousiasme, mais il était sérieux. Au même moment, on frappa à la porte.

— Rikker ? Graham ?

C'était la voix de Bella.

— Oui, répondîmes-nous en chœur.

Elle remua la poignée.

— C'est fermé à clé, bande d'idiots.

Graham se leva d'un bond et en quelques pas, ses longues jambes le portèrent jusqu'au couloir. Quand il ouvrit, Bella entra et son regard balaya la chambre silencieuse, comme pour prendre la température.

— Que faites-vous ? demanda-t-elle.

— On prend de l'héroïne, répondit Graham. Avec un peu de meth, et de la vodka pour faire passer le tout.

Pour la première fois en plus de cinq ans, je pouffai à l'une des blagues pince-sans-rire de Graham.

Le regard de Bella alterna entre nous deux.

— Bon, d'accord. Je voulais juste m'assurer que tout le monde était bien installé pour la nuit.

— C'est bon pour nous, répondis-je.

Je me levai du lit et récupérai mon sac de sport, que je fouillai à la recherche de mon pyjama et de ma brosse à dents.

Alors que je passais devant Bella pour me rendre dans la salle de bains, elle lança :

— Eh, Graham ! Est-ce que Rikker t'a dit que vous étiez dans la même équipe pendant un an au lycée ?

— Nous, euh… nous en avons discuté, répondit-il.

Debout devant le lavabo, je me brossai les dents. Dans le miroir, je vis Bella se hisser sur la pointe des pieds. Elle prit le visage de Graham dans ses mains et ses lèvres effleurèrent les siennes.

Du bout du pied, je refermai la porte derrière moi. Or comme les portes dans les hôtels bas de gamme sont aussi solides que des galettes au riz soufflé, j'entendis le commentaire de Graham, une longue minute plus tard, alors que j'enfilais mon pantalon de pyjama :

— C'était sympa, Bella. Mais est-ce que j'ai passé ton alcootest ?

— Ce n'est peut-être pas pour ça que je t'ai embrassé, répliqua-t-elle.

— Ça m'étonnerait.

Elle répondit d'une voix échauffée :

— Tu as raison. Je ne t'aime pas du tout.

— Bonne nuit, Bella.

— Bonne nuit, abruti.

J'attendis que la porte de la chambre se referme avant de sortir. Comme les deux lits étaient intacts, je pris le plus proche sans demander à Graham s'il avait une préférence. Ce n'était pas le moment d'avoir une conversation comportant le mot « lit ». Je rejetai les couvertures et me glissai dessous, avant de rouler sur le côté pour lui tourner le dos. Mon langage corporel essayait d'exprimer : *Non ! Rien de gênant entre nous.*

Graham passa à son tour quelques minutes dans la salle de bains.

— Tu veux que j'éteigne, non ? demanda-t-il.

Je me retournai pour le découvrir à côté de la lampe, tout habillé, avec sa veste de hockey et ses chaussures.

— Oui, répondis-je.

Il appuya sur l'interrupteur.

— Je vais faire un tour, dit-il à voix basse.

— D'accord.

Il enfreignait le couvre-feu, mais je ne voulais pas me disputer avec lui.

— J'ai juste besoin de m'aérer la tête, tu vois.

Je me hissai sur un coude et demandai :

— Tu dors toujours aussi mal ?

Depuis que je le connaissais, il avait toujours affreusement mal dormi. C'était le seul collégien insomniaque que j'aie jamais connu.

— Oui.

D'un air absent, il leva une main pour se frotter la nuque, à l'endroit où elle avait frappé le mur tout à l'heure.

— Merde. Je suis désolé pour ta tête.

Il secoua le menton, comme pour écarter mes excuses.

— C'est compris dans notre traité de paix, non ?

Sa réponse me fit sourire et pendant une seconde, son expression se radoucit. Mais bientôt, il se ferma à nouveau et se détourna. Il éteignit la salle de bains et, sans ajouter un mot, ouvrit la porte et sortit.

Je restai allongé dans le noir pendant longtemps, les pensées confuses. C'était bizarre, cinq ans après, d'être incapable de trouver le sommeil dans un lit qui n'était pas le mien et de me demander où pouvait bien être passé Graham.

Je savais que j'en souffrirais toujours. Quand j'étais blessé et effrayé, j'avais attendu son coup de fil. J'avais dormi avec mon téléphone à la main dans ce lit d'hôpital, pour que personne ne m'empêche de lui parler quand il finirait par m'appeler.

Mais il ne l'avait jamais fait. Pas une seule fois.

Aujourd'hui, je n'avais plus seize ans. Et les années m'avaient donné sur cette terrible période le recul dont j'avais grand-besoin. Ce que je refusais de regarder en face, à seize ans, c'était le fait que mon téléphone était aussi capable d'émettre des appels. J'avais passé quelques jours engourdi par les médicaments, mais pas plusieurs années. Même après qu'on m'eut envoyé dans le Vermont, j'aurais très bien pu m'asseoir dans l'un des fauteuils en rotin sous le porche de ma grand-mère et lui passer un coup de téléphone.

Mais je ne l'avais pas fait, parce que j'avais peur d'entendre qu'il ne voulait plus de moi.

Bon sang, nous avions *seize ans*. Nous n'en avions parlé à personne. Et nous avions trop peur de demander de l'aide. Aujourd'-hui, je pouvais choisir de porter cette blessure de jeunesse pendant le restant de mes jours, ou essayer de passer à autre chose. Le choix était évident, non ?

Quand je m'endormis enfin, j'étais toujours seul dans la chambre.

GRAHAM

Le week-end suivant fut consacré aux entraînements – pas de match. C'était le calme avant la tempête. Les matchs réguliers de la pleine saison allaient nous tomber dessus avec force. Bella, Hartley et moi étions réunis autour du brunch du samedi, dans le réfectoire de la résidence Beaumont. Nous buvions du café et bavardions de choses et d'autres. Corey, la copine d'Hartley, nous racontait des anecdotes amusantes sur les essais qu'elle organisait pour pourvoir le poste de gardien de but dans l'équipe féminine. Mais j'étais presque trop alangui pour l'écouter. De l'autre côté des vieilles fenêtres à voûtes, les feuilles d'automne formaient un tapis jaune dans la cour. Parfois, cet endroit correspondait trait pour trait à l'image d'Épinal des vieux campus américains.

Et moi, fleur bleue que j'étais, j'adorais ça.

Je finis par me secouer de ma torpeur pour me lever, aussitôt imité par Bella.

— Je t'accompagne, dit-elle.

Ensemble, nous descendîmes les marches en granite pour sortir sous le ciel d'automne. L'air était chargé de cette odeur propre à Harkness – un mélange de feuilles mortes et de café fraîchement moulu.

Bella portait un énorme sac de sport sur l'épaule et un carton sous le bras. Je la délestai de son sac tout en marchant.

Elle me sourit.

— Quel gentleman !

— Ça m'arrive, quand j'en ai envie.

— Qu'est-ce que tu fais aujourd'hui ?

— Je dois passer une heure ou deux à la bibliothèque. Et toi ?

— J'ai des courses à faire pour l'équipe. Je peux te donner un truc à faire ? C'est sur ton chemin.

— Bien sûr.

Elle s'arrêta et désigna le sac de sport que je transportais. Elle ouvrit la fermeture à glissière et en sortit une nouvelle veste *Harkness Hockey* dans un emballage plastique.

— Tu peux le déposer ? C'est pour Rikker. Il habite à McHerrin.

Oh, bon sang.

— Mais on ne sait pas s'il est chez lui, objectai-je. Pourquoi tu ne me confierais pas autre chose ? Je n'ai pas envie de trimbaler ça toute la journée s'il est sorti.

Elle me fourra la veste sous le nez.

— Je lui ai envoyé un texto tout à l'heure à la cafétéria et il est bien chez lui. Il a même bloqué la porte d'entrée pour moi. Ça te prendra deux minutes. Il est dans le premier couloir sur la gauche, au deuxième étage.

Zut. Je ne trouvais aucune raison valable pour décliner.

— D'accord.

— Tu es le meilleur. On se voit ce soir à l'entraînement.

Elle récupéra son sac, qui n'était plus aussi volumineux, et s'éloigna sans un regard en arrière. Elle ne se doutait pas de ce qu'elle venait de me demander.

Même si Rikker et moi avions réglé notre problème à Boston, nous n'étions pas amis. Quand j'étais sorti de cette chambre d'hôtel après notre conversation surréaliste, je tremblais comme une feuille. Ma promenade dans Boston m'avait fait du bien.

Mais je savais que je ne pouvais pas rester dans cette chambre d'hôtel avec Rikker. Notre conversation avait réveillé trop de souvenirs cuisants. Je ne pouvais pas rester allongé dans le noir, écouter sa respiration et entendre à nouveau le bruit des pas dans cette ruelle où nous avions été agressés. « Suceurs de bites ! avaient-ils hurlé. Pédés ! »

Chaque fois que je fermais les yeux, les voix étaient toujours dans ma tête et m'attendaient. Avec le bruit de leurs rires. Et le bruit sourd du corps de Rikker qui percutait le sol après avoir trébuché.

De temps à autre, il m'arrivait encore de l'entendre dans mes rêves.

« Attrapez l'autre ! » avait crié quelqu'un. J'étais alors passé en mode survie et j'avais couru à en perdre haleine. Même après m'en être tiré, j'avais continué à courir. J'avais parcouru près de deux kilomètres dans la mauvaise direction. Quand je m'étais enfin arrêté, les rues m'étaient inconnues. Les jambes flageolantes, j'avais trouvé un arrêt de bus. Mais comme je ne connaissais pas le réseau, il m'avait fallu deux heures pour rentrer chez moi. J'étais tellement épouvanté quand j'étais enfin arrivé que j'avais failli craquer et tout raconter à mes parents. Mais la maison était vide. Ma mère m'avait laissé un mot sur le plan de travail immaculé de la cuisine pour me dire que mon père et elle étaient allés se promener au jardin des sculptures.

Pendant que j'avais laissé Rikker se faire tabasser tout seul.

Pris de panique, j'avais fait les cent pas dans ma cuisine, avant de me précipiter dans la salle de bains pour vomir. Je m'étais aussitôt endormi à même le sol. Malgré tout, quand mes parents étaient rentrés, j'avais réussi à me comporter le plus normalement possible. En bas, dans le sous-sol, les manettes de la console étaient l'une à côté de l'autre sur le sofa, pile à l'endroit où Rikker et moi les avions laissées.

Je les avais jetées par terre avant de me rouler en boule. C'était à ce moment que j'avais commencé à me détester, et depuis, je n'avais jamais vraiment cessé.

Le week-end précédent, à Boston, je m'étais accordé quelques heures supplémentaires pour y réfléchir. Après avoir erré dans les rues, j'étais revenu dans le quartier où se trouvait l'hôtel de notre équipe. Mais au lieu d'entrer, je m'étais rendu dans un autre hôtel à l'angle de la rue. Assis au bar, j'avais atténué ces vieux souvenirs avec de la bière. (Seulement de la bière. Bella serait fière de moi.) Puis j'étais allé à la réception et j'avais demandé une chambre. Deux cents dollars plus tard, j'étais entré dans une autre chambre d'hôtel. Sans allumer, j'avais réglé mon réveil, avais quitté mon jean et ma veste et, après m'être écroulé sur le lit, je m'étais endormi.

Le lendemain matin, je m'étais faufilé dans l'hôtel de l'équipe et j'étais allé récupérer mes affaires dans la chambre de Rikker. Il était en train de prendre son petit déjeuner avec le reste de mes coéquipiers.

Depuis, nous n'avions parlé qu'une seule fois. Après le dernier match, nous nous étions retrouvés l'un à côté de l'autre au comptoir d'un fast-food.

— Ça va ? m'avait-il demandé sans détacher les yeux du tableau des menus rétroéclairé au-dessus de nos têtes.

— Oui, tout va bien, avais-je répondu.

C'était tout. Jusqu'à maintenant. Après avoir gravi les marches du bâtiment McHerrin, je passai devant la chambre où Hartley et Corey avaient vécu l'an passé. En arrivant au deuxième étage, je découvris l'une des portes entrouverte. J'y donnai un petit coup.

— Oui ! répondit-il d'une voix rocailleuse.

Le son familier de sa voix me submergea comme chaque fois et je pris une grande inspiration avant de pousser la porte. *Pitié, j'espère que tu es tout habillé*, pensai-je en entrant.

Rikker était étendu sur son lit, deux manuels différents ouverts devant lui. Quand il leva les yeux, je perçus son étonnement. Il se redressa si vite que l'un des livres se referma d'un coup sec.

— Salut, lui dis-je. Bella m'a demandé de t'apporter ça.

— Merci.

Il se ressaisit et écarta ses livres pour se lever.

— Réflexe !

Je lui lançai le paquet, qu'il attrapa en souriant avant de le retourner dans ses mains. Puis il déchira le plastique, dévoilant la laine et le cuir.

— Sympa.

Il sortit complètement la veste de son emballage et la retourna pour regarder le dos, où RIKKER était inscrit.

— Vas-y, enfile-le, dis-je. Tu en meurs d'envie.

Une fois de plus, il sourit, car j'avais raison.

— Pourquoi en fait-on tout un foin, c'est vrai ? Ce ne sont que des vestes. Et pourtant...

Et pourtant, elles représentaient *tout* à nos yeux.

— Je sais, répondis-je. C'est peut-être parce qu'il faut se bouger le cul six jours par semaine, sept mois par an, pour en décrocher une ?

Il glissa un bras dans la manche de sa veste.

— Sans doute.

Il l'enfila intégralement et redressa les épaules, avant de faire un tour sur lui-même.

— Je fais partie de l'équipe.

Avec n'importe quel autre type, j'aurais dit : « elle te va bien », ou quelque chose de ce genre. Et bien sûr, elle lui allait parfaitement. Mais je ne pouvais pas me faire confiance.

— Tu fais partie de l'équipe, acquiesçai-je.

Rikker fit deux pas dans sa chambre exiguë pour atteindre le petit placard dans un coin. Il en sortit une autre veste, rouge aux manches bleues.

— C'est marrant. Je croyais faire partie de l'équipe quand on m'a donné ça, dit-il en me montrant le logo de Saint-B. Je ne sais même pas pourquoi je la garde. Sans doute par méchanceté.

— Qu'est-ce qui s'est passé là-bas, au juste ?

Zut. Avant même d'avoir terminé ma phrase, je sus que je n'aurais pas dû m'aventurer sur ce terrain-là. J'aurais dû ficher le camp tout de suite. Mais la question me brûlait les lèvres et, en quelque sorte, elle m'avait échappé.

Rikker eut un sourire désabusé.

— Je te préviens, c'est édifiant.

Il rangea la veste de Saint-B. dans son placard.

— Tu n'es pas obligé de me le raconter.

En haussant les épaules, il s'assit au bord de son lit. Quand il leva vers moi ses grands yeux marron, je n'aurais pas pu détourner le regard même si ma vie en dépendait.

— Il y avait une photo de moi dont j'ignorais totalement l'existence.

— Une photo, répétai-je comme un idiot.

Il haussa les sourcils d'un air suggestif.

— Tu sais, une *photo*. Bref, au dernier trimestre, mon copain de baise a commencé à me faire comprendre qu'il voulait plus que ce que j'étais prêt à lui donner. Il s'est fâché contre moi et il a envoyé la photo à l'entraîneur par e-mail. J'ai été viré de l'équipe le lendemain.

J'eus toutes les peines du monde à garder un visage impassible, étant donné ce que je venais d'entendre. La première pensée qui m'était venue, c'était la laideur d'une telle trahison. Ma deuxième pensée fut : *mais moi, je lui ai fait encore plus de mal.*

Et enfin : *Rikker avait un copain de baise.* J'écartai cette pensée pour y revenir plus tard.

— Seigneur, dis-je enfin. Comment pouvais-tu ignorer l'existence de cette photo ?

Il secoua la tête avec un petit sourire en coin.

— Eh bien, quand il l'a prise, j'avais ses boules dans la bouche. Je ne pouvais pas voir ce qu'il faisait avec ses mains.

Je répondis par un petit rire étranglé tout en cherchant à chasser cette image – de Rikker, à genoux devant… *oh, mon Dieu*, cette idée me faisait presque bander.

— Quel connard, m'exclamai-je en me demandant comment changer de sujet.

— Tu trouves ? J'ai entendu Big-D dire à quelqu'un dans les vestiaires l'autre jour : « Ne jamais fourrer une foldingue ! » J'ai eu envie de répondre que c'était également valable pour les hommes, mais je ne voulais pas me faire frapper.

Un autre rire m'échappa, proche de l'aboiement, et je me sentis rougir. Je devais sans doute avoir le visage aussi écarlate que sa veste de Saint-B. Nos rires s'éteignirent et le silence retomba.

À présent, j'avais du mal à croiser son regard. Je jetai un coup d'œil à sa chambre.

— Eh, c'est toi en snowboard ?

Une photo était accrochée au-dessus de son bureau. D'ailleurs, c'était son seul élément de décoration. On y voyait deux silhouettes suspendues dans les airs, en plein saut. Même si elles étaient engoncées dans une tenue à l'épreuve du froid, je reconnus le petit sourire de Rikker sur le visage le plus proche de l'appareil.

— Oui ! Il nous a fallu une trentaine d'essais pour réussir cette photo.

Il sourit en la regardant, comme s'il se remémorait cette journée.

— Tu as déjà essayé le snowboard ? C'est excellent.

Je secouai la tête.

— Le Michigan est assez plat, au cas où tu aurais oublié. C'est pour ça qu'on fait du patin, tu te rappelles ? Ça a l'air sympa, mais je ne suis pas sûr d'apprécier la sensation d'avoir les deux pieds attachés.

— Il faut du temps pour s'y habituer.

J'étais adossé contre l'encadrement de la porte et je poursuivais la conversation au lieu d'y couper court. Je n'étais pas venu ici pour ça, mais ça m'avait manqué. Combien d'heures Rikker et moi avions-nous passées à refaire le monde pendant ces trois ans qu'avait duré notre amitié ? Mille ? Sans doute plus. Après son départ, je n'avais plus jamais été aussi proche de quelqu'un.

Bon sang, c'était déprimant.

— … Après tout, un snowboard, ce n'est qu'une lame plate, n'est-ce pas ? me disait Rikker. Je ne te raconte pas le choc quand je me suis rendu compte que je ne tenais pas debout sur ce machin. Et le gars avec qui je sortais au lycée insistait : c'est tout simple.

Rikker fit un geste de la main pour mimer une descente en zigzag à flanc de montagne.

Mon esprit buta sur *le gars avec qui je sortais au lycée.*

— … J'ai fini par me payer un vrai cours, parce que nous allions finir par nous entretuer. Deux heures plus tard, je maîtrisais enfin les bases. Le week-end suivant, je m'étais déjà amélioré. C'est rapide une fois qu'on connaît les mouvements essentiels. Et je n'avais pas envie d'être le seul Vermontois à ne pas savoir faire du snowboard.

— Vermontois, hein ?

Rikker s'appuya sur ses mains, penché en arrière, un peu plus détendu.

— Honnêtement, j'adore le Vermont. D'ailleurs, c'est ce qui m'a fait *aimer* le lycée.

— Cool.

— C'était vraiment cool. Et si j'avais été plus malin, j'aurais joué au hockey à l'Université du Vermont, ça m'aurait évité toutes les merdes qui m'ont explosé à la figure à Saint-B.

Mais dans ce cas, tu ne serais pas assis en train de discuter avec moi en ce moment, pensai-je aussitôt.

Euh, il était grand temps de partir. Je consultai ma montre, comme le gros débile que j'étais.

— Merde, je dois y aller. On se retrouve à l'entraînement ?

Rikker cligna des yeux, probablement troublé par mon départ aussi abrupt.

— Bien sûr, fit-il au bout d'une seconde. À tout à l'heure.

Il ramena l'un de ses manuels sur ses genoux.

— Merci pour la livraison.

— Ce n'est rien, répondis-je.

Je sortis précipitamment de son bâtiment, laissant presque une traînée de poussière dans son sillage.

Ces dix minutes passées avec Rikker à discuter dans sa chambre avaient été les plus haletantes de ma semaine.

Naturellement, je me jurai de ne plus jamais revenir.

CHAPITRE 6
RUSH EN SURNOMBRE

RUSH EN SURNOMBRE : créer une occasion de marquer en surpassant en nombre la défense adverse dans la zone.

GRAHAM

Je n'avais mangé qu'une seule fois à L'Orme Ciré – l'un des rares restaurants chics de Harkness –, quand mes parents étaient venus me rendre visite en ville. Cette fois, lorsque j'arrivai devant l'entrée de la salle aux élégantes boiseries, ma famille n'était pas encore là. Le dernier texto que j'avais reçu m'annonçait que mes parents avaient pris possession de leur chambre d'hôtel et qu'ils ne tarderaient pas à arriver.

Le restaurant sentait la dinde, la farce, l'ail et les fines herbes. Mon estomac gronda pour marquer son approbation. Une serveuse vint à ma rencontre et me demanda, tout sourire, si j'avais une réservation.

— Ce doit être au nom de Graham. Quatre personnes.

— Suivez-moi.

Elle me conduisit à une jolie table près de la fenêtre, où l'on me remit la carte des vins et le menu manuscrit, du genre qui vous informe plus qu'il ne vous invite à faire votre choix. Mais pour Thanksgiving, c'était tout décidé. Les chefs en cuisine étaient occupés à mettre la touche finale sur les assiettes de dinde qui se succédaient, accompagnées de plats dûment sophistiqués.

Cette année, nous avions des matchs de hockey programmés à la fois pendant les vacances de Thanksgiving et celles de Noël. Ainsi, alors que la majeure partie des étudiants réservaient des vols pour rentrer chez eux se détendre en famille, les membres de l'équipe devaient revenir plus tôt que les autres pour retrouver une ville fantôme.

Je ne m'en plaignais pas. Le hockey était une affaire sérieuse à Harkness. À la fois parce que c'était le sport par excellence en Nouvelle-Angleterre, et parce que les universités de l'Ivy League se livraient une compétition encore plus féroce au hockey que dans des sports lucratifs comme le football américain.

J'avais réussi à me frayer un chemin dans cet univers, à coups de mensonges et de bluff.

Voilà pourquoi mes parents avaient fait le trajet en avion depuis le Michigan pour manger de la dinde hors de prix avec moi à l'occasion de Thanksgiving et rester pour me regarder jouer samedi soir. C'était plutôt agréable.

Un serveur glissa jusqu'à ma table. Il glissait, littéralement, sur le parquet. Vêtu d'une chemise blanche amidonnée et d'un veston noir, il ne laissait aucun doute quant au caractère traditionnel que voulait se donner l'établissement. Mais au lieu du pantalon raide de rigueur, ce type avait fait monter les enjeux en choisissant un jean noir très près du corps. Il lui moulait les fesses et je dus faire un effort pour ne pas le regarder. Je levai les yeux vers son visage. Il avait mon âge, ou quelques années de plus, les cheveux noirs brillants et les yeux bleus.

— Puis-je vous apporter à boire pendant que vous attendez votre compagnie ?

Sa voix était plus rauque que je ne m'y attendais.

— Euh...

Zut. Pendant une seconde, je m'étais laissé absorber par sa beauté. Je baissai les yeux sur la carte des vins, comme si j'y connaissais quelque chose. *Mécanismes de défense activés.*

— Qu'avez-vous à la pression ?

Il énuméra toute une liste de choix et je commandai la première bière qu'il avait citée, juste pour me débarrasser de lui.

— Puis-je voir une pièce d'identité, Monsieur ?

Formidable. Un Coca aurait pu faire l'affaire. Je n'apprendrais donc jamais de mes erreurs. Je sortis mon portefeuille de ma poche arrière et lui tendis ma carte, les yeux sur la porte. Ce serait le moment idéal pour que mes parents arrivent. Ou même ma harpie de sœur.

Pas de chance.

Il examina mon permis de conduire un poil plus longtemps que nécessaire. *Ne le regarde pas,* m'enjoignis-je. *Ne le regarde pas.*

Je le regardai. Et son regard rencontra immédiatement le mien.

— Jolie photo, dit-il en me le rendant.

Il ne me fit pas de clin d'œil, ni rien d'aussi mièvre, mais je décelai dans ses yeux un intérêt indubitable.

Ah bravo, les mécanismes de défense.

Je récupérai ma pièce d'identité et la rangeai dans ma poche, avant de boire un grand verre d'eau froide qu'il venait de me servir, histoire de m'occuper. Il s'en alla et je fus soulagé quand un autre serveur m'apporta ma bière. Je regardai par la fenêtre en me demandant combien de temps il faudrait à mes parents pour quitter l'hôtel.

Et où était ma sœur ? Lori était censée prendre le train de banlieue pour nous rejoindre depuis New York, où elle travaillait comme sous-fifre à Wall Street. Je ne l'avais pas vue depuis l'été dernier. Il faut dire que je n'avais vu personne, à part mes coéquipiers et mes livres de cours.

Le mois de novembre avait été tellement chargé que c'en était presque brutal. Nous avions disputé six matchs de hockey ce mois-ci, en avions remporté cinq et obtenu un match nul. C'était du jamais vu dans l'histoire de Harkness. Notre équipe avait toujours eu un bon niveau, mais nous ne nous étions jamais hissés en tête des classements de la côte est. Si je ne craignais pas que ça me porte la poisse, j'aurais fait une capture d'écran de notre record et je l'aurais accrochée au mur.

Mieux encore, j'avais joué mon rôle dans chaque match. L'accord que Rikker et moi avions conclu n'y était sans doute pas étranger. Depuis notre discussion dans sa chambre, notre relation se résumait à des salutations sans conséquence, ce qui me convenait parfaitement. Il connaissait des choses à mon sujet que j'aurais préféré qu'il ignore. Je ne pouvais pas vraiment oublier qu'il lui suffisait d'un coup dans le nez (*eh, vous voulez entendre une histoire drôle sur Graham ?*) pour mettre un terme à ma vie telle que je la connaissais.

Mais il n'avait rien fait de tel. Et comme il l'avait promis, il avait cessé de me rappeler qu'il détenait ce pouvoir-là.

Ces dernières semaines, nous avions simplement été deux coéqui-piers sur la glace. Rikker accomplissait sa mission en faisant des passes à Hartley, et j'effectuais la mienne en repoussant les attaques de l'équipe adverse. Pour l'essentiel, j'avais repris le contrôle de ma vie.

Jusqu'à ce soir.

Plus tôt cette semaine, j'avais pris conscience que la visite de mes parents à Harkness allait me placer dans une position délicate. C'est pourquoi je buvais avidement ma bière dans ce restaurant, en me demandant comment je pourrais en commander une seconde tout en évitant de croiser le regard du serveur sexy. Bon sang, l'arrivée en ville de mes parents me donnait envie de changer ma commande et de passer de la bière au bourbon.

— Mikey !

Je levai les yeux pour apercevoir ma sœur, en jupe et talons hauts, qui traversait la salle dans ma direction. Mes parents la suivaient de près. Je me levai pour les accueillir et encaisser comme un homme leurs démonstrations affectueuses. Ma sœur me serra dans ses bras, ma mère m'ébouriffa les cheveux et m'embrassa. Quant à mon père, il me gratifia d'une accolade toute masculine et d'une tape dans le dos.

Nous prîmes place et les conversations de famille commencèrent. Ma sœur se plaignait de son travail tandis que mon père me posait des questions sur notre dernier match et sur la stratégie du Coach pour samedi. Monsieur Pantalon-Moulant revint pour nous demander ce que nous souhaitions boire et nous apporter une corbeille de pain de maïs chaud. J'accordai un coup d'œil furtif à ses fesses quand il s'en alla. En temps normal, je n'aurais pas pris ce risque en présence de ma famille, mais les lieux étaient bondés. J'aurais pu regarder n'importe qui d'autre.

— J'ai des tickets pour les Red Wings à Noël, me dit mon père.

— Ah bon ? fis-je en ramenant mon attention à table. C'est formidable.

— Si nous y allons le vingt-six et que nous revenons le lendemain, il te restera encore trois jours avant ton vol de retour.

— J'ai hâte, répondis-je.

Et c'était vrai.

— J'aurais bien pris des tickets pour la Classique Hivernale, mais…

— Je sais. Mon calendrier de matchs.

Mais mon père rayonnait.

— Tu es trop occupé à gagner !

Il avait grandi au Texas, où l'on ne joue pas beaucoup au hockey. Il avait été un grand fan de football américain toute sa vie, jusqu'à ce que je me mette à patiner. À présent, il suivait les Red Wings – et moi, bien sûr – avec un enthousiasme viril.

Trois serveurs s'approchèrent en même temps, afin que nos cinq assiettes de salade puissent atterrir simultanément sur la table. C'est vous dire à quel point l'établissement était classe. Tandis qu'une pile de verdure stylisée se posait devant moi, je sentis une bouffée d'eau de toilette pour hommes. Je n'eus pas besoin de lever les yeux pour deviner de quel serveur il s'agissait. Ce dernier resta penché sur moi plus longtemps que nécessaire.

Grâce à mes mécanismes de défense, je demeurai impassible. *Va voir ailleurs, l'ami.* Il remplaça également ma bière vide par un verre plein sans que je l'aie demandé. J'en fus ravi. Mais pas suffisamment pour lui accorder un regard en remerciement.

Trop risqué.

De la pointe de ma fourchette, je piquai une feuille de salade aux allures de fougères. Il y avait de la canneberge séchée et des noix confites. C'était délicieux, même si j'attendais la dinde avec impatience.

— C'est trop bon ! dit ma sœur. Excellent choix, maman. Merci.

De trois ans mon aînée, Lori avait toujours été la lèche-bottes de la famille.

— Je suis déçue que tu ne puisses pas rester pour la nuit, lui dit ma mère. Nous t'aurions réservé une chambre.

— Je travaille demain, dit-elle en faisant la grimace.

— C'est ridicule.

— Beth, l'avertit mon père. Ces programmes de formation sont très rigoureux. Lori travaille dur pour éliminer la concurrence.

Mon père affectionnait particulièrement cette expression – éliminer la concurrence. Papa adorait gagner. J'avais eu une mauvaise passe au collège, pendant deux ans, et mes résultats au football s'en étaient ressentis. Il avait essayé de m'aider, mais j'avais tout de même perçu sa frustration. Le fait qu'il ne connaisse pas grand-chose au hockey quand j'avais commencé à jouer avait contribué à m'attirer dans ce sport.

En plus du fait que Rikker avait envie de s'y mettre.

Vous voyez, encore un détail qui faisait de moi un candidat très sérieux au titre de Connard de l'Année. J'avais passé les deux premiers mois du semestre à souhaiter que Rikker disparaisse de mon équipe de hockey, et pourtant sans lui, je n'aurais jamais touché une crosse de ma vie. Cette saison, je subissais un régime drastique à base d'angoisse et d'ironie.

Et maintenant, de salade verte.

Quand la dinde arriva enfin, j'avais trop faim pour prêter attention au serveur. C'était au moins ça. Et la cuisine était bonne. Vraiment délicieuse. Ma mère s'était creusé la tête pour trouver le moyen d'organiser un dîner de Thanksgiving malgré mon calendrier de matchs, et elle avait réussi. J'étais en train de penser avec joie au dessert quand mon père commença à m'interroger sur la formation d'attaque du Coach. Je sentis alors l'appréhension déferler par vagues, cette même tension qui m'avait étouffé pendant les sept premières semaines de l'année.

Parce que mes parents allaient *reconnaître* Rikker. Et je ne pouvais rien y faire.

Je pris une grande inspiration.

— Eh, vous savez ce qui est drôle ? demandai-je en essayant de paraître naturel.

Je m'étais torturé toute la matinée pour tenter de déterminer si je devais dire quelque chose aujourd'hui ou les laisser s'en rendre compte par eux-mêmes lors du match. Mais je craignais une réaction excessive de la part de ma mère – un cri strident de surprise quand elle l'apercevrait. J'avais peur qu'elle s'écrie, et que tout le monde l'entende : « Mike, pourquoi tu ne m'as pas *dit* que Rikker faisait partie de *ton équipe* ? »

Tout, mais pas ça.

— Qu'est-ce qui est drôle ? insista ma mère.

— Vous ne devinerez jamais qui a débarqué dans l'équipe cette année. Vous vous souvenez de Johnny Rikker ?

D'abord, elle ouvrit de grands yeux, puis sa mâchoire se décrocha. À moins que ma vue me joue des tours, je crus bien voir ses yeux s'embuer.

— Seigneur, vraiment ?

Bon. C'était une réaction plus dramatique que je l'aurais imaginé.

— Oui.

Je ramassai le reste de purée de patates douces dans mon assiette, mais quand j'essayai de manger, ma bouche me parut aussi sèche que le Sahara.

— Oh, mon chéri. Je me suis toujours demandé ce qui lui était arrivé. Il a juste… disparu chez sa grand-mère. Je me suis fait du souci pour lui.

Ma sœur intervint :

— Quand il s'est fait tabasser et flanquer à la porte parce qu'il était gay, tu veux dire ?

— Voyons, ce n'étaient que des ragots, la gronda ma mère.

Quant à moi, j'étais en train de paniquer, doucement mais sûrement. J'ignorais que ma mère avait entendu de telles rumeurs.

— Sa famille l'a expédié chez sa grand-mère comme un colis FedEx, dit mon père en pliant et repliant sa serviette.

— Alors, il va bien ? demanda ma mère. Il s'en sort ?

Je haussai les épaules de l'air le plus détaché du monde.

— C'est un ailier de deuxième ligne. Il a l'air d'aller.

— Eh bien, c'est… fit ma mère avant de déglutir. C'est formidable. J'ai toujours apprécié ce garçon. Très gentil, même si sa mère était une vraie sorcière. Et maintenant, tu as retrouvé ton ami.

Comme je n'avais aucune réponse capable de déjouer le radar à mensonges parfaitement réglé de ma mère, je ne dis rien.

— En parlant de tes amis, reprit mon père. Comment va cette jeune fille que tu fréquentais ?

— Bella ? fis-je en souriant.

C'était facile de sourire quand je pensais à elle.

— Ce n'est rien de très sérieux, papa. Mais Bella est formidable. Je la vois souvent.

Parce qu'elle est manager de notre équipe et qu'elle s'est donné pour mission personnelle de réduire ma consommation d'alcool. Bonne chance, ma vieille.

— Je me souviens qu'elle m'avait affirmé être incollable sur le monde du hockey, fit papa.

— Et tu peux la prendre au mot !

Ce ne fut qu'après avoir pris ma troisième bière dans la main pour

boire plusieurs gorgées d'affilée que je me rendis compte de la sono-
rité de ma phrase. Bon sang. *Allô, Dr Freud.*

Ma mère se pencha par-dessus la table pour me prendre la main.

— Mike, tu devrais inviter Johnny Rikker à dîner avec nous
samedi !

— Non, répondis-je. Il sera sans doute en famille. Mais c'est gentil,
maman.

Elle me regarda en fronçant les sourcils.

— Vous n'êtes plus amis, tous les deux ?

Je mis en scène un autre haussement d'épaules désinvolte.

— Il est dans une autre résidence. Quelqu'un sait où sont les
toilettes ? demandai-je. Excusez-moi une minute.

J'avais besoin d'une pause. Je trouvai les toilettes, où un air de
guitare classique était diffusé par un système audio. Je pris tout mon
temps. En revenant, je remarquai le serveur à notre table. Il exécutait
cette manœuvre des restaurants huppés, qui consistait à pousser ma
chaise vide et à replier ma serviette. J'attendis une seconde de plus
pour m'assurer qu'il serait parti quand j'arriverais.

Quand je tirai ma chaise, quelque chose virevolta jusqu'au sol. Je
me baissai et refermai les doigts autour d'un morceau de papier.

Plus tard, une fois que je me fus libéré de ma famille et retiré dans
ma chambre pour boire seul, je l'inspectai. Le nom d'*Alex* y était
inscrit, suivi par un numéro de téléphone. Je froissai le papier en une
boule minuscule et le jetai à la poubelle.

RIKKER

Je n'étais pas rentré chez ma grand-mère pour Thanksgiving, car je
n'avais aucun moyen de faire la route jusqu'au Vermont. Si j'avais été
prévoyant, je me serais renseigné pour savoir si d'autres étudiants à
Harkness habitaient dans la région de Burlington. Un bus effectuait le
trajet, mais la compagnie s'était débrouillée pour transformer les
quatre heures de route en une boucle de huit heures sur les auto-
routes principales de Nouvelle-Angleterre.

Au risque de décevoir ma grand-mère, ce n'était pas raisonnable de faire seize heures de route aller-retour alors que je n'avais que deux jours de congé.

Le jour de Thanksgiving, le Coach invita tous ceux qui étaient coincés en ville à venir dîner chez lui. Je me forçai à faire acte de présence, même si je n'en avais pas très envie. Bella avait pris le train pour rentrer à New York voir ses parents. Sans sa présence pour calmer le jeu, le dîner chez le Coach s'annonçait long.

Pourtant, tout se passa très bien. Cette fois, le lien social fut assuré par les plats copieux et un buffet à base de football américain sur le grand écran du bureau.

La femme du Coach était une dame souriante qui semblait apprécier de voir une douzaine d'étudiants costauds faire honneur à son repas en se resservant à deux ou trois reprises.

— C'est à ça que servent les traiteurs, dit-elle quand je m'excusai auprès d'elle pour notre appétit collectif.

— Vous êtes une femme intelligente, répondis-je en versant une cuillérée supplémentaire de purée à l'ail dans mon assiette.

— Je suis femme d'entraîneur depuis trente-cinq ans, dit-elle en sirotant son vin. On apprend une chose ou deux avec le temps. As-tu essayé la farce à la canneberge ? Je la trouve excellente.

Je décrétai que la femme du Coach méritait un huit sur l'échelle de Rikker.

Le bâtiment McHerrin était aussi silencieux qu'une tombe ce week-end-là. Je pus me concentrer sur mes révisions. Quand le samedi soir arriva enfin, j'étais prêt à retrouver la glace. Mon sac de sport sur l'épaule, j'ouvrais à peine la porte de la patinoire quand j'entendis un hurlement, puis quelqu'un m'appela :

— Johnny Rikker ! Arrête-toi tout de suite, jeune homme.

Je me retournai pour apercevoir la mère de Graham qui dévalait la rampe pour me rejoindre.

— Bonjour, Madame G. ! Quel plaisir de vous voir.

Je laissai la porte de la patinoire se refermer et elle m'étreignit chaleureusement.

— Tu es gigantesque ! Regarde-toi ! fit-elle en tendant la main pour m'ébouriffer les cheveux. Quand tu mangeais des Oreo à la table de ma cuisine, tu devais bien peser vingt-cinq kilos de moins !

— Êtes-vous en train de dire que j'ai grossi ? la taquinai-je.

Je jetai un coup d'œil à Graham, qui semblait vouloir être partout ailleurs sauf ici. Ces retrouvailles le mettaient très mal à l'aise. Je m'éloignai donc de la porte et il me dépassa comme un fantôme, pour s'avancer sur la glace sans un mot.

— Tu rentres dans le Michigan pour Noël ? demanda Madame G.

— Probablement pas. Ma grand-mère se fait vieille et j'aimerais passer du temps avec elle tant que je le peux encore.

C'était la pure vérité. Ce qui était vrai aussi, malheureusement, c'était que tant que je ne déciderais pas de m'intéresser aux femmes, mes parents préféreraient continuer à prétendre que j'étais trop occupé sur la côte est pour rentrer chez moi.

— Elle a de la chance de t'avoir, me dit la mère de Graham. *Beaucoup* de chance.

Sa déclaration était si appuyée que je me demandai à quel point mon histoire s'était répandue au Michigan. Un avantage de mon exil, c'était que je n'étais pas obligé d'écouter les ragots à mon sujet.

Madame G. me regardait toujours en souriant et je lui rendis volontiers son sourire. J'avais toujours aimé la mère de Graham. En fait, j'étais presque certain que si c'était la sexualité de Graham, et non la mienne, qui avait été dévoilée par la force des choses, elle l'aurait acceptée sans sourciller.

Nous ne le saurions sans doute jamais.

— Je ferais mieux d'y aller, lui dis-je.

— Sois prudent, répondit-elle en m'attrapant pour un dernier câlin. À bientôt.

Oups. Elle disait exactement la même chose avant nos matchs, en troisième. Par-dessus son épaule, je vis Bella descendre la rampe et surpris son regard rivé sur le couple enlacé que je formais avec la mère de Graham. Oh, oh. Je reculai et posai la main sur la poignée de la porte.

— C'était agréable de vous voir.

Enfin, j'ouvris et me glissai à l'intérieur. Avant que la porte se referme, j'entendis Bella lancer :

— Bonjour, Madame Graham.

— Bella, ma belle ! fut la dernière chose que je discernai.

Alors que je jetais mon sac de sport sur le banc, mes yeux se posèrent sur le tableau blanc au-dessus de mon casier. Au lieu de Rikker, on pouvait y lire : PÉDÉ.

Oh, bordel.

Sans l'effacer, je suspendis ma veste au crochet. J'ouvris la fermeture à glissière de mon sac en m'efforçant de respirer lentement. Inspire. Expire. Inspire. Expire. Ce n'était qu'une insulte lâche. Des gamineries de collège, rien de plus.

— Eh, Rikker ! fit la voix de Bella derrière moi. Je ne savais pas que tu connaissais…

Elle s'interrompit brusquement.

— *Putain*, c'est quoi, ça ?

En l'entendant, Hartley se tourna dans notre direction. Tous les regards convergeraient probablement vers moi dans deux secondes et demie.

Fantastique.

— Hors de question, pesta Hartley.

Il se mit debout à côté de moi sur le banc, sa gaine juste sous mon nez. Avec les doigts, il effaça l'inscription.

— Quel abruti trouve ça drôle ? fit Hartley en se tournant vers la salle.

Personne ne répondit. *Quelle surprise.*

— Laisse tomber, murmurai-je en enfilant mon plastron.

— Non, insista Hartley en sautant à terre, le visage rouge. Personne ne dit ce genre de conneries ici. Cette pièce est interdite aux cons.

Le problème, c'était que personne n'avait jamais rien dit à haute voix. Une prise de position demandait du courage. Et j'avais appris depuis longtemps qu'il fallait choisir ses batailles.

— Ce n'est qu'un mot, grommelai-je. Je n'ai pas envie de l'entendre quand je suis poursuivi par une bande de types armés de battes de baseball, mais sinon, ça va.

On entendit un fracas retentissant dans le coin. Je me tournai pour regarder et aperçus Graham qui ramassait tout le matériel qu'il venait de faire tomber. Enfin, il sembla abandonner et se retourna pour franchir au pas de course la porte conduisant aux toilettes.

Respire, me répétai-je. *Inspire. Expire. Inspire. Expire.* J'avais encore tout mon équipement à enfiler et je m'affairai avec mes protections et mes chaussettes. J'avais presque terminé quand Bella apparut devant moi.

— Le Coach veut te voir, dit-elle d'une voix douce.

— Oh non, *putain*, grommelai-je.

J'avais envie de la tuer pour en avoir fait une affaire d'État. Je la contournai et me dirigeai vers le couloir. Le Coach était assis à son bureau quand j'entrai.

— Assieds-toi une seconde, dit-il.

Je posai mes fesses sur une chaise et attendis.

— Désolé pour ces conneries dans les vestiaires, dit-il.

Je levai aussitôt les deux mains.

— Ne réagissons pas dans la démesure.

— C'est un truc de dégonflé, hein ? fit-il en haussant les épaules. J'ai juste demandé à Bella de m'avertir si ça se reproduisait.

— Ça me va.

Je sentis mes épaules se détendre.

— Malheureusement, il y autre chose dont nous devons parler. Il y a une journaliste de *Connecticut Standard* qui se montre un peu curieuse. Elle s'est mis en tête qu'il était plutôt étrange que ton transfert dans un établissement de première division ait été accepté. Elle veut connaître toute l'histoire.

— Oh, bon sang de...

Je me retins de jurer devant le Coach, mais j'aurais encore préféré avoir le mot « pédé » inscrit sur le *front* plutôt que de parler à une journaliste.

— Et si je refuse ?

Le Coach se mordit la lèvre avant de répondre.

— Si tu refuses l'interview, il y a vingt-cinq pour cent de chances que l'histoire retombe. Mais si elle est douée, elle appellera Saint-B. et leur demandera ce qui s'est passé. Elle trouvera peut-être quelqu'un pour tout lui raconter, mais dans ce cas, tu laisseras l'autre camp prendre la parole.

Je pris le temps de la réflexion. *Peste ou choléra ?*

— ... et si nous continuons de gagner, comme je le pense, la chaîne sportive ESPN nous posera bientôt la même question. C'est malheureux, fiston. Mais les médias vivent pour ce genre de merde.

— Que voulez-vous que je fasse ? Je me plierai à votre jugement.

C'était la vérité.

— Vous n'avez jamais demandé tout ça, ajoutai-je.

— En un sens, si, répondit-il en souriant. C'est le prix à payer pour travailler avec toi, gamin. Si tu continues de faire à Hartley ces passes qui valent de l'or, ils peuvent bien parler de toi à l'émission Good Morning America si ça leur chante.

Je gémis.

— Non, ils ne peuvent pas. Je n'ai pas envie d'être ce type-là. Je veux juste jouer au hockey.

— Je le sais bien, dit-il en ricanant. Tout le monde n'a pas envie de militer. Mais tu n'es pas obligé d'aller jusque-là. Tu peux juste rencontrer cette gentille dame et lui raconter la version courte. Tu as perdu ta place dans l'équipe parce qu'un entraîneur a enfreint le nouveau règlement. Quelques avocats t'ont défendu et l'ACAA a *accepté* ta requête. Fin de l'histoire.

Il le présentait d'une façon simple et naturelle. Dans la bouche du Coach, ça ne semblait pas digne de faire les gros titres. Et pourtant... je n'avais aucune envie de parler à un journaliste. Ni maintenant ni jamais.

— Réfléchis-y, dit le Coach en se levant. Nous pouvons les faire attendre pendant quelques jours, après tout, c'est un week-end de vacances. Et maintenant, en piste.

— D'accord.

Je retournai dans les vestiaires et me dépêchai de m'équiper. Le Coach rassembla tous les autres pour parler stratégie. Seul dans les vestiaires, je levai les yeux vers mon tableau blanc, qui était vierge à l'exception de quelques traces. Je pris une seconde pour les effacer, puis, avec le marqueur d'Hartley, j'écrivis : « Votre annonce ici » dans l'espace vide.

Rien ne vaut un match de hockey pour vous éclaircir l'esprit. On ne peut pas patiner aussi fort tout en ruminant. C'est impossible. Quand je suis sur la glace, chaque particule de ma conscience se consacre aux activités essentielles que sont la respiration, la poussée sur mes jambes et l'observation de ce petit disque en caoutchouc.

Je remarquai tout de même quelque chose. Graham jouait une défense coriace. Ce soir, il était partout, renvoyant les adversaires contre la bande quand ils avaient le palet et leur barrant la route quand ils essayaient de s'enfuir. Depuis mon arrivée à Harkness, j'étais étonné par son agressivité au cours des matchs. Ce soir, il était même un peu trop combatif. À la fin de la deuxième période, il avait déjà reçu des pénalités pour accrochage et coup de crosse.

Il patinait *furieusement*. Il patinait comme s'il avait quelque chose à prouver.

Comme nous tous.

GRAHAM

Nous obtînmes match nul. Croyez-le ou non, c'était une amélioration. L'an passé, nous avions perdu deux fois face à cette équipe.

Dans les vestiaires, je m'assis sur le banc et retirai mes protections humides de sueur. Ma contribution avait été à double tranchant ce soir, car je n'avais pas réussi à m'éviter le banc de pénalité. Quand l'autre équipe mettait les gaz, je devenais fou. J'avais tout donné et frappé fort, sans la moindre subtilité. Je reçus trois pénalités de deux minutes, deux de trop par rapport à ce que le Coach tolérait.

— Un bulldozer aurait plus de finesse, m'avait aboyé le Coach la deuxième fois que j'avais contraint l'équipe à subir une période d'infériorité numérique.

— J'essaie, lui avais-je répondu.

Mais ce n'était pas tout à fait exact. Les deux jours en compagnie de mes parents – et toutes leurs questions bien intentionnées – m'avaient rendu fou. J'avais passé les dernières quarante-huit heures à me sentir à vif et transparent. J'étais donc déjà sur les nerfs avant que cette insulte sur le tableau blanc de Rikker achève de me paniquer. Alors que je pensais ne pas pouvoir supporter d'autres coups de théâtre, il avait fallu qu'il fasse cette remarque au sujet des types armés de battes de baseball.

Je ne suis pas fier de ce qui s'était passé ensuite.

Je m'étais soudain senti beaucoup trop claustrophobe. J'avais essayé de me détendre un peu, de me calmer, mais en vain. Cette terrible journée avait eu lieu cinq *ans* en arrière. Plus, en réalité. Mais chaque fois que quelque chose me rappelait cet affreux moment, je sentais toujours le martèlement des pas et les cris au fond de mes tripes. Et je n'y pouvais rien. Je m'étais alors enfermé dans les toilettes pour vomir, masquant le bruit en tirant la chasse.

Mauviette de l'Année, les amis ! Vous pouvez faire graver mon nom sur le trophée.

Quand nous avions commencé le match, j'éprouvais une telle rage sourde envers moi-même que je retrouvai aussitôt toute ma fougue. Ce soir, deux ou trois adversaires allaient devoir s'appliquer de la glace sur les côtes à cause de moi. Mais c'était un match de hockey, pas une partie amicale de Frisbee. En arrivant, ils savaient à quoi ils s'exposaient.

Bien sûr, moi aussi, j'en avais pris plein les dents.

Je rangeai mon casque et mes gants. Il était temps de prendre une douche, mais je me sentais trop à plat pour faire quoi que ce soit. J'avais patiné de toutes mes forces dans les prolongations, mais nous n'avions pas réussi à marquer. Notre chant de la victoire ne retentirait pas ce soir. C'était plutôt calme dans les vestiaires, si bien que j'entendais les conversations autour de moi.

— Vous faites quoi ce soir ? demandait Bella à Rikker et Hartley.

— Euh, fit Rikker, j'hésitais à me déguiser pour la soirée drag-queen.

Il y eut un silence gêné pendant lequel tout le monde essaya de deviner s'il était sérieux. Seule Bella éclata de rire.

— Très drôle.

— N'est-ce pas ? fit Rikker en souriant. Ma soirée va se résumer à un sac de Doritos et aux dernières actus sur Sports Center. Et je devrais sans doute commander une paire d'essuie-glaces pour le pick-up de ma grand-mère. Elle se trompe toujours de taille.

Hartley lui donna une tape sur l'épaule.

— Chez Capri, d'abord ?

— Je peux l'inclure dans mon emploi du temps.

— Ne mettez pas trop de temps à vous faire beaux, les garçons, insista Bella. Je meurs de faim. Graham, tu viens chez Capri ?

— Peut-être, dis-je d'une voix que mes cris pendant le match avaient rendue rauque.

Je n'étais pas d'humeur à voir des gens ce soir et une réunion à la pizzéria ne me tentait guère. Mais ça me donnerait au moins une bonne excuse pour prendre congé de mes parents. Ils avaient un vol de bonne heure le lendemain matin.

Et moi aussi, je mourais de faim. Je pouvais m'y attendre, après avoir paniqué et rendu mon dîner dans les toilettes.

L'ambiance chez Capri soulagea mes nerfs en pelote. Il y avait quelque chose d'apaisant dans ce bon vieux sol poisseux et ces trente minutes d'attente familières. La bière coulait et la musique était suffisamment forte pour que personne ne se rende vraiment compte que je n'avais encore parlé à personne.

Quelques parts de pizza finirent de me détendre et je parvins à me concentrer sur les discussions environnantes. Bella ne cessait de remplir mon verre, car elle avait la fausse impression que la bière fadasse de Chez Capri ne me suffirait jamais. Or chaque fois qu'elle se levait pour aller chercher un nouveau pichet ou donner une tape sur les fesses de l'un de mes coéquipiers, je buvais une gorgée au goulot de la flasque que je gardais dans ma poche.

Puisque la majeure partie du corps étudiant était toujours en vacances de Thanksgiving, l'équipe avait presque tout le restaurant pour elle seule. Ainsi, je n'avais même pas à décider si je devais essayer de draguer. Les candidates potentielles étaient si rares que personne ne se poserait de questions si je ne m'y intéressais pas. Rester assis comme une masse dans ce box à écouter d'une oreille distraite les bavardages de mes coéquipiers, c'était la soirée la plus paisible que j'avais eue depuis longtemps.

Trois heures plus tard environ, j'avais bu les dernières gouttes de Johnnie Walker qu'il me restait dans la poche. De l'autre côté de la pièce, Bella essayait de mettre le grappin sur Frenchie. Elle ne remarquerait pas ma démarche mal assurée.

C'était le moment de m'éclipser.

Après un vague salut à Hartley, je me faufilai par la porte de sortie. Je m'arrêtai pour pisser sur le mur de la société secrète la plus proche, comme d'habitude. L'air froid me fit le plus grand bien. Malgré tout, mon système de guidage des soirs de beuverie me jouait des tours. Au lieu de rentrer chez moi, je restai un moment debout, les épaules appuyées contre le mur de granite. Le whisky faisait son office et j'avais besoin de temps pour me ressaisir.

De l'autre côté de la rue, je vis Rikker émerger de Chez Capri. Il remontait le même trottoir que moi, d'un pas précipité, comme s'il était affreusement pressé. Un instant plus tard, je compris pourquoi. Une fille sortit à son tour, faisant claquer ses talons pour le rattraper. Elle courait derrière lui en l'appelant. J'étais trop loin (ou trop saoul) pour distinguer ce qu'ils disaient. Mais je n'avais pas besoin d'entendre leur conversation pour comprendre. Elle jouait une pantomime intitulée : *Ramène-moi chez toi ce soir*. Et Rikker lui servait son meilleur « non merci ».

Pure comédie.

Ils se rapprochaient de moi. Rikker essayait aussi poliment que possible de retirer les mains qu'elle avait posées sur ses fesses. À ce moment, j'éclatai de rire. En m'entendant, Rikker se retourna, stupéfait.

— Tu n'es pas son genre, poupée, dis-je d'une voix traînante. Tu ne le seras jamais.

La fille ouvrit de grands yeux ronds. Elle était ivre, elle aussi, mais pas autant que moi. Et maintenant, je l'avais vexée.

Oups.

— Je veux dire que les filles ne sont pas son genre, précisai-je.

Elle regarda Rikker, puis moi. Quand elle se tourna à nouveau vers lui, elle dit :

— Alors, tu ne plaisantais pas.

Rikker se contenta de soupirer, visiblement fâché contre nous deux.

— On croirait qu'il est hétéro, n'est-ce pas ? fis-je en riant. Certains hommes cachent bien leur jeu.

Comme moi, par exemple. Mais ce n'était pas facile. Dernièrement, je consacrais tout mon temps à essayer de maintenir mes mécanismes de défense mis à mal.

— Je m'en vais, dit la fille.

Le rejet de Rikker et ma philosophie d'ivrogne l'ennuyaient. En croisant les bras, elle tourna les talons et s'en alla.

— Rentre chez toi, Graham, dit Rikker.

Il avait l'air prêt à en faire de même.

— Toi d'abord.

J'avais tellement ri que j'en avais la tête qui tournait. Il me fallait attendre encore un peu avant de pouvoir rentrer jusqu'à Beaumont.

Les sourcils froncés, Rikker se tourna vers les résidences. Au bout de quelques pas, il s'arrêta.

— Ça va aller ? demanda-t-il.

— Ça *voui*, répondis-je.

Ma bouche était incapable de se décider entre « oui » et « ça va ». C'était parfois le cas, surtout quand j'avais éclusé des tonnes de whisky et tout un pichet de bière.

Il tendit le doigt en direction de la rue.

— Prouve-le.

Je m'avançai. Ou du moins, j'essayai. Mais mes pieds n'étaient vraiment pas coopératifs. Je trébuchai sur le trottoir. Rikker m'attrapa aussitôt le coude, m'empêchant de m'aplatir sur le bitume.

— Ah, zut, grommelai-je en me balançant.

Il me regardait avec ce sourire patient que les gens affichaient devant les personnes saoules. Pourtant, il ne m'en fallait pas plus pour chavirer. Comme mes défenses ne valaient rien en cet instant, je ne pus m'empêcher de regarder fixement sa bouche. J'avais si souvent goûté cette bouche, et chaque fois, j'en avais voulu encore plus. *Chaque fois*. Ce seul souvenir remplissait ma tête d'idées. De mauvaises idées. Les courbes sensuelles de ses lèvres... Aujourd'hui encore, je me penchais vers elle.

— Waouh, fit Rikker en me tenant le bras pour m'aider à m'asseoir au bord du trottoir.

Merde. J'avais failli passer pour un abruti. Non, j'étais en train de passer pour un abruti en ce moment même. Juste avant, c'était pour un *gros* abruti que j'avais failli passer.

— Qu'est-ce que tu fais ? lui demandai-je alors.

Il avait son téléphone à la main et tapotait l'écran.

— J'appelle Bella.

— Pas Bella, lui répondis-je immédiatement. N'importe qui sauf Bella. Elle va vouloir me parler de mon *addiction*. Mais tu sais, elle se trompe. Ce n'est pas le whisky qui me rend dingue.

Seigneur, je ne pouvais pas la fermer. Je n'arrêtais pas de parler de mes problèmes. Je radotais sur Thanksgiving. Je ne sais même pas toutes les bêtises que je lui racontai. Ce qui me sauvait, c'était que Rikker avait l'air de ne pas m'écouter.

— Oui, Bella ? Salut ! Je suis juste dehors et je crois que Graham a besoin d'un coup de main. Oui. Comme un coing. Il n'arrête pas de parler de pantalons moulants ou je ne sais quoi.

Il me regarda en fronçant les sourcils.

— Assis sur le trottoir, dit-il au téléphone. Tu ne peux pas nous rater.

— Tu m'as dénoncé aux flics ? demandai-je une fois qu'il eut raccroché. Sympa.

— Tu préfèrerais que je t'abandonne dans le caniveau ? fit-il en rangeant son téléphone dans sa poche.

— Moi, je t'ai abandonné dans le caniveau.

Bon sang, ça m'avait échappé.

— Oups, dis-je. J'avais oublié notre accord. Désolé. Pas censé parler de ça. Faut pas remuer cette merde, tu sais ? Plus facile comme ça…

— *Ferme-la*, Graham, s'exclama Rikker, exaspéré.

Je levai les yeux pour voir Bella et Hartley qui arrivaient à petites foulées dans notre direction.

— Merci, dit Hartley en prenant la relève de Rikker comme si j'étais un paquet qu'il venait récupérer.

Bella se baissa pour me regarder dans les yeux.

— Tu sens le Jack, dit-elle.

— Bingo, fis-je d'une voix monocorde.

— Bonne chance, et bonne nuit, grommela Rikker.

Hartley s'agenouilla devant moi.

— Je ne vais pas te le dire deux fois, commença-t-il, une ombre voilant son beau visage. Arrête la picole. Sinon, je vais devoir dire au Coach que tu as un problème.

J'avais bien un problème et il était en train de s'éloigner de moi en ce moment même. Bella avait décidé que c'était à elle de me sermonner, mais je ne l'écoutais pas et regardais les fesses musclées de Rikker disparaître au bout de la rue, dans la nuit.

CHAPITRE 7
MASSACRE
DÉCEMBRE

MASSACRE : un match rude et acharné d'une intensité maximale.

RIKKER

L'interview en elle-même se passa plutôt bien.

Un matin de la semaine qui suivit Thanksgiving, j'attendis dans le bureau du Coach en compagnie d'une jeune femme du service des relations presse de l'Université de Harkness.

— Vous n'êtes pas obligé de répondre si une question vous met mal à l'aise, m'assurait-elle. Il vous suffit de me regarder et je dirai à la journaliste que vous n'y répondrez pas.

Cela me semblait assez simple, en fin de compte.

— Je vais la chercher, si vous êtes prêt.

Je ne serais jamais vraiment prêt, mais je hochai tout de même la tête.

Une minute plus tard, elle revint avec la journaliste, une femme aux allures de mère de famille avenante.

— Je m'appelle Cyndi, dit la journaliste en posant son dictaphone sur la table entre nous. Merci de me rencontrer, surtout en période d'examens. Vous devez être très occupé.

— Oui, lui répondis-je. À vrai dire, j'ai mon premier examen la semaine prochaine. Espagnol. Alors si nous pouvions échanger dans cette langue, ce serait très utile.

Elle sourit.

— Impossible. Non seulement je ne parle pas espagnol, mais je ne connais pas le vocabulaire sportif. Je n'ai encore jamais interviewé de joueur de hockey. Avez-vous des conseils à me donner ?

Elle essayait vraisemblablement de me détendre.

— Je suis sûr que vous vous en sortirez très bien, lui dis-je. Cela dit, nous n'aimons pas voir les termes « assoiffés de sang » ou « brutes épaisses » associés à notre sport.

Elle me sourit.

— Racontez-moi pourquoi vous avez quitté Saint-B.

Droit au but. Super.

— Bon, très bien. Un dimanche soir, vers la fin de la saison, ce devait être au mois de mars, l'entraîneur a appris mon orientation sexuelle. Il m'a appelé le lundi matin pour me demander de rendre mon équipement. Il m'a dit : « Je ne veux pas de ça dans mes vestiaires. »

Elle tressaillit.

— Ce devait être blessant.

Elle avait envie de parler de mes sentiments, mais je ne m'aventurerais pas sur ce terrain.

— Honnêtement, c'était sans doute le discours de haine le plus tiède de tous les temps.

Elle tapotait son crayon contre son genou.

— De toute façon, les mots qu'il a employés importent peu, non ? Avez-vous été étonné de vous faire renvoyer de l'équipe ?

Youpi. Maintenant, j'allais devoir annoncer à la journaliste à quel point j'étais stupide.

— Oui, pour être honnête, ça m'a étonné. Comme Saint-B. est une université catholique, c'était sûrement un peu naïf de ma part, mais il y a un groupe d'étudiants gays plutôt actif là-bas.

Même si je n'avais jamais mis les pieds à une seule de leurs réunions.

— Et puis, l'université mentionne l'» orientation sexuelle » dans sa clause de non-discrimination. Je pensais que ça signifiait quelque chose.

— J'ai vu cela, moi aussi, dit-elle. C'est relativement progressiste pour un établissement aux racines religieuses.

Je haussai les épaules. Je ne savais pas que penser. À l'époque, quand Saint-B. m'avait repéré et m'avait proposé une bourse d'études, Skippy m'avait conseillé de me renseigner.

— Il est hors de question que tu joues pour eux s'ils ont le droit de te virer parce que tu es gay, avait-il dit, chiffonné que je veuille partir dans un établissement du Massachusetts au lieu de rester dans le Vermont avec lui.

Plus tard, j'avais amèrement regretté de ne pas l'avoir écouté.

— Qu'ont pensé vos coéquipiers ? demanda la journaliste.

— Euh, fis-je en me raclant la gorge. Je n'ai jamais eu l'occasion de le savoir, voyez-vous. Mais certains d'entre eux ont écrit des insultes sur ma page Facebook.

Elle écarquilla les yeux.

— Les avez-vous signalées ?

Sérieusement ? Qui voudrait faire une copie d'écran de cette prose injurieuse, du style : *Pédé, j'espère que tu choperas le sida ?*

— Non, j'ai préféré supprimer mon compte.

— Alors l'équipe ne vous a pas soutenu.

Attention, m'intimai-je.

— J'ai reçu quelques textos très encourageants. Le joueur avec lequel je partageais une chambre lors de nos déplacements m'a appelé pour me dire qu'il trouvait toute cette histoire lamentable.

Je ne lui précisai pas qu'en voyant son nom s'afficher sur mon téléphone, je m'étais dégonflé et avais laissé le répondeur se déclencher. Plus tard, j'avais rassemblé mon courage et écouté les gentilles paroles qu'il m'avait dites. Je n'ai jamais été très doué pour prédire les réactions des gens. L'une des délicates attentions sur ma page Facebook venait du type avec qui je pratiquais les poids dans la salle de musculation. Je croyais que nous étions amis.

Je m'étais trompé.

Pourtant, je ne voulais pas que cette journaliste écrive que l'équipe de hockey de Saint-B. n'était qu'un groupe de débiles bas du front.

— Il est important de souligner que la majeure partie de l'équipe n'a pas vraiment eu l'occasion de me montrer son soutien. L'entraîneur était un vrai Napoléon. Et il m'a montré la porte si rapidement que je n'ai plus jamais revu la plupart des gars.

La journaliste se mordit la lèvre.

— Alors, vous n'en aviez pas parlé à vos coéquipiers.

— J'étais en première année, répondis-je en secouant la tête. Je voulais faire mes preuves. Et j'avais juste envie de jouer au hockey.

Elle acquiesça lentement.

— Comment votre entraîneur l'a-t-il appris ?

Même si je m'attendais à cette question, j'eus des sueurs froides quand elle me la posa.

— Je ne souhaite pas donner de détails à ce sujet.

— D'accord.

Son regard s'attarda sur moi.

— Ce n'est donc pas vous qui avez volontairement annoncé cette information à votre entraîneur.

— Certainement pas.

— Aviez-vous l'intention de rester secret pendant quatre ans ? Ou attendiez-vous simplement le bon moment ?

Bonne question, Madame.

— Je n'avais encore rien prévu, lui expliquai-je. Je pensais avoir du temps devant moi pour y réfléchir.

Par la suite, ce fut plus simple. Cyndi m'interrogea sur mon transfert et la conversation devint moins personnelle.

— Votre oncle a appelé les entraîneurs pour leur expliquer la situation ?

— Oui, il m'a rendu ce service. J'ai une chance folle que ça ait marché. Non seulement tout ce tapage ne dérangeait pas le Coach...

À ce moment, je pris conscience que le Coach devait se douter que mon transfert rameuterait les journalistes et créerait de nouvelles histoires.

— ... Mais il se trouve qu'il avait besoin d'un ailier.

— Voulez-vous dire que les établissements qui ont rejeté votre demande n'agissaient pas forcément par discrimination ? demanda-t-elle.

— Non, évidemment. Le panel de première division n'est pas très large, et il y a des centaines de gars qui veulent jouer.

— Vous devez être un joueur très précieux.

Je ne mordrais pas à l'hameçon.

— Seul le temps nous l'apprendra.

Elle sourit.

— Et comment vous traitent vos nouveaux coéquipiers ?

— Ils sont formidables, répondis-je du tac au tac. La saison se déroule très bien. Aucun problème.

Malheureusement, j'avais parlé trop tôt.

Manque de chance, notre prochain match au programme allait nous opposer à Saint-B. Le Coach me convoqua une fois de plus dans son bureau avant l'entraînement de vendredi pour en discuter.

— Comment va se passer le match, d'après toi ? demanda-t-il.

— Nous pouvons les battre, répondis-je. La première ligne est serrée, mais leur banc n'est pas très profond.

Le Coach regarda un moment par la fenêtre avant de se tourner vers moi.

— Tu crois que tu devrais jouer ?

Quoi ?

— Évidemment. Pourquoi ne jouerais-je pas ?

Il soupira.

— Au moins, l'article n'a pas encore été publié. Ça ne donnera pas une bonne image à Saint-B.

— Si quelqu'un le lit.

Il fit à nouveau pivoter son fauteuil vers moi.

— Il sera lu. Et tu vas attirer encore plus l'attention.

Seigneur, j'espérais qu'il se trompait.

— Battons Saint-B. et n'en parlons plus.

Le Coach sourit.

— J'aime ton style, gamin. Vraiment. Alors je vais te placer en première ligne pour le match contre Saint-B. Rends-moi fier.

Génial.

— Promis, Coach.

Je pensais vraiment pouvoir y arriver.

Je me trompais.

GRAHAM

Je n'étais absolument pas préparé à ce qui se passa lors du match contre Saint-B. C'était un match à domicile contre une équipe de niveau moyen. Qu'aurait-il pu nous arriver ?

À peu près tout.

Les signes avant-coureurs commencèrent une demi-heure avant le coup d'envoi. Pendant les trente dernières minutes dans les vestiaires, chaque gars se préparait à sa façon. Certains étaient assis tranquillement dans un coin et entretenaient des pensées sereines. Mais les plaisanteries et les railleries allaient également bon train. La salle était bondée et chacun sanglait son équipement. Il y avait aussi deux préparateurs physiques qui mettaient les muscles en condition et aidaient à étirer les membres sensibles.

Je me rendis dans le placard à fournitures du couloir pour aller chercher du ruban adhésif orange à appliquer sur ma crosse. Ne vous moquez pas si je vous dis que je joue mieux avec du ruban orange. Les joueurs de hockey sont les personnes les plus superstitieuses que vous pouvez rencontrer. (Demandez à Hartley et son boxer porte-bonheur.)

Tout au fond du couloir, je vis le Coach sortir de son bureau. Mais avant qu'il s'éloigne, un type aux cheveux gris dans une veste de Saint-B. jaillit du vestiaire des visiteurs pour lui jeter au visage :

— J'ai une putain de journaliste au cul, et c'est de votre faute, aboya-t-il.

Il y eut un silence tendu et j'entendis le Coach ricaner.

— Vraiment ?

Il était campé sur ses jambes, malgré l'autre type qui lui postillonnait pratiquement dans la bouche.

— Ça m'étonnerait, je pensais que vous aviez un règlement très strict pour ce qui est d'avoir quoi que ce soit au cul.

Bien que l'autre entraîneur me tournât le dos, je pouvais entendre la colère noire dans sa voix quand il répondit :

— Vous voulez que cette salope me pose des questions, c'est ça ? Vous croyez pouvoir faire passer mes joueurs pour des sales types ?

Encore une fois, le Coach ricana.

— Vous n'avez pas besoin de mon aide pour ça.

Je fourrai le rouleau de ruban adhésif dans mon short de hockey pour me libérer les mains au cas où l'homme donnerait un coup de poing au Coach. Mais cette ordure se contenta de disparaître dans le vestiaire des visiteurs en claquant la porte.

Le cœur battant, je me faufilai dans nos vestiaires pour finir de préparer ma crosse. Une minute plus tard, le Coach entra d'un pas raide, la mine grave.

— Écoutez tous ! lança-t-il.

La salle se tut aussitôt.

— Vos adversaires veulent gagner ce soir. Mais nous le voulons encore plus, n'est-ce pas ?

— *Oui !* cria l'équipe comme un seul homme.

Le Coach trépignait près de la porte.

— Écoutez. Leur entraîneur est un vantard au sale caractère. Et sa ligne d'attaque est fragile cette année, parce que nous lui avons piqué l'un de ses meilleurs joueurs. Nous n'avons pas joué contre cette équipe l'an dernier, mais vous l'avez vue sur les vidéos. Pour gagner, ils doivent vous énerver. Allez-vous les laisser faire ?

— *Non !* fut notre énergique réponse collective.

— Tant mieux. Parce que je dois vous rappeler que vous êtes au-dessus de ça. Ce match ne vous demandera pas de la finesse avec le palet. Ce match va se jouer sur l'attitude. Et l'équipe qui gardera la tête froide gagnera. Alors je vous demande de le répéter : l'attitude fait le destin !

— *L'attitude fait le destin !*

— Bon. Allons les massacrer. Sortez d'ici.

Le visage du Coach avait l'air plus tendu que jamais. Bella me posa une main sur l'épaule.

— Je suis à peu près sûre que la bonne citation, c'est : « Le caractère fait le destin. »

— Ah bon ? Si j'étais toi, je garderais cette remarque pour moi.

— J'y comptais bien.

— Eh, Bella ?

Je tirai une dernière fois sur mes lacets et me levai.

— Oui ?

— Tu vois une raison pour laquelle le Coach parlerait aux journalistes ?

Elle fronça les sourcils.

— Aucune idée. Pourquoi cette question ?

— C'est juste un truc qu'il a dit.

Mes coéquipiers défilaient déjà par la porte en se chamaillant et en s'encourageant.

— Allons-y.

— Massacre-les ce soir, Graham.

— Oui, Madame.

Sauf que… oui, mais pas tant que ça.

Pendant les huit premières minutes de jeu, je ne remarquai rien qui sorte de l'ordinaire. D'abord, Hartley envoya du lourd, si bien que les défenseurs comme moi n'avaient pas vraiment de souci à se faire. Mon coéquipier Trevi, un ailier de première année, permit à Hartley de marquer un premier but. Tout semblait bien engagé.

Mais la situation se dégrada très vite au bout de neuf minutes.

À l'engagement suivant, je vis l'un des ailiers de Saint-B. – un géant avec le nom EROS inscrit dans le dos – se mettre à crier sur Trevi. Je n'entendais pas ce qu'il disait, mais la mine de Trevi exprimait la plus vive contrariété. Son visage prit une couleur de viande crue.

La deuxième fois que je remarquai Eros, il était penché sur Orson, chargé ce soir de défendre les cages. Et la mâchoire d'Orson était aussi dure que du béton, même s'il ne détachait pas ses yeux de la zone de jeu.

Je compris alors que cet Eros devait être un sacré fauteur de trouble. Mais il me fallut attendre plus tard pour avoir un aperçu direct de la lourdeur de ce type. Saint-B. avait le palet et c'était à moi de le leur récupérer. Alors que je glissais derrière notre filet pour une vue d'ensemble, j'entendis le type provoquer Orson :

— Tu es le favori de Rikker, c'est ça ? Parce que tu portes déjà des protège-genoux.

Oh, bon sang.

Distrait par le commentaire, je ne fus pas assez rapide pour rattraper le palet. Leur autre ailier l'envoya au centre de Saint-B., qui le lança à Eros. Ce connard visa, mais Orson s'envola dans l'enclave et sauva la mise.

Le jeu se déplaça, mais j'eus le temps d'entendre Eros lancer une autre pique assassine au visage d'Orson.

— Pédé ! Je parie que tu aimes ça quand Rikker tire dans ton filet.

— Va te faire foutre, gronda Orson.

Une minute plus tard, ce fut la fin de mon temps de jeu et je sautai par-dessus le rebord. Une rangée de visages tourmentés m'accueillit. Le rictus de Big-D était plus féroce que jamais. Le poison d'Eros se répandait déjà.

Rikker était en train de vivre mon cauchemar ce soir. C'était une chose de tolérer un coéquipier gay quand tout allait bien, mais c'en était une autre de supporter un abruti rougeaud qui vous traitait de « pédé » devant tout le monde.

Croyez-moi. J'en savais quelque chose.

Mon équipe commençait à avoir un jeu négligé. Par conséquent, le Coach s'énerva, ce qui énerva à son tour Hartley. Les joueurs, pour ne pas être en reste, se crispaient de voir le Coach et Hartley aussi tendus.

Et personne n'osait *regarder* Rikker.

Pendant ce temps, Eros passait beaucoup de temps sur la glace, à distiller ses petites questions toxiques. « Combien par lit quand vous êtes en déplacement ? » ou « Vous vous branlez tous ensemble avant l'entraînement ou après ? »

Chacun de ses petits refrains avait pour effet de détruire les capacités de concentration de mes coéquipiers. Leurs passes cessèrent de s'enchaîner et notre stratégie d'attaque se désagrégea.

Pas la leur.

Orson se faisait bombarder, essuyant coup après coup. Chaque fois qu'il sautait sur le palet pour arrêter l'action, notre équipe aurait pu en profiter pour se ressaisir. Au lieu de quoi, Eros ou l'un de ses sbires, au coude à coude dans le cercle d'engagement, recommençait de plus belle.

Inévitablement, Eros et Rikker finirent par se retrouver casque contre casque lors d'un engagement. J'étais incapable de détourner le regard. Depuis le banc, je pouvais voir la bouche d'Eros bouger. Et les yeux de Rikker n'étaient que deux fentes furieuses. Lorsque le palet fut mis en jeu, je vis Rikker charger et percuter son ancien coéquipier en plein ventre. Les arbitres ne s'en rendirent pas compte, car Hartley avait remporté l'engagement et fusait comme un boulet de canon en direction des cages de Saint-B.

Mais Rikker ne perdait rien pour attendre. Quand Hartley lui passa le palet quelques secondes plus tard, Eros sauta sur l'occasion.

Les deux secondes qui suivirent semblèrent durer une semaine. Rikker frôlait la balustrade à la recherche d'une ouverture. Je le vis ajuster l'angle de sa crosse pour s'apprêter à tirer. Mais je remarquai aussi Eros, qui prenait de l'élan et fondait sur Rikker comme une torpille. Rikker fit une passe, mais ce ne fut pas suffisant pour arrêter le colosse. Visiblement, le but de son mouvement n'était pas de récupérer le palet.

Le coup fut brutal. Eros frappa Rikker dans le plexus solaire et je vis mon coéquipier s'effondrer comme un sac de cailloux sur la glace.

Eros aussi tituba. C'était exactement pour cette raison qu'il n'était pas efficace de frapper un autre joueur avec une telle violence. Comme on nous l'enseignait en cours de physique, chaque action entraîne une réaction égale et inverse. Ainsi, si vous passez votre temps à aplatir les autres, vous serez vous-même déstabilisé et perdrez de précieuses secondes pour le palet.

Le seul motif qui pouvait vous pousser à frapper aussi fort, c'était d'infliger une correction. Ou en tout cas, de faire passer un message.

C'était le cas d'Eros.

Rikker resta étendu sur la glace, inerte.

RIKKER

Oh, merde. Oh… merde.

Lève-toi, m'ordonnai-je. *Maintenant.* Cela arrivait au moins une fois par saison. Cette affreuse sensation d'être vidé de mon air – comme si mes poumons ne se rappelaient plus comment se gonfler, comme si mes tripes restaient éternellement comprimées.

Pourtant, même sans air, je parvins à m'asseoir. Sans trop savoir comment, je réussis à poser une lame sur la glace, puis la seconde. Le match de hockey se refermait autour de moi et il ne me restait plus qu'un léger filet de conscience – un tunnel direct entre l'endroit où j'avais été brutalisé et le banc de touche. *Vas-y, abruti*, insistai-je, même si je n'avais toujours pas pris d'inspiration complète. Je parvins à boitiller en direction de mon équipe quand quelqu'un – Bella – tira vivement la porte à mon approche.

— Putain, je n'en reviens pas ! s'écria-t-elle en me poussant sur le banc. Je vais *tuer* ce fils de pute.

Bella poursuivit sa litanie de jurons tandis que je me pliais en deux pour m'efforcer de ne pas vomir à travers la grille de mon casque. Je devais me ressaisir, et vite. Même à demi conscient, je savais que je ne pouvais pas me permettre d'avoir l'air abattu maintenant.

Je me redressai en position verticale. Mon ventre avait cessé de se contracter, mais les autres parties de mon corps commençaient à se manifester. Mes côtes vibraient presque. J'allais avoir un hématome de la taille du Massachusetts à la hanche.

Le visage inquiet de Bella était juste devant moi et, quand je me levai, elle ouvrit de grands yeux ébahis.

— Tu saignes.

Maintenant qu'elle le disait, je sentais quelque chose d'humide sur ma mâchoire.

— Il t'a *entaillé* le *menton*.

Peu importe. J'avais tellement mal par ailleurs que c'était le cadet de mes soucis.

Mais elle détacha la grille de mon casque et la souleva. Puis elle la prit à deux mains pour incliner mon visage vers la glace.

— Eh, l'arbitre ! cria-t-elle. Regardez-moi ça !

— Bella, bon sang.

J'essayai de me dégager, mais quand quelqu'un vous tient par le casque, c'est presque impossible. Elle faisait pivoter le masque pour suivre l'arbitre qui passait en patinant et je dus lui saisir les poignets pour lui imposer de lâcher prise.

— Laisse ma *tête* tranquille, bordel !

C'est difficile de décrire à quel point j'étais furieux en cet instant, et à quel point la douleur et l'incrédulité me faisaient tourner la tête. Si on m'avait proposé une mort subite à ce moment-là, j'aurais été tenté de l'accepter.

— Mais t'entailler le visage est une faute disqualifiante !

— Arrête…

Je retirai mon gant pour m'essuyer le visage. Quand je regardai ma main, il y avait une belle trace de sang. Mais je survivrais.

Quelqu'un avait remis un kit de premiers soins à Bella et elle l'ouvrit sous mon nez.

— Laisse-moi te nettoyer et évaluer l'ampleur des dégâts.

— Je te conseille de mettre des gants, dit Big-D alors que retentissait la fin de la première période. Tu dois éviter de toucher le sang de Rikker.

— Ferme ta putain de gueule, lâcha Bella en enfilant un gant en latex bleu.

Elle le faisait, car c'était la procédure. Je l'avais souvent vue à l'œuvre.

Mais peu importe. Le commentaire de Big-D avait fusé et je baissai la tête comme un misérable paria. J'avais passé tout le premier semestre à essayer de convaincre mon équipe qu'elle ne devait pas avoir peur de moi. Et en l'espace de vingt minutes, Eros avait ruiné toute la réputation que j'avais tâché de construire.

Qu'Eros aille se faire foutre.

Que Saint-B. aille se faire foutre.

Que la journaliste aille se faire foutre.

Vie de merde.

Le Coach nous sermonna pendant cinq minutes dans les vestiaires avant la période suivante. On pouvait presque le voir cracher du feu.

— On a parlé de quoi juste avant le match, putain ? C'est *votre* patinoire. *Votre* glace. Et vous laissez un balourd d'une équipe de seconde zone déstabiliser votre jeu ? Envoyez-le *chier* ! Combien de tirs va devoir encaisser le gardien pour vous faire réagir ?

Il jeta son porte-documents contre le mur et sortit comme une furie.

Un moment de profond silence s'ensuivit avant que mes coéquipiers – le visage rouge sous le coup de l'effort et de la colère – ressortent à la file indienne pour aller s'asseoir sur le banc. Je les suivis en essayant de ne pas grimacer chaque fois que mon plastron frottait contre mes côtes.

— Tu es d'attaque pour jouer ? me demanda Hartley avant le début de la deuxième période.

— Bien sûr, répliquai-je sèchement.

Il faudrait qu'ils traînent mon corps sans vie sur la glace s'ils voulaient que j'abandonne. Et pourtant, *merde*. Encore deux périodes. C'était déjà la soirée la plus longue de ma vie.

Chaque seconde de la période suivante me demanda un effort.

Eros n'avait pas tenté de deuxième agression. *Pas encore*. Mais pour la première fois de ma vie, je jouais la boule au ventre. Quand nous étions sur la glace au même moment, je passais trop de temps à le guetter et pas assez à surveiller le palet. Je ratai trois passes d'affilée, ce qui me donnait encore plus envie de vomir qu'un coup dans le ventre.

Et chaque fois qu'Eros s'approchait de mes coéquipiers, il poursuivait son travail de sape.

— Je suis sûr que vous aimez qu'on vous tienne la crosse, hein ? l'entendis-je demander.

C'était pitoyable, n'est-ce pas ? Mais il réussit à nous déconcentrer suffisamment pour obtenir deux choses : nous faire perdre le match, et rappeler à mes coéquipiers que j'étais un handicap.

Pendant ce temps, la ligne d'attaque de Saint-B. envoyait toujours un orage de grêle sur Orson. Sans compter qu'Eros profitait de la moindre occasion pour distraire notre gardien de but en lui demandant si l'équipe prenait souvent sa douche ensemble.

Orson laissa passer deux buts au cours de la période. Mais il en intercepta un millier.

La troisième période venait juste de commencer quand Eros parvint enfin à coincer Big-D dans un coin. J'étais trop loin pour saisir le début de sa phrase, mais quand ils se tournèrent en direction de notre banc, j'entendis Eros demander :

— ... tu craches ou tu avales ?

Le visage de Big-D vira au rouge écarlate. À la fin de son tour de jeu, il enjamba le banc en me bousculant sans ménagement pour m'écarter de son chemin.

— Ça suffit ! s'exclama Hartley. Concentre-toi sur le palet, putain ! Tu sers à quoi ici ?

— Je n'ai pas signé pour cette merde, rétorqua Big-D. Et je ne me battrai pas pour lui s'ils lui tombent dessus encore une fois.

— Quelle surprise, grommelai-je.

Orson encaissa un autre but, malheureusement, et tout le banc poussa un grognement déçu. Puis ce fut à nouveau le moment de l'engagement. Je me lançai sur la glace et, pendant une seconde, Graham arriva en sens inverse. Son visage était rouge et dans ses yeux brûlait un sentiment indéchiffrable. Sans doute était-ce le dégoût, comme tous les autres.

Saint-B. remporta l'engagement et Graham s'élança à la suite du palet. Il anticipa judicieusement la passe à Eros et se pencha en avant. *Frappe-le*, suppliait mon inconscient. Comme si cela avait une espèce d'importance. Comme si quelque chose pouvait rendre ce moment plus supportable.

Mais Graham n'en fit rien. Son arme ne servit qu'à donner un petit coup au palet. En revanche, il laissa traîner sa crosse au ras du sol un peu plus longtemps que nécessaire et réussit à faire trébucher Eros lors de sa passe à Hartley. Je clignai des yeux en me demandant si son geste était intentionnel.

Eros s'étala sur la glace. Heureusement, l'arbitre n'accusa pas Graham.

Dès l'instant où Eros se redressa, il fonça droit sur lui. J'appris alors deux choses : 1) la soirée pouvait encore empirer, et 2) « pédé » est le mot le plus facile à lire sur les lèvres. Je vis l'affreuse bouche d'Eros le prononcer.

Graham eut un tel mouvement de recul que je l'aperçus malgré la patinoire qui nous séparait.

Ensuite ? Eh bien… C'est à ce moment que je perdis complètement les pédales. Je refusais que mes coéquipiers se fassent insulter à cause de moi. Je n'avais plus qu'un seul objectif, lui clouer le bec.

Eros se rua après le palet et je le pris en chasse, choisissant un vecteur sur la glace qui me conduirait au même point que lui près de la balustrade. Ce n'était pas rationnel. Ce n'était même pas le coin que j'étais censé couvrir. Qu'à cela ne tienne ! Les deux extrémités de ma crosse dans les mains, je le percutai à la hanche et il s'écrasa à la manière de Vil Coyote, en plein sur le plexus solaire.

Ce coup était d'une illégalité flagrante, mais cela n'avait aucune importance. Parce que je savais déjà que les arbitres ne seraient pas mon plus gros problème.

Il ne fallut que quelques secondes pour qu'un autre joueur de Saint-B. fonde sur nous et m'envoie son poing dans la figure. Je l'esquivai et il ne fit que m'effleurer. Je ne me rappelle même pas avoir jeté mes gants, mais je ne les avais plus quand je ripostai. L'arrivée d'Hartley à côté de moi pour me soutenir ne laissa qu'une trace furtive sur ma conscience.

Puis le flou prit une nuance noire et blanche très distincte quand le juge de touche et l'arbitre bondirent pour nous séparer.

— C'est fini ! hurla l'arbitre, mon bras droit dans sa main. Pénalité et disqualification. Suspension pendant un match.

Il me bouscula violemment en direction du banc.

— Hors de la glace. Tout de suite, sinon je prolonge la suspension sur deux matchs.

Dans la ligue nationale, les disputes faisaient partie du jeu. À l'université ? Interdites.

Je perçus à peine les hurlements du public quand je m'éloignai, la tête basse, puis les remontrances du Coach qui plurent sur moi. Sur nous, en réalité, car Hartley se tenait à côté de moi.

— Espèces d'abrutis ! Plus cons que des balais, tous les deux. Nous affrontons Union la semaine prochaine, bordel de merde. Et vous ne serez pas là ! Merci…

Il criait toujours lorsque je m'en allai en boitillant sur l'allée en caoutchouc. Les rugissements qui s'élevaient dans l'arène s'éteignirent quand la porte se referma derrière nous. Je me retrouvai brusquement seul avec Hartley, en état de sidération.

Le capitaine s'effondra, abattu, sur le banc de son casier. Sa voix était si basse que je faillis ne pas entendre ce qu'il disait.

— Je n'avais encore jamais été expulsé d'un match.

— De rien, lâchai-je.

Ma réaction n'avait aucun sens. Un autre à ma place aurait même remercié Hartley de s'être battu avec lui.

Mais je ne *voulais* voir personne se battre pour moi. Il était là, le foutu problème. Je n'avais pas envie d'être ce type responsable de l'humiliation de ses coéquipiers.

Je jetai l'une après l'autre mes protections sur le sol, puis entrai d'un pas lourd dans la douche où je restai sous l'eau aussi longtemps que possible. Avant que l'équipe ait terminé le match, j'étais sorti. Je m'habillai et me faufilai hors du bâtiment. Comme le minable que j'étais.

CHAPITRE 8
OCCASION DE BUT

OCCASION DE BUT : une tentative ou une occasion pour un joueur de marquer un but.

RIKKER

Une heure et demie plus tard, j'étais allongé sur mon lit et je fixais le plafond, deux sacs de glace sur mon torse nu. Ils empêcheraient peut-être mes côtes contusionnées de trop enfler.

Peu importe.

Il était hors de question que j'aille chez Capri. Non seulement j'étais hors service, mais je n'avais encore jamais été aussi gêné de ma vie. Je restai donc allongé dans un vieux jean déchiré, trop épuisé pour me préparer à dormir. Quelqu'un frappa à la porte. C'était sans doute Bella qui venait prendre de mes nouvelles. Si je quittais la ville, elle serait la seule à s'en rendre compte. Avec le Coach. Merde. Je n'avais même pas envie de la voir. Je voulais juste qu'on me laisse tranquille pour que le sol m'engloutisse.

Nous avions perdu ce putain de match. 4 à 0.

On frappa à nouveau – trois petits coups brefs. Elle allait probablement insister jusqu'à ce que je réponde.

— C'est ouvert, grommelai-je.

Mais la poignée remua, produisant le déclic caractéristique d'une porte qui n'était *pas* ouverte.

En gémissant, je me redressai et allai tourner la poignée. Dès l'instant où je sentis la porte céder, je me retournai pour me jeter à nouveau sur le lit.

Quelqu'un s'éclaircit la voix, mais ce n'était pas Bella.

Je roulai sur le côté pour découvrir Graham qui me regardait. Il avait une main dans la poche de sa veste. La seconde tenait une bouteille de Jose Cuervo.

— *Hola, Juan. Quieres un tequila?*

Il me fallut trop longtemps pour répondre.

— Euh, *sí* ?

Ce n'était pas la réponse la plus élaborée. Mais j'étais tellement stupéfait que j'en perdais mon latin.

— Tu as des verres ?

Il posa la bouteille sur mon bureau et sortit un citron vert et un canif de sa poche. Il déplia la lame et se mit à couper des tranches de citron. Remis de ma surprise, je déposai mes sacs de glace sur le sol et sortis les verres à shooter d'un tiroir de mon bureau. Je les essuyai sur mon jean pour enlever la poussière.

Graham fit pivoter mon fauteuil et s'y installa. Il servit deux verres et me tendit une tranche de citron.

— Cul sec, vieux, me dit-il.

Il inclina son verre sur ses lèvres.

Je bus à mon tour. La tequila me piqua le fond de la gorge. Du moins, j'espérais que c'était l'alcool, car cela aurait tout aussi bien pu être le geste touchant de Graham. Il était là, aussi abîmé émotionnellement que moi, et me proposait son soutien. Bien sûr, c'était un soutien version Graham – un alcool fort. Mais en cet instant, alors que j'étais littéralement sans ami, c'était tout pour moi.

Rien qu'en le regardant, j'avais du mal à déglutir. Nous étions dans un sale état : un gay qui essayait tant bien que mal d'exister en s'assumant et qui ne récoltait que des problèmes. Et un autre... je ne savais même pas dans quelle catégorie classer Graham. Seul Graham pouvait se classer lui-même. Mais quelle que soit la définition qu'il se donnait, cela ne semblait pas facile à vivre.

— Tu réfléchis trop, dit Graham en tendant la main. Buvons un coup. Il faut recommencer.

Je fis ce qu'il me demandait et, ensemble, nous descendîmes quelques verres supplémentaires. L'alcool remplit son office et commença à m'apaiser. Ma honte et ma colère retombèrent comme un soufflé. Cela aurait dû être une bonne chose, mais au lieu de ça, je commençai à broyer du noir.

— Je t'ai vu le faire trébucher, lui dis-je.

Graham fit tournoyer son verre.

— J'ai recommencé après ton départ. Ça m'a pris deux minutes. Mais ça n'a rien arrangé. Cela dit, ça fait du bien.

Nous restâmes assis en silence sans nous sentir mal à l'aise pour autant. Parler encore de tout ce qui avait mal tourné ce soir aurait été douloureux et inutile. Pour tous les deux. Le silence était décidément la meilleure solution. Et Graham était là, avec moi, à me servir de la tequila. Ce soir, on l'avait traité de pédé à cause de *moi*. Et pourtant, il était là.

Incroyable.

Ses longs doigts tambourinaient sur l'un de ses genoux. C'était toujours délicat de me retrouver dans une pièce avec lui. J'avais l'impression de regarder une vidéo de mon ancienne vie. Je pouvais la voir et l'entendre, mais pas la toucher.

Lui, en revanche, me dévisageait. Et si je ne me trompais pas, il regardait mon torse nu. Je ne comptais pas l'en blâmer. Les conditions de notre accord étaient plutôt simples. Graham me soutenait dans l'équipe et je faisais semblant de croire qu'il était hétéro. Après tout, ça me paraissait assez juste, d'autant plus qu'il avait apporté de la tequila en signe de paix.

Pourtant, je ressentais l'intensité de ses yeux bleus. Je levai alors une main nonchalante pour me frotter le torse. Je ne l'avais pas fait à la manière des films porno – j'avais juste frôlé mes pectoraux dans un geste désinvolte, comme n'importe qui l'aurait fait. Mais je crus bien voir ses yeux étinceler. Oh, bon sang. Je sentais son regard intense sur moi, comme une caresse physique. Je le ressentais même dans les endroits les plus intimes de mon corps.

Graham finit par détourner les yeux en direction du bureau et prit le citron.

— Un autre, si tu veux.

— Bien sûr, répondis-je en me demandant comment cette soirée allait se terminer.

Graham et moi, saouls tous les deux. C'était quelque chose qui ne nous était jamais arrivé à l'époque. Impossible de savoir où cela aurait pu nous mener.

Il se leva pour me rendre mon verre.

— Santé, dit-il en tendant le sien.

Il le but d'un trait et le reposa sur mon bureau avant de se retourner.

— Rik ?

Il me fallut une seconde pour répondre, car j'étais en train d'avaler ma tequila.

— Oui ? fis-je en me levant pour abandonner mon verre sur le bureau à côté du sien.

Au même moment, il s'approcha. Sa grande main se posa sur mon cou et je retins ma respiration. Le temps resta suspendu un instant, jusqu'à ce que je me rende compte qu'il était en train d'examiner l'endroit, sous ma mâchoire, où Eros m'avait frappé avec sa crosse.

— C'est moche ? chuchotai-je, histoire de dire quelque chose.

Mais Graham ne m'écoutait même pas. Sa main vint se poser sur ma taille nue, puis sa bouche dériva. Une paire de lèvres souples et humides m'effleura entre le cou et l'épaule, avant de me pincer la peau.

Putain de merde.

Une fois de plus, je restai figé par la surprise, trop stupéfait pour dire quoi que ce soit, ou pour tenter de le repousser. Sa bouche se fraya un chemin le long de ma gorge, déposant des baisers mouillés sur son sillage. Je n'avais aucune réaction. Enfin, pas tout à fait. Ma queue se réveilla et se tendit contre la fermeture de mon jean, en moins de temps qu'il ne faut pour dire : « mauvaise idée ». Puis Graham releva la tête et sa langue se mit à jouer avec mon oreille. Quand il aspira mon lobe dans sa bouche pour le sucer, je pris une brève inspiration.

— Je te fais toujours de l'effet ? chuchota-t-il.

Sans attendre de réponse, il me bouscula vers le lit. Je n'étais pas encore assis qu'il était déjà à califourchon sur moi et me plaquait sur le dos. Sa bouche fut sur la mienne une seconde plus tard. Il m'embrassait avec chaleur et fougue, et je le laissais faire. Non – je lui déroulais le tapis rouge, reculant sur le lit pour m'étendre de tout mon long en l'attirant dans mes bras.

Oui, oui, oui, scandait mon corps. Avec quatre verres de tequila, il était facile de faire taire la logique de mon cerveau. Le corps chaud et ferme de mon premier amour m'escaladait comme un singe et j'étais incapable de mobiliser la volonté nécessaire pour un instant de réflexion. Il referma ses grandes mains dans mes cheveux tout en faisant pleuvoir des baisers sur ma bouche. Ses lèvres étaient chaudes et sa langue dansait avidement avec la mienne.

Soudain, nous avions à nouveau quinze ans et nous étions fous de désir. Il n'y avait aucune finesse dans nos caresses. Nous étions impatients et intrépides. Tout n'était que vigueur, grognements et fièvre. Le lit supportait à peine les cent quatre-vingts kilos que pesaient ces deux joueurs de hockey excités qui essayaient d'atteindre la fusion nucléaire avec leurs bouches.

Mes mains maladroites se frayèrent un chemin sous son t-shirt et effleurèrent la surface ferme de son dos. Il détacha ses lèvres des miennes, le temps de faire passer son haut par-dessus sa tête. Nous nous retrouvâmes peau contre peau. Quand je posai les mains sur son beau torse, faisant rouler ses tétons sous mes pouces, il poussa un gémissement plein de désir que j'entendrais sans doute longtemps dans mes rêves.

Et c'était Graham. *Mon* Graham. Ces yeux bleus familiers étaient à demi voilés par le désir et sa peau dorée rougissait d'envie. Pour *moi*. Il n'y avait rien de comparable. Avec ses hanches plaquées contre les miennes, je crus bien exploser dans mon jean comme lorsque nous étions adolescents.

— J'ai envie de te sucer, dit-il entre deux baisers.

Avant que mon cerveau ait le temps d'analyser cette déclaration, mes lèvres perdirent les siennes. Il déposa des baisers brûlants à pleine bouche le long de mes pectoraux, s'attardant un instant au-dessus de mes tétons. Puis il fit glisser sa langue le long de mon buste.

Tout se passait à une telle vitesse ! J'étais en feu, pantelant comme un fou. Des mains brutales ouvrirent mon jean. Quand il tira, je soulevai mes hanches. Je me retrouvai allongé nu, offert à lui, les genoux toujours pris dans mon jean. Si vulnérable. J'éprouvai un pincement d'inquiétude en espérant que Graham n'ait pas tout manigancé avec l'intention de me déshabiller pour me donner une quelconque leçon.

Mais avant même que je puisse terminer cette pensée sinistre, je sentis son souffle chaud entre mes jambes. Il soupira et mes épaules se détendirent contre le lit. Des lèvres avides remontèrent le long de mon sexe et j'avançai les hanches pour obtenir une friction, si infime soit-elle.

Quand il ouvrit la bouche pour me recevoir, mon cerveau se déconnecta complètement. Nous n'étions que chaleur moite et mouvement. Je baissai les yeux et ce que je vis faillit me faire capituler. Graham était à genoux sur le sol à côté du lit. Les yeux fermés, il s'affairait au-dessus de moi. Je vis ses joues se creuser comme il suçait avec vigueur. Un cri involontaire m'échappa. En l'entendant, Graham gémit. L'onde frémissante m'enveloppa et je vis la main libre de Graham descendre pour le caresser à travers son jean. Il poussa un nouveau gémissement et cette nouvelle vibration manqua de m'achever.

Je tendis les bras vers son corps, au pied du lit.

— Donne-la-moi, fis-je d'une voix rauque en effleurant ses hanches pour qu'il comprenne ce que je voulais.

Graham se releva. À deux mains, il baissa son jean qui heurta le sol avec un léger tintement, puis il se débarrassa de son pantalon et de son boxer. Posant un genou sur le lit à côté de moi, il se pencha de nouveau au-dessus de ma taille pour me reprendre dans sa bouche avec un meilleur angle d'attaque.

—Hmmm… fis-je.

Difficile d'être très éloquent quand vous avez la queue dans la bouche de quelqu'un. Je fis courir ma main à l'intérieur de la cuisse nue de Graham, mes doigts glissant à travers les poils souples de sa jambe jusqu'à atteindre son centre d'intérêt. Je le pris dans mes mains et il tressaillit. Quand je le caressai, il soupira.

Ensuite, tout s'enchaîna très vite. Il gémissait en donnant des coups de hanche dans ma main, et je n'en avais plus pour longtemps. Mes boules se contractèrent et je sentis un frémissement dans ma colonne vertébrale. Je pris une grande inspiration.

— Attention, soufflai-je.

Graham n'eut aucun mouvement de recul, mais de toute façon, il était sans doute trop tard. Je laissai retomber ma tête sur l'oreiller et jouis comme un lance-missile. Il me reçut sans sourciller. Quelques secondes plus tard, il jouit à son tour dans un grognement étouffé et se répandit dans ma main. Un frisson de satisfaction le parcourut.

Quand le silence retomba une minute plus tard, Graham était allongé contre mon ventre et haletait.

— Viens ici, fis-je d'une voix rauque.

Je me hissai dans le lit étroit jusqu'à poser mon dos contre le plâtre froid du mur. Je m'essuyai la main sur le t-shirt que j'avais retiré avant de le jeter par terre.

Graham se retourna et se laissa tomber. Sa tête atterrit à côté de la mienne, mais il avait les yeux rivés au plafond. Je me demandais à quoi il pensait. Je penchai le menton pour déposer un tendre baiser sur son épaule. Il ne tressaillit pas, ne se déroba pas, mais il ne se blottit pas non plus contre moi.

— Graham, es-tu...

Mais je ne pus pas poursuivre, car il leva la main.

— Ne parlons pas, dit-il, les yeux mi-clos. Je n'ai pas envie d'en discuter.

J'eus un rire étranglé.

— D'accord. J'allais juste te demander si tu étais aussi saoul que moi.

Je venais de me rendre compte que quatre verres de tequila avaient le pouvoir de vous assommer quand vous aviez le ventre vide, après un long match catastrophique.

— La chambre tourne, murmura Graham.

— C'est parce que tu es nu dans mes bras, bébé, plaisantai-je en lui mordillant l'épaule.

— La ferme, chuchota-t-il en s'écartant pour rouler sur le côté.

D'accord. Même saoul, je comprenais très bien. Graham allait sans doute s'éclipser dans deux minutes, puis il se fermerait à nouveau et m'ignorerait comme avant.

Mais en attendant, le lit était si petit que son corps n'était qu'à quelques centimètres du mien. Je posai les mains sur ses épaules et exerçai une pression pour masser les muscles sous mes paumes. Il était beau et je ne voulais pas m'arrêter de le toucher.

Avec fermeté, j'enfonçai mes pouces dans ses trapèzes et mes doigts lui pétrirent le cou. Il y avait cinquante pour cent de chances qu'il se lève d'un bond et s'en aille, mais je continuai. Après tout, *carpe diem.* Mes deux mains remontèrent le long de son cou, à la base de son crâne. Je lui massai le cuir chevelu, car il n'existe pas une personne au monde qui ne se damnerait pas pour un bon massage crânien. Ses cheveux blonds et fins filaient entre mes doigts. Enfin, je sentis Graham soupirer et se détendre.

Je savais qu'il était plus sage d'abandonner tant qu'il était encore temps, mais Graham avait déclenché quelque chose en moi que j'avais du mal à éteindre. Ce simple massage me relançait déjà. Passant un bras autour de sa taille, je rapprochai mon corps du sien de sorte que mon érection vienne toucher ses fesses. Ses muscles se raidirent dans mes bras, mais je ne comptais pas céder aussi facilement. Ma main se mit à explorer lentement son torse et je pressai mes lèvres contre sa nuque.

Quand je sentis qu'il retenait sa respiration, je sus que j'avais gagné.

Bientôt, il roula sur le dos pour me retrouver. À présent, sa bouche était salée. Je sentais mon goût sur sa langue. Cette fois, nous étions plus lents et prenions le temps de nous découvrir attentivement. Graham avait les yeux fermés, comme s'il n'était toujours pas capable de me regarder. Mais il me caressait avec vénération – ses grandes mains glissaient sur mes hanches comme pour essayer de les mémoriser.

Il passa la main entre nos deux corps et me prit entre ses doigts. Il se cambra alors pour ramener son buste vers moi et réussir à nous prendre tous les deux en main. C'était magique. J'ondulai les hanches pour me frotter contre sa queue, tout en l'embrassant à pleine bouche. Aussi bon qu'il soit, cet avant-goût me donnait envie d'autre chose.

Au même moment, des coups retentirent contre ma porte.

Graham retira sa main aussi vivement que s'il tenait un bâton de dynamite. Tout son corps devint aussi dur que de la pierre et il avait les yeux exorbités par la panique.

Les coups redoublèrent. *Bang, bang, bang.*

— Rikker, si tu es là, ouvre.

C'était la voix de Bella.

— Ou réponds au téléphone, au moins. Ce n'était pas de ta faute, ce soir.

Derrière moi, Graham se mit à trembler. J'avançai mes lèvres près de son oreille pour chuchoter :

— La porte est toujours verrouillée.

— Allez, Rik, lança à nouveau Bella.

Quand elle essaya d'ouvrir la porte, le corps de Graham sursauta violemment, comme s'il avait reçu un coup de Taser.

Bien sûr, la porte tint bon. Au bout d'un long silence d'une minute au moins, nous entendîmes le bruit de ses pas qui s'éloignaient en direction des escaliers.

Il régnait un tel silence que je pouvais compter les battements de nos cœurs. Après une douzaine environ, Graham se leva et chercha ses vêtements.

— Graham, murmurai-je. Pas la peine de paniquer.

Mais il refusait de me regarder. Les mains tremblantes, il enfila son jean.

Je tirai la couverture du pied du lit tout en regardant un Graham saisi d'effroi s'apprêter à sortir en trombe de ma chambre. Je pouvais presque entendre les pensées qui tournaient en boucle dans sa tête. *Je n'aurais jamais dû faire ça. Je n'aurais jamais dû faire ça.*

Tant pis. S'il voulait paniquer et s'enfuir après avoir couché avec moi, il perdait quelque chose. Je devais m'en persuader, de toute façon. Qu'est-ce qu'un bleu supplémentaire sur un cœur déjà endommagé ? Le mien ressemblait probablement déjà au visage d'un joueur de la Ligue nationale de hockey à la retraite.

Avant de refermer la porte, il me dit sobrement :

— Désolé.

J'en avais assez d'entendre ce mot dans sa bouche.

Le bruit de ses pas résonna en direction de la cage d'escalier. Pour la deuxième fois ce soir, je m'allongeai seul sur mon lit pour prendre soin de mes côtes blessées. Lorsque j'entendis à nouveau des pas dans le couloir, je sus que c'était un voisin du programme d'échange qui rentrait de sa soirée. Personne ne m'appellerait, personne ne me rendrait visite.

Mes hématomes m'élançaient et ma tête se mit à cogner, mais le silence était encore plus douloureux.

L'événement suivant dans ma vie follement amusante fut une réunion d'équipe dans la salle de conférence lambrissée de la patinoire. Courageux mais pas téméraire, j'entrai discrètement à la dernière minute et m'adossai contre le mur près de la porte. À l'avant de la salle, le Coach faisait les cent pas, les poings serrés.

— Non seulement vous avez perdu le match, bande d'idiots, mais vous avez perdu votre *sang-froid*. Cet abruti vous a fait chanter comme un putain d'*orchestre* à cordes. Vous savez quoi ? Pour visionner la vidéo d'hier soir, il m'a fallu une demi-bouteille de scotch. Sept minutes, les gars. Sept. Minutes. C'est ce qu'il a fallu à cette tête de nœud pour ruiner votre jeu. Tout est parti en vrille et c'en était fini de vous. Tout ça à cause de quelques insultes soigneusement préparées. Des enfantillages ! C'est à cause de vous que vous avez perdu. Si vous ne savez pas vous endurcir contre les mesquineries de ce genre, vous ne durerez pas bien longtemps dans le hockey.

Il cessa de marcher et laissa retomber ses mains le long de son corps.

— Nous n'allons pas regarder cette vidéo, parce qu'il n'y a rien à voir. Il est inutile d'analyser le jeu, puisque vous n'étiez même pas là pour l'assurer.

J'étais nouveau dans l'équipe, mais je n'avais encore jamais vu le Coach aussi furieux. Ça ne devait pas arriver très souvent.

Putain.

— Je ne sais pas si vous avez remarqué, mais j'ai donné sa journée à l'un de vos coéquipiers. Le seul à pouvoir garder la tête haute après ce merdier, c'est Orson. *Soixante-seize* tentatives de buts pour Saint-B. Et vous, bande de nazes, vous n'en avez tenté que *trente*. Orson a résisté pendant trois périodes, il n'en a laissé passer que quatre ! Qui a le mieux joué hier soir ? Orson. Cet abruti de Saint-B. l'a harcelé encore plus que vous et il n'a fait que perdre sa salive.

Le Coach prit une minute pour regarder chacun dans les yeux, les uns après les autres.

— Où. Étiez. Vous. Hier. Soir. Bordel ?

GRAHAM

Le week-end suivant, en rentrant du match contre Union, le bus était obscur et silencieux.

Cela va sans dire, nous n'avions aucune raison de diffuser notre chanson de la victoire après la fin de la rencontre. Orson avait fait de son mieux, ne laissant passer que deux buts pendant tout le match. Mais nous avions été incapables de marquer pour nous sauver la mise. Sans nos deux meilleurs attaquants, nous avions perdu notre rythme.

Pendant le trajet de retour dans ce bus silencieux, chaque gars était plongé dans ses sombres pensées. Et Bella. Elle était roulée en boule sur le siège voisin, la tête contre ma poitrine comme si j'étais son traversin personnel.

De l'autre côté de l'allée, Hartley était assis, les bras croisés sur sa poitrine. Il arborait l'expression stoïque d'un homme qui arrivait au terme de sa peine de prison. En tant que capitaine, il était venu assister au match même s'il n'avait pas pu s'asseoir sur le banc de touche. Ça n'avait pas dû être amusant de nous voir perdre depuis les tribunes. Connaissant Hartley, il s'en voulait pour notre défaite contre Union.

Personne dans le bus n'était très content. Et j'étais presque sûr que chacun, assis en silence, accusait le coup. Seulement, tous ne culpabilisaient pas et le responsable était tout désigné.

Pauvre Rikker.

En pensant à lui, je me sentis légèrement nauséeux. J'étais honteux de ce que j'avais fait. M'enfuir après lui avoir pratiquement sauté dessus ? *Seigneur.* Je ne préférais pas imaginer ce qu'il pensait de moi. Demain, je l'appellerais pour lui présenter mes excuses. Je lui dirais que j'étais heureux de l'avoir pour coéquipier et que j'espérais que nous resterions amis. J'en étais capable. J'étais toujours le pire lâche du monde, mais j'étais encore capable de passer un fichu coup de fil.

Je me serais déjà excusé si seulement j'avais vu Rikker. Il était resté au fond de la salle lors de la réunion d'équipe la plus déprimante du monde. Puis j'avais entendu le Coach lui annoncer que, si Hartley assistait au match contre Union en tant que capitaine, sa présence n'était pas nécessaire.

Rikker n'avait même pas essayé de cacher sa stupéfaction.

Après quoi, il était sorti de la salle et je ne l'avais plus revu. Si ses examens étaient terminés, il était probablement déjà rentré dans le Vermont. Nous avions trois semaines de vacances avant de rentrer pour reprendre le hockey juste avant le Nouvel An.

— Eh, Coach ! lança soudain quelqu'un à l'arrière du bus aux lumières éteintes.

Quand il se leva, je vis qu'il s'agissait de Big-D.

— Oui, gamin ?

Quelques sièges devant moi, le Coach pivota pour lui répondre. Big-D remonta l'allée centrale étroite, son téléphone à la main.

— Il y a des histoires qui circulent au sujet de notre équipe. J'ai reçu une vingtaine de textos pour m'avertir de ne pas laisser tomber mon savon dans la douche.

Seigneur.

Le Coach se leva et appuya ses fesses contre le dossier de son siège.

— Bon, les gars, écoutez-moi. Il y a un article, paru dans le *Connecticut Standard*. Mais la presse nationale va aussi s'en emparer. Comme le transfert de Rikker était inhabituel, une journaliste a flairé le scoop et elle est venue l'interviewer. Alors l'équipe va figurer aux actualités pendant quelque temps.

Il y eut un grognement collectif et quelques jurons fusèrent.

— Eh ! aboya le Coach en levant une main. Ce ne sont que des bruits. Si vous voulez que les gens respectent votre jeu, si vous voulez *gagner*, vous devez jouer malgré ces bruits-là. Vous avez déjà merdé une fois, n'est-ce pas ? Je vous l'annonce tout de suite, si vous êtes incapables de vous concentrer, autant raccrocher vos patins. Et je ne parle *pas* de vous concentrer sur les nouvelles ou sur les imbécilités que les gens s'envoient par téléphone. Votre jeu, il n'y a que ça qui compte. Débrouillez-vous pour recommencer à gagner, et les journalistes vous poseront des questions bien différentes. Par exemple : « Comment fait un petit établissement comme Harkness pour réussir aussi brillamment ? »

Le Coach croisa les bras et le bus retrouva son silence de mort.

— Vous n'aimez pas qu'on parle de ça aux infos, je le sais bien. Mais votre camarade Rikker non plus. Ce qui se passera ensuite dans l'histoire de votre équipe ne dépend que de vous. Ne fichez pas tout en l'air en vous laissant déconcentrer par les bruits environnants.

Je crus que le Coach allait se rasseoir, mais il s'interrompit et se tourna à nouveau vers l'arrière.

— Je peux presque entendre vos méninges tourner à plein régime. Vous vous dites : « Mes potes n'ont pas fini de se moquer de moi. »

— Nous n'avons pas signé pour ces conneries, grommela Big-D.

Le Coach secoua la tête.

— C'est précisément le mauvais angle de vue. La vérité est simple : vous pouvez choisir une vie facile, ou vous pouvez être joueurs de hockey. Les recruteurs professionnels sont à l'affût et ils tiennent des comptes sur chacun de vous. Vous espérez intégrer la ligue américaine de hockey après la fac, ou même la ligue nationale, que Dieu vous entende. Alors, devinez quoi ? Les gens vont écrire des conneries sur internet à *votre* sujet. Vous êtes trop lents. Vous êtes trop petits. Vous êtes laids. Parfois, ce sera la vérité.

Quelques rires se firent entendre.

— Ce ne sont que des bruits, n'est-ce pas ? Et vous êtes assis dans ce bus en train de vous dire : « Oui, mais je m'en ficherai, parce que je serai un joueur professionnel de hockey. »

Le Coach marqua une pause pour nous sourire dans le noir.

— Rien ne sera *jamais* facile pour vous dans ce sport. Les bruits ne font que s'intensifier. Les coups deviennent plus rudes. Vous n'êtes qu'une bande de petits morveux trop gâtés en ce moment. Avez-vous pris le temps de vous demander si certaines des équipes que vous affrontez n'ont pas leurs propres bruits à subir ? Ils s'entraînent peut-être dans une patinoire minable, ou leur entraîneur est un ivrogne. Vous croyez que ces conneries sur internet sont une mise à l'épreuve ? Très bien. Mais dans ce cas, trouvez un moyen de remporter cette épreuve. Parce qu'il y en a de plus grandes qui vous attendent.

Sur ces mots, le Coach se rassit. Quant à moi, j'expirai enfin, en prenant conscience que pendant tout ce temps j'avais retenu ma respiration.

— Waouh, murmura Bella à côté de moi.

Waouh, en effet.

Le bus finit par s'arrêter sur une aire de repos pour que tout le monde puisse aller aux toilettes ou s'acheter une sucrerie au distributeur automatique.

— Dix minutes, lança le chauffeur.

Bella compta tout le monde au fur et à mesure que nous descendions du bus.

Je n'entrai pas dans le bâtiment comme les autres et restai en retrait sur le parking. Quand je me fus assuré que j'étais tout seul, je sortis mon téléphone.

RIKKER

Lorsque mon téléphone sonna, je me redressai sur le canapé, dans la chambre d'amis de ma grand-mère, et je baissai ma musique. J'étais étonné de voir l'indicatif régional 616 s'afficher sur mon écran. Graham avait le même numéro qu'au lycée. Je n'aurais jamais cru le revoir un jour sur mon téléphone.

— Allô ?

— Salut.

Il y eut un bref silence.

— J'allais t'appeler demain. Pour m'excuser. Mais il vient d'arriver quelque chose dans le bus et je voulais t'en parler.

— Ah, d'accord ?

Ça ne me disait rien qui vaille.

— Apparemment, il y a un article de journal qui vient de paraître, mais je suppose que tu es déjà au courant. Il doit tourner sur Reddit, ou quelque part, parce que les gars commencent à recevoir des messages à ce sujet.

— Et merde, fis-je.

Alors, c'était vraiment en train d'arriver.

— Oui. Mais le Coach vient de remettre Big-D à sa place parce qu'il s'en plaignait. Et c'était un sacré discours. Il n'a même pas cité un seul président mort. En gros, il a dit que si on était le genre de mauviette à laisser quelques textos gâcher notre journée, ce n'était même pas la peine de se prétendre joueur de hockey. Sans parler de devenir pro.

Bien envoyé !

— Et comment le message est passé ?

— Plutôt bien, je crois. C'était difficile de le contredire, de toute façon.

Debout dans la vieille ferme de ma grand-mère, j'étais en train de devenir fou.

— Tu as lu l'article ?

Je coinçai mon téléphone avec mon épaule et me penchai sur mon ordinateur portable pour saisir mon nom dans Google.

— Non, je t'ai juste appelé.

Les résultats s'affichèrent sur l'écran. Je cliquai sur un lien qui ouvrait directement l'article original de la journaliste. J'espérais que le titre serait neutre et évoquerait les règles de transfert. Au lieu de quoi, je lus : « Je voulais juste jouer au hockey. »

Il y avait aussi une photo – en pleine action, dans un uniforme de Harkness, alors que je fonçais sur le palet. Dieu merci, ils avaient choisi celle-ci au lieu de la photo un peu guindée du programme de l'équipe. Au moins là, on distinguait à peine mon visage.

— Rikker, tu es toujours là ? demanda Graham dans mon oreille.

Je me redressai vivement, légèrement étourdi.

— Oui, je suis là.

Je suis là, mais j'aurais aimé que tout ça ne soit pas réel. Il y avait déjà cinquante-sept commentaires sous l'article.

Ce serait sans doute une mauvaise idée de les lire.

Mon téléphone émit un signal sonore et j'y jetai un œil.

— Tiens, Bella essaie de me joindre.

— Ah bon ? fit Graham en ricanant. Eh bien, tu vas devoir la rappeler, parce que j'ai encore besoin de te parler pendant une minute. Écoute, je voulais juste te dire que j'étais désolé d'avoir paniqué et d'être parti l'autre soir.

Curieusement, je n'avais presque pensé à rien d'autre au cours de ces cinq derniers jours. Mais maintenant, cela me paraissait secondaire.

— Ce n'est rien, lui dis-je.

Quand j'avais laissé Graham me sauter dessus, je savais déjà qu'il avait des problèmes XXL à gérer. Ça se terminerait *toujours* comme ça.

— C'est juste que… bredouilla Graham. Ça m'a fait prendre conscience que je ne peux pas… refaire ça avec toi. Ni avec *aucun* homme. Je ne veux pas être… prendre cette direction.

Bon sang. *Dis-le à haute voix, Graham*, l'implorai-je silencieusement. *Dis « gay ».* Il n'était même pas foutu de prononcer ce *mot*.

— Je l'ai oublié pendant un moment l'autre soir. Mais c'est toujours la vérité. Et je suis désolé d'avoir paniqué, conclut-il.

Quelle prise de tête.

— D'accord, vieux. Je comprends. Fais ce que tu dois faire.

— Mais j'aimerais qu'on reste amis.

Aïe. Même dans les circonstances les plus complexes, c'était toujours douloureux d'être relégué au statut de simple ami.

— D'accord, répétai-je.

Quel autre choix avais-je ?

— Tu m'as manqué, tu sais, reprit-il. Tu es la seule raison qui m'a fait continuer le hockey. Parce que ça me faisait penser à toi.

Oh, bon sang ! C'était en train de devenir la conversation la plus tordue que j'aie jamais eue.

— Tu aurais pu appeler, tu sais, répondis-je.

Pourtant, je n'avais pas vraiment envie d'engager ce genre de conversation. Je ne voulais pas qu'il sache à quel point j'avais souffert d'avoir été si totalement abandonné. J'étais resté alité pendant des jours dans cet hôpital et chaque fois que quelqu'un ouvrait la porte, j'attendais que ce soit lui.

— J'avais peur.

Oui, j'avais compris.

— … Mais j'ai eu tort de ne pas t'appeler, et pendant cinq ans je m'en suis voulu. Alors je t'appelle maintenant. Nous avions toujours été très soudés et j'ai tout fichu en l'air.

Oui, en effet.

— Dis-moi comment nous pourrions être à nouveau amis et je le ferai.

Bien sûr, mon pote ! Nous pourrions déjà être le genre d'amis qui ne boivent jamais, jamais, de tequila quand ils sont ensemble. Parce que sinon, cette scène de l'autre soir se reproduirait inévitablement.

— Je suppose que tu rentres dans le Michigan pour Noël, non ? demandai-je.

— Oui. Demain.

— Cool.

Il n'aurait même pas à faire semblant de traîner avec moi, parce que c'étaient les vacances d'hiver.

— Tu sais, dis-je sur une impulsion, tu pourrais venir passer une nuit au Vermont en rentrant.

Il n'accepterait jamais. Et ce ne serait pas très juste de lui en vouloir pour ça. Il y eut un autre silence.

— Comment ferions-nous ?

— Tu pourrais prendre un vol pour Burlington au lieu de Hartford et nous rentrerions à temps pour l'entraînement du trente décembre. Dans tous les cas, je vais louer une voiture.

— Je n'ai pas encore acheté mes billets, répondit-il lentement. Je vais voir.

— D'accord.

Quelles étaient les probabilités qu'il accepte ? Il m'annoncerait sans doute plus tard que les billets ne convenaient pas. Et ce serait peut-être la vérité. Il n'y avait pas beaucoup de vols pour Burlington.

— Bon, vieux. Accroche-toi, hein ? Tu sais, avec cette histoire d'article.

— Oui, je vais m'amuser.

Il ricana. Son rire était si familier qu'il me rendit triste.

— À plus tard.

— *Adios, Miguel.*

Mais il ne me répondit pas en espagnol. Au lieu de ça, il raccrocha.

Après ma conversation avec Graham, les choses sérieuses commencèrent.

Mon téléphone se remit à sonner, et il ne cessa plus. Le lendemain matin, je ne tenais même plus les comptes du nombre d'appels reçus. L'un d'eux venait de la chaîne de télévision sportive ESPN. Quel athlète ne rêverait pas d'être contacté par ESPN, n'est-ce pas ?

Moi-même.

Je laissai mon téléphone éteint la majeure partie du temps. Je me connectai à l'annuaire en ligne de l'Université de Harkness pour en retirer mon numéro de téléphone et mon adresse e-mail. De toute façon, tous ceux qui comptaient dans ma vie (quatre, à tout casser) savaient déjà comment me joindre sur le téléphone fixe de ma grand-mère.

Assis le dos voûté sur mon lit avec un vieux roman de Kurt Vonnegut, je tentai de me fermer au monde environnant.

— John ? lança ma grand-mère vers midi depuis le rez-de-chaussée.

— Oui ?

— Ton entraîneur au téléphone.

— Merci, mamie ! Je réponds !

Je décrochai le téléphone de la maison.

— Bonjour, Coach.

— Rikker ! Tu as causé un sacré ramdam sur le net. Est-ce que ton téléphone sonne ?

— Oui, mais je ne réponds pas.

Il eut un petit rire.

— Le service des relations presse voulait que je te réveille à l'aube pour te donner des instructions, mais je leur ai dit que tu n'accepterais jamais de parler à un autre journaliste si tu pouvais l'éviter.

— C'est bien vrai.

— Écoute, gamin, cette affaire tombe très bien pour toi. Devant la patinoire en ce moment, il y a trois fourgons télévisés.

— Quoi ? Pourquoi ?

Brusquement, j'avais envie de vomir. Avec un peu de chance, mes coéquipiers seraient trop accaparés par leurs départs en vacances pour s'en rendre compte.

— Premier joueur de hockey de première division à faire son coming-out, bla, bla. Et puis, il faut dire que c'est une journée creuse dans le monde du sport.

— Alors vous êtes en train de me dire que je devrais prier pour qu'un joueur de la ligue nationale de football américain se fasse arrêter pour une raison ou une autre.

Le Coach éclata de rire.

— Oui, mais en attendant, tu dois appeler le service des relations presse de Harkness pour discuter avec eux. Ils t'attendent.

— Pourquoi ?

— Ils vont essayer de répondre à quelques questions posées par les médias. Soit ça, soit tu donnes une conférence de presse.

— … Ou je change de nom et je déménage aux îles Fidji.

— Ils ont des équipes de hockey pourries aux Fidji, gamin. Maintenant, note ce numéro de téléphone.

Quand j'appelai le service des relations presse, ce ne fut pas la jeune femme qui avait assisté à mon interview qui me répondit. Apparemment, j'étais monté en grade et je méritais que ce soit le directeur du service qui s'occupe de moi en personne.

— Appelez-moi Bob, me dit-il. Ma question pour vous est la

suivante : préférez-vous vous entretenir avec la chaîne ESPN ou le magazine *Sports Illustrated* ?

— Aucun des deux ?

Bob ricana.

— Allons, ce n'est pas drôle. Vous avez l'occasion de faire la différence, Monsieur Rikker. Et s'il y avait un autre sportif quelque part, trop angoissé à l'idée de dire la vérité à ses coéquipiers ? Que diriez-vous à cet homme-là ?

Je lui dirais qu'il n'est pas fou, parce que la vérité n'a rien d'amusant.

— Je n'ai rien d'autre à ajouter, précisai-je. Je n'ai pas envie de parler de ma vie privée à un journaliste. Et la première a déjà publié tout ce que je lui avais raconté.

— Ça ne marche pas comme ça, objecta Bob. Elle n'a pas publié votre conversation mot pour mot. Alors même si vous racontiez exactement la même chose, le prochain journaliste le présenterait sous un autre angle.

Mais je n'avais pas envie d'être présenté sous quelque angle que ce soit.

— Monsieur, voilà le problème. Depuis que j'ai accordé cette interview, tous mes coéquipiers se sont fait traiter de « pédés » par l'équipe de Saint-B. Puis j'ai été expulsé d'un match à domicile pour avoir frappé l'un de mes ex-coéquipiers. Sous quel angle croyez-vous que la presse va présenter ça ?

Il y eut un silence à l'autre bout de la ligne.

— Qui a assisté à cela ?

— Disons quelques centaines de spectateurs.

Je l'entendis pester dans sa barbe.

— Très bien. Nous devrions peut-être attendre pour les interviews. Nous pouvons faire une déclaration personnelle à la place. Quoi qu'il en soit, nous devons leur donner quelque chose. La bête est affamée et elle vous réclame.

Comme c'est encourageant.

— C'est quoi, une déclaration personnelle ?

— Une lettre, typiquement. « Chers journalistes, je suis touché et bouleversé par votre intérêt pour l'histoire de mon transfert. Je dois rester concentré sur le sport et mes études en ce moment, mais j'aimerais remercier l'entraîneur James pour sa confiance et les membres de mon équipe pour leur patience avec leur nouveau coéquipier. »

Je réprimai un soupir.

— … Ensuite, vous leur raconterez ce que vous avez déjà dit au *Connecticut Standard*. Rien que les faits. « L'entraîneur m'a renvoyé. Mon oncle a souligné que ça allait à l'encontre des règles de l'ACAA. L'entraîneur James m'a offert une place. Fin. »

— D'accord, je peux le faire.

— Super. Écrivez quelque chose et envoyez-moi ce que vous avez dans une heure. Nous vous aiderons à arranger tout ça, puis nous transmettrons le produit fini à tous vos nouveaux fans.

J'inscrivis son adresse e-mail et terminai cet appel de malheur. Après avoir raccroché, je me rendis compte que je venais de laisser Bob du service des relations presse me donner des devoirs à la maison. Pendant les vacances de Noël.

Qu'on m'achève.

Vers le milieu de l'après-midi, j'avais tout terminé. Mon nouveau copain Bob avait retravaillé mes deux pages de texte originales pour donner l'impression qu'elles avaient été écrites par un boy-scout malicieux. On y décelait une politesse un peu coincée qui ne me ressemblait pas. Mais comme j'avais envie d'en finir, j'avais tout approuvé sauf les changements les plus ridicules et j'avais éteint mon ordinateur.

En bas, je retrouvai ma grand-mère en train de préparer des biscuits de Noël à la table de la cuisine.

— Quand tu seras célèbre, tu te souviendras toujours des gens simples, n'est-ce pas, John ?

Elle me regarda par-dessus ses lunettes.

— S'il y a des biscuits, je crois que je trouverai toujours un moment pour toi dans mon emploi du temps surchargé.

Je me versai une autre tasse de café.

— Tu sais, ça s'accompagnerait parfaitement d'un biscuit.

— Tu peux jeter un œil au plateau dans le four ? Je fais toujours brûler au moins une fournée. Si le téléphone n'arrête pas de sonner, ça pourrait tourner à la catastrophe.

— Je suis désolé pour tout ça, dis-je aussitôt. J'ai le pressentiment que ça va empirer avant de s'améliorer. Nous devrions peut-être laisser le répondeur. Je ne peux pas répondre au téléphone aujourd'hui.

Elle agita une main enfarinée pour chasser cette idée.

— Ce sont essentiellement mes amies qui utilisent cette ligne. C'est très excitant, au contraire. Gertie l'a déjà lu sur Facebook.

— Gertie est sur Facebook ?

J'ouvris la porte du four. Avec le gant de ma grand-mère, je sortis le plateau de biscuits du four et les déposai sur la grille de refroidissement. Ils me paraissaient bien cuits. J'en détachai un du papier cuisson à l'aide de la spatule avant de laisser tomber dans ma bouche le morceau tout juste sorti du four.

C'était une erreur.

— Aaahooh, m'écriai-je en me brûlant la langue.

Mamie assista à ce grand moment en arquant un sourcil.

— Dis donc, ça marche pour toi, ton université de génies.

Elle me fit éclater de rire et j'avalai de travers. Je dus poser ma tasse de café pour me ressaisir.

— Heureusement que tu es mignon, me dit ma grand-mère en retournant à son rouleau à pâtisserie. Tu as au moins ça pour toi.

Le téléphone se remit à sonner. Mamie ajusta ses lunettes sur son nez et regarda qui appelait. Avec un petit soupir, elle décrocha.

— Bonjour, Rebekkah.

Oh, oh. Ma mère. J'avais vu son nom s'afficher sur mon téléphone portable tout à l'heure, mais je n'avais pas vérifié si elle avait laissé un message vocal. Je n'étais pas en état de l'affronter aujourd'hui.

— Je ne suis pas sûre que ce soit une bonne idée, lui disait ma grand-mère. Pourquoi ? Eh bien, parce que j'entends à ta voix que tu n'es pas dans les meilleures dispositions pour lui parler tout de suite. Il vaudrait mieux que tu te calmes d'abord.

Je vis ma grand-mère faire la grimace.

— Pourquoi penses-tu que cette couverture médiatique était son idée ? demanda-t-elle. Tu n'as pas l'air très cohérente, ma belle. Je vais raccrocher maintenant. Nous pourrons peut-être discuter plus tard, quand tu te sentiras plus détendue.

Sur ce, mamie reposa le téléphone sur son socle.

Elle avait parlé à ma mère sans se départir de sa sérénité, mais à présent, elle regardait le téléphone en fronçant les sourcils, comme si elle espérait que des lasers sortent de ses yeux pour le désintégrer.

— Mamie ? demandai-je d'un ton léger. S'il y a une chance pour que mes parents ne m'envoient pas de carte de vœux cette année, je trouverai le moyen de continuer.

Ses épaules s'affaissèrent.

— Ce n'est pas drôle, John.

— Ah bon ?

Pourtant, j'étais sûr du contraire. Car mes parents avaient déjà eu le pire des comportements envers moi. Maintenant, ils étaient juste dans leurs petits souliers parce qu'on parlait de moi dans la presse et que leurs amis de l'église allaient le savoir.

Peu importe. Ce n'était pas mon problème.

— C'est *triste*, voilà ce que c'est, dit mamie en se retournant. Parce qu'un jour, ta mère sera une vieille dame. Et la vieillesse a l'art de vous ramener à l'essentiel et de vous montrer votre vie dans son ensemble. Elle se retrouvera toute seule dans une maison de retraite et se demandera : « Qu'est-ce que j'ai fait ? » Et il sera trop tard pour rattraper le coup.

En effet, c'était déprimant. Si ce n'est que ma grand-mère surestimait sans doute ma mère. Quand elle serait vieille, elle s'enorgueillirait probablement d'avoir fait tout ce que la Bible lui ordonnait. Et elle se sentirait très fière.

Encore une fois, ce n'était pas mon problème. Tant que mes parents payaient toujours la part de mes frais de scolarité que les bourses ne prenaient pas en charge, alors je pouvais vivre avec leur rejet.

— Prenons un autre biscuit, proposai-je.

— Oui, tu as raison, acquiesça ma grand-mère.

CHAPITRE 9
ÉCHAPPÉE

ÉCHAPPÉE : prise de possession du palet quand il n'y a aucun autre défenseur que le gardien de but entre le joueur et le filet.

GRAHAM

Alors que l'avion roulait sur le tarmac après l'atterrissage, je décrochai ma ceinture.

J'étais certain que Rikker aurait parié sa fortune que je ne prendrais pas l'avion pour Burlington. Il avait sans doute été stupéfait quand je lui avais envoyé mes informations de vol la semaine passée. Même maintenant, à l'aéroport, il devait se demander si j'allais réellement venir.

Nous nous connaissions peut-être depuis longtemps, mais Rikker ne savait pas vraiment comment fonctionnait mon cerveau retors. Je cherchais toujours la faille – qui me permettait de contourner les règles que je m'étais fixées. Et le Vermont était la faille parfaite. À l'exception de Rikker, je ne connaissais personne ici. J'avais acheté mon billet avec ma carte de crédit personnelle et mon père m'avait déposé devant l'aéroport, si bien qu'il n'avait jamais vu ma carte d'embarquement.

Cet homme a horreur de payer le parking. Vous pouvez lui poser la question.

J'étais donc en train de remonter cette allée centrale étroite, je m'apprêtais à visiter un État que je ne connaissais pas, et personne à l'exception de Rikker ne le savait.

En sortant de l'avion, je me rendis compte que l'aéroport de Burlington était encore plus petit, si tant est que ce soit possible, que celui que j'avais laissé derrière moi ce matin-là à Grand Rapids. Après avoir franchi deux ou trois portes, je quittai la zone de sécurité pour me rendre au retrait des bagages. Je repérai immédiatement Rikker. Il portait une chemise en flanelle et un jean délavé et s'appuyait d'un air désinvolte contre une publicité pour location de voitures. Bon sang, mon cœur eut un raté rien qu'à la vue de son visage.

Mécanismes de défense activés.

J'allais rejoindre Rikker quand un grand type noir s'arrêta pour lui parler. Ils se serrèrent la main tandis que je me rapprochais. Rikker m'aperçut et me fit signe.

— Eh ! Te voilà.

Je reçus la même poignée de main que l'autre gars.

— Je te présente Ross, dit-il en désignant le colosse à côté de lui.

Ce dernier portait un t-shirt de l'équipe d'haltérophilie de l'Université du Vermont et un sac de sport sur l'épaule. J'avais l'impression de l'avoir vu à bord de mon vol de correspondance en partance de Chicago.

— Ross, reprit Rikker, voici mon coéquipier, Mike.

Mike. Je n'avais pas entendu Rikker m'appeler ainsi depuis des années. Peut-être même jamais.

— Ravi de faire ta connaissance, me dit le type.

Il avait un sourire plutôt avenant pour une telle montagne de muscles.

— Tu n'as pas vu Skippy ? demanda-t-il en regardant autour de lui.

Rikker secoua la tête.

— Il n'est jamais à l'heure, n'est-ce pas ? Tu ne recevras ses premiers messages d'excuse que dans une bonne dizaine de minutes.

Ross éclata de rire.

— Tu as raison.

— Tu attends un autre sac ? me demanda Rikker en désignant le tapis roulant à bagages.

— Non. On peut y aller, répondis-je.

Rikker regarda la porte.

— On te dépose quelque part, Ross ?

Rikker avait posé cette question sur un ton un peu raide, comme s'il espérait que l'autre décline sa proposition.

— Non, je suis sûr qu'il…

Il n'eut pas le temps de terminer sa phrase, car un gringalet aux cheveux noirs arriva en courant et bondit dans les bras de Ross. Le géant tituba un instant sous la force du baiser qu'il reçut sur la bouche lorsque deux longues mains fines se refermèrent de part et d'autre de son visage.

C'était difficile de détourner les yeux de ce couple improbable qui s'embrassait en plein terminal des arrivées à l'aéroport de Burlington.

— Bon sang, il y a des hôtels pour ça, grommela Rikker.

Avec un soupir de satisfaction exagéré, le nouveau venu libéra enfin le visage de Ross.

— Désolé, ces dix jours ont été longs.

Le maigrichon se tourna en souriant avant de prendre Rikker dans ses bras.

— Seigneur, tu as vraiment bonne mine. Encore mieux que sur ces photos dans la presse.

— Oh, va te faire foutre.

L'autre se mit à glousser.

— Nous t'avons accroché sur la porte de notre réfrigérateur. La version *Free Press*.

— Le *Free Press*, aussi ? Et merde. Ce ne serait pas déjà l'heure de l'apéro, par hasard ?

— Oh, Rikky. C'est toujours l'heure de l'apéro ! Au fait, ce soir c'est guérilla au bar Slate. Tu viens ?

Il glissa un œil vers moi.

— Et qui est ton bel ami ?

— C'est mon coéquipier, Mike. Mike, je te présente Skippy.

Je serrai la main de Skippy tandis que Rikker se mordait la lèvre.

— Tu sais, dit-il, je ne suis pas certain que cette soirée guérilla soit le genre de Mike. Mais nous te rappellerons quand nous aurons prévu quelque chose.

— Vous devriez carrément venir ! J'aimerais bien essayer de vous convaincre, mais nous devons filer. Je suis garé en double file.

Skippy le Freluquet prit la main de son immense copain et l'entraîna en direction de la porte.

— Pas étonnant, murmura Rikker.

— Envoie-moi un texto ! lança Skippy par-dessus son épaule tandis qu'ils détalaient.

— Il est… haut en couleur, dis-je en suivant Rikker vers la sortie.

— Tu peux le dire, répondit-il. Je suis garé juste là.

Il désignait un vieux pick-up rouge à l'entrée du parking couvert. Je jetai mon sac de sport sur le plancher du pick-up et grimpai à l'intérieur. Le moteur démarra en vrombissant.

— Sympa, ta caisse, lui dis-je.

— J'adore ce vieux machin. Ma grand-mère refuse de s'en débarrasser, heureusement. Mais j'espère qu'il ne la lâchera pas en cours de route.

Alors que nous sortions de l'aéroport, un silence s'installa entre nous, ce genre de silence suscité par la gêne de ne pas savoir quel comportement adopter l'un avec l'autre. C'était l'effet que cinq ans de distance et un historique plutôt chargé pouvaient avoir sur une amitié.

Une Mini Cooper noire nous dépassa en klaxonnant. Rikker sourit et secoua la tête sur son passage.

— Alors, c'étaient qui, ces gars-là ? demandai-je.

— Tu viens de rencontrer mon ex, dit Rikker.

Oh, bon sang. Je retournai à l'aéroport en pensée et essayai de m'imaginer Rikker avec l'un des deux types.

— Le grand costaud ?

Il me répondit en souriant à demi :

— Raté, essaie encore.

— Sérieusement ?

Ce n'était pas une image facile à évoquer. Skippy était l'exact opposé de Rikker, à savoir un jeune éphèbe squelettique et efféminé.

Rikker se mit à rire.

— Tu devrais voir ta tête.

— Je ne pensais pas que c'était ton genre.

— Parce que c'est une vraie folle, n'est-ce pas ? C'est bon, tu peux le dire. Ça ne le vexerait même pas. Il faut se lever de bonne heure pour vexer Skippy. Ça fait partie de son charme. Il se fout royalement de ce que pensent les autres.

Il conduisit en silence pendant une minute.

— La première fois que je l'ai rencontré, je me suis dit : « Qui est ce cinglé ? » Et puis, j'ai appris à l'apprécier.

— Vous êtes restés longtemps ensemble ?

— Trois ans.

— Ça alors.

Skippy devait donc être l'autre type sur la photo de snowboard de Rikker.

— Oui. Deux ans au lycée, puis quand j'ai joué au niveau supérieur, nous avons réussi à rester ensemble malgré la distance pendant un an. Et il m'a attendu. Mais je m'étais engagé à Saint-B. et non au Vermont, où il étudie.

— Il t'en a voulu ?

Rikker hocha la tête.

— Je pensais avoir le monde à mes pieds, tu vois ? Saint-B. allait me faire jouer et j'allais rencontrer toutes sortes de personnes nouvelles. Je n'étais pas certain de vouloir être attaché. Enfin, durant ma première semaine dans le Massachusetts, Skippy m'a appelé pour me dire que c'était fini car il était tombé amoureux.

J'avais toujours du mal à me figurer.

— C'était rapide, dis-je en espérant ne pas commettre d'impair.

— C'est Skippy. Mais Ross et lui sont toujours ensemble, alors il avait sans doute raison.

J'effectuai le calcul dans ma tête. D'abord, il se faisait larguer, puis renvoyer de l'équipe de hockey.

— Tu as vécu une année de folie l'an dernier.

— Oui.

— C'est quoi cet endroit où ils veulent sortir ce soir ?

Rikker sourit.

— Burlington n'est pas assez grand pour avoir un bar gay. Alors une fois par mois, ils organisent une soirée guérilla, où un bar quelconque devient un bar gay pour un soir. Ils transmettent l'info sur une page Facebook et tout le monde sait où aller. C'est plutôt malin. J'ai participé à des dizaines de soirées de ce genre.

— Hmm.

L'idée me paraissait alléchante, sauf qu'il y avait un problème évident.

— Que pensent les autres clients du bar ?

— Il y a toujours quelques personnes qui se lèvent et s'en vont. Il y a des tas de bars à Burlington, cela dit, alors ce n'est pas la fin du monde. Et les propriétaires de bars aiment ces soirées guérilla, car elles ont toujours lieu en semaine. Ça leur permet de faire salle comble un mercredi soir.

Jusqu'à présent, je n'avais encore jamais eu de discussion avec qui que ce soit au sujet des bars gays.

— Cool.

— Nous ne sommes pas obligés d'y aller, tu sais. Tout me va.

— Ça ne te dérange pas de traîner avec ton ex ?

Rikker haussa les épaules.

— Je l'ai déjà évité une fois cette semaine, ce n'était pas très poli de ma part. Et j'aime autant le voir au bar plutôt que d'aller chez eux.

— Dans ce cas, allons-y, lançai-je.

Il me décocha un regard en coin avant de poser à nouveau les yeux sur la route.

— D'accord.

De toute évidence, il ne s'attendait pas à ce que l'idée me séduise. Mais une fois de plus, il ne connaissait pas mes failles. Ce serait peut-être ma seule et unique occasion de mettre les pieds dans un bar gay, même improvisé.

En avant.

Le trajet jusque chez Rikker durait vingt minutes et il faisait noir quand nous arrivâmes devant une vieille ferme. Il l'ignorait, mais j'avais essayé un millier de fois de m'imaginer Rikker dans le Vermont.

— Nous sommes vite arrivés en pleine campagne, dis-je en regardant autour de moi en sortant du pick-up.

On n'apercevait même pas les voisins les plus proches.

— Si tu conduis un quart d'heure à partir de n'importe où dans le Vermont, c'est ce que tu obtiens, dit-il en gravissant le perron en granite.

Il posa la main sur la poignée.

— Tu es prêt ?

— Pourquoi ?

Il sourit et ouvrit la porte.

— Mamie, nous sommes arrivés !

En entrant dans la maison, j'entendis le *tap-tap* des talons sur les lattes du parquet.

— Bonsoooiiir !

Une petite femme entra précipitamment dans le vestibule. Elle referma ses bras autour de la taille de Rikker et le serra.

— Désolée, dit-elle en lui tapotant le torse. Je dois en profiter avant que tu repartes demain.

Puis elle se tourna vers moi, se hissa sur la pointe des pieds et prit mon visage à deux mains.

— Bonjour ! Tu as tellement grandi que je peux à peine t'atteindre ! Et quel bel homme !

Elle me frotta les joues et ne s'arrêta qu'après m'avoir vraisemblablement arraché une couche d'épiderme.

— Je suis content de vous revoir, Madame Rikker.

Je ne l'avais rencontrée qu'une fois, un jour de Noël où elle rendait visite à la famille de Rikker dans le Michigan.

— Entrez, entrez ! Le dîner est prêt. Asseyez-vous, parce que Gertie va passer me chercher pour notre soirée poker dans quelques minutes.

Elle se rua vers l'arrière de la maison, ses talons martelant légèrement le sol. Rikker retira ses chaussures, le sourire aussi spontané qu'un labrador.

— J'espère que tu as faim, dit-il. Apparemment, elle est déchaînée.

Nous passâmes devant plusieurs meubles anciens avant de déboucher dans une vieille cuisine, où la table était dressée pour trois.

— N'oubliez pas de vous laver les mains, lança la grand-mère de Rikker par-dessus son épaule.

Rikker me précéda jusqu'à l'évier et m'adressa un clin d'œil au passage.

— Nous sommes tombés sur Skippy à l'aéroport, annonça-t-il à sa grand-mère tout en se savonnant. Il nous a invités à sortir ce soir.

— Je vous laisse le pick-up, dit-elle en déposant une cocotte sur la table. Alors, vous pouvez y aller si vous voulez. Je t'ai dit que Skippy et son nouvel homme sont venus passer la souffleuse dans mon allée enneigée quand nous avons eu cette tempête inattendue à Thanksgiving ?

— Quel lèche-cul, fit Rikker.

Elle se retourna pour lui donner une tape sur les fesses.

— Ton langage !

Mais elle souriait. Visiblement, c'était une plaisanterie entre eux.

— Ils ont déblayé l'allée d'une vieille dame, ajouta-t-elle. C'est presque suffisant pour que je le pardonne.

Rikker grogna en me lançant un torchon à vaisselle. Je me lavai les mains à mon tour, certain d'avoir atterri dans un univers parallèle où un type pouvait parler de son ex-petit ami avec sa grand-mère.

Nous prîmes place autour de la table, sur laquelle deux verres de lait avaient été servis, pour Rikker et moi, comme si nous avions douze ans.

Si j'avais été élevé dans la région la plus conservatrice de l'Amérique profonde, ce n'était pas pour rien. Je me carrai sur ma chaise et attendit qu'elle dise les grâces. La grand-mère de Rikker joignit les mains et prit la parole.

— Seigneur, merci pour ces bénédictions que nous allons recevoir et merci d'avoir amené à bon port notre invité, qui fait l'honneur à son vieil ami de lui rendre visite chez sa mémé. Et bénissez cette malheureuse Edna. Sa petite-fille a encore atterri en prison hier soir, cette pauvre môme sans berger.

Je levai les yeux pour croiser ceux de Rikker. Il réprima un sourire.

— … Et bénissez notre famille et nos chers amis. Surtout Gertie, qu'elle comprenne avant sa mort qu'il ne faut pas tricher au poker. Amen.

— Amen, dit Rikker.

Puis il s'empara de la louche et versa une généreuse portion d'un plat fumant dans son assiette. C'était un mijoté de pâtes, de poulet et de champignons. Il me tendit la louche.

— Ça sent très bon, dis-je.

C'était la pure vérité.

— Prends-en autant que tu le souhaites, m'encouragea-t-elle. J'ai fait une autre cocotte pour la soirée poker.

Il y avait aussi un plat de crudités avec une sauce à part. Elle prit un morceau de céleri qu'elle se mit à grignoter.

— J'ai fait le lit dans la pièce à couture, dit-elle.

— Je l'aurais fait, dit Rikker en portant à sa bouche une fourchette de pâtes.

— D'abord, il t'aurait fallu enlever tout le bazar avec les tissus et le reste, dit-elle. Je t'ai épargné ce boulot.

— Merci de me recevoir, dis-je.

Elle me tapota la main.

— Quand tu veux, mon petit. Nous aimons avoir de la visite.

Un klaxon retentit à l'extérieur. Madame Rikker se leva.

— Désolée de m'en aller si vite. Passez une bonne soirée.

Elle prit un manteau sur le dossier de sa chaise et l'enfila.

— Et soyez prudents dans tous les domaines, les garçons. Non à la drogue et à l'alcool au volant. Oui aux ceintures de sécurité et aux préservatifs.

— Toi aussi, mamie, lança Rikker.

À l'aide de deux gants de cuisine, elle souleva une cocotte-minute sur le buffet.

— Tschüss, les jeunes.

Sur ces mots, elle disparut. Rikker souriait au-dessus de son verre de lait, tandis que j'avais le visage encore rouge après sa remarque sur les préservatifs. La porte se referma derrière elle et Rikker reprit son repas comme si rien dans cet échange ne lui avait paru insolite.

— Tschüss ? demandai-je.

— C'est sa façon de dire au revoir. Un sacré numéro, n'est-ce pas ?

Ce n'était rien de le dire.

— Elle ne ressemble absolument pas à ton père.

Rikker se mit à rire.

— C'est fou, non ?

Il se resservit dans le plat.

— Mais je ne comprends pas. Comment ton père est-il devenu aussi coincé ?

Et encore, j'étais gentil. Les parents de Rikker étaient des évangéliques acharnés.

— Eh bien, c'est ma mère qui fait la loi, dit-il. Et puis, il travaille pour l'école chrétienne. Alors il ferme son clapet, au travail comme à la maison.

— Tu y retournes parfois ?

Rikker secoua la tête.

— Non. Mes relations avec mes parents sont exclusivement rectangulaires.

— C'est-à-dire ?

— Nous nous envoyons des cartes postales. Les leurs sont toujours à message religieux, évidemment. Quelquefois, ils m'appellent pour mon anniversaire.

Waouh. Même si j'avais du mal à me sentir très à l'aise en famille, je n'imaginais pas mes parents couper les ponts avec moi.

— C'est rude.

— En fait, ça me convient, dit-il. Mamie a des mots bien sentis pour les qualifier. Je n'aime pas que mamie se brouille avec l'un de ses fils à cause de moi, mais elle apprécie ma compagnie.

Il se leva pour rincer son assiette et la placer dans le lave-vaisselle.

— Tu as besoin d'autre chose ?

— Non. C'était délicieux.

C'était complètement fou d'être l'invité de Rikker. Quelques minutes plus tard, j'avais débarrassé mes propres couverts et le suivais dans une pièce au fond de la maison. Contrairement au salon que j'avais traversé en arrivant, celle-ci paraissait confortable, avec de gros fauteuils et un canapé rebondi.

Rikker se jeta sur le canapé et consulta sa montre.

— Pas besoin de partir avant un moment. Skippy est constamment en retard. Tu veux jouer à RealStix ?

Je souris.

— Oh, ça oui.

Il lança le jeu.

— Je te laisserai même prendre les Red Wings sans me battre.

— Laisse-moi deviner, tu es devenu un fan des Bruins. Comme c'est pratique, puisque tu vis en Nouvelle-Angleterre depuis cinq ans. Mais ce n'est pas parce qu'ils ont remporté la coupe une fois qu'ils peuvent réitérer l'exploit.

— Cause toujours, dit Rikker en me lançant une manette.

Même si cela me donnait un angle de vue biaisé sur l'écran, je me laissai tomber dans l'un des fauteuils. M'asseoir à côté de lui sur le canapé m'aurait un peu trop rappelé le bon vieux temps.

Mécanismes de défense engagés.

Il démarra la partie. Pendant deux heures, les années s'effacèrent.

— Espèce de con, pestait Rikker chaque fois que je lui prenais le palet.

— Con toi-même !

Je fonçai vers ses cages, fis une passe à mon ailier et tirai.

Il para le coup. *Merde.* Puis il éclata de rire comme une hyène.

La période se termina.

— Revanche, m'exclamai-je.

Mais il ne lança pas immédiatement la partie.

— C'est sympa, dit-il.

— Oui.

Nous gardâmes le silence pendant une seconde. Cette fois, c'était un silence serein.

— J'aime bien ton coin du Vermont, Rik. Ta mamie est géniale.

— C'est vrai, dit-il en se laissant retomber contre le dossier du canapé. Je t'ai invité sur un coup de tête. C'est super ici, tu sais ? Je dis ça au cas où tu te serais inquiété de mon sort, je ne sais pas.

Il baissa la voix, comme s'il pensait que ses paroles étaient vaines.

— J'ai eu la belle vie ici. Il faut que tu le saches.

— Je me suis inquiété, murmurai-je.

— Maintenant, ce n'est plus la peine, répondit-il.

Sans plus attendre, il prit la manette et lança une nouvelle partie.

RIKKER

Une heure plus tard, je réussis un créneau avec le pick-up de ma grand-mère sur une place minuscule dans une rue de Burlington.

— Et après, qu'on ose dire que je ne suis pas viril, dis-je en retirant les clés du contact.

Graham appuya la tête contre son dossier et éclata de rire.

J'hésitai un instant avant d'ouvrir la portière.

— Tu es sûr que ça ne te dérange pas ?

Même s'il faisait trop noir pour distinguer leur couleur bleue de glace, les yeux de Graham étaient magnifiques dans la pénombre.

— Pourquoi me demandes-tu toujours ça ?

Je tendis le pouce en direction de l'entrée.

— Parce que nous sommes devant l'endroit le plus gay du Vermont en ce moment. Et tu n'es pas capable de prononcer ce mot à haute voix.

Il soutenait mon regard.

— Ça ne signifie pas que je n'*aimerais* pas pouvoir le dire.

Eh bien, ça alors. C'était une grande révélation de la part de Monsieur Conventionnel. Mais s'il voulait vraiment voir un bar gay, alors il était au bon endroit. La soirée serait franchement homo, mais pas trop hardcore ni flippante comme certains clubs où Skippy et moi nous étions aventurés sans conviction à Montréal.

— Allons-y, lançai-je.

La raison pour laquelle Slate avait toujours été notre destination de guérilla favorite, c'était la *danse*. Tous les bars de Burlington n'avaient pas forcément l'espace nécessaire. Quand nous poussâmes la porte de l'établissement bondé, des danseurs se déhanchaient déjà sur une chanson de Fun.

— Vous savez que c'est soirée gay ? demanda le videur perché sur son tabouret devant la porte.

— Nous sommes parfaitement au courant, dis-je en lui tendant mon permis de conduire.

— Alors vous pouvez entrer, fit-il en me tamponnant 21 ANS ET + sur le dos de la main.

Je balayai la salle du regard tandis que Graham recevait à son tour son tampon d'entrée. À une table haute dans un coin, je repérai Skippy qui me faisait signe.

— Par ici, dis-je à Graham.

Comme la musique étouffait mes paroles, je le pris par la main pour l'entraîner à travers la foule. Lorsque ses doigts se refermèrent sur les miens, je faillis éclater de rire. Si vous m'aviez dit un mois plus tôt que je conduirais Graham par la main dans une soirée dansante gay, je vous aurais traités de fous.

— Vous êtes en retard, s'écria Skippy lorsque nous nous installâmes.

— N'importe quoi. Tu es arrivé il y a cinq minutes à peine.

Il afficha une mine abattue et se pencha vers moi pour me demander :

— Comment le sais-tu ?

— D'abord, parce qu'il n'y a pas encore de verres sur la table. Ensuite, parce que tu es obsédé par le sexe et que Ross s'est absenté pendant dix jours.

Skippy fit la moue.

— Il est au bar, il paie la première tournée.

— Je vais nous chercher des bières, lança Graham de l'autre côté de la table. Tu prends quoi ?

— N'importe quoi, tant que ce n'est pas ce jus infâme de Chez Capri.

Il sourit et disparut dans la foule.

Skippy se pencha alors pour me parler à l'oreille.

— Tu es avec lui ?

Je secouai la tête.

— Il ne joue pas dans la même cour que nous.

Mon ex se dévissa la tête pour mieux observer le bar.

— C'est marrant que tu dises ça, parce qu'à mon avis, ton coéquipier Mike est aussi gay qu'une comédie musicale de Judy Garland. Tu devrais voir sa tête. On dirait un gamin qui découvre pour la première fois ses cadeaux sous le sapin de Noël.

Le radar à gays de Skippy était infaillible. Il ne s'était jamais trompé.

— Sois sympa avec lui, d'accord ? Il est assez torturé.

— Vous allez bien ensemble dans ce cas.

Aïe, touché. Ça faisait mal, parce que c'était la vérité. Passer une soirée avec Skippy et Graham, c'était une forme de torture que je m'imposais. Même si j'étais d'accord pour être *juste ami* avec Graham, j'éprouvais toujours un pincement au cœur chaque fois que je le regardais. J'étais condamné à avoir le cœur brisé.

— Tu m'en veux d'avoir dit ça, fit Skippy, le menton posé dans une main.

Il avait de longs cils foncés et sa chemise noire élégante donnait l'impression que ses yeux marron étaient couleur ébène. Il y avait quelque chose de vraiment magnétique chez Skippy, comme s'il était capable de lire dans votre âme.

— Je n'ai pas envie d'en parler, dis-je.

— Tu préfères danser avec moi ?

L'idée n'était pas fameuse.

— Nous risquerions de perdre notre table.

Il leva au ciel ses yeux lumineux.

— D'accord, papa.

Heureusement, Ross et Graham arrivèrent sur ces entrefaites avec nos boissons. En avant pour un petit lavage à l'éthanol. Je bus dans les trente premières secondes la moitié de la bière Long Trail que

Graham m'avait apportée. Il avait aussi commandé ce qui ressemblait à deux shooters de Jack Daniels.

— Cul sec ? articula-t-il par-dessus la musique.

En secouant la tête, je fis le geste de conduire et Graham se chargea de vider les deux verres.

— Tu as passé un bon Noël ? demandai-je à Ross en élevant la voix pour me faire entendre par-dessus la chanson.

— Pas mal, dit-il en souriant. Mes proches ont calmé le jeu avec les insultes homophobes, je n'en ai eu droit qu'à deux dizaines, alors je ne peux pas me plaindre.

— Ross vient d'Alabama, lançai-je à Graham en guise d'explication.

— Et pas du coin le plus moderne, ajouta-t-il.

Graham reposa son deuxième verre vide sur la table. Je vis ses yeux balayer la salle et je me demandai ce qu'il voyait. C'était la scène hétérogène classique. Il y avait quelques exhibitionnistes en combinaisons de cuir outrancières. (Chaque fois que je voyais un homme en pantalon de cuir, j'en avais l'entrejambe qui transpirait par compassion.) Pour chaque gay à la tenue excentrique, on comptait trois autres types en chemises en flanelle et casquettes de baseball. Mais il était encore tôt. Ces chemises ne tarderaient pas à voler quand la température augmenterait.

Get Lucky de Daft Punk se fit entendre et les épaules de Graham se mirent à bouger en rythme. Skippy me donna un petit coup sur le bras et je me penchai pour écouter ce qu'il avait à me dire.

— Je suis désolé d'avoir déconné.

— Tu parles de tout à l'heure ?

Je l'avais déjà presque oublié. Skippy fit les gros yeux et répondit :

— Évidemment, tout à l'heure. Tu vois un autre moment où j'ai déconné ?

— Non, fis-je en riant.

Je vidai ma bière avant de reposer le verre vide sur la table.

— Allons danser. Tous ensemble. Ça va secouer mon ami.

Les yeux de Skippy pétillèrent de malice. Il termina son verre et se leva.

— Allez, dit-il en tirant Graham par le coude. Nous allons danser.

Graham ouvrit de grands yeux.

— Je ne suis sans doute pas assez saoul pour ça.

— On va danser, c'est tout, s'écria Skippy en prenant Graham par la main. Ça ne va pas te rendre gay !

— Trop tard, dis-je à l'oreille de Graham tandis que Skippy l'entraînait dans la foule.

Graham tendit la main pour me pincer les fesses en représailles. Sans ménagement.

— Ouille, m'exclamai-je.

Il se contenta de sourire par-dessus son épaule.

Avant que je commence à sortir avec Skippy, je n'étais pas très adepte de la danse. Pourtant, même les danseurs réticents ne pouvaient pas lui résister. Il suffisait de regarder Skippy et vous ne pouviez pas vous empêcher de bouger. La musique semblait battre à travers son corps, remonter avec fluidité le long de ses hanches étroites et de sa colonne vertébrale jusqu'au bout de ses bras.

Quand il dansait, Skippy fermait les yeux, comme s'il recevait directement ses ordres d'un autre niveau céleste. Et quand il dansait, tout le monde semblait s'amuser encore davantage. Il suffisait de le regarder pour s'imaginer que l'on bougeait aussi bien que lui. Et en un sens, c'était vrai parce qu'on s'amusait vraiment, et que c'était là le grand secret de la danse.

Ce soir, Ross portait un t-shirt sur lequel on pouvait lire : *Homme Sweet Homme*. Il vint se placer derrière Skippy et passa un grand bras autour de sa poitrine. Même collés serrés, ils n'avaient pas l'air ridicules tant Skippy était un excellent danseur.

Alors qu'une chanson cédait la place à la suivante, j'entendis un hurlement dans mon oreille, encore plus fort que la voix de Lady Gaga.

— Rikker !

Je me retournai pour découvrir Rachel et Daphné, d'anciennes copines du lycée.

Je leur fis la bise.

— Quoi de neuf ? lançai-je par-dessus la musique.

Quand Daphné désigna Graham du pouce, je lui répondis :

— Un ami de la fac.

Elles le toisèrent d'un œil approbateur. *Bonne chance, les filles.* Mais visiblement, la compagnie des deux filles sembla plaire à Graham. Lorsque Daphné s'approcha de lui, je le vis se détendre. Il sourit et commença à bouger de manière beaucoup moins empruntée. Daphné se glissa devant lui et il posa une main sur sa taille.

Même si Graham touchait Daphné, il avait les yeux tournés vers la salle. L'ambiance était en train de se réchauffer. Les hommes qui nous entouraient sur la piste de danse faisaient tomber leurs chemises les uns après les autres. Les bustes nus ondulaient sur la musique, tandis que des mains effleuraient peau et tissu. Jean contre jean, on se déhanchait en rythme. Nous ne formions qu'une masse gigantesque de corps qui se balançait et transpirait sur des chansons de Macklemore et, pour les plus vieux, de Depeche Mode.

Quand la musique ralentit, Rachel passa ses bras autour de moi pour avoir une petite conversation.

— J'ai lu les articles. Qu'est-ce qui t'a poussé à faire une annonce publique ?

C'était l'une des amies auprès de qui j'avais fait mon coming-out au lycée.

— Je n'ai pas eu le choix.

Elle me déposa un baiser sur la joue.

— Au fond, je savais que tu dirais ça. Quelques personnes à la fac m'en ont parlé. Comme Petey, par exemple.

Petey était le co-capitaine de mon équipe du lycée. Il jouait désormais pour l'Université du Vermont, que fréquentait aussi Rachel.

— Ah oui ? Qu'est-ce qu'il a dit ?

— Il a dit qu'il s'en était toujours douté.

Je songeai un instant à ces paroles.

— En même temps, il ne faut pas être un génie pour ça.

C'était une école plutôt petite et je traînais en permanence avec Skippy, même si nous évitions de nous peloter au lycée et aux alentours. Mais il faut dire que Skippy était aussi populaire auprès des hétéros.

Rachel approcha sa bouche de mon oreille.

— Les gens disent peut-être ça parce que c'est toujours mieux que : je n'en avais pas la moindre idée.

Je l'embrassai à nouveau sur la joue.

— Peu importe.

— Tu sais, je n'aime pas voir Skippy avec un autre mec, dit-elle.

Une fois de plus, je jouai les grands seigneurs, même si je commençais à m'en lasser.

— J'ai rencontré Ross cet été. Il m'a tout l'air d'un type bien.

Rachel sourit.

— Je suis certaine que tu as raison, mais j'essayais d'être loyale. Ton ami est hétéro ? Daphné essaie de lui mettre le grappin dessus.

Je jetai un œil par-dessus mon épaule pour les découvrir en train de danser un slow.

— Je ne sais pas trop où il se situe, répondis-je.

Et lui non plus.

Enfin, la musique retrouva un rythme effréné et chacun se remit à danser à en perdre haleine. Ça faisait longtemps que je n'avais pas passé une telle soirée et j'avais oublié les bienfaits de la danse. C'était une vraie libération. (Comme le sexe, mais pas aussi salissant. Et au moins, on ne risquait pas d'avoir le cœur brisé.) La musique me traversait et je cessai de réfléchir pour me laisser aller à ce que je ressentais.

Quand nous nous offrîmes une pause, Graham nous apporta deux autres bières. Debout côte à côte, nous étions adossés contre un mur près des danseurs. Tantôt nous avalions quelques gorgées de bière, tantôt nous appliquions les bouteilles fraîches contre nos visages.

Quand Graham leva le coude pour vider sa bouteille, je me remémorai involontairement ses lèvres autour d'une certaine partie de mon anatomie.

Oh, bon sang. Cette image était gravée dans mon cerveau et les chances que cela se reproduise étaient minces. Mais il me restait au moins un souvenir.

Nous abandonnâmes nos bouteilles sur un rebord tandis que la version de *Don't Leave Me This Way* par les Communards retentit. Comme *Born This Way* de Gaga, cette chanson avait été adoptée comme hymne par les gays. Skippy me rejoignit en se déhanchant, son regard de braise intensément grave. À l'époque, nous dansions en permanence sur cette chanson.

Il me tira par la main et je me laissai entraîner. Pour danser à sa façon, il fallait lever les bras chaque fois que le chanteur s'égosillait : « Awwwwwwww, BABY ! » Tout le monde avait les mains en l'air et l'on se donnait des coups de hanche, sautant ventre contre ventre à la manière des fêtes étudiantes. C'était moite, dissipé et somptueux. Il ne fallait pas prendre la danse trop au sérieux. Skippy se tenait devant moi et Graham derrière. Je pouvais le sentir tout contre mes fesses. Voilà que la soirée prenait une nouvelle tournure. Je glissai alors une main derrière moi et effleurai la braguette de Graham. S'il voulait connaître les bars gays, je pouvais m'assurer qu'il profite de l'expérience.

Après tout, à quoi servent les amis ?

Un moment plus tard, sa main atterrit sur mes fesses, remontant le long de la couture du jean. Oh, mon Dieu. Il y avait une justice, en fin de compte. Je tentai alors un demi-pas en arrière, collant mes fesses contre son entrejambe. S'il n'aimait pas, il n'aurait qu'à s'écarter.

Il n'en fit rien.

En moins de temps qu'il ne faut pour dire : « Ça t'excite ? », sa main glissa sur ma hanche. Puis une chanson de Maroon Five se fit entendre. Je me penchai en arrière contre Graham. Et tandis qu'Adam Levine donnait de la voix à travers les enceintes, Graham et moi bougions l'un contre l'autre, illustrant les paroles de *Moves Like Jagger*.

C'était chaud et langoureux. Je pressai mes hanches en suivant le rythme et le corps de Graham m'accompagna, accentuant ses mouvements là où nous entraînait la musique. Les chansons se succédèrent. Autour de nous, les corps luisants se trémoussaient en rythme. Plus nous nous déhanchions et plus j'avais chaud. Il commençait à se faire tard, mais je n'avais pas envie que la soirée se termine. Je n'avais jamais dansé avec Graham de toute ma vie et l'occasion ne se présenterait peut-être plus.

Enfin, le DJ décida de calmer le jeu. La musique ralentit pour adopter des mélodies plus chaloupées et Madonna entonna un vieux tube, *Crazy for You*. Autour de nous, les couples se blottirent les uns contre les autres et les lèvres se rencontrèrent tandis que les étreintes se faisaient brûlantes.

— Nous devrions nous arrêter, non ? dis-je à l'oreille de Graham, à bout de souffle.

Il hocha aussitôt la tête, comme je le supposais. Il était impossible de danser en tête à tête si l'on voulait prétendre que cette soirée n'était qu'une folie sur l'impulsion du moment.

Pourtant, ce n'était pas l'envie qui m'en manquait. Je voulais attirer son torse contre le mien et enfouir mon visage dans son cou. *Ce n'est que de la danse*, pouvais-je toujours me persuader. Mais ce serait un mensonge. Quel que soit le nom que je donnais à notre relation, et même si cela me faisait passer pour un parfait idiot, j'avais toujours envie de Graham.

Oui, il était grand temps de rentrer.

— Je vais dire aux autres qu'on s'en va. On se retrouve près de la porte ?

Une fois de plus, il hocha la tête et je me frayai un chemin à travers la foule pour retrouver Skippy et Ross près de notre table du début de la soirée, en train de boire de l'eau fraîche.

— Nous allons rentrer, leur annonçai-je.

— À Stowe, demain ? proposa Skippy entre deux gorgées.

Puis il remplit à nouveau son verre à partir d'un pichet d'eau qu'ils avaient réussi à se procurer.

— Je ne sais pas, répondis-je en me demandant si j'avais le temps d'aller faire du snowboard – sans doute pas. Il faut que je demande à Graham quand il compte rentrer.

Je lui ôtai son verre d'eau des mains pour le porter à mes lèvres. Mais je n'avais bu qu'une gorgée lorsque ses doigts se refermèrent autour de mon poignet. Il me regarda en écarquillant les yeux. Je ne comprenais pas pourquoi il m'interdisait de me désaltérer.

— Vous avez tout un pichet, protestai-je.

Mais Skippy se fichait bien de son verre d'eau.

— *Comment* viens-tu de l'appeler ?

Oh, merde. Je tentai d'éluder la question en repoussant sa main pour vider le verre. Mais Skippy revint à la charge.

— Tu n'es *pas* sérieux. Ne me dis pas que c'est ton mec du Michigan ?

Il m'arracha le verre vide pour le reposer, puis il prit mon visage dans ses mains.

— Tu ne peux pas t'engager avec un type qui s'est foutu de ta gueule alors que tu avais trois côtes cassées et une hémorragie interne.

Ses yeux noirs étincelaient d'une colère non dissimulée. Une fois de plus, je le repoussai.

— Tu sais quoi ? Tu n'as plus le droit de me dire ce que je dois faire.

Je savais que ma remarque trahissait une certaine amertume. Nous en étions tous les deux conscients.

Il cligna des paupières.

— Rikky, pour l'amour du ciel. Sois prudent.

— Oui, *papa.*

Il s'inquiétait sincèrement pour moi, mais je ne voulais toujours pas l'entendre. Tout le monde ne pouvait pas vivre une histoire d'amour à la Skippy et Ross, avec un bel appartement et un caniche roulé en boule sur le tapis. Leurs selfies sur Instagram étaient si joyeux que je pouvais à peine les regarder.

À quelques pas de là, Ross nous regardait d'un air soucieux. J'étais trop furieux pour prendre poliment congé. Je saluai Ross de la main et dardai sur Skippy un regard agacé, puis je rebroussai chemin à travers la foule de danseurs en direction de la porte. Graham la poussa en me voyant arriver.

À l'extérieur, la température avait chuté et il faisait un froid de canard, mais c'était agréable contre ma peau en sueur. Comme nous approchions du pick-up, je me rendis compte qu'il était pris en sandwich par deux couples gays : l'un se pelotait contre la voiture garée derrière nous et l'autre se mangeait la bouche à côté du véhicule juste devant le nôtre.

C'était l'heure des corps à corps, car la soirée guérilla touchait à sa fin.

Nous montâmes dans le pick-up. Quand ma portière se referma en claquant, l'un des deux hommes devant nous leva les yeux pour s'assurer que nous n'allions pas le pourchasser. Mais son partenaire, un type menu, empoigna sa veste pour le ramener à leur baiser.

Assis sur le siège du côté passager, Graham les dévisageait.

Je frottai mes mains glacées l'une contre l'autre, toujours distrait par la dispute que je venais d'avoir avec Skippy. Il me fallut un moment pour prendre conscience de la direction qu'avaient prise les pensées de Graham. Nous embrasser en public nous avait coûté notre amitié. Et voilà que nous étions littéralement entourés d'hommes qui n'avaient pas peur de laisser libre cours à leurs baisers.

— Bienvenue au Vermont, annonçai-je.

Il ne répondit pas. Ses yeux étaient toujours rivés sur le couple devant nous. J'allumai les phares du pick-up, qui illuminèrent le couple. Mais j'étais incapable de savoir si Graham les regardait vraiment, ou s'il était perdu dans ses souvenirs.

Quoi qu'il en soit, je savais ce qu'il nous fallait faire.

— Viens ici, murmurai-je.

Il secoua lentement la tête.

— Mauvaise idée.

Mais ce n'était pas une mauvaise idée. C'était une idée brillante. Cinq ans plus tôt, deux garçons s'étaient embrassés dans une voiture. Et un groupe d'abrutis avaient fait de ce moment une catastrophe qui avait modifié le cours de leurs existences. Or aujourd'hui, deux adultes pouvaient bien s'embrasser avant de rentrer à la maison pour disputer une autre partie de RealStix comme si de rien n'était.

Je tendis la main de l'autre côté du siège pour prendre celle de Graham. Mais il refusait de me regarder, même quand je tirai doucement son bras.

— Viens ici, lui dis-je. Sinon, c'est moi qui viens.

Le pick-up avait une banquette à l'avant. Ce serait facile de mettre ma menace à exécution.

Il posa alors sur moi un regard d'avertissement.

— Ce n'est qu'un baiser, murmurai-je en frottant sa grande main dans les miennes. Fais-le pour moi.

Je l'attirai à nouveau. Il céda *presque* de bonne grâce.

Lentement, nous nous rapprochâmes sans nous quitter des yeux. Bientôt, je sentis son souffle sur mon visage. Je franchis les derniers centimètres qui nous séparaient, effleurant seulement ses lèvres. Je vis sa pomme d'Adam tressauter nerveusement. Avec une infinie douceur, je pris sa nuque dans ma main pour le ramener vers moi. Je pressai mes lèvres contre les siennes. Elles sentaient le musc et la bière. Hmm… Mon baiser était lent. Sensuel.

Après plusieurs battements de cœur, il se détendit pour se fondre dans notre échange et se laissa enfin aller. Je glissai alors ma langue dans sa bouche. Si je ne devais obtenir qu'un baiser, autant qu'il soit bon. Au premier échange humide de ma langue contre la sienne, Graham produisit un petit bruit guttural.

Le paradis.

Je me penchai en avant et refermai mes bras autour de lui. Ce n'était pas comme cette étreinte énergique et fébrile à la tequila que nous avions partagée après le match contre Saint-B. Cette fois, je sentais que nous nous contrôlions à la perfection. Certes, mon corps n'aurait pas refusé une montée en puissance, mais nous savions l'un comme l'autre que ça n'arriverait pas. Ce baiser était celui de deux cœurs brisés. Il était profond, doux et triste. J'avais la poitrine douloureuse tant je peinais à croire que je le serrais contre moi et que je l'em-brassais. Chaque caresse de ses lèvres contre les miennes m'anéantissait un peu plus.

C'était probablement le meilleur baiser que j'aie jamais connu.

Enfin, la voiture devant la nôtre démarra en vrombissant, les lumières rouges de ses feux arrière éclairant l'intérieur du pick-up. Le moment était passé et Graham se retira sans que j'y oppose de résistance. L'autre voiture s'éloigna, le bruit de son moteur s'estompa. Nous restâmes seuls avec notre propre silence. Graham s'accouda à la vitre et détourna le regard, déjà perdu dans ses pensées. Je démarrai à mon tour. Tout en laissant le moteur se réchauffer, je frottai mes lèvres l'une contre l'autre. Elles étaient gonflées et attendries par la barbe de trois jours de Graham.

J'amorçai le trajet de retour. Ce soir, la lune était presque pleine. Les champs enneigés des environs de Burlington scintillaient d'une lueur bleutée presque irréelle.

— Certaines musiques n'étaient pas terribles, dit enfin Graham.

— Oui, répondis-je en ricanant. Quand on veut être gay, il faut accepter les chansons populaires.

— Une bonne raison pour être hétéro, dans ce cas, dit-il.

Je ne répondis même pas, car c'était un bien triste raisonnement.

Nous nous garâmes devant la maison illuminée de mamie. Graham leva les yeux vers la façade, puis se tourna vers moi. Dans l'obscurité, il me dévisagea attentivement.

— Rik, murmura-t-il. Je me suis bien amusé, ce soir.

— Moi aussi, G.

Il s'avança alors, coulissant vers moi sur la banquette.

— Un autre, fit-il dans un souffle. Comme au bon vieux temps.

Il tourna son visage vers moi et ma bouche devint captive de son baiser.

C'était peut-être bête, mais je m'y abandonnai. Si l'on mettait de côté toute la confusion et les anciennes peines de cœur, j'avais passé une journée presque parfaite. Et ce que nous partagions en cet instant, c'était tout ce que j'avais toujours voulu de la part de Graham. J'avais envie de son amitié, mais je voulais aussi qu'il se rapproche de moi à la fin de la soirée. Pendant quelques minutes au moins, j'avais tout cela à la fois.

Notre baiser s'enflamma. Les mains de Graham se promenèrent

sur mon torse et je passai mes bras autour de ses épaules carrées. Sa carrure m'excitait follement. *Oh, mon Dieu.* Tout chez lui m'excitait. Plus nous nous embrassions, plus je me sentais durcir.

Je laissai ma bouche s'aventurer le long de sa magnifique mâchoire. J'avais volé un avant-goût de la peau de son cou quand il poussa un long soupir de frustration. À contrecœur, je me redressai pour le regarder.

— Nous ferions mieux d'y aller, dit-il. Ta grand-mère va se demander pourquoi nous ne rentrons pas.

Lentement, je fis glisser ma paume sur la barbe légère de sa joue.

— G., si elle ne dort pas, elle se dira simplement que nous nous pelotons dans le camion. Et tu ne baisseras pas dans son estime pour autant.

Mais nous savions déjà que cela n'avait aucune importance pour Graham. Sans ajouter un mot, il ouvrit la portière et sortit. L'idée que quelqu'un puisse nous soupçonner représentait une barrière qu'il était tout simplement incapable de franchir.

Quand je sautai à mon tour à l'extérieur, je dus ajuster mon jean trop serré. Mon corps avait vraiment envie de se retrouver seul avec lui. Le problème, c'était que nulle part sur *Terre* nous ne serions assez seuls pour Graham.

GRAHAM

Le lendemain matin, je me réveillai en sursaut. Momentanément désorienté, je me demandai où j'étais. Le soleil brillait de l'autre côté d'une fenêtre qui ne m'était pas familière. Je récupérai mon téléphone sur la table à couture de Madame Rikker et constatai qu'il était presque dix heures. Cela n'avait rien d'étonnant, car je dormais souvent tard le matin. Le plus intéressant, c'était qu'après m'être endormi comme une masse dans le lit de la chambre d'amis vers une heure, je ne m'étais pas réveillé une seule fois. Bizarre. D'habitude, je passais une partie de la nuit à fixer les poutres du plafond, aux prises avec les démons qui hantaient ma tête.

Je me redressai et enfilai à la hâte mes vêtements, les membres encore engourdis. Puis je suivis les voix en direction de la cuisine.

— Il est vivant, dit Rikker lorsque j'entrai en traînant des pieds.

Debout devant le plan de travail, il râpait du fromage au-dessus d'une planche à découper. Je raclai ma gorge encore endormie.

— Désolé. J'ai dormi comme un loir.

À mi-chemin entre le réfrigérateur ouvert et le four, sa grand-mère me donna une tape sur le bras.

— Ne t'excuse pas pour ça. Tu es en vacances.

Elle déposa une boîte d'une douzaine d'œufs sur le plan de travail et l'ouvrit.

— Aimes-tu les œufs, Graham ?

— Oui, Madame.

Rikker tendit la main au-dessus de sa tête et attrapa une tasse, qu'il remplit à la cafetière devant lui. Puis il me la remit sans commentaire, avant de se remettre à râper son fromage.

Je bus une gorgée de café et commençai à me sentir un peu plus humain.

— Je peux faire quelque chose ?

— Te contenter d'être beau, répondit Rikker d'une voix langoureuse.

Puis il m'adressa un sourire taquin. Je fis la grimace. *Seigneur*, ce que ce sourire était désarmant. Quand il me regardait ainsi, je pourrais faire tout ce qu'il me demandait.

Tout, sauf la seule chose qui comptait vraiment. Tout, sauf l'aimer comme il le méritait.

— Si vous restez encore deux heures, je peux vous préparer des boulettes de viande à la sauce tomate que vous emporterez chez vous, dit mamie Rikker.

Elle était en train de casser des œufs dans un bol.

— Ça me va, dit Rikker. Qu'en penses-tu, G. ? Faut-il partir avant midi ?

La veille au soir, il avait recommencé à m'appeler « G. » comme avant. Ça me plaisait.

— Rien ne presse, lui dis-je. Il va bien falloir que je prenne une douche, mais c'est ma seule obligation de la journée.

Rikker leva le menton en direction des escaliers.

— Tu peux y aller maintenant. Le petit déjeuner ne sera pas prêt avant une quinzaine de minutes.

En gravissant les escaliers, j'entendis Rikker et sa grand-mère échanger les derniers potins.

— Est-ce que le petit copain de Daphné était là ? Tu sais, cela qui a un monosourcil et dit « putain » à chaque phrase ?

— Bruno ? fit Rikker en ricanant. Je ne l'ai pas vu. Il ne fait peut-être plus partie du paysage.

— Elle a sans doute retrouvé la raison. Daphné est une fille intelligente. J'ai toujours espéré que ce n'était qu'une passade avec ce garçon.

— Moi aussi, je l'espère.

Mon séjour dans le Vermont toucha à sa fin avant que je sois vraiment prêt. Deux heures plus tard, mamie Rikker nous conduisit jusqu'au bureau de location de véhicules et Rikker entra pour récupérer la voiture qu'il avait réservée. Assis sur la banquette arrière du pick-up, je me penchai en avant pour la remercier de m'avoir reçu chez elle.

Elle pivota sur son siège et me serra l'avant-bras.

— C'était un plaisir, mon chéri. J'aimerais que vous ayez plus de jours de vacances. Sincèrement. Ces dernières années avec John ont été un vrai cadeau pour moi.

Je souris. Il était impossible de voir tout l'amour qu'exprimaient ses yeux bleus limpides sans sourire.

— Je suis sûr que tout n'est pas toujours rose, dis-je pour tenter de plaisanter. Il laisse sans doute le siège des toilettes levé.

— J'ai eu deux garçons avant lui, dit-elle en me caressant le bras. Je ne fais même plus attention.

À l'extérieur, Rikker ressortit avec des clés à la main.

— Je crois que nous sommes prêts à partir, annonçai-je.

J'allais ouvrir la portière quand elle me prit la main.

— Prends soin de toi, Michael Graham, insista-t-elle.

— Oui.

— Et n'oubliez pas d'entrouvrir les boîtes en plastique avant de passer ces boulettes de viande au micro-ondes, pour éviter qu'elles explosent.

Je sortis avec un petit rire.

— Merci pour tout !

Elle m'envoya un baiser une fois que j'eus refermé la portière.

— J'aimerais bien remettre ça un jour, avouai-je une fois que nous fûmes sur la route. C'est si relaxant chez ta grand-mère.

Rikker garda le silence après ma déclaration et je me demandai si je n'étais pas allé trop loin.

— Enfin… J'ai passé un bon moment. C'est tout.

— Moi aussi, répondit-il aussitôt. Mais c'est curieux. Pendant toutes les vacances chez tes parents, tu étais sur les nerfs, mais ce séjour avec ma grand-mère t'a fait l'effet d'une oasis. C'est amusant, car c'est pourtant la seule personne au monde qui te soupçonne probablement d'être gay.

Il me jeta un coup d'œil en coin et précisa :

— Parce que tu m'as rendu visite, c'est tout, elle n'aurait aucune autre raison de s'en douter. Mais c'est un peu illogique, tu ne trouves pas ?

Quand j'ouvris la bouche pour objecter, rien ne sortit. Rikker avait raison. La plupart du temps, j'étais sujet à la panique et j'essayais de me comporter comme un hétéro. Dans le Vermont, mes activités s'étaient résumées à danser le twerk dans une soirée gay et à embrasser mon ami homo dans le pick-up de sa grand-mère. Ensuite, j'avais dormi neuf heures d'affilée et je m'étais réveillé aussi en forme qu'un superhéros. Cela n'avait absolument aucun sens.

— Qu'ont dit tes parents à propos de mon histoire dans les journaux ? demanda-t-il à brûle-pourpoint. Ils l'ont lue ?

Je poussai un profond soupir. Quand j'étais chez moi, j'avais esquivé plusieurs conversations au sujet de ces satanés articles.

— Ils ont dit que les gens en parlaient à l'église. C'est là que ma mère l'a appris.

— Mais *ta* mère, qu'est-ce qu'elle a dit de moi ? Elle était outrée ou je ne sais quoi ?

— Elle n'a pas eu l'air outrée, dis-je lentement.

Ce sujet me terrorisait.

— Elle m'a demandé si tu allais bien et si le Coach gérait correctement cette affaire. Je lui ai répondu que j'en avais bien l'impression. Pour la première comme pour la deuxième question.

— C'est tout ?

— Oui.

La vérité, c'était que ma mère avait essayé d'en discuter, mais j'étais sorti de la pièce chaque fois qu'elle abordait le sujet. Et je ne risquais certainement pas de lui parler du match contre Saint-B.

— D'après toi, que me dirait ta mère si je débarquais dans votre maison, là maintenant ? insista-t-il.

— Euh… bonjour, John ?

Je n'aimais pas la tournure que prenait cette conversation. Parce que cela m'était égal que mes parents ne soient pas aussi religieux que ceux de Rikker. Je n'avais pas envie d'être leur fils gay.

— Je parie qu'elle me proposerait des biscuits et du lait.

À présent, il souriait en s'imaginant la scène.

— Elle nous donnait toujours des sachets d'Oreo.

— C'est vrai, répondis-je lentement. Ma mère est cool. Mais ça ne veut pas dire qu'elle aimerait nous surprendre dans le sous-sol. Ou expliquer à ses amies de l'église…

Je laissai ma phrase en suspens. Parce que plus je parlais, plus il était évident que je m'étais déjà posé toutes ces questions. À de nombreuses reprises.

Rikker laissa passer plusieurs kilomètres avant de prendre la parole.

— Tu sais, mes parents ont essayé de me convaincre d'aller dans l'un de ces centres où on t'aide en priant pour que tu ne sois plus gay.

— Vraiment ?

— J'ai refusé d'y aller. Mais tu sais le plus drôle ? fit-il en ricanant tout bas. Tu sais ce qu'ils font dans ces week-ends ? Ils se font des câlins.

— Quoi ? Tu veux dire qu'ils te mettent avec une fille ?

— Non, ils assoient tout le monde par terre, deux par deux, et te demandent de prendre un homme dans tes bras. Ils ont cette théorie débile selon laquelle on devient gay parce qu'on n'a pas eu la bonne image paternelle. Alors si un homme te serre dans ses bras pendant tout le week-end, tu n'en auras plus envie.

— Tu me fais marcher.

Il secoua la tête.

— Même si j'aime bien te faire marcher, c'est tout ce qu'il y a de plus vrai. J'ai rencontré quelqu'un qui avait participé à l'un de ces trucs. Il m'a dit que la seule chose qu'il en avait retirée, c'est la certitude qu'il aimait vraiment faire des câlins aux hommes.

Je levai la main pour me retenir à mon appuie-tête et éclatai de rire.

— L'arnaque du siècle.

— N'est-ce pas ? Ça fera deux mille dollars, s'il vous plaît.

— Et que font-ils si quelqu'un se met à bander ?

— Il m'a dit qu'on était juste censé ne pas y prêter attention. Mais j'imagine qu'ils ont une sorte de brigade d'intervention. « Alerte à la trique, secteur trois ! Allez chercher la lance à incendie ! »

Il imita des bruits de sirène. J'éclatai de rire comme quand nous avions quinze ans et que nous nous amusions à critiquer la stupidité de tel ou tel film de superhéros.

C'était précisément la raison pour laquelle j'étais assis dans une voiture avec Rikker en cet instant. Je riais avec beaucoup plus de spontanéité aujourd'hui que je ne l'aurais jamais pu avec aucun autre ami. Rikker savait déjà que j'étais dans un état pitoyable, je n'avais aucun effort à fournir pour faire semblant du contraire. Malgré notre passé commun, il n'y avait personne sur Terre qui me connaissait aussi bien que lui. C'était à la fois terrifiant et libérateur.

Mais les kilomètres défilaient. Bientôt, nous serions de retour à la fac. J'allais devoir recommencer à faire semblant que tout allait bien et à me débrouiller seul. Je ne pouvais m'empêcher de me demander comment réussissait Rikker.

— Comment fais-tu pour entrer dans ces vestiaires tous les jours en sachant ce qu'ils disent sur toi ?

Rikker ne détachait pas les yeux de la route.

— Je n'en sais rien. Je le fais, c'est tout. Parce qu'y aller, c'est toujours mieux que de ne pas y aller, sans doute.

Nous continuâmes en silence pendant quelque temps.

— Je sais que je ne suis pas une bonne publicité pour le produit, dit-il.

— Quoi ?

— Je ne donne pas l'impression que faire son coming-out, c'est génial. D'un autre côté, je n'ai plus peur que les gens l'apprennent, tu sais ? Je ne me livre plus à tous ces calculs que je faisais autrefois. Si je quittais la chambre de mon copain de baise vers vingt-trois heures, je me disais que personne ne nous soupçonnerait de coucher ensemble. Mais à minuit et demi, c'était plus risqué.

Il se mit à rire et ajouta :

— En fin de compte, c'est sans importance si le type envoie ta photo à l'entraîneur.

— Cette photo circule toujours ?

— Pourquoi, il te faut une copie ?

Je pouffai.

— Très drôle. Je me dis juste que même ceux qui sont cool avec toi dans les vestiaires n'ont probablement pas envie de découvrir cette photo sur des sites web d'actualité.

Rikker poussa un grognement.

— Elle ne doit plus exister. Sinon, ce serait déjà fait. C'était une mauvaise photo, Dieu merci. L'appareil visait plus ses hanches que moi. Alors on ne voit que l'arrière de ma tête, et elle est floue. Si je n'avais pas eu le tatouage de l'équipe sur l'omoplate, l'entraîneur aurait peut-être refusé de croire que c'était moi.

Il tendit la main pour effleurer son épaule.

— Dès l'instant où j'ai été viré de l'équipe, j'ai fait recouvrir ce truc. Maintenant, j'ai cette grosse…

— Je l'ai vue.

Rikker avait une veuve noire démente tatouée sur une omoplate. Autour d'elle, une toile d'araignée s'étendait dans son dos.

— J'aime bien, avouai-je. (Ce n'était rien de le dire. Ce tatouage était sexy comme ce n'est pas permis.)

— Moi aussi. C'était l'idée de l'artiste. Le sablier rouge sur le dos de l'araignée, c'est l'encre de Saint-B. que l'on aperçoit à travers. Je n'essaie pas de trouver une signification profonde, ou quoi que ce soit, mais j'aime bien l'idée qu'une araignée ait fait disparaître toute cette merde.

— Essaie juste de ne pas te faire prendre en photo une fois de plus. Il te faudrait un monstre pour recouvrir cette toile d'araignée.

Rikker éclata de rire.

— C'est vrai, tu as raison.

La voiture de location avalait les kilomètres et nous quittâmes le Vermont pour entrer au Massachusetts. Alors que nous dépassions la sortie 27, Rikker brandit son majeur en direction de la route 2 et du

Massachusetts de l'Est. Je n'eus pas besoin de lui demander ce qu'il y avait dans cette direction.

— Dommage qu'il n'y ait pas d'échanges au niveau universitaire. J'aurais aimé qu'on échange Big-D et qu'il parte à Saint-B.

— Je soutiendrais cette initiative, acquiesça Rikker.

— Comment fais-tu pour passer devant lui chaque jour sans lui envoyer un coup de poing dans les dents ? Les conneries que débite cette bouche...

Rikker soupira.

— Oui. Mais tu vois, même si je trouve que c'est un demeuré et un vrai connard de première, je pense que c'est incurable. Je lui inspire un profond dégoût, qui fait appel à quelque chose d'ancré au fond de lui. C'est pour ça que je ne le frappe pas. Parce qu'il ne peut pas s'empêcher d'être un abruti, comme je ne peux pas m'empêcher d'être gay.

— Tu ne peux pas parler de profondeur quand il s'agit de ce type.

— Ce n'est pas faux.

— Je ne suis pas tout à fait d'accord. Pour que tu le dégoûtes, il faut qu'il t'imagine en train de faire l'amour. Et dans ce cas, ça voudrait dire que ceux qui t'acceptent se sont pliés au même exercice et qu'ils *apprécient* cette image. Et ça, ce n'est pas tordu peut-être ?

Il éclata de rire.

— Bien vu, G. Tu as déjà pensé à le lui dire ?

Certainement pas. Parce que je suis la pire mauviette qui ait jamais existé.

— Peu importe, fit Rikker en soupirant.

Il savait déjà que j'étais un lâche. J'avais passé ma vie à le lui prouver.

— Tu vas peut-être trouver ça drôle. Big-D s'est pointé devant moi dans les vestiaires un jour et il m'a demandé combien de filles j'avais sautées avant de décider que j'étais gay.

— Seigneur. Qu'est-ce que tu as dit ?

Rikker retrouva son fameux sourire énigmatique, qui m'empêchait toujours de garder la tête froide.

— Je lui ai demandé combien de queues il avait sucées avant de décider qu'il était hétéro.

— Tu déconnes ! Et il ne t'a pas massacré ?

— Trop de témoins, fit Rikker en haussant les épaules. Ce qui est amusant, c'est que moi-même, je suis un peu dégoûté à l'idée de coucher avec une fille.

Je me mis à rire.

— Tu as déjà essayé ?

Il secoua la tête.

— Ah, Rikker est puceau, m'exclamai-je pour le taquiner.

— Si ça t'amuse. Et toi, tu aimes ça ?

— Oui, fis-je avant de préciser ma réponse. Quand je suis saoul et très excité. Ça m'aide si elle est à fond dans le truc.

— Tu prends ton pied ?

— La plupart du temps. À moins d'être vraiment déchiré.

Trop déchiré pour me rappeler les subtilités du dernier porno gay que j'avais visionné en début de soirée. Je n'avais encore jamais partagé ces histoires avec qui que ce soit. Mais seul avec Rikker dans cette voiture, je ne pouvais plus m'arrêter de me livrer.

— Qu'est-ce que tu prévois ? demanda-t-il sans quitter la route des yeux.

— Comment ça ? Aujourd'hui ?

Il ricana.

— Non, idiot. Pour la vie. Filles ? Garçons ? Filles et garçons ?

— Je n'ai rien prévu.

C'était la pure vérité.

— Mais j'ai de l'espoir. J'espère bien rencontrer une fille qui me fera vraiment de l'effet, tu sais ?

Dieu sait que j'en avais auditionné un certain nombre au cours de ces trois dernières années à Harkness. Il n'y avait qu'une seule fille qui ait toujours su me rendre fou. Et c'était uniquement parce qu'elle était partante pour faire des choses avec moi que la plupart des filles n'aimaient pas faire.

Et c'était précisément pour *ça* que j'avais dû arrêter de coucher avec elle. Parce que mon enthousiasme pour ces petits extras trahissait plus que je ne voulais bien en révéler.

Mon téléphone retentit au même moment. C'était un texto de Bella. *T'es où ?*

Quand on parle du loup, il montre le bout de sa queue.

Je ne répondis pas au message de Bella. Parce que je comptais lui dire que j'arrivais aujourd'hui même à Hartford par avion. Chaque fois que je passais une bonne journée, il fallait toujours que je me justifie par un mensonge. C'était déprimant.

Une minute plus tard, j'entendis le téléphone de Rikker.

— Ce doit être Bella. Je crois qu'elle essaie de savoir s'il y aura des retards à l'entraînement.

— Nous serons à l'heure, dit-il en changeant de voie. Bella est très attachée à toi, tu t'en rends compte, n'est-ce pas ?

— Ce n'est pas vrai, répondis-je immédiatement. C'est un électron libre. Je ne l'imagine pas s'attacher à quelqu'un.

Il feignit de tousser dans sa main.

— Si tu le dis.

Pourtant, Bella s'était vraiment fait du *souci* pour moi cette année, à cause de mon comportement. Rikker ne s'en était pas rendu compte et je ne comptais pas lui expliquer à quel point sa réapparition dans ma vie m'avait chamboulé. J'avais fait le tour de la question.

La circulation devint plus dense tandis que nous approchions de la frontière du Connecticut. Nous passâmes devant le Basketball Hall of Fame à Springfield. Nous étions tous les deux d'accord pour décréter que, même si nous disposions de temps *et* d'argent à l'infini, nous ne verrions toujours pas le moindre intérêt de le visiter.

Nous traversâmes Hartford. Tandis que les hauts immeubles défilaient, la réalité commença à s'installer, du moins de mon côté de la voiture. Mon incursion de vingt-quatre heures dans la vie de Rikker touchait à sa fin. Les numéros de sortie se succédaient en ordre décroissant et je me demandai comment se terminerait le trajet.

— Alors, où est le bureau de location à Harkness ? demandai-je.

— À la gare.

C'était parfaitement logique. Je nous imaginais tous les deux en train de sortir de la voiture devant la gare, sous les yeux de la moitié de l'équipe de hockey qui rentrait de vacances et rejoignait le campus.

— Arrête de te torturer, me dit Rikker d'un air sombre. Je vais te déposer ailleurs.

En l'entendant, je sentis à nouveau mon cœur se contracter.

— Merci, m'efforçai-je de répondre.

Je suis un *vrai* connard.

Il n'ajouta rien pendant les derniers kilomètres, mais il tourna dans une station-service aux abords de la ville. Sortant une carte de crédit de son portefeuille, il leva les yeux vers moi.

— Tu peux rentrer à pied à partir d'ici, à moins que je te dépose ailleurs.

— Ici, ça me va, bredouillai-je. Je vais te donner de l'argent pour l'essence.

Il rejeta ma proposition d'un geste de la main.

— C'est toi qui nous as payé à boire hier soir.

Hier soir. J'avais déjà l'impression que notre soirée datait d'un siècle. Je récupérai mon sac de sport sur la banquette arrière.

Rikker se pencha contre la voiture et attendit que le réservoir se remplisse. Il me salua.

Je m'arrêtai malgré moi, même si mes yeux ne cessaient de passer en revue toutes les voitures de la rue pour m'assurer que personne ne pouvait nous reconnaître.

— J'ai passé un excellent moment, dis-je en rencontrant son regard.

Ses yeux marron se détournèrent.

— Je le sais.

Mon cœur se serra encore un peu plus.

— On se voit à l'entraînement.

Mais nous ne parlerons pas.

— À plus tard, dit-il au moment où l'embout de la pompe émettait un déclic.

Il se consacra entièrement à la manœuvre. De toute façon, il n'y avait plus rien à dire. Je tournai les talons et m'éloignai tout en remontant la fermeture de ma veste pour me protéger contre le froid.

Je me rendis compte trop tard que j'avais oublié le plat que nous avait préparé mamie Rikker. Elle avait emballé une boîte en plastique pour chacun, mais j'avais laissé la mienne sur le siège arrière. Dommage, ça sentait bon. Maintenant, je n'aurais plus la chance d'y goûter.

Comme beaucoup d'autres choses dont j'avais pourtant terriblement envie.

CHAPITRE 10
QUATRIÈME TIERS-TEMPS

QUATRIÈME TIERS-TEMPS : moment de fête après un match.

RIKKER

Rejoindre l'entraînement s'avéra un exercice pénible. D'abord, il y avait un fourgon de télévision garé au bord du trottoir. Et puis, mon nouveau meilleur ami, Bob du service des relations presse, m'attendait dans les vestiaires lorsque j'entrai. Il ne semblait absolument pas à sa place dans un tel cadre.

— Comment allez-vous, Monsieur Rikker ? demanda-t-il après s'être présenté.

Toute l'équipe l'écoutait.

— Euh, très bien, Monsieur.

— Parfait ! Voilà, j'ai autorisé quelques journalistes à prendre des photos pendant votre entraînement aujourd'hui. La règle, c'est qu'ils n'ont pas le droit de poser de questions ni d'intervenir, d'accord ? Alors si quelqu'un franchit cette limite, vous me passez un coup de fil.

Un coup de fil. Je me retins de lever les yeux au ciel.

— D'accord, dis-je.

Avais-je vraiment le choix ?

Heureusement, il s'en alla. Je restai debout devant mon casier et enfilai ma tenue en essayant de me faire le plus petit possible.

D'abord, tout le monde m'ignora. Même Hartley, qui était en train de discuter avec Bella d'un match de la Ligue nationale de hockey qu'ils avaient regardé la veille au soir. *La veille au soir*, pendant que j'étais en train de danser avec Graham.

J'avais l'impression que ça faisait déjà un siècle. Graham se tenait à cinq mètres de moi et laçait ses patins, aussi silencieux qu'une tombe. Il faisait comme s'il ne m'avait jamais rencontré de sa vie.

Alors que je pensais que l'on allait m'ignorer pendant toute la soirée, Smitty et Big-D commencèrent à lire des extraits d'articles me concernant à haute voix et à rire aux éclats.

— Eh, Rikker ! Tu savais qu'il y a un article sur le site web d'ESPN ?

— J'ai entendu, répondis-je.

(Je l'avais lu, en tout état de cause.)

— Il y en a même *deux*, renchérit Smitty. J'aime bien celle-ci : « John Rikker deviendra-t-il le premier joueur ouvertement gay de la NHL ? »

Merde alors. C'était nouveau. Ma pression sanguine augmenta d'un cran. Cette histoire ne se terminerait donc jamais ?

— ... « Avec des stats remarquées au lycée et une place dans l'équipe de développement américaine, poursuivit Smitty sur un ton ironique, Rikker était destiné à la première division de hockey. » *Destiné.* Comme c'est gentil.

J'enfilai mon plastron sans rien dire, mais je bouillais intérieurement.

— ... « Des pieds rapides et des mains plus rapides encore... » lisait-il. Eh, Rikker ! ESPN trouve que tu te « défends efficacement ». Il faut croire qu'ils n'ont pas vu le match contre Saint-B.

— Sans doute pas, répondis-je à mi-voix.

— Mais ils ne sont toujours pas certains de tes perspectives de recrutement. Ils disent que tu es « rapide, mais encore sous-performant », lut Smitty.

Des gloussements fusèrent dans la salle.

— Sous-performant ? lançai-je par-dessus mon épaule. Super. Maintenant, je ne décrocherai plus aucun rencard.

Ma boutade entraîna quelques rires, mais un chœur encore plus général de grognements désapprobateurs. Quelqu'un de l'autre côté de la pièce s'écria même :

— Dégueu !

Peu importe. Je glissai les pieds dans mes patins en priant pour que les photographes sur les gradins se fassent discrets.

Ma vie ? Un festival de merde.

Deux jours plus tard, après de longs moments de solitude, nous avions un match. Cette fois, nous partions affronter – devinez qui ? – l'Université du Vermont.

J'essayai de m'encourager. C'était *impossible* que l'équipe de l'UVM me déteste autant que Saint-B. D'abord, je connaissais certains d'entre eux. Et plus important encore, les retombées de la couverture médiatique au sujet de mon transfert ne les concernaient pas.

Mais en gravissant les trois marches du bus de l'équipe, je ne pouvais m'empêcher d'être nerveux. Personne ne m'accueillit quand j'arrivai, et je pris le siège que personne ne voulait, juste derrière le chauffeur. Puis je me plongeai dans mes révisions pendant tout le trajet. Comme le nouveau semestre n'avait pas encore débuté, j'étais vraiment le pire tocard du bus. Mais c'était bien plus facile de me concentrer sur l'algèbre plutôt que de penser au match à venir.

J'étais plongé dans mes réflexions quand nous nous garâmes devant la patinoire du Vermont. Il me fallut un moment pour ranger tous mes livres et suivre mes coéquipiers hors du bus. Les portes en métal cabossées de la patinoire m'étaient familières. J'avais disputé quelques matchs ici à l'époque du lycée. Nous aimions beaucoup cette patinoire, car elle était plus belle que la nôtre.

Alors que j'approchais de la porte, absorbé dans mes rêveries, je sursautai en entendant mon nom.

— Rikker !

Je dus m'y reprendre à deux fois pour comprendre ce que je voyais. Daphné, Rachel, Skippy et Ross étaient là. Et chacun avait le numéro de mon maillot peint sur le visage.

— Salut ! lançai-je, abasourdi. Vous avez l'air ridicules.

Daphné me donna un coup de poing dans le bras.

— On le sait, pas la peine de nous le rappeler.

J'éclatai de rire.

— Ça fait plaisir de vous voir, dis-je, plus ému par leur geste que je voulais bien l'admettre.

Mais… Si j'étais pris pour cible par des connards ce soir encore, j'allais devoir commettre un suicide rituel après le match. Mon estomac se contracta nerveusement.

Du calme, m'enjoignis-je. Après tout, c'était le Vermont. Si le match ne pouvait pas se dérouler sans accrocs ici, autant raccrocher tout de suite les patins. J'étais même ami avec certains membres de leur équipe.

Du moins, c'était le cas quand j'étais au lycée et que je n'avais pas encore révélé mon orientation sexuelle.

Merde.

Daphné salua quelqu'un derrière moi, mais je vis aussitôt son visage se fermer.

— Ton ami ne s'est pas arrêté, dit-elle.

Je levai les yeux juste à temps pour voir Graham franchir les portes.

— Laisse-moi deviner, dit Skippy. Il ne nous a jamais vus de sa vie. Et surtout pas toi, Rik.

— Oh… fit Daphné en fronçant les sourcils. Ce n'est pas sympa.

— C'est comme ça, répondis-je.

— Quel lâche, siffla Skippy.

Je réprimai un mouvement d'humeur. Même si Skippy avait probablement raison, je n'avais vraiment pas envie de l'entendre parler de ça.

— Tu viens, Rikker ? lança Bella.

Elle me tenait la porte et tout le monde était déjà entré.

— J'arrive dans une seconde, Bella, répondis-je.

— Oh, c'est elle ! se récria Skippy en sautillant. Ross, libère Bella.

Ross tenait un sac sur son épaule. Quand il l'ouvrit, je remarquai que ce n'était pas un sac de sport ordinaire. C'était un sac grillagé pour le transport des chiens. Il en sortit un caniche frétillant.

Quand Bella me rejoignit, je lui annonçai :

— Bella, voici…

— Ooooooh ! roucoula-t-elle en tendant les mains vers le chien. Bonjour, ma belle ! Bonjour ! Quelle gentille fille !

Bella (le chien) se mit à lécher vigoureusement Bella (la fille) au visage. En riant, elle rendit le caniche à Ross, puis elle se présenta avant de m'annoncer que nous devions rentrer.

— Le Coach va se demander ce que nous sommes devenus.

— Une seconde, lui dis-je.

Je regroupai mes amis pour un câlin collectif un peu maladroit.

— C'est gentil d'être tous venus pour le match. Sérieusement.

— Nous n'aurions pas raté ça, dit Skippy en m'embrassant sur la joue. On te dit merde.

— Ce n'est pas comme ça qu'on souhaite bonne chance à un joueur de hockey, dis-je en éclatant de rire et en essuyant une trace de maquillage orange sur ma joue.

— Je le sais bien, figure-toi que je sortais avec l'un d'eux avant, me dit Skippy avec un clin d'œil. C'était ironique.

Je les saluai de la main et suivis Bella à l'intérieur en priant : *Pourvu que ce ne soit pas la soirée la plus gênante de ma vie.*

— Ton ex est plutôt mignon pour un maigrichon, me dit Bella en me tapant les fesses. Alors, c'est ton type d'homme, hein ?

Je ne pus m'en empêcher. Mon regard se posa sur Graham et je le surpris en train de nous observer. Il détourna aussitôt les yeux. *Grillé.*

— Mon type d'homme ? Euh. Ce n'est pas si simple. Je les aime grands et complexes.

Bella éclata de rire.

— Moi aussi !

On affecta un casier à chacun, puis le rituel immuable des vestiaires eut lieu. Les crosses furent sécurisées à grand renfort de ruban adhésif. Les muscles endoloris furent détendus à grand renfort de massages. Le Coach faisait les cent pas dans la salle pour nous rappeler de ne pas nous énerver à la première provocation comme une bande de gamins capricieux. Bella décrivait de petits cercles nerveux autour de moi, creusant un sillon dans le sol en caoutchouc à l'épreuve des lames de patins.

— Tout va bien se passer cette fois, ne cessait-elle de répéter.

La dame proteste trop, ce me semble, comme dirait Shakespeare.

— Eh, Johnny Rikker ! lança quelqu'un à travers la porte entrouverte des vestiaires. Sors d'ici tout de suite !

La mention de mon nom dispersa les nuages qui m'obscurcissaient l'esprit. En reconnaissant la voix forte de Petey Pulaski, j'eus un sourire sincère pour la première fois de la journée. Je m'empressai de franchir la porte et fus aussitôt accueilli par deux bras dans cette mi-accolade mi-bagarre que les garçons apprennent à maîtriser à l'ado-lescence.

— Bon sang, Petey, fis-je en riant.

J'essayai d'échapper à sa clé de bras en lui enfonçant les jointures de mes doigts dans les côtes.

— Eh ! Arrêtez ça tout de suite !

Le cri retentissant du Coach nous immobilisa. Petey me relâcha précipitamment et je me détachai de mon ami.

— Nous ne faisons que chahuter, Coach, m'empressai-je de préciser.

Le vieil homme ne se dérida pas pour autant. Il nous dévisagea longuement avant de tourner les talons pour disparaître dans les vestiaires.

— Ça alors, Rikker. Tu as une réputation de bagarreur ? demanda Petey.

Il fut incapable de résister à une dernière provocation et me donna un coup de poing sur la hanche.

— Aïe ! Il est juste un peu… sous pression.

— *Mec.* Tu ne devrais pas porter l'un de ces maillots aux couleurs de l'arc-en-ciel ?

— *Sympa*, Petey. Je ne t'ai pas revu depuis quoi ? deux ans ? et tu ouvres direct sur les blagues gays !

Il se renfrogna.

— Tu sais que ce n'est que de l'humour de mauvais goût, n'est-ce pas ? *Bordel.* J'ai lu ces articles et je me suis dit que ce devait être l'enfer pour toi. Tu ne voulais même pas parler au journal de notre lycée au sujet de nos matchs. C'était toujours à moi de m'y coller.

Sa remarque me laissa sans voix pendant une seconde, parce que je n'aurais jamais cru Petey aussi perspicace. Mais il avait raison sur ce point. Je l'avais toujours laissé jouer le rôle de porte-parole de l'équipe.

— Je n'ai pas passé un mois très amusant.

Pour le dire avec des pincettes. Petey ricana.

— L'entraîneur de Saint-B. a l'air d'un sacré connard. Les types de mon équipe sont tous ravis de ne pas jouer pour lui.

— Oui. Je regrette d'avoir commis cette erreur.

— Tu aurais pu nous être utile ici, tu sais. Je regrette que tu ne te sois pas engagé avec le Vermont.

Moi aussi, mon pote. Notre conversation s'éteignit doucement. Je me sentais écrasé par le poids de mes propres décisions foireuses.

— Tu sais… commença Petey avant de s'interrompre. Tu ne me l'as jamais dit. Enfin… J'avais remarqué que Skippy était devenu un fan de hockey. Et je savais que vous étiez très proches, tous les deux. Mais tu ne m'as jamais rien dit.

Ses yeux bleus exprimaient la confusion.

— Je ne me serais pas… tu sais… comporté comme un crétin.

Je poussai un soupir avant de m'excuser :

— Oui, j'en suis désolé. Mais je ne t'ai pas non plus raconté pourquoi j'ai déménagé au Vermont en première. C'est parce que mes parents m'ont fichu à la porte.

Petey fit la grimace.

— … Et c'était le *lycée*, mec. Personne ne veut sortir du rang, tu sais. Mais j'ai *adoré* jouer dans cette équipe avec vous. La patinoire, c'était une zone sans emmerdes.

— Je l'espère bien, dit-il. J'aimerais pouvoir revenir sur tout ce que j'ai dit pendant trois ans. Je suis presque sûr qu'il y avait des blagues sur les pédés.

Je haussai les épaules.

— Même Skippy fait des blagues sur les pédés. Les siennes sont plus authentiques, cela dit.

Petey éclata de rire et je me sentis mieux. À ce moment, deux de mes anciens coéquipiers du lycée sortirent des vestiaires du Vermont.

— Vieux ! lancèrent-ils en guise de salutations.

En les entendant, la porte des vestiaires des visiteurs s'ouvrit à nouveau et le Coach passa la tête pour jeter un œil aux nouveaux venus. Après un long regard, il referma la porte.

— Qu'est-ce qu'il a ? demanda Petey.

— Aucune idée, mentis-je.

— J'adore ta nouvelle déco dans la patinoire, me dit McGarry en me donnant une bourrade sur le torse.

Il avait un an de moins que Petey et moi. Derrière lui se trouvait un autre joueur que l'on appelait J.-J.

— Comment ça ? demandai-je.

McGarry haussa ses épais sourcils.

— Les bannières ?

— Quelles bannières ?

Ensemble, ils éclatèrent de rire.

— Tu verras. Je crois que les tribunes seront combles ce soir. Même si le semestre n'a pas encore commencé.

— Vraiment ?

Ça me semblait peu probable.

— Dommage qu'ils soient tous venus assister à la défaite de ton équipe, fit J.-J. en souriant.

— Tu aimerais bien, hein ? fis-je.

— Les intellos de Harkness ont une longueur d'avance, dit McGarry. Mais c'est terminé.

— Sympa. Après toutes les blagues sur les homos auxquelles j'ai droit, il faut aussi que vous vous moquiez des intellos ?

— Tout le monde y passe, dit Petey en m'assénant un autre coup de poing contre le biceps. À tout à l'heure. Mais vous ne gagnerez pas.

— C'est ce qu'on verra, répondis-je avec un sourire narquois.

Je retournai dans les vestiaires, un *brin* moins anxieux qu'en arrivant.

GRAHAM

Étant donné la manière dont nous nous étions quittés après ma drôle de visite dans le Vermont, Rikker et moi ne nous parlions plus vraiment. (*Une fois de plus.* J'allais pouvoir concourir au titre du Connard de l'Année pour la deuxième saison consécutive.) Il ne pouvait donc pas se douter de mon état de tension extrême à la perspective de ce match. Ce n'était sans doute pas un mal. À sa place, je n'aurais pas envie de savoir que mes coéquipiers craignent que je devienne un handicap permanent.

Je terminai d'appliquer un ruban adhésif orange autour de ma crosse (même si ça ne m'avait pas franchement porté chance la dernière fois) juste avant que le Coach fasse son dernier discours.

— C'est le moment de remonter, les jeunes ! Le Vermont a une équipe forte, alors vous allez devoir faire des efforts. Mais vous pouvez le faire. Vous avez la frappe nécessaire ! Et vous sortez de deux matchs difficiles, alors vous avez la volonté qu'il faut. Allez chercher la victoire ! Prenez-la à deux mains et arrachez-la. En avant !

Bella ouvrit la porte de la patinoire et nous dévalâmes l'allée en patins avant d'enjamber le rebord pour toucher la glace. L'équipe en visite avait le droit de s'échauffer pendant quatre-vingt-dix secondes exactement, dont nous eûmes l'intelligence de faire bon usage. Il me fallut plus de quelques coups de patins sur la glace pour me rendre compte qu'il y avait quelque chose de bizarre avec le public.

D'abord, ils poussèrent des cris d'enthousiasme quand nous entrâmes sur la glace. Si c'était un match à domicile, ce serait tout à fait normal. Mais combien de supporters pouvions-nous avoir aussi loin de chez nous ? Les applaudissements et les cris de ferveur ne s'atténuèrent pas. Le public continua de taper des mains et des pieds tandis que nous évoluions sur la glace, comme si les Rolling Stones devaient nous succéder pour une représentation de gala.

Je levai alors la tête pour essayer de comprendre ce qui se passait. La première chose que j'aperçus fut une mer de couleurs. Certains s'étaient maquillé le visage et de nombreux fans portaient… étaient-ce des maillots de hockey aux couleurs de l'*arc-en-ciel* ? Putain, c'était quoi, ça ? Je passai devant la section des étudiants, qui arboraient le vert et or du Vermont. Rien d'étonnant. Mais partout ailleurs, et surtout derrière les cages de l'équipe invitée, les spectateurs brandissaient d'immenses bannières multicolores. « Tout le monde peut jouer », annonçait une banderole. « L'intolérance, c'est pour les tapettes », disait une autre. Et « Le Vermont est avec toi ».

Distrait, je trébuchai et faillis tomber.

Le Coach donna un coup de sifflet et nous retournâmes vers notre banc. Je me dévissais toujours la tête pour lire les pancartes. Je passai devant un petit garçon qui portait un sweat-shirt sur lequel était écrit : « Rikker est mon héros. »

— C'est quoi ça, bordel ? lança quelqu'un, se faisant l'écho de ma propre réaction.

— Rikker, tu veux bien être mon héros, à moi aussi ? demanda un autre type.

— À la file, comme tout le monde, grommela Rikker.

Il avait l'air ébahi tandis que ses yeux balayaient la patinoire.

— C'est de la folie ! souffla Bella.

Elle se pencha contre la balustrade pour prendre des photos avec son téléphone.

— Changement de formation d'attaque ! tonna le Coach.

Nous nous tournâmes tous pour l'écouter.

— Rikker patinera en première ligne avec Hartley et Trevi. Davies, tu seras en deuxième ligne. Nous devons donner à ces fans ce qu'ils sont venus voir.

Personne n'émit d'objection. En tout cas, pas à haute voix. Rikker avait la mine grave derrière son masque. Je n'imaginais même pas ce qu'il pensait. Ses prières étaient peut-être similaires aux miennes : *faites que ce ne soit pas un nouveau désastre.*

Après que l'équipe du Vermont eut à son tour été accueillie par la foule en liesse, notre première ligne retourna sur la glace pour rejoindre notre filet. L'annonceur commença à présenter les joueurs, donnant le nom, la classe, la ville d'origine et la position des attaquants du Vermont. Chaque joueur rejoignait la ligne bleue quand son nom était appelé, sous les acclamations.

Puis, ce fut notre tour.

— D'Etna, dans le Connecticut, le capitaine de l'équipe de Harkness, Adam Hartley.

Ils applaudissaient même les adversaires. Décidément, ce soir, le public était gonflé à bloc.

— De Kent, dans le Michigan, le défenseur Michael Graham.

Je ne l'avouerais jamais, mais j'aimais entendre l'annonceur appeler mon nom. Je rejoignis la ligne bleue sous les applaudissements polis.

— Et… de Burlington, dans le Vermont ! John Rikker !

À ce moment, les gradins *explosèrent* de cris de joie et de battements de pieds. Je tournai la tête pour voir Rikker rejoindre la ligne bleue, les yeux écarquillés, un sourire crispé au visage.

De l'autre côté de la glace, sur la ligne adverse, je vis ses anciens camarades du lycée lever complaisamment les yeux au ciel.

L'annonceur dut marquer une pause avant de lire le nom du dernier joueur de Harkness, incapable de se faire entendre par-dessus le vacarme.

— Sur quelle planète sommes-nous ? demanda Trevi quand il arriva enfin à côté de moi.

— Aucune idée, dis-je, distrait par le soulagement qui me traversait.

Les lumières de la patinoire baissèrent et l'annonceur demanda à la foule de se lever pour l'hymne national. Un projecteur fut braqué sur le musicien qui l'exécuta à la guitare électrique. Le son de l'instrument me donna des frissons. Je n'avais même pas de mots pour qualifier ce que je ressentais ce soir. Tout ce que je savais, c'était que le match n'aurait rien de commun avec notre affrontement contre Saint-B.

Même si c'était de la folie, et très gênant pour Rikker, tout ceci forçait l'admiration. Il devait y avoir un millier de fans de hockey nouvellement convertis ce soir. (Le lendemain, nous lirions sur les sites d'information que certains avaient même fait la route depuis Toronto et le Maryland pour assister à ce match, juste pour témoigner leur soutien au premier joueur ouvertement gay de première division.) L'endroit était plein à craquer de spectateurs venus voir jouer un type qu'ils ne connaissaient pas, dans un sport qu'ils ne comprenaient peut-être même pas. Mais ils regardaient tous.

Comme d'habitude, j'essayais de ne pas laisser transparaître mes véritables sentiments. Mais je trouvais tout cela franchement génial.

Malheureusement, le Coach avait raison sur un point. Le Vermont n'allait pas nous laisser gagner facilement.

La première période s'acheva sur un zéro pointé pour les deux équipes. Dans la deuxième période, Hartley eut de la chance et marqua un but d'anthologie juste devant le filet. Mais la pression que nous imposait le Vermont redoubla et la troisième période nous fit transpirer. Le Vermont marqua, malheureusement, et à cinq minutes de la fin de la rencontre, la tension sur le banc de touche était palpable.

Alors qu'il ne restait plus que trois minutes de jeu, Rikker tenta un coup qui nous parut admirable. Le palet fusa vers le filet et la foule retint son souffle. Mais le gardien de but du Vermont se précipita et le détourna du bout de son gant.

Nous aurions pu en rester là, mais alors que la foule criait toujours après la tentative de Rikker, Big-D remit le palet en jeu et Hartley l'envoya derrière le gardien de but, pile dans les cages. De là où j'étais assis sur le banc de touche, je ne vis pas la scène se dérouler. Mais aux acclamations, je compris.

À partir de ce moment-là, nous jouâmes la montre et remportâmes la partie à 2 contre 1.

Mesdames et messieurs, nous étions *de retour*.

CHAPITRE 11
LUMIÈRE ROUGE
JANVIER

LUMIÈRE ROUGE : un but. Dans le hockey professionnel, un but est indiqué par une lumière rouge au-dessus des cages ou sur les panneaux derrière les cages.

RIKKER

Après le match contre le Vermont, nous n'arrêtâmes plus de gagner. Au milieu du mois de janvier, le journal de l'université publia nos statistiques en première page et en lettres majuscules : 14 VICTOIRES, 3 DÉFAITES, 3 NULS. Le Coach était aux anges. Et maintenant, quand les membres du service des relations presse de Harkness arrivaient avec un journaliste sur les talons, ce n'était pas pour parler de moi. (J'avais été relégué à une phrase à la toute fin de ces articles, généralement pour mentionner : « ... la même équipe qui a accueilli l'ailier gauche gay John Rikker », bla, bla, bla.)

— Quel effet ça fait d'être l'équipe universitaire la plus victorieuse de la côte est ? avait demandé un journaliste sportif à Hartley la semaine passée.

— Ça demande beaucoup de travail, lui avait répondu Hartley.

Et c'était vrai, mais c'était le meilleur travail du monde.

L'effet plutôt bénéfique de tout ce succès, c'était que je n'avais pas le temps de me sentir seul. Entre les études et le hockey, toutes mes heures étaient prises. Je tombais comme une pierre dans mon lit tous les soirs.

Le succès était aussi synonyme d'apaisement dans les vestiaires. Le fait que notre chanson de la victoire retentisse aussi fréquemment contribuait à entretenir un état d'esprit « vivre et laisser vivre ». Par conséquent, l'intégralité de l'équipe monta en grade sur l'échelle de Rikker, par défaut. Ils étaient trop occupés à gagner pour me rejeter.

Seul l'un de mes coéquipiers continuait activement d'éviter mon regard ces derniers temps. Et bien sûr, c'était Graham. Il ne me manquait pas de respect, mais il semblait toujours trouver une raison pour sortir de la pièce quand j'y entrais. Je ne sais pas à quoi je m'attendais après notre curieux petit interlude dans le Vermont. Mais si j'avais cru que nous pourrions redevenir proches, ce n'était pas le cas.

Ça ne me plaisait pas, mais je ne m'en offusquais plus. Parce que je savais que Graham ne craignait pas ce que je risquais de faire. Ces derniers temps, j'étais presque sûr que Graham craignait plutôt ce qu'il risquait *lui-même* de faire.

Le deuxième week-end de janvier, nous n'avions qu'un seul match de prévu. Pour célébrer notre liberté le vendredi soir, Bella et moi avions boudé la cafétéria au profit d'un restaurant chinois bon marché en dehors du campus. Ensemble, nous mangeâmes du poulet Général Tao et du riz frit bien gras. Quand les biscuits à message arrivèrent, le sien et le mien contenaient la même devise.

— Quelle arnaque, fit Bella en reniflant. Ce sont les mêmes, j'ai l'impression que mon avenir est au rabais.

— C'est pourtant une belle devise, soulignai.

Nos deux petits papiers indiquaient : *Le véritable amour sait attendre.*

— En tout cas, je suis toujours plus optimiste quand le nombre porte-bonheur au dos est le soixante-neuf.

Bien sûr, j'éclatai de rire. Avec Bella, c'était forcé.

— Comment va ta vie sexuelle, Rikker ?

— Je me rappelle vaguement ce concept qu'on appelle le sexe, mais les détails sont flous.

Quoi qu'en dise le biscuit à message, je n'aurais jamais de petit ami si je ne rencontrais aucun gay disponible. En théorie, il y en avait plein à Harkness. Mais aucun d'eux ne passait vingt heures par semaine à la patinoire.

Bella arborait une mine désabusée.

— Quelle ironie du sort. Le pervers de l'équipe ne s'amuse même pas.

— N'est-ce pas ? C'est la double peine.

Elle désigna ma devise sur le morceau de papier.

— Tu rencontreras peut-être un beau garçon bientôt.

— Il se trouve que *mon* nombre porte-bonheur inscrit ici est le soixante-neuf, dis-je en agitant le message du biscuit.

— Quoi ? s'exclama-t-elle en s'en emparant. Ce n'est pas juste.

En riant, je le tendis hors de sa portée. Bien sûr, je plaisantais. Mon nombre porte-bonheur était le seize. Ce qui ne m'évoquait rien du tout.

Le téléphone de Bella retentit et elle lut le texto qui apparaissait.

— Hmm, fit-elle. Je ne sais pas si je devrais être flattée ou insultée.

— Pourquoi ?

— C'est Graham. Hartley et sa copine sont avec lui, ils jouent à RealStix dans sa chambre. Il m'a invitée, mais il espère aussi que je passerai chercher un pack de bières en chemin. Quel enfoiré.

En dépit de ses protestations, après notre départ du restaurant, elle m'entraîna joyeusement chez le marchand de mousse. (C'était le nom qu'on donnait aux magasins de vins et spiritueux dans le Connecticut, allez savoir pourquoi.)

— Qu'est-ce qu'on prend ? demanda Bella.

— Je ne sais pas. Je viens avec vous ?

— Évidemment. C'est vendredi soir. Tu as une meilleure proposition ?

— Je m'en contenterai.

— Alors choisis une bière blonde, je prends de la brune.

J'achetai un pack de six Switchback. Non seulement j'adorais cette bière, mais c'était ce que Graham et moi avions bu à la soirée guérilla. Mon petit côté immature espérait qu'il s'en souviendrait.

Bella me conduisit dans l'entrée de la magnifique résidence Beaumont.

— C'est au deuxième, dit-elle.

Nous gravîmes deux volées de marches en marbre. Il y avait quatre chambres et une salle de bains au palier du deuxième étage. Bella ouvrit la porte de gauche, comme si elle était la maîtresse des lieux.

— Salut les amis, dit-elle en entrant avec légèreté. Nous avons apporté le matériel.

— Formidable, dit Hartley, assis en tailleur sur le lit.

À côté de lui, Graham leva les yeux vers nous. Quand il vit que j'accompagnais Bella, je décelai une certaine confusion dans son regard.

Bon début.

— Bon sang, c'est une belle chambre, Graham, dis-je.

— Merci, bredouilla-t-il.

Graham avait une chambre aux dimensions généreuses, avec un grand écran de télévision sur le mur et un gigantesque lit. Il y avait même assez de place pour un pouf dans l'angle, où la copine de Hartley était installée, une manette de jeux à la main.

Hartley et Graham étaient assis en travers du lit, adossés contre le mur. Bella les rejoignit et se blottit contre Graham.

Je me dirigeai vers le bureau, où l'ordinateur de Graham et deux enceintes diffusaient ses morceaux préférés. Ils écoutaient une compil de rock classique. Je décidai de le taquiner un peu. Après avoir pianoté sur le clavier, je changeai la programmation pour de la musique pop. Lady Gaga entonna *Bad Romance*.

Si Corey commença à bouger ses épaules en rythme, Graham me décocha un regard de travers.

Je lui souris, le forçant à détourner les yeux.

Parfait.

Je calai mes fesses par terre à côté de Corey, qui était en train de disputer un match de RealStix contre son petit ami. Il ne restait plus que dix secondes de jeu. Quand la fin de la rencontre sonna, Pittsburgh avait battu les Bruins 3 à 2.

— Quelle est ton équipe ? demandai-je à Corey. Est-ce que tu viens de battre Hartley ?

— Bien sûr, répondit-elle en souriant. Je joue *toujours* Pittsburgh.

— Demande-lui pourquoi, fit Hartley avec un sourire goguenard.

Je lançai à Corey un regard interrogateur.

— Je n'en ai peut-être pas besoin, avançai-je. Pittsburgh est une super équipe. Et leur capitaine est le type le plus canon de toute la ligue nationale.

— *Seigneur*, tu ne vas pas t'y mettre, toi aussi ! geignit Hartley tandis que je tapais dans la main de sa copine hilare.

Corey posa une main sur son cœur.

— C'est son sourire enfantin, tu sais ? Et ensemble, nous sommes imbattables, n'est-ce pas, Hartley ? Tu me dois cinq dollars.

— La chance du débutant, grommela-t-il.

Corey se contenta de sourire.

— Il faut croire qu'Hartley n'a pas la même définition que nous de ce qu'est un débutant. Ça fait un an et demi maintenant que je lui botte les fesses.

— Qui veut affronter les Red Wings de Graham ? demanda Hartley. Bella ?

— Je suis plutôt spectatrice, répondit Bella. Même sur un écran.

— Graham contre Rikker, alors.

Hartley me lança sa manette.

Sans dire un mot, Graham afficha le menu sur l'écran. Il sélectionna les Red Wings contre les Bruins sans me demander avec quelle équipe je voulais jouer. Mais personne ne sembla s'en rendre compte à part moi. Les Bruins étaient assez populaires dans la région, de toute façon. (Si j'étais un fan des Ducks, en revanche, et que Graham l'ait su sans me poser la question, nous aurions eu droit à des réflexions.)

Hartley tendit une bière à chacun. Je bus une gorgée avant que Graham lance le match.

Dès la première minute, nous engageâmes une vraie bataille.

Lui et moi attaquions nos points faibles mutuels comme deux personnes qui avaient passé la majeure partie de leur année de seconde à croiser le fer. Quand nous avions joué ensemble ce soir-là, dans le Vermont, j'avais remarqué que Graham s'était amélioré avec les années. (Parce qu'il avait ce jeu dans sa chambre, de toute évidence, et non parce que ses réflexes étaient meilleurs que les miens.) Malgré tout, ce soir, j'eus la chance de marquer le premier but. Dès que la lumière rouge apparut, je lui jetai un coup d'œil. *Prends ça, G-man.*

Son regard signifiait : *va te faire voir, Rikker.* Et il avait l'air enflammé.

L'arbitre lâcha le palet et nous nous concentrâmes à nouveau. Je m'éloignai avec le palet, l'envoyant voler derrière le filet où je savais que le défenseur le plus lent de Graham devrait me poursuivre. Nous jouions un match acharné où les coups de coude étaient permis.

— Du calme, les amis, marmonna Bella. Vous savez que c'est une soirée de détente, n'est-ce pas ?

Autour de nous, les conversations commençaient et se terminaient. Corey partit au concert de sa colocataire et Orson arriva avec un pack de Harpoon.

Graham et moi disputâmes les trois périodes du match sans confier notre manette à qui que ce soit. Je menais d'un but quand la fin de la rencontre sonna.

— À moi ! dit aussitôt Orson. Je t'échange une Harpoon contre la manette.

— Marché conclu.

Je remis ma manette à Orson, mais me tournai vers Graham. Il avait le visage sans doute aussi transpirant que le mien. Et il semblait vouloir dire : *ce n'est que partie remise.*

Quelques bières plus tard, Graham ouvrit une bouteille de scotch. Nous sirotâmes nos boissons sans un mot tandis qu'Hartley affrontait Orson pour obtenir match nul. Bella passa tout ce temps concentrée sur son téléphone.

— Je dois y aller, dit-elle en se levant. La copine de Pépé l'a largué et je crois qu'il a besoin de réconfort.

— C'est l'expression qu'on emploie de nos jours ? demanda Graham.

Bella lui lança un regard sévère et hissa son sac sur son épaule.

— Bonne soirée, tout le monde, lança-t-elle à la cantonade.

Je reçus un baiser sur la joue, puis elle disparut.

Après qu'Hartley eut battu Orson, Graham programma un autre match des Red Wings contre les Bruins.

— Revanche, dit-il d'une voix sèche.

— Si tu insistes, répondis-je. Mais ça se terminera de la même façon, vieux.

— Trop arrogant, grommela Graham.

— Trop lent, répliquai-je.

Orson se mit à rire.

— Quel esprit de compétition !

— On ne fait que s'amuser, répondis-je en réprimant un sourire.

Le pauvre Orson ne pouvait pas se douter que RealStix était autrefois notre forme préférée de préliminaires.

Bon, je ne devais vraiment pas m'éterniser dans cette chambre. Encore quelques minutes…

Mais le match me captiva. Et quand je relevai les yeux, Hartley et Orson étaient partis. Nous en étions au milieu de la troisième période sans qu'un seul but ait encore été marqué. Mon esprit buta sur l'idée que j'étais assis seul avec Graham, à une heure indue de la soirée. Cette distraction causa ma perte. Graham contourna le filet et marqua contre moi.

— *Putain* ! m'exclamai-je en m'essuyant le front.

— Tu l'as dit. La patience est une vertu.

Sous les acclamations de la foule en liesse, je posai ma manette par terre.

— Je te la laisse, mec. Je dois y aller.

— Quoi ? Alors qu'il reste trois minutes de jeu ? En fait, tu ne supportes pas de perdre *officiellement*.

— Andouille.

Il avait un sourire provocateur aux lèvres – le même que celui qu'il arborait quand nous jouions seuls, cinq ans plus tôt.

Je devais *vraiment* m'en aller.

Graham donna un petit coup de son pied nu dans la manette, qui vint heurter ma hanche. D'accord. Trois minutes. Puis je me ferais oublier.

Les secondes s'égrenèrent, déclarant vainqueurs Graham et ses Red Wings.

— Enfin ! s'écria-t-il en pavoisant avant de se lever pour s'étirer.

— Voilà, tu es content ? demandai-je.

Je me détachai du pouf et récupérai mes chaussures. Je venais de m'asseoir au bord du lit pour démêler les lacets de ma première basket quand elle me fut arrachée des mains par Graham. Je levai les yeux tout en sachant exactement ce que je découvrirais. Graham avait le visage rouge et un regard plein de désir.

Et merde. Quand il me regardait comme ça, j'avais du mal à respirer. Malgré tout, j'eus un moment de clairvoyance absolue. *Et c'est reparti*, me dis-je sur le ton de la remontrance tandis qu'il plaquait mes épaules sur le lit. Je me hissai sur les coudes et le temps resta suspendu pendant une fraction de seconde. Puis Graham ferma les yeux et se coucha sur moi. Sa bouche atterrit sur la mienne, brûlante et déterminée.

Je suis presque sûr d'avoir poussé un grognement incrédule. Pendant deux ou trois secondes peut-être, je fus trop méfiant pour me laisser aller. Mais il prit ma mâchoire dans ses mains pour approfondir son baiser et je m'ouvris à lui. Il n'en fallut pas plus. J'avais eu un aperçu de son goût et c'en était fini de moi. Graham accentua la force de ses baisers et bientôt, je m'embrasai. J'appuyai sur mes coudes pour remonter au centre du lit et il me suivit avec empressement. Enfin, je libérai mes bras pour l'attirer tout contre moi.

Nos bouches en fusion, nous roulâmes sur le lit en nous entremêlant. Pendant un moment, je me retrouvai sur le côté et glissai une jambe entre les siennes. Puis le monde bascula et je fus à nouveau sur le dos, cloué au matelas par le corps enfiévré de Graham. Nos membres se refermaient férocement les uns autour des autres. Et nous nous embrassions. Sans discontinuer. Nous étions incapables de détacher nos lèvres. Graham essayait maladroitement de me retirer mon t-shirt, mais en vain, car il refusait de délaisser ma bouche assez longtemps pour me déshabiller. Quant à moi, les mains rivées à ses fesses, je ne lui étais d'aucun secours.

Je le caressais à travers son jean. Mes doigts suivaient sa couture le plus loin possible. Il poussa un énorme gémissement.

Je recommençai avec le même résultat, jusqu'à ce qu'il colle son entrejambe contre le mien avant de s'écarter, à bout de souffle.

— Déshabille-toi, m'ordonna-t-il.

— Tu es sûr que…

— *Déshabille-toi.*

Il passa son propre t-shirt par-dessus sa tête. Une seconde plus tard, il baissa son jean pour ne laisser rien d'autre que des kilomètres de peau dorée et une érection impressionnante.

Oh, bordel. Graham voulait être nu avec moi et j'allais le laisser faire. Et tout cela finirait mal. Je le savais déjà. Graham et moi, ça finissait toujours mal, c'était même inscrit quelque part dans les astres.

Mais cela m'arrêta-t-il pour autant ? Non. En ce qui concernait Graham, j'étais incapable de réfléchir correctement. Mes pensées avaient dû me ralentir, car il décida de prendre les choses en main et tira mon jean le long de mes jambes, emportant même mes chaussettes au passage. Je vis mon boxer suivre le mouvement.

Bientôt, nous étions peau contre peau. Il était à nouveau sur moi et me dévorait. Sa queue frottait contre la mienne, dure et ambitieuse. L'envie me consumait. À ce rythme, notre corps à corps allait atteindre son terme inévitable dans les prochaines minutes. Ça ne me convenait pas. Si je devais commettre cette erreur, autant la vivre à fond.

Une paume contre l'épaule de Graham, je le bousculai pour le faire rouler sur le côté. La sensation de son corps contre le mien était si délicieuse.

— Ralentis, lui dis-je en massant ses pectoraux sculptés.

— Je ne peux pas, répondit-il avec honnêteté tout en se penchant vers ma bouche.

Nous nous embrassâmes à nouveau, plus tendrement cette fois. Je fis courir ma main le long de son corps pour la refermer autour de nos deux sexes, ma paume imprimant un mouvement régulier. Graham poussa un gémissement grave et puissant. En l'entendant, je faillis capituler.

Calmant le jeu, je pris une grande inspiration.

— Je peux te sucer ?

Il ferma vivement les paupières à cette idée, mais il secoua la tête et rouvrit les yeux.

— Non. Je veux que tu me baises.

Pendant un instant, je le dévisageai en clignant des paupières. Je me demandais s'il venait bien de dire ce que j'avais cru entendre. Cette requête m'étonnait presque autant que l'initiative qu'il avait prise tout à l'heure.

— J'ai mis si longtemps à me décider, dit-il dans le silence. Ne m'oblige pas à te supplier.

Je m'éclaircis la voix.

— As-tu déjà… ?

— Seulement avec des jouets.

Bon sang. Je ne savais pas quoi faire. Alors je tentai une plaisanterie.

— G., c'est sacrément pervers pour un hétéro.

Graham fit retomber sa tête contre l'oreiller et me sourit.

Je me penchai au-dessus de lui et tendis la main vers le tiroir de sa table de chevet. À l'intérieur, je trouvai pile ce que je cherchais – du lubrifiant et un préservatif. Dès que Graham les vit, il roula sur le ventre. Avant même que j'applique du lubrifiant sur mes doigts, il décolla ses fesses du lit. Quand je tendis enfin mes doigts enduits pour le caresser, il frissonna et gémit à la fois.

Mon corps palpitait d'excitation. Mais je ne savais toujours pas si je pouvais le faire. C'était différent d'un baiser et de quelques caresses. Si Graham était pris de panique après le sexe, je me sentirais affreusement mal.

Nerveux, je commençai à jouer avec lui. De ma main libre, je massai son magnifique dos. Puis je me penchai pour déposer des baisers sur la peau douce de sa taille en essayant de ne pas trop réfléchir. Je tenais ce beau garçon à bras le corps et chaque fois que je posais mes lèvres sur lui, j'avais l'impression d'être chez moi.

Pendant ce temps, Graham s'agitait contre mes doigts, le corps avide d'autre chose.

— Allez, fit-il dans un souffle. Donne-moi ce que je demande.

— Je ne veux pas te faire mal, dis-je à voix basse.

— Fais-moi mal, répondit-il en reculant contre ma main.

Mes doigts s'aventurèrent, frottant sa zone sensible. Il gémit.

— Oh, oui. Vas-y.

Oh, mon Dieu. C'était l'invitation la plus érotique que j'aie jamais entendue. J'avais une folle envie de lui. Mais quelque chose me retenait toujours. Graham me tournait le dos, les yeux fermés. *Fais-moi mal*, m'avait-il demandé. On aurait dit que Graham essayait de se punir.

Je le désirais ardemment. Mais je voulais que ce soit réel. Et non une sorte de baise punitive malsaine.

— Tourne-toi, lui ordonnai-je en lui claquant la hanche.

— Quoi ? Tu me cherches, Rik.

— J'aimerais voir ton visage, murmurai-je.

En fronçant les sourcils, il tourna son corps somptueux vers moi et replia les genoux pour passer ses jambes autour de moi. Seigneur, il était splendide. J'aurais pu le contempler pendant des heures, ouvert devant moi, prêt à se faire baiser.

Mais il *évitait* toujours mon regard.

Je grimpai sur lui et pris son visage dans ma main pour le forcer à me regarder. Mon pouce glissa sur sa belle pommette, le long de sa mâchoire.

— Regarde-moi.

Quand ses yeux bleu ciel rencontrèrent les miens, le temps resta suspendu.

— Bon sang, Rik, chuchota-t-il d'une voix rauque.

Lentement, sans détacher mes yeux des siens, je m'avançai pour un baiser très doux et sensuel. Je savais que c'était plus intime que ce qu'il attendait, mais il parvint à soutenir mon regard. Il cligna des paupières, mais resta tourné vers moi. Sa bouche se laissa aller au baiser et ses grandes mains se refermèrent autour de mes côtes pour me maintenir en place. Je l'embrassai avec tendresse et douceur jusqu'à ce qu'il gémisse, enroulant ses jambes autour de moi pour me garder tout contre lui.

— Bon garçon, dis-je dans un souffle. Maintenant, laisse-moi entrer.

Avec empressement, il fit ce que je lui demandais. Et ses yeux ne quittèrent plus les miens.

Avec une tendresse infinie, je lui donnai ce qu'il me réclamait. Quand il détourna le regard un moment plus tard, c'était parce que ses yeux se révulsaient tandis qu'il frémissait de plaisir.

Cette fois, je ne fus pas vexé le moins du monde.

Je n'avais jamais été aussi comblé qu'en cet instant. Et Graham éprouvait la même chose. Son corps était détendu à tel point qu'il avait l'air désarticulé. Comme si je l'avais soulagé de toutes ses tensions.

Contrairement au soir de notre aventure à la tequila, il ne semblait pas avoir envie de s'enfuir. Il est vrai que nous étions dans sa chambre, alors ses options de fuite étaient plus limitées. Mais il n'avait pas l'air paniqué. En fait, il n'avait presque pas l'air conscient.

— C'est dommage que tu n'aies pas du tout apprécié, le taquinai-je alors qu'il paressait dans mes bras.

— Tu es content de toi, n'est-ce pas ? fit-il en souriant sans ouvrir les yeux. Je suis plein de foutre.

— Je sais. Ce n'est pas génial ?

Je déposai un baiser à la naissance de son cou.

— Je suis désolé, Rik, dit-il enfin.

Je crus qu'il allait me demander de partir. Mais ses mains continuaient de caresser mon corps. Peut-être pas, en fin de compte.

— Pourquoi es-tu désolé ?

— De t'avoir esquivé. D'avoir esquivé ça.

Ce n'étaient que deux petites phrases, mais elles me firent monter les larmes aux yeux.

— Nous sommes ici, maintenant.

— Oui, c'est vrai, dit-il en soupirant. Personne ne peut le savoir.

Aïe, ça faisait mal.

Mais je pouvais difficilement le lui reprocher. Se cacher n'était pas une solution très reluisante, et j'avais déjà prouvé que ça ne fonctionnait pas. Mais d'un autre côté, je n'étais pas une bonne publicité pour le coming-out. Personne ne pouvait me regarder et dire : *Ah ça, oui ! Inscrivez-moi tout de suite pour ce tapage médiatique !*

La plupart des gays qui ont roulé leur bosse vous diront que c'est une mauvaise idée de fréquenter quelqu'un qui refuse de vous reconnaître en public. Avais-je envie d'être avec Graham si je devais le faire en douce ?

À vrai dire, c'était une décision facile à prendre.

— Est-ce que ça veut dire que cette fois, ce n'était pas un coup d'un soir ?

Graham enfouit son visage dans mon cou.

— Pour moi, ça a toujours été toi. Toujours.

Une fois de plus, j'étais sous le choc. Ce soir, il me sidérait. Je ne trouvais rien à répondre, trop ébahi pour cela. Mais l'affection improbable de Graham nourrissait une certaine avidité en moi. Je le serrai dans mes bras et laissai mes soupirs de bonheur lui exprimer mon ressenti.

Pendant un long moment, nous restâmes allongés l'un avec l'autre, emmêlés sur le lit. Et moi qui avais cru que je ne pourrais jamais câliner le corps nu de Graham. Ses grandes mains continuaient de réchauffer la peau de mon dos. Il glissa son nez dans mes cheveux et inspira à pleins poumons.

— Je dois prendre une douche, dit-il enfin. Attends-moi. Je te ramène un gant.

Graham enfila un boxer et un t-shirt, puis il disparut dans la salle de bains. Il revint quelques minutes plus tard, les cheveux encore mouillés après sa douche rapide. J'utilisai le gant humide qu'il m'avait apporté pour me nettoyer.

Puis je me redressai pour remettre mon t-shirt et mon jean.

— Où vas-tu ? demanda-t-il.

La vulnérabilité dans sa voix me déstabilisa. Je marquai une pause, ma fermeture éclair à la main.

— Eh bien, je dois aller aux toilettes. Ce qui veut dire que je dois utiliser les tiennes ou rentrer chez moi. Que préfères-tu ?

Ses yeux se posèrent sur la porte. C'était vendredi soir et minuit était passé. Il y avait trois autres chambres à son étage. Je risquais de croiser quelqu'un. Et quand bien même, ses voisins n'auraient aucune raison de nous soupçonner.

Je me rendais compte qu'il effectuait les mêmes calculs que moi à Saint-B., quand mon orientation sexuelle était encore secrète. Je posai une main sur son torse.

— Écoute, j'enfile mes chaussures. Et ma veste. Si quelqu'un me voit dans vos toilettes, il croira que je m'apprête à rentrer chez moi. Tu sais, après avoir pissé toute la bière que les vrais hommes boivent quand ils regardent un match à la télé.

Il hocha la tête. Mais je perçus une certaine réticence dans son regard.

— Je n'ai pas rencontré âme qui vive, dis-je en revenant dans sa chambre.

Graham était allongé sur le lit en boxer. Il avait un air tout penaud.

— Je ne voulais pas en faire une affaire d'État.

Je me déchaussai, puis déposai ma veste et mon jean sur sa chaise avant de me laisser tomber sur le lit à côté de lui.

— Écoute, je sais ce que c'est. Mais j'aimerais que tu me fasses un peu confiance. Je ne t'exposerais jamais aux autres.

Il eut un sourire contrit.

— Tu aurais pu me griller dès ton premier jour sur le campus si tu l'avais voulu.

— Jamais, répondis-je. Même quand tu refusais de me regarder, je n'ai jamais voulu te faire ça. Moi, j'ai *été* contraint de faire mon coming-out, G. Personne ne mérite ça.

Il se redressa sur un coude. Je pris le temps d'admirer la courbe de son biceps. Ce soir, j'en avais bien le droit.

— Personne ? demanda-t-il. Et ce pasteur à la télévision qui prêchait que les gays devaient tous mourir du sida, avant de se faire surprendre en train de solliciter les faveurs d'un homme dans des toilettes publiques ?

— D'accord. Peut-être lui.

Nous éclatâmes de rire, mais retrouvâmes bien vite notre sérieux.

— Si tu pouvais changer les choses, dit Graham. Si ce connard ne t'avait jamais grillé à Saint-B., préfèrerais-tu rester caché ?

— Non, répondis-je du tac au tac. Je n'ai pas aimé qu'on me force la main, car je n'ai pas pu m'expliquer. Mais maintenant, je sais qui sont mes vrais amis.

Même s'il n'y en a pas beaucoup.

— Il n'y a personne dans ma vie qui ne soit pas au courant.

Je lui souris.

— Alors, en effet, je n'ai plus aucune intimité. Mais demain, quand tu patineras un peu de travers, je serai le seul à savoir pourquoi.

Graham détourna le regard et rougit. *Bon sang*, j'adorais quand il rougissait. Je me rapprochai de lui et l'attirai dans mes bras.

Il me laissa faire. Puis nous nous embrassâmes à nouveau. Les doigts de Graham glissèrent dans mes cheveux et il poussa un soupir de satisfaction entre deux baisers. C'était presque plus intense que la baise. Comme nous avions assouvi nos désirs fébriles, ce n'était pas l'un de ces moments où l'on se hâte de se déshabiller avant que l'autre change d'avis. Chaque caresse de ses lèvres sur les miennes était tendre et délibérée. Nous nous embrassions comme deux amants qui avaient tout le temps du monde, et chaque instant était un délice.

Un peu plus tard, je réglai mon téléphone pour être réveillé à cinq heures du matin. Enfin, pour la première fois de ma vie, je m'endormis dans les bras de Graham.

CHAPITRE 12
PREMIÈRE TOUCHE
FÉVRIER

PREMIÈRE TOUCHE : une action qui arrête le palet avant une passe à un coéquipier.

GRAHAM

Au cours des semaines qui suivirent, j'eus du mal à croire la chance qu'était la mienne.

Pincez-moi, me dis-je en m'effondrant mollement, ruisselant de sueur, emmêlé avec Rikker. Mon corps était alangui par l'épuisement délicieux qui succède à un plaisir sexuel intense. Je posai ma tête sur sa cuisse pour reprendre mon souffle.

Mais Rikker se dégagea et se retourna pour poser sa tête sur mon oreiller. Il glissa l'une de ses cuisses musclées entre les miennes et se serra contre moi pour m'embrasser.

C'était un baiser paresseux et comblé. Un parmi cent autres depuis que nous étions redevenus amants. La vie dans cette chambre était très, très belle.

Bien sûr, afin de soulager ma paranoïa, nous suivions en permanence un ensemble complexe de règles. Sous aucun prétexte Rikker et moi ne quittions Chez Capri en compagnie l'un de l'autre, par exemple.

Ce soir, il était parti après ma troisième bière, s'éclipsant sans dire au revoir à personne. (Mon intérêt pour l'alcool avait décru maintenant que mon intérêt pour le sexe avait pris sa place.) En arrivant dans la cour de Beaumont, j'avais lancé une application de messagerie que je n'utilisais que pour communiquer avec Rikker. *Je viens d'arriver*, lui avais-je envoyé.

J'avais gravi les marches, de plus en plus impatient. Rikker ne répondrait sans doute pas à mon message. Certains soirs – s'il était exténué – il ne venait pas.

Ce soir-là, comme toujours, j'avais vraiment espéré qu'il me rejoindrait.

Après avoir ouvert la porte de ma chambre, je laissais toujours le verrou tiré pour lui permettre d'entrer. Je m'étais empressé de me brosser les dents, puis je m'étais mis au lit, en t-shirt et en boxer. J'avais récupéré un numéro de *Sports Illustrated* sur la table de chevet, mais je n'avais pas eu la patience de lire. Je ne pensais qu'à Rikker. J'espérais de toutes mes forces qu'il était en train de gravir mes escaliers. Rien qu'en pensant à lui, je devais souvent glisser une main dans mon boxer pour me calmer.

Ce soir, quand j'avais entendu des bruits de pas dans les marches, j'avais commencé à me caresser. Ma porte s'était ouverte et Rikker était apparu. Je l'avais regardé tirer le verrou derrière lui, puis il s'était tourné vers moi. Quand il avait vu ce que je faisais, son regard s'était enflammé.

— Bas les pattes, avait-il lancé d'une voix rauque. Ça m'appartient.

J'avais obtempéré et m'étais rejeté contre les oreillers. Rikker avait abandonné sa veste sur ma chaise, puis il avait passé son t-shirt par-dessus sa tête.

En voyant son torse musclé, j'en avais eu l'eau à la bouche. Je ne prenais même plus la peine de regarder du porno, car j'avais ce que mon cœur désirait chaque fois que je le voulais. Dans mon propre lit.

— Déshabille-toi, avait-il dit.

Sa voix rocailleuse suffisait à m'enflammer. Je n'avais pas obéi tout de suite, car je l'avais regardé détacher sa ceinture. Le jean avait glissé le long de ses hanches étroites et j'avais aperçu une bosse proéminente sous son caleçon.

— Déshabille-toi. Tout de suite, avait-il répété.

Cette fois, je m'étais exécuté et avais quitté mon t-shirt et mon boxer en un temps record. J'étais nu contre les draps, avec son corps musclé au-dessus de moi. Son regard était farouchement déterminé.

Je n'avais jamais rien vu d'aussi sexy.

Il avait posé un genou sur le lit et j'aurais pu regarder les muscles de son épaule rouler toute la nuit tandis qu'il se hissait vers moi. Ses grands yeux marron étaient apparus à quelques centimètres de mon visage et tout mon corps s'était mis à frissonner d'impatience. Alors que je pensais ne pas pouvoir attendre plus longtemps, il avait posé sa bouche pécheresse sur la mienne. Et c'était parti. Toute pensée rationnelle s'était envolée tandis que nous nous mordillions, nous léchions et nous caressions l'un l'autre.

Je ne connaissais rien d'aussi bon. Et dire que j'avais passé des années à essayer de me persuader du contraire, c'était proprement ahurissant.

Par la suite, nous restâmes allongés l'un contre l'autre, ses bras autour de moi. Il nous fallut de longues minutes avant d'être à nouveau capables de respirer normalement. Rikker dit alors :

— Tu as vu ce lancer de Trevi, quand le palet a rebondi sur le gant d'Orson à l'entraînement ?

J'éclatai de rire.

— Il était fou.

— C'est parce qu'Orson doit à Trevi une caisse entière de bière Red Stripe maintenant. Ils ont décidé de faire quitte-ou-double après leur pari de la semaine dernière.

Je posai ma tête sur le torse de Rikker pour entendre le son de sa voix gronder sous mon oreille. À vrai dire, ce moment de la soirée comptait autant que le sexe pour moi. Nous restions toujours allongés à discuter de tout et de rien. Du sport. Des cours. Peu importe.

Avant, j'avais tellement l'habitude d'être seul que je m'en rendais à peine compte. Mes coéquipiers étaient toujours dans le coin. Mais Rikker était la seule personne au monde qui connaissait mes secrets. Au lit avec lui, je parlais plus librement qu'avec personne d'autre. Je plaisantais plus. Je me sentais plus vivant.

J'étais amoureux de Rikker et je l'avais toujours été. Bien sûr, je me gardais de le lui dire. N'oublions pas que c'est de *moi* qu'il s'agit. Un grand lâche devant l'Éternel. Rikker aurait aimé l'entendre, je n'en doutais pas. Et j'aurais aimé l'entendre en retour. Mais j'étais qui j'étais, et je savais que ça n'arriverait pas.

Il m'aimait lui aussi, pensais-je. C'était évident, non ? Sinon pourquoi supporterait-il ma lâcheté et se faufilerait-il comme un voleur chaque fois qu'il avait besoin d'aller aux toilettes ? Dans les vestiaires, il m'ignorait comme je le souhaitais. Et quand quelqu'un faisait une blague sur les gays, à ma plus grande honte, je ne réagissais pas. Voilà comment je remerciais Rikker pour l'affection qu'il me témoignait la nuit venue. Par mon silence.

Le soir, nous étions dans les bras l'un de l'autre. Nous murmurions en riant, et nous nous embrassions jusqu'à en avoir les lèvres endolories. Nous faisions une consommation exceptionnelle de préservatifs et nous devions en racheter souvent. Le matin, il sortait en catimini de ma chambre avant le lever du jour. C'était triste, car j'aurais beaucoup aimé me réveiller à côté de lui.

Seulement, je n'en avais pas envie au point de lui demander de rester.

Pendant ce temps, l'équipe continuait de faire un malheur. Pour la première fois depuis cinquante ans, Harkness se classait numéro deux du pays. Il restait six matchs avant la fin de la saison et nous avions de bonnes chances d'aller encore plus loin sur notre lancée.

Le premier week-end de février, nous partîmes à Cambridge, où nous vainquîmes Harvard cinq à zéro devant une foule immense. C'était tellement bon ! Quand nous remontâmes dans le bus après un dîner tardif à la pizzéria, Bella s'assit à côté de moi.

— Alors, Graham, comment vas-tu ?

Il me fallut une seconde pour répondre, car j'étais en train d'envoyer un texto à Rikker, qui avait pris place quelque part à l'avant. *Pas mal*, écrivais-je pour le taquiner. *La prochaine fois, tu scoreras peut-être*. Rikker avait connu une soirée difficile. Tous ses meilleurs lancers avaient été déviés par le gardien adverse.

Sympa, me répondit-il. *Mais j'ai d'autres moyens de scorer*.

Nous utilisions une application de messagerie distincte pour échanger, au cas où quelqu'un (comme Bella) regarderait mon téléphone de trop près. Je fermai l'appli et rangeai mon téléphone dans ma poche avant de me tourner vers elle.

— Désolé, quelle était ta question ?

Elle me dévisagea pendant un moment.

— Je t'ai juste demandé comment tu allais.

— Bien.

Elle sourit d'un air amusé.

— Je vois ça. Un peu distrait, peut-être ?

Je haussai les épaules.

— C'est qui ?

Ah. Je répondis à Bella avec un sourire innocent :

— De quoi parles-tu ?

Il y eut un silence pendant lequel elle me regarda longuement.

— Tu ne bois plus autant ces temps-ci. Et tu as toujours ton téléphone dans les mains. Je la connais ?

Une fois de plus, je me contentai de hausser les épaules, au risque de la fâcher. Mais c'était plus fort que moi.

— Crache le morceau, Graham.

— Il n'y a rien à cracher, Bella.

Elle leva les yeux au ciel, mais je ne comptais pas culpabiliser. Elle n'aimait pas que je boive à outrance, alors elle devrait se réjouir que j'aie arrêté, non ? C'était cohérent.

— J'ai un service à te demander, dit-elle en interrompant mes pensées. Ça te dérange si je te mets encore avec Rikker ce soir ?

Quand elle me l'avait demandé en automne, j'avais paniqué. Cette fois, il me fallut déployer tous mes efforts pour ne pas sourire.

— Pas du tout, aucun problème, lui répondis-je.

— Merci. C'est sympa.

Toujours prêt à te rendre ce genre de service. Bella glissa la main dans sa poche et me tendit une clé magnétique.

— Chambre 412, dit-elle.

— D'accord. Merci.

Je fourrai la carte dans ma poche avant de changer de sujet.

— À quelle heure est le petit déjeuner demain matin ?

— Sept heures et demie, malheureusement. Je crois que la moitié de l'équipe va le zapper. Le bus part à huit heures trente. Si tu n'as pas envie de t'ennuyer avec le petit dej, le site web de l'hôtel précise qu'il y a du café en libre-service dans le hall.

— Merci pour l'info.

Je pris mon temps pour descendre du bus. Je n'avais aucune raison de me sentir nerveux, mais mon rythme cardiaque s'emballait rien qu'à l'idée de le retrouver dans cette chambre d'hôtel. Certains jours, mon secret me pesait comme si je portais un poids autour du cou. Mais ce soir, c'était *chaud*. Dans une demi-heure, alors que mes coéquipiers regarderaient Sports Night, ou peut-être un porno sur leurs téléphones, j'aurais droit au grand jeu.

L'ascenseur était plein de joueurs de hockey, mais j'étais le seul à descendre au troisième étage.

— Bonsoir, Graham, lança Big-D.

— À plus tard, répondis-je sans regarder par-dessus mon épaule.

Le couloir était désert, ce qui signifiait sans doute que Rikker était déjà dans la chambre. Je trouvai la porte 412 et glissai ma carte dans le lecteur. Rien. Je recommençai, mais la lumière restait rouge.

Bah, ce n'était qu'un léger contretemps. Je frappai à la porte. Une deuxième fois. Je m'attendais à entendre Rikker bouger pour venir m'ouvrir, mais seul le silence me répondit.

Zut.

C'est alors que les portes de l'ascenseur s'ouvrirent. Aux aguets, je craignis de voir apparaître un coéquipier. Après quelques battements de cœur, j'aperçus Rikker, un sourire aux lèvres.

— Oh, c'est encore toi, grommelai-je.

Mais mon sourire me trahissait sans nul doute.

— Désolé, dit-il en sortant une carte de sa poche. On dirait que tu es coincé avec le gay de la bande.

Il me mit une main aux fesses en plein couloir et mon sang ne fit qu'un tour.

— Pas de clé ? demanda-t-il en passant sa carte devant le lecteur.

— Elle n'a pas marché. J'ai dû la démagnétiser sans le faire exprès.

Je poussai la porte dès l'instant où la lumière verte apparut, et Rikker me bouscula à l'intérieur, une main sur mes fesses.

Il jeta son sac de sport sur le sol avant de me plaquer le torse contre le mur près de la porte de la salle de bains. Il me déposa un baiser dans le cou, juste sous mon oreille.

— J'ai demandé à Bella de voir avec toi si nous pouvions partager une chambre. Je n'étais pas sûr que tu en aies envie.

Je me cambrai pour appuyer mes fesses contre son entrejambe.

— Sur quelle planète n'aurais-je pas envie de partager une chambre avec toi ?

Il se pressa contre moi.

— Je ne sais pas. La planète où tu imaginerais dix manières différentes de te faire surprendre.

Rikker tendit la main et la glissa sur la braguette de mon jean.

— Hmm, dit-il en effleurant le renflement qu'il y trouva. Tu as l'air content de me voir.

— Tu crois ?

Posant mon front contre le mur, je changeai de position dans sa main. J'étais impatient de commencer. Rikker était le seul qui ait jamais eu un tel effet sur moi. Chaque fois qu'il posait ses mains sur mon corps, il allumait un feu en moi. Et quand il se montrait insistant, ce feu redoublait d'ardeur.

— J'ai fait un petit arrêt à la boutique de l'hôtel pour acheter du matériel. Et avant que tu me poses la question, personne ne m'a vu.

Son torse contre mon dos, il m'entoura de ses bras. Il se chargea de ma ceinture, puis de ma fermeture éclair. Le simple bruit de la glissière métallique qui s'ouvrait accéléra ma respiration. Il referma alors la main autour de ma queue et je penchai la tête en arrière, contre son épaule, pour lui faire comprendre sans un mot à quel point j'appréciais cela.

— Je sais, murmura-t-il comme si j'avais dit quelque chose. Et j'aime te voir debout contre ce mur, mais j'aperçois une douche à l'italienne. Et cette idée me plaît encore plus.

Il recula d'un pas.

— À quelle vitesse peux-tu te déshabiller pour moi ?

La réponse ? Sacrément vite.

Nous laissâmes nos habits en tas sur le sol. Une minute plus tard, l'eau chaude ruisselait sur le torse nu de Rikker. J'entrai à mon tour dans la cabine et laissai la porte vitrée se refermer derrière moi. Un instant plus tard, Rikker, mouillé et glissant, me prit par les hanches.

— Les mains sur le mur, ordonna-t-il.

J'obtempérai.

Notre vie en dehors de la chambre était complètement organisée par mes règles. Aucun contact visuel dans les vestiaires. Aucun texto à mon numéro habituel. Mais le soir, c'était Rikker qui prenait les rênes. Il repoussa mes fesses contre la paroi carrelée et se mit à genoux. Avant même que je puisse remplir mes poumons d'oxygène, il m'avait pris dans sa bouche.

L'eau formait de petits ruisseaux le long de son dos tandis que sa langue s'occupait de moi… *Seigneur*. Encore un peu et j'allais exploser.

— Oh mon Dieu, fis-je dans un souffle.

C'était puissant. J'étais déjà très excité. Il me prit encore plus profondément et je poussai un gémissement.

— C'est trop bon, c'est trop bon, répétais-je.

Chaque fois qu'il me touchait, j'étais comme un fil sous tension. Avant, quand je couchais avec des femmes, je pouvais durer des heures. Parfois, je ne terminais jamais. Mais il me suffisait de *penser* aux mains de Rikker sur moi pour toucher au but.

— Bon sang, Rikker.

Mes hanches tressaillirent involontairement. Il me libéra dans un bruit de succion.

— Tu n'as pas intérêt à jouir, m'avertit-il. J'ai d'autres projets pour toi.

Je glissai mes mains dans ses cheveux humides.

— Hmm, fit-il en frottant son nez contre moi. Je ne t'ai pas dit que tu pouvais te servir de tes mains.

Je m'empressai de les poser à nouveau contre le mur. Il se leva.

— Est-ce que je te baise ce soir ?

Rikker me posait toujours cette question, et parfois je lui répondais par la négative pour donner un peu de répit à mes fesses. Mais il m'embrassait avec une telle fougue que je fus incapable de répondre tout de suite.

— Ouiii… finis-je par dire.

— Oui, *qui* ? demanda-t-il d'une voix rauque.

— Oui, banane ?

Il expulsa de l'eau en riant et me pinça les fesses.

— Je ne crois pas que tu aies bien saisi ce concept de soumission.

— Je t'écouterai mieux une fois que tu m'auras fait jouir. Allez, vas-y.

Rikker m'attrapa par les hanches et me retourna.

— À nous deux, petit cul.

J'entendis crisser l'emballage du préservatif.

— Écarte.

Il tira mes hanches vers l'arrière pour éloigner mes fesses du mur et obtenir un meilleur accès.

S'il y avait un moment *feu d'artifice* pour moi, ce serait celui-là.

Parce qu'en se penchant sous la douche pour son petit ami gay, on ne peut pas faire semblant que sa vie n'a pas radicalement changé de cap.

Mais cela me faisait-il paniquer ? Non. Parce que Rikker pressait ses hanches contre moi et avait passé ses bras autour de mon torse. Et j'étais tellement excité que je vibrais presque. Mais d'abord, il se contenta de m'étreindre de tout son corps. En tournant la tête sur le côté, je l'aperçus dans le miroir. La douche embuait déjà les parois vitrées, mais je le voyais indistinctement. Les yeux clos, son visage exprimait un abandon bienheureux. Il me serra encore plus fort et m'embrassa entre les omoplates, gémissant dans mon dos.

— J'*adore* les déplacements, dit-il.

J'éclatai de rire. C'était si facile de se laisser aller en sa présence. Seigneur, j'étais fou de Rikker. Chaque fois que nous étions seuls, le monde se réduisait à des dimensions abordables. Avec lui, je pouvais être vraiment moi-même. Et ce n'était pas qu'une question de sexe. Nous pouvions discuter des sélections de la Ligue nationale de hockey, ou de la qualité des plats du réfectoire. Tout me convenait.

La douche coulait sur nous et je fermai les yeux pour m'ajuster contre le corps de Rikker. Gémissant de désir, il se mit à me caresser.

J'avais envie de le sentir sur moi, autour de moi. En moi. C'était sa place.

RIKKER

Le lendemain matin, je me réveillai pour me rendre compte que je tombais presque du lit. Je roulai sur le côté. Ou du moins, j'essayai.

— Tu prends toute la place, murmurai-je à Graham, qui dormait en étoile sur le lit double que nous avions fini par partager.

Il était beaucoup plus petit que le grand lit bricolé par Graham dans sa chambre de la résidence.

Graham ne répondit pas. Il dormait encore à poings fermés. Son visage était serein, le menton levé vers le plafond. Dans le silence de notre chambre d'hôtel, je pouvais entendre un infime sifflement chaque fois qu'il expirait.

J'aimais observer Graham quand il dormait, parce que c'était le seul moment où il semblait vraiment paisible.

Mais la nature m'appelait. Et c'était un luxe de rejoindre la salle de bains de l'hôtel pour aller aux toilettes sans craindre d'être surpris par l'un des voisins de Graham.

Quand je revins, l'alarme du téléphone de Graham venait juste de se déclencher dans le support qu'il transportait avec lui en voyage. Naturellement, c'était un air de Clapton. Je ne l'avouerais jamais, mais la version acoustique de *Layla* était une excellente chanson. Plutôt sexy, dans son genre. Même si c'était l'heure de se lever, je me remis au lit, ou essayai-je en tout cas.

— Décale-toi, beau gosse.

Je donnai un petit coup sur sa cuisse musclée.

Sans ouvrir les yeux, Graham esquissa un sourire ensommeillé, puis il étendit ses jambes encore davantage.

Je n'avais pas d'autre choix que de lui grimper dessus. Je me hissai sur lui pour enfourcher son corps engourdi.

— Le bus part dans une demi-heure. J'hésite à aller prendre le petit déjeuner, mais je ne veux pas partir tant que tu ne te seras pas levé.

— C'est bien, fit-il d'une voix traînante en détournant son visage de la lumière.

Je tendis la main pour lui caresser la pommette. Il avait un si beau visage, j'adorais le toucher.

— Réveille-toi, bébé.

Ses lèvres frémirent.

— Tu es trop de bonne humeur le matin. Je n'aime pas ça.

Je me penchai pour déposer des baisers à la racine de ses cheveux.

— Je connais d'autres moyens de te réveiller. Mais je ne pense pas que nous ayons le temps.

— Hmm, fit-il.

Il avait les yeux toujours fermés, mais je sentis ses hanches bouger. Au moins une partie de son anatomie était bien réveillée. La sensation de son corps sous le mien était divine. Dommage que je n'aie pas une demi-heure à lui consacrer…

Des mains remontèrent lentement le long de mes côtes. Mes lèvres lui effleurèrent le cou pour déposer des baisers sur la peau tendre sous son oreille.

— Réveille-toi, chuchotai-je.

Il tourna alors la tête pour capturer ma bouche dans un baiser. C'était si doux. J'avais toujours un frisson chaque fois qu'il prenait une initiative. C'était vraiment stupide. Nous étions ensemble à présent, de toutes les façons possibles, mais j'avais toujours un insatiable besoin d'affection. Chaque baiser me faisait l'effet d'un cadeau, car je savais ce qu'ils lui coûtaient.

Je m'oubliai dans le baiser de Graham. Mes hanches ondulaient juste assez pour nous frustrer tous les deux. J'étais tellement concentré sur le moment présent et sur son moindre souffle que je n'entendis pas la porte s'ouvrir.

— Graham, je t'ai donné ma clé par erreur ! J'ai dû en demander une autre à la...

La voix de Bella s'éteignit et on entendit un cri étouffé, suivi de :

— Rikker ? Qu'est-ce que... ?

Sous mon corps, Graham demeurait parfaitement immobile. Je tournai la tête pour voir Bella debout dans l'encadrement de la porte, le visage rouge et la bouche grande ouverte.

Je quittai le corps nu de Graham en lui laissant le temps de remonter le drap.

— Putain, qu'est-ce que tu fous ici ? lança-t-il avec colère.

Il n'aurait pas dû dire ça.

Bella resta plantée là, trois tasses de café à la main sur un support en carton.

— Tu... bégaya-t-elle. Il...

C'était terrible à regarder. Ses yeux se remplirent de larmes. Enfin, elle prit une profonde inspiration.

— Je t'apportais du café. Espèce de connard, dit-elle. Parce que j'avais la fausse impression que nous étions *amis*.

— Bella, dis-je d'une voix douce.

Mais j'étais à court de mots. Parce qu'il n'y avait pas grand-chose à dire sur la question. Je plaçai un oreiller devant mon entrejambe et me baissai pour récupérer mon boxer sur le sol.

Son visage avait viré au rouge pivoine.

— Ce n'est pas un hasard, n'est-ce pas ? bredouilla-t-elle. Vous l'avez déjà fait. Seigneur, Graham.

Il gardait les yeux fermés et avait le visage cramoisi. Peut-être plus rouge que le sien. Bella retourna vers la porte en tapant des pieds et fit volte-face avant de sortir.

— Je croyais que nous étions *intimes* ! hurla-t-elle.

Sur ces mots, elle tourna les talons et s'en alla en claquant la porte.

— Oh, mon Dieu. Comment est-elle entrée ici ? fit Graham en cachant son visage dans ses mains.

— Elle a dit quelque chose à propos de sa clé. Je n'en sais foutre rien. Je suis désolé, dis-je en enfilant mon jean à la hâte. Je vais la rattraper. Ça ne te dérange pas ?

Graham était sonné, sous le choc.

— Non, je ne pense pas.

— Elle n'en parlera à personne, lui dis-je en fourrant mes pieds dans mes chaussures.

Il poussa un soupir comme s'il portait le poids du monde sur les épaules. Je posai un genou sur le lit et une main sur sa poitrine.

— Ça va ?

— Elle est très remontée.

— Tu sais pourquoi, n'est-ce pas ?

Parce qu'elle est amoureuse de toi.

Il se pinça l'arête du nez entre deux doigts.

— Je crois. Je suis un parfait connard.

— Non, pas du tout. Tu es juste un peu bête.

Je lui caressai la hanche avant de me lever.

— Tu ne vas pas flipper, n'est-ce pas ?

Un autre soupir.

— Sans doute pas.

— Tant mieux. Parce que tu dois poser ton joli petit cul dans le bus dans une demi-heure.

Je rangeai mes habits dans mon sac de sport à la vitesse de l'éclair.

— Tu peux récupérer mes affaires de toilettes en partant ? Je n'ai pas le temps.

Je n'eus aucun mal à rattraper Bella. Quand j'arrivai devant les ascenseurs, elle n'y était pas. Mais il me suffit de balayer le hall du regard pour apercevoir une petite silhouette abattue sur un banc isolé entre deux ficus en pot. Elle était assise et fixait ses chaussures, le visage marqué.

Elle ne leva pas les yeux quand je m'assis à côté d'elle, mais elle ne me demanda pas non plus de partir. C'était déjà un bon point.

— Ce serait grossier de ma part si je te demandais si l'un de ces cafés m'était destiné ?

Bella montra presque les crocs.

— Tu vois, je te déteste en ce moment.

— Je sais, murmurai-je.

Elle prit l'une des tasses du support et me la tendit. Puis elle but une longue gorgée dans la sienne.

— Putain, Rikker. Comment ai-je pu être aussi idiote ?

— Tu ne l'es pas.

Elle fit la grimace.

— Je… j'ai du mal à réaliser.

Elle passa les mains sur son front.

— Je veux dire que… je n'aurais jamais cru que Graham…

Je pouvais voir les émotions s'affronter sur son visage.

— Vous étiez dans le même lycée à une époque. Il a dit qu'il ne se souvenait pas de toi.

Elle leva les yeux vers moi pour la première fois.

— Ce n'était pas vrai, n'est-ce pas ?

Je me raclai la gorge.

— Il faudrait qu'il souffre d'une amnésie impressionnante.

Frustrée, Bella poussa un grognement.

— Je lui en veux tellement. C'est comme si… nous avons si souvent discuté de nos relations. De sexe. Et de nos passés, tu comprends ? Nous parlions en permanence.

Elle baissa la voix.

— Graham est *gay*.

Elle avait prononcé ces mots lentement, comme si elle essayait de se faire à l'idée.

Et pourtant, je ne les avais encore jamais entendus dans la bouche de Graham.

— … Alors il m'a menti pendant *des années*, poursuivit-elle. Même hier soir, quand je lui ai demandé à qui il envoyait des textos… Je suis *vexée*, d'accord ? Parce que la vérité m'aurait convenu, tu sais ? Je ne suis pas *comme* ça.

Je me contentai de passer un bras autour d'elle et de la laisser vider son sac.

— Je savais qu'il ne m'aimait pas.

— *Si*, il t'aime.

Elle agita une main, le signe universel pour dire *oh, ça va*.

— Je ne tombe pas facilement amoureuse, mais chaque fois, c'est un vrai désastre.

— Ça nous fait un point commun.

Je me rapprochai d'elle sur le banc.

— Viens ici, tu veux ?

Elle hésita. Puis elle se pencha vers moi et me laissa la prendre dans mes bras.

— C'est *clair*, je te déteste en ce moment, dit-elle d'une petite voix.

— Je sais.

— Je déteste Graham encore plus.

— C'est vrai qu'il est un peu idiot, répondis-je.

Elle gloussa, le visage dans mon cou. Mais quelques larmes s'invitèrent à la fête.

— Bella, pour ce que ça vaut, je crois qu'il ne s'est jamais douté de tes sentiments pour lui.

C'était étrange, vraiment étrange. Réconforter mon amie parce qu'elle ne pouvait pas avoir mon amoureux. Mais c'était ainsi.

— Je ne le lui ai jamais dit. Parce que je savais que ça ne servirait à rien. Il ne m'aimait pas. C'est juste que je ne comprenais pas *pourquoi*. Maintenant, tout s'explique. Graham aime les *hommes*. C'est pour ça qu'il ne couchait avec moi qu'en étant saoul. Et c'est pour ça qu'il avait toujours tant de mal à…

— … Tu me donnes trop d'informations, là.

Heureusement, elle ne termina pas sa phrase. Je n'avais pas envie d'entendre parler de leurs parties de jambes en l'air. D'abord, j'étais jaloux. Mais je voulais aussi protéger ce pauvre Graham. Pendant une minute, je l'étreignis sans rien dire. Puis, au risque de la mettre en colère, je lui dis ce que j'avais sur le cœur.

— Bella, s'il te plaît, ne le dis à personne.

Elle s'écarta de moi, furieuse.

— C'est pour ça que tu es si gentil avec moi ? Pour que je garde son petit secret ?

Je l'attirai à nouveau contre moi.

— Non. Et tu le sais. Tu es mon amie. Presque ma seule amie.

Elle émit un petit soupir agacé, mais ne chercha pas à se dégager.

— Et d'abord, pourquoi faut-il que ce soit un tel secret ?

— Tu plaisantes ? Tu crois qu'en voyant ce qui m'arrive il trouve ça drôle ?

Elle posa son menton sur mon épaule.

— Si tout le monde faisait son coming-out en même temps, on n'en ferait plus tout un foin.

— Tu peux rêver. J'étais tranquille avant mon coming-out. Dans une école chrétienne, tu imagines.

Elle leva les yeux vers moi.

— Jésus est le sauveur. Sauf pour les gays.

Je la serrai légèrement.

— Tout juste.

— Graham a fréquenté cette école pendant quatre ans ? demanda-t-elle.

— Six, parce que nous étions au collège avant. Les flammes de l'enfer, avec option lecture, écriture et arithmétique.

— Seigneur, quelle horreur.

Elle soupira et sa tête retomba sur mon épaule.

— Je ne peux même pas...

Elle commençait sans cesse des phrases qu'elle ne terminait pas. C'était souvent l'effet que produisait la stupeur. Au bout d'un moment, cependant, elle sembla se calmer.

— Qu'est-ce qui s'est passé entre vous deux ?

Je secouai la tête.

— Désolé, ce n'est pas à moi de te raconter cette histoire.

— Bien sûr que si.

Quand je refusai une seconde fois, elle se renfrogna.

— Il a dû vous arriver quelque chose de mal. Et c'est pour ça que tu ne voulais pas que je te mette avec lui dans cette autre chambre d'hôtel, la dernière fois.

Elle se frappa le front.

— Ça s'est bien passé, m'empressai-je de préciser.

— Pour toi.

Son rire était amer.

— Le soir où nous nous sommes rencontrés, je t'avais bien dit que je craignais que tu me fasses de l'ombre.

— Quand je t'ai assuré que ça n'arriverait pas, je le pensais sincèrement.

Bella poussa un gémissement.

— Fait chier. J'aimais Graham malgré ses zones d'ombre. Je croyais qu'il finirait par se rendre compte qu'il éprouvait la même chose pour moi.

Elle garda un moment le silence, les mains devant les yeux.

— En le disant à haute voix, j'ai bien conscience d'être pathétique.

Je bus une gorgée de mon café qui refroidissait déjà et lui tendis la main.

— Tu n'es pas pathétique.

— Si, crois-moi, insista-t-elle. D'habitude, j'arrive à passer une journée sans qu'on me le rappelle. Putain de Graham. Pourquoi ne m'a-t-il rien dit ?

Parce qu'il n'arrivait même pas à se le dire à lui-même.

— Tu lui poseras la question.

Nous restâmes assis en silence encore quelque temps.

— Graham et toi, dit Bella dans un souffle. *Ça alors.* Je suppose que vous ne me laisseriez pas regarder ? Ça doit être sacrément chaud.

J'avalai de travers ma dernière gorgée de café.

— C'est bien ce que je pensais, marmonna Bella.

CHAPITRE 13
SECOND CRÂNE
MARS

SECOND CRÂNE : le casque.

GRAHAM

À la fin de la saison, Harkness se classait premier de la côte est. Le magazine *Sports Illustrated* voulut interviewer Hartley et Orson, et le service des relations presse organisa une rencontre. Mais Hartley n'était pas très chaud pour donner une interview.

— Quelqu'un d'autre voudrait être capitaine ? demanda Hartley dans les vestiaires avant l'entraînement. Je prends les candidatures.

— Râleur, le taquina Rikker. On va te demander de parler de tes stats de jeu, pas de ta vie sexuelle. Ça ne peut pas être si difficile !

— Ils veulent me poser des questions sur l'établissement de l'Ivy League que je représente. Ils vont prendre en photo la cafétéria pendant le dîner du dimanche. Comment pourrais-je parler de Harkness sans passer pour un élitiste prétentieux ? Je ne suis qu'un gamin pauvre qui vient d'un coin minable du Connecticut.

— Alors dis-le, suggérai-je. Dis-leur la vérité.

— Tu es fort pour ça, grommela Bella en passant, les bras chargés de dossards d'entraînement.

Elle m'en lança un sans croiser mon regard.

Bella était toujours fâchée contre moi, et même si elle passait ses raisons sous silence, tout le monde dans les vestiaires s'en était rendu compte.

— Mais qu'est-ce que tu as fait ? me demandèrent-ils tous pendant la première semaine où Bella me battit froid.

— Ou plutôt… *qui* tu t'es fait ? avança Trevi.

J'ignore le pire : que le monde entier (sauf moi) semble être au courant que Bella en pinçait pour moi, ou que ma vie amoureuse fasse l'objet de discussions. Cela n'était pas pour arranger mon problème galopant de paranoïa chronique.

Et puis, elle me manquait. Notre relation n'avait jamais été simple. Ni même honnête. Mais nous avions passé de bonnes soirées ensemble, pelotonnés l'un contre l'autre dans un box de Chez Capri, à plaisanter jusqu'aux petites heures du matin. Savoir que j'avais fichu en l'air notre amitié me faisait mal.

Pour les quarts de finale de la Conférence Est, nous devions affronter Central Mass. C'était une série de trois matchs. Lors du premier match, nous fendîmes leur défense avec l'aisance d'un couteau dans du beurre et gagnâmes 3 à 0. Le Coach nous avertit qu'ils reviendraient en force pour le deuxième match, et que nous avions intérêt à nous tenir sur nos gardes.

Il ne se trompait pas.

Le deuxième match fut rapide et brutal. Je fus envoyé sur le banc de pénalité avant la fin de la première période. Mais l'autre équipe était encore plus agressive. Il y avait un joueur en particulier, un géant à l'attitude mauvaise. Son maillot portait d'ailleurs le nom de LAFRAPPE. Quel genre de nom était-ce ? Il avait le don de faire perdre l'équilibre à mes coéquipiers quand les arbitres avaient le dos tourné.

C'était un tricheur et j'en avais assez. Avant la fin du match, je comptais bien lui enseigner une bonne leçon. Je devais juste être patient et attendre l'occasion idéale.

Elle ne se présenta jamais.

Pendant ce temps, je vis Rikker et Hartley marquer le but le plus enthousiasmant que j'aie jamais vu dans aucun match de hockey. La deuxième période était presque terminée et Rikker tenta un but qui échoua. Rapide comme l'éclair, il patina derrière le filet pour récupérer le palet. Mais au lieu de le contourner, Rikker décolla le palet du sol et l'envoya par-dessus les cages.

Hartley ne voyait pas grand-chose de l'action de Rikker, car le gardien de but était dans son angle de vue. Agissant par pur instinct, Hartley leva sa crosse pile au bon moment, à une nanoseconde près. Inclinant la palette, il renvoya le palet vers le filet.

Quatre mille mâchoires se décrochèrent lorsque la rondelle de caoutchouc rebondit sur sa crosse avant de s'envoler vers les cages.

C'était un moment tel qu'il n'en arrive qu'une fois dans une vie, et Hartley resta médusé alors même que le panneau des résultats s'illuminait pour enregistrer son but.

Nous étions tous sous le choc, à vrai dire, et cette réaction me fut fatale. Profitant que je ne regardais pas, cet enfoiré de Lafrappe me prit pour cible. J'étais en train de contourner le filet avec le palet, pour faire une passe à Big-D. L'instant d'après, je volais la tête la première vers la glace.

Oh, merde !

Ce fut tout ce qui me passa par la tête tandis que la surface brillante défilait sous mes yeux. Puis tout devint noir.

RIKKER

Je ne vis pas Graham recevoir le coup.

Mais j'entendis Trevi lâcher : « Merde ! », d'une voix stupéfaite qui me poussa à me retourner. Quand je vis l'un de nos joueurs à terre, je sus que c'était lui.

J'en eus l'intime conviction.

Plus tard, je me rendis compte que c'était à cet instant précis que tout avait basculé. Vous pouvez vous promettre que votre relation reste privée. Que personne d'autre ne doit le savoir. Mais ce genre de raisonnement implique que tout se passe exactement comme prévu. Il n'envisage pas ce terrible moment où votre amoureux est emmené sur une civière hors de la patinoire, pendant que vous essayez : A) de ne pas vomir d'inquiétude, et B) de ne même pas paraître soucieux.

Ce n'était pas un match de foot, où les brancards allaient et venaient toutes les cinq minutes sur le terrain. Un joueur de hockey se relève et continue, même s'il a le visage en sang. Même s'il a un membre cassé. Mais Graham ne bougeait pas. En voyant sa main qui pendait mollement sur le bord de la civière, j'en oubliai de respirer.

Lorsque son corps inconscient disparut au bout de l'allée, un frisson descendit le long de ma colonne vertébrale, de mon cou jusqu'au creux de mes reins.

Bella et le Coach sortirent à la suite des ambulanciers.

Le match reprit, mais je n'étais même pas capable de me concentrer assez longtemps pour suivre mes propres tours de jeu. En fait, je ne garde aucun souvenir de la troisième période de ce match, même si nous l'emportâmes.

Le Coach finit par revenir pour reprendre les choses en mains, mais Bella resta absente. Je glissai des coups d'œil furtifs vers la sortie chaque fois que j'en avais l'occasion. Mais ni elle ni Graham ne réapparurent pour mettre un terme à mes tourments.

— Réveille-toi, Rikker ! lança Hartley en me donnant un coup de coude.

Je me levai et me penchai par-dessus la balustrade avant d'entrer en piste pour ma dernière participation du match.

La fin de la rencontre ne m'apporta aucun soulagement, car l'équipe mit une éternité à se doucher et à plier bagage. Le Coach passa un moment les yeux rivés sur son téléphone, tandis que j'essayais de déchiffrer ses expressions pour savoir s'il avait reçu des nouvelles.

Évidemment, j'envoyai une dizaine de messages à Bella, mais elle ne me répondit pas. C'était terrifiant. J'avais envie de vomir tant le stress de ne pas savoir ce qui se passait était insoutenable.

Enfin, le Coach demanda à tout le monde de monter dans le bus.

— Nous allons faire un arrêt aux urgences pour que je puisse prendre des nouvelles de Graham.

Lorsque le bus s'arrêta devant le petit hôpital, je transpirais dans mon t-shirt propre. J'avais besoin d'entrer pour voir Graham. Mais en même temps, il ne voudrait pas que je m'attarde à l'intérieur. Trop flagrant, non ?

Fait chier !

Mais quand le Coach descendit du bus, une poignée de joueurs le suivirent. Je me levai donc à mon tour, imité par d'autres gars. Une minute plus tard, nous étions probablement une dizaine en vestes de hockey, debout sous les lumières aux néons de la salle d'attente, à chercher quelqu'un pour nous expliquer où se trouvait Graham. Le Coach s'approcha de la réception, mais la dame qui s'en occupait était au téléphone.

Soudain, quelque part derrière le bureau, j'entendis mon nom.

— Rikker ?

C'était la voix de Graham.

D'abord, le soulagement m'envahit. Si Graham prononçait mon nom, alors ça voulait dire qu'il allait bien, non ? Je pris une grande inspiration, comme si j'avais été privé d'oxygène pendant des heures.

— Rikker ? lança-t-il à nouveau sur un ton insistant.

Quelqu'un lui répondit à voix basse, mais Graham reprit la parole :

— Où suis-je ? Qu'est-il arrivé à Rikker ?

Un nouveau frisson se fraya un chemin le long de ma colonne. Un par un, mes coéquipiers, qui discutaient entre eux, se turent.

— *Rikker*, appela Graham d'une voix rauque.

Mes coéquipiers me regardaient. La confusion se lisait sur leurs traits. Le Coach se retourna et haussa ses sourcils broussailleux dans ma direction.

Une infirmière plus âgée, vêtue d'une combinaison rose, sortit à ce moment-là.

— Est-ce que quelqu'un ici s'appelle Rikker ?

Pendant un moment, je restai collé au lino sans savoir comment réagir. Graham allait devenir fou quand il apprendrait que l'équipe était là et l'avait entendu crier mon nom.

Cette pensée me réveilla. Je haussai une épaule d'un air que je voulus nonchalant, mais qui manquait de crédibilité. Je suivis l'infirmière, le Coach sur les talons.

Entrer dans cette chambre, c'était comme vivre une expérience de décorporation.

Graham était allongé sur un lit, dans une blouse d'hôpital, en sueur et l'air complètement perdu. Bella était debout à côté de lui et lui tenait la main. Son visage exprimait la panique la plus totale. À cette seconde, mon cœur se rua de l'autre côté de la chambre pour poser les mains sur Graham. J'avais vraiment besoin de le toucher.

Mais mes pieds restèrent vissés au bord du lit, mon corps rigide d'hésitation. *Ne fais pas ça,* me rappelai-je. Graham ne voudrait pas que je le touche devant d'autres personnes.

Ses yeux rencontrèrent les miens dès l'instant où je pénétrai dans la pièce.

— Où suis-je ? fit-il d'une voix enrouée.

La question me déstabilisa.

— Euh, à l'hôpital ?

— Pourquoi ?

Eh bien, n'était-ce pas évident ? J'ouvris la bouche, mais aucune réponse ne sortit. Pas étonnant que Bella ait l'air si effrayée.

L'infirmière me devança.

— Vous avez été frappé à la tête pendant votre match de hockey, dit-elle calmement. Vous avez une commotion cérébrale, mais tout ira bien.

— D'accord, répondit Graham.

Il avait l'air parfaitement convaincu. L'infirmière leva le menton vers moi.

— Il vous a réclamé. Il pensait que vous aviez été blessé, vous aussi.

— Je vais bien, dis-je lentement.

Quelque chose dans le regard de Graham ne me paraissait pas normal. La douleur lui faisait plisser les paupières et son regard vacillait.

— Alors, comment te sens-tu ? demanda le Coach. C'était un sacré coup.

— Mal à la tête, dit Graham en levant une main pour se frotter la tempe. Où suis-je ?

Comment ça, putain ? Je croyais pourtant que nous venions de régler la question.

— À l'Hôpital West Regional, dit l'infirmière avec patience. Vous avez été frappé à la tête pendant votre match de hockey. Vous avez une commotion cérébrale, mais tout ira bien.

Graham la regarda en fronçant les sourcils.

— D'accord.

— Pourquoi est-il… ? fis-je en regardant l'infirmière d'un air inter-rogateur.

Mais ce fut le Coach qui répondit à ma question.

— On appelle ça une amnésie rétrograde. Quand on reçoit un coup aussi fort, pendant un moment le cerveau est incapable de se créer de nouveaux souvenirs. Tu ne te souviens pas du match, n'est-ce pas, gamin ?

Graham le dévisagea, la mine perplexe. Le Coach s'avança et lui donna une tape sur le bras, comme il l'aurait fait avec un tout petit enfant.

— Accroche-toi, mon grand.

— Alors, comment va-t-on ici ? demanda une femme médecin trapue en entrant d'un pas pesant dans la chambre.

Elle avait une voix éraillée.

— Que s'est-il passé ? demanda Graham.

— Vous avez reçu un coup sur la tête, lui dit le docteur en inscri-vant quelque chose sur le graphique qu'elle tenait à la main.

Puis elle se tourna vers le Coach et moi.

— J'espère que l'un de vous est Rikker. Nous commençons à nous lasser d'avoir à vous trouver des excuses.

— Euh… commençai-je.

— Ils t'ont eu, toi aussi ? demanda Graham en me toisant du regard.

— Je vais *bien*, répétai-je. Je n'ai pas été frappé.

Il plissa les yeux.

— Que faisons-nous à l'hôpital ?

— Seigneur, Graham ! fit Bella en portant une main à son cœur.

On aurait dit qu'elle allait s'évanouir. Je fis le tour de la petite chambre pour poser mes mains sur ses épaules.

Le docteur s'approcha de Graham avec une lampe-stylo à la main.

— Vous êtes à l'hôpital parce que vous avez une commotion céré-brale. Nous devons vous garder en observation pendant quelques heures pour nous assurer que tout va bien.

— Je peux le ramener chez nous ? demanda le Coach. Ce n'est qu'à deux heures de route. Nous pourrions le faire examiner dans notre propre hôpital vers minuit.

Le médecin fronça les sourcils.

— Je ne doute pas que vous vous y connaissiez en commotions

cérébrales, mais je vous le déconseille. Ces deux prochaines heures vont être déterminantes. Nous devons nous assurer qu'il n'a pas une blessure à la tête encore plus grave.

Le Coach leva les mains.

— D'accord. C'était juste une suggestion. Je veux qu'il reçoive les soins dont il a besoin.

Il hocha la tête vers Bella et moi, avant de se tourner vers la porte.

— Allons réfléchir à ce que nous allons faire. Le reste de l'équipe doit rentrer à la maison.

— Je reviens tout de suite, trésor, murmura Bella.

Elle prit la main de Graham et déposa sur sa paume le même baiser que je lui aurais donné. Puis elle lui flatta le bras avant de me suivre derrière le Coach pour rejoindre la salle d'attente.

— S'il doit rester, je peux le ramener demain matin, proposa Bella d'une voix chevrotante.

Je ne l'avais jamais vue aussi secouée. Le Coach posa une main sur son épaule.

— J'allais justement te demander si tu pouvais le faire, ma belle.

— Rikker est là ? entendit-on alors dans la chambre.

Oh, misère.

— Bon sang, mais qu'est-ce qu'il a ? demanda Hartley en s'approchant. Il va bien ?

— Il est confus, répondis-je en sentant mon dos se couvrir de sueur. *Très* confus. C'est une commotion cérébrale. Il pense peut-être que nous l'avons tous abandonné.

— Je vais lui parler, dit Hartley en nous contournant.

— Ce serait formidable, répondis-je, un peu plus détendu.

— Bon, Bella a besoin d'une voiture et d'une chambre d'hôtel, dit le Coach en sortant son téléphone. Nous allons arranger ça. Ensuite, je retournerai parler avec le médecin. Quand nous serons certains qu'il va bien, nous pourrons tous rentrer.

La plupart de mes coéquipiers s'étaient dispersés dans la salle d'attendre.

— J'ai vu des distributeurs près de l'entrée, dit Orson. Quelqu'un me prête un dollar ?

— Qu'est-il arrivé à Rikker ? entendit-on dans la salle d'examen.

Merde. C'était reparti. Je sentis mon cou brûler et j'envoyai des pensées désespérées en direction de Graham. *Pour l'amour de tous les cieux qui existent, s'il te plaît, arrête de parler de moi.*

Big-D était en train de fouiller dans son portefeuille à la recherche de pièces pour le distributeur.

— Qu'est-ce qu'il a ? demanda-t-il. Il doit vraiment avoir perdu la boule s'il appelle l'homo de service.

Ma pression sanguine fit un bond. Et elle monta dans les tours quand Graham choisit ce moment pour crier :

— *Rikker !*

Je pris une profonde inspiration par le nez.

— Il essayait peut-être de me faire une passe quand il s'est fait rétamer. Il veut savoir s'il a réussi.

Bella me lança un regard qui sous-entendait qu'il valait mieux que je la boucle.

Hartley émergea de la chambre, l'air médusé.

— Ça, pour être confus, il est confus. Il ne sait pas pourquoi nous sommes à l'hôpital.

Le Coach hocha la tête tout en pianotant sur son téléphone.

— Je sais que c'est impressionnant, mais ça disparaît toujours. Demain, il sera plus sensé.

— ... Et il veut vraiment parler à Rikker, termina Hartley en haussant les épaules. On dirait qu'il ignore qu'il vient juste de te parler il y a cinq minutes.

— Bizarre, dis-je en transpirant.

— *Rikker !*

Tous les yeux se posèrent sur moi. Je tournai les talons et rejoignis précipitamment la chambre de Graham. Lorsque j'entrai à nouveau, son visage exprima un soulagement immédiat.

— Ça va ? demanda-t-il.

— Bien sûr que ça va, G.

— Ils ne t'ont pas eu ?

Je secouai la tête.

— Tu es le seul à avoir été blessé, lui dis-je doucement.

Je ne comprenais pas pourquoi il était si inquiet à mon sujet. Si je parvenais à trouver du sens dans ses propos, il arrêterait peut-être de hurler mon nom.

— Comment ai-je été blessé ?

— Tu as été renversé au match de hockey contre Central Mass.

Je m'assis sur la chaise en plastique contre le mur, près de la tête de lit.

— Tout va bien se passer, G.

Je m'assurai que nous soyons absolument seuls avant de me pencher pour lui presser légèrement l'épaule.

— Sérieusement, détends-toi.

— Nous sommes à l'hôpital ? demanda Graham.

Seigneur.

— Oui, G. Nous sommes à l'hôpital. Tu as reçu un coup sur la tête, mais tu vas t'en sortir.

Je bâillai à m'en décrocher la mâchoire, brusquement épuisé. Graham ferma les yeux et j'eus envie d'en faire autant. Je m'adossai contre le mur et me détendis.

Quelques minutes plus tard, Bella apparut dans l'encadrement de la porte. Les yeux de Graham s'ouvrirent tout d'un coup.

— Où suis-je ? lui demanda-t-il.

— À l'hôpital, répondit-elle, les traits tirés par l'anxiété.

— Où est Rikker ? demanda Graham.

Bella écarquilla les yeux et elle tendit le doigt vers moi. Au prix d'un gros effort, Graham se tourna.

— Rikker, est-ce que ça va ?

— Je vais bien, lui répétai-je. Vieux, pourquoi me poses-tu tout le temps cette question ?

Il avait l'air frustré.

— Nous sommes à l'*hôpital.* Ils nous ont eus tous les deux ?

J'en eus la chair de poule sur les bras.

— *Qui* nous a eus ?

Le visage de Graham s'empourpra et ses yeux virèrent au rouge, mais il ne dit pas un mot.

Quant à moi, j'avais la gorge nouée, car je pensais avoir compris.

— G., murmurai-je. Tu crois que quelqu'un s'est fait frapper ? Comme dans la ruelle ?

Sa voix était rauque et ses yeux exorbités quand il dit :

— Pourquoi sommes-nous à l'hôpital ? Dis-moi la vérité.

— *Waouh*, dis-je en posant une main sur le côté de son visage, effleurant sa lèvre supérieure avec mon pouce. Non, vieux. Ce n'est pas ça. Nous sommes ici à cause d'une blessure au *hockey*. Juste un match de hockey.

Ses yeux bleu ciel me toisèrent. Je voyais bien qu'il essayait de savoir s'il pouvait se permettre de se détendre.

On entendit alors un bruit dans le couloir et je retirai ma main juste à temps.

Le Coach passa la tête dans la chambre.

— Rikker, Bella, nous devons réfléchir à ce que nous allons faire.

Il nous fit signe de le rejoindre avant de disparaître. J'avais même oublié que Bella était dans la chambre avec nous. Elle était debout, pétrifiée, et elle nous regardait.

Je baissai les yeux vers Graham.

— Écoute. Nous sommes à l'hôpital à cause d'un coup que tu as reçu au match de hockey.

Lentement, Graham opina.

— Répète-le, ordonnai-je. Pourquoi sommes-nous ici ?

— Le match de hockey, dit-il.

— C'est exact. Et tous les autres vont bien, d'accord ? Je vais parler au Coach un moment. Ne m'appelle pas, s'il te plaît. Parce que toute l'équipe peut t'entendre. Je suis juste dehors.

J'attrapai une Bella muette par le coude et l'entraînai dans la salle d'attente.

Le docteur était en train de donner des instructions au Coach.

— Deux semaines au minimum. Mais il aura besoin d'être examiné. Ne précipitez pas les choses. Il faut éviter une deuxième commotion cérébrale. La seconde fois, elle mettra deux fois plus longtemps à guérir.

Le Coach fit la grimace.

— D'accord. Nous serons raisonnables.

Je trépignais presque en me demandant si Graham se rappellerait longtemps ce que je venais de lui dire. Mais le médecin n'en avait pas terminé avec le Coach.

— C'est important, poursuivit-elle. J'ai vu bien trop de commotions cérébrales à répétition dans ce service d'urgences, toujours à cause d'un match important, quand l'athlète insiste pour y participer en jurant qu'il se sent mieux. Je vais le renvoyer chez lui avec beaucoup de conseils de prudence. Mais il aura besoin d'aide pour prendre des décisions. Je sais que c'est un adulte, mais ses parents devraient être impliqués dans sa guérison.

— Nous les préviendrons. Merci.

Le Coach se tourna vers l'ensemble de l'équipe.

— Bon, les gars. C'est le moment d'aller aux toilettes ou au distributeur de boissons. Nous allons reprendre la route.

Il posa la main sur l'épaule de Bella et commença à discuter avec elle de sa location de voiture et de sa chambre d'hôtel.

— Rikker ! cria soudain Graham dans l'autre pièce.

Oh, Seigneur. Il y avait une telle peur dans sa voix qu'elle me fendit le cœur.

Bella et le Coach interrompirent leur conversation pour lever les yeux. Le Coach se renfrogna.

— Bon sang, j'aimerais que son état s'améliore. Je vais lui dire au revoir.

Il se dirigea vers l'arrière, Bella sur les talons. Hartley me fit signe d'approcher.

— Tu viens avec nous, n'est-ce pas ?

Ma bouche se dessécha. Je me demandais ce qui se passerait après mon départ. Graham allait-il m'appeler toute la nuit ? Tout ça parce qu'il croyait que des brutes risquaient de me tabasser dans une ruelle. Mais si je restais, tout le monde se poserait des questions. Ou du moins, je le craignais. Je me sentais soumis à une paranoïa aiguë. Un peu comme Graham.

— Euh, oui, répondis-je à Hartley. À moins que tu penses que je puisse être utile à Bella. Ça lui ferait peut-être plaisir. Enfin… c'est toi qui vois, mec.

J'essayais de paraître désinvolte, mais j'avais des trémolos dans la voix.

Hartley me regarda alors attentivement. Il serait même plus pertinent de dire qu'il regarda *en moi.* Je pus voir dans l'expression de ses yeux marron qu'il commençait à comprendre quelque chose. Ce qui suivit fut le silence le plus gênant de toute ma vie. Un grand vide dans l'espace entre mon capitaine et moi, tandis que retentissaient en fond sonore les éclats de rire des nouvelles recrues québécoises et de Big-D.

Enfin, Hartley se racla la gorge.

— Est-ce qu'il… il voudrait que tu restes ici ?

Je baissai les yeux sur le plancher en lino.

— Je n'en sais foutre rien. Ce qu'il dit n'a aucun sens.

Big-D arriva sur ces entrefaites en mâchonnant des M&M's pour demander à Hartley quand ils comptaient partir.

— Quand le Coach le dira, répliqua sèchement Hartley.

En arrière, Graham m'appela une fois de plus. Les yeux de Big-D se tournèrent vers le couloir et je sentis tout mon corps se crisper. *Allez, retourne dans ce putain de bus, espèce de crétin.* Au lieu de ça, il jeta un autre bonbon dans sa bouche et me fixa du regard.

— Si jamais je reçois un coup sur la tête qui me fait appeler l'homo de service, est-ce que quelqu'un pourrait me tirer une balle ? Pour abréger mes souffrances.

— Vraiment ? demanda Hartley, la mâchoire contractée. Tu veux jouer à ça maintenant, alors que ton coéquipier est sonné dans la pièce d'à côté ?

— Justement, tu vois, dit Big-D en croisant les bras. Je m'inquiète pour Graham. En fait, Rikker ne nous a jamais dit s'il aimait donner ou recevoir.

Il me dévisageait.

— Alors ? fit-il. Si tu aimes le rôle de sac à foutre, peut-être que Graham ne craint rien.

Une pointe de colère noire me traversa le cœur.

— C'est drôle, tu sembles très intéressé par le détail de ma vie sexuelle, lui dis-je. Tu es curieux, peut-être ?

Il grinça des dents.

— Surveille ta *putain* de langue.

— Ah oui ? Tu comptes me faire taire ?

Je subissais une telle pression que je n'avais pas la force de me calmer.

— C'est peut-être ta stratégie, en fait. Tu es prêt à tous les moyens pour sentir mes mains sur toi.

Big-D serra les poings, le visage rouge.

— Boucle-la, sale pédé.

Hartley bondit entre nous.

— *Arrêtez !* Tous les deux.

— Rikker ! s'écria Graham au même moment.

La tension était insoutenable. Hartley tendit le doigt vers moi.

— Reste ici avec… Bella, conclut-il, avant de brandir son pouce sous le nez de Big-D. Et toi, dans le bus. *Tout de suite.*

Big-D me lança un dernier regard furieux avant de tourner les talons.

Hartley me donna une tape dans le dos et nous retournâmes ensemble dans la chambre de Graham.

— Il y a trop de monde ici, grommela le médecin en inspectant à nouveau ses yeux. Vous pouvez aller vous asseoir dans la salle d'attente. Sauf le fameux Rikker, ça épargnera mes tympans.

— Où est… ?

Graham essayait de jeter un œil derrière le docteur.

— Je suis là, dis-je lentement.

— Pourquoi sommes-nous dans un hôpital, Rik ? demanda-t-il.

— Euh, match de hockey, G. Tu as reçu un coup sur la tête.

Bella m'agrippa le bras.

— Il a peur de quelque chose. Pourquoi ?

J'approchai mes lèvres de son oreille.

— Pas maintenant, Bella.

— Il ne veut pas que tu t'en ailles, dit-elle, le visage rouge.

— Alors je resterai sur cette chaise toute la nuit, d'accord ? Maintenant, chut.

Je sentais toujours le sang cogner dans mes oreilles. J'avais vraiment envie de frapper quelque chose, là tout de suite.

Bella prit une inspiration lasse et alla demander au Coach si je pouvais rester avec elle pour lui tenir compagnie.

— Ça me paraît une bonne idée, si Rikker accepte, dit le Coach.

— Oui, aucun problème, bredouillai-je.

Le docteur termina son examen.

— Il est terriblement agité, dit-elle en se renfrognant. Je n'aime pas ça. Mais ça fait maintenant une heure qu'il n'a pas vomi.

Elle posa la main sur l'épaule de Graham.

— Pourquoi êtes-vous si bouleversé, mon garçon ?

Le Coach rentra le menton.

— Quelle tuile. J'ai l'impression que je ne devrais pas m'en aller.

— Pourquoi sommes-nous ici ? demanda Graham.

Je m'éclaircis la voix.

— Tu as reçu un coup pendant le match de hockey, expliquai-je pour la millième fois.

Soudain, une idée me vint.

— Excusez-moi. Où sont ses affaires ? Est-il arrivé ici avec son casque ?

— Pourquoi ? me demanda le docteur.

Mais j'avais déjà ouvert la porte fine d'un petit placard dans un coin. Le sac de hockey de Graham était entassé à l'intérieur, avec son casque par-dessus.

— G., regarde, dis-je en désignant la fissure. C'est pour ça que nous sommes là.

— Le match de hockey, dit Graham.

— C'est exact, m'exclamai-je en lui tendant le casque. C'est la seule et unique raison.

Graham passa son doigt sur la fêlure du casque, sous le regard de tous.

— Coach, vous pouvez me laisser ici avec Bella, dis-je. Ça va aller.

Son regard alterna entre Graham, Bella et moi.

— Tu n'as qu'à prendre une chambre supplémentaire avec la carte de l'équipe, me dit-il.

— Je vais rester sur cette chaise, répondis-je. C'est bon, ce n'est qu'une nuit. Nous partirons demain matin.

— Tu es sûr que ça ne te dérange pas ?

— Non, allez-y. Ils vous attendent.

La mine toujours sombre, le Coach tapota le tibia de Graham.

— Reste fort, gamin. Je te vois demain quand tu rentreras.

Puis il tourna les talons et sortit de la chambre.

Je me laissai tomber sur la chaise en plastique de l'hôpital, soulagé pour la première fois de la soirée.

Une heure et demie plus tard, je me réveillai en sursaut. J'avais la tête posée sur mes bras croisés, calé contre le lit de Graham.

— Désolé, dit Bella dans mon dos.

C'était son retour dans la chambre qui m'avait tiré du sommeil. Je relevai la tête et fis rouler mon cou raidi. Graham était assoupi, les doigts passés à travers la grille de son casque.

— Quelle heure est-il ?

— Minuit. J'ai récupéré la voiture de location.

Je bâillai et me levai.

— Tu peux prendre la chaise.

— Je leur ai déjà demandé de nous en installer une autre, fit-elle en secouant la tête, mais c'est contraire au règlement.

Bella leva les yeux au ciel.

— Alors je vais partir à l'hôtel, à moins que je puisse te convaincre d'y aller à ma place.

— Non, je vais rester, répondis-je.

— Je savais que tu dirais ça, fit Bella en baissant les yeux. De toute façon, c'est toi qu'il veut.

Elle poussa un autre soupir avant de s'approcher de la tête de lit. Elle se pencha vers Graham endormi et effleura sa tête du bout des doigts.

— Dis-moi ce qui s'est passé. Rikker. De quoi parliez-vous tout à l'heure ? Il s'est passé quelque chose dans une ruelle. Graham s'est fait frapper ?

Je secouai la tête. Ce n'était pas un sujet que j'avais envie d'aborder avec elle. Mais le regard pénétrant de Bella ne faiblit pas.

— Ce n'est pas Graham qui s'est fait frapper, murmura-t-elle. C'est *toi*.

Bingo.

— C'était il y a longtemps, Bella. Je m'en suis remis.

— Mais pas lui, répondit-elle.

Au diable la courtoisie, je me rassis sur la chaise.

— Non, visiblement, acquiesçai-je à voix basse. Je n'en étais pas vraiment conscient jusqu'à ce soir.

— C'était grave ? Sans doute, si l'hôpital le traumatise à ce point.

Je ne savais pas que penser de tout cela, car Graham n'était même pas venu me rendre visite à l'hôpital. Et pour être honnête, je n'en gardais que peu de souvenirs.

— Je l'ai vécu, c'est du passé, dis-je pour ne pas entrer dans les détails. Mais c'est peut-être pour ça que je m'en suis remis, tu sais ? J'ai pansé mes blessures. C'était dur, mais c'est fini.

Bella baissa les yeux sur mon petit ami assoupi.

— Mais lui, il est toujours dans l'esquive, c'est ça ? Notre défenseur le plus coriace, qui essaie d'intimider l'équipe adverse, soir après soir.

Ses yeux ne quittaient pas Graham, alors même qu'elle me parlait.

Bon sang, j'espérais qu'elle se trompait. J'espérais que Graham n'essayait pas d'obtenir de vengeance après toutes ces années. C'était atrocement déprimant.

Bella se pencha pour déposer un baiser sur les cheveux de Graham.

— Hmm, de la bonne transpiration de casque, dit-elle.

C'était censé être un trait d'humour, mais elle avait l'air trop triste pour y parvenir.

— Bonne nuit, trésor, lui chuchota-t-elle.

Puis Bella se dirigea vers le mur et éteignit le plafonnier.

— Bonne nuit, Rikker.

Elle s'en alla.

Graham

Quelqu'un essayait de comprimer ma tête dans un étau. *Seigneur*, que c'était douloureux.

J'ouvris péniblement les yeux et la première chose que j'aperçus fut un plafond que je ne reconnaissais pas. Un instant. Il ne m'était pas totalement étranger. Je bougeai mes yeux de quelques degrés, mais ça me faisait mal. Les bords de la pièce se matérialisèrent. Une chambre d'hôpital. Les souvenirs de la soirée de la veille apparurent indistinctement aux confins de ma conscience. Un grand nombre d'entre eux n'obéissaient à aucune logique. Mais je savais que le Coach était venu. Et Bella, Hartley et…

Je tournai le menton pour mieux voir. Dans ma main gauche, je tenais mon casque de hockey, qui présentait une vilaine fissure. Sous ma main droite, il y avait la tête de Rikker, endormi. Mon cœur se serra quand je le vis, ses bras musclés croisés sur mon matelas et la peau douce de son cou disparaissant dans le col de son t-shirt.

Délicatement, je retirai la main de ses cheveux. Je ne touchais jamais Rikker en public, pas même pour lui donner une bourrade amicale sur l'épaule.

Bon sang, mon crâne me faisait un mal de chien. Qu'était-il arrivé d'autre hier soir ? J'avais des souvenirs confus et je revoyais les

visages de mes amis qui essayaient de me calmer. Rikker, notamment.
Il avait paru abattu. Mais pourquoi ?

À côté de moi, Rikker gémit. Il tourna la tête sur le lit pour étirer lentement son cou. Puis il tourna son visage fatigué vers moi et m'observa.

— Tu es réveillé, dit-il en chassant les dernières traces de sommeil de ses yeux. Nous sommes à l'hôpital de Central Mass, parce que tu as reçu un coup sur la tête pendant le...

— ... match de hockey, répondis-je.

Il me regarda en clignant des paupières.

— C'est bien, tu t'en souviens.

Une femme médecin entra dans la chambre, un stéthoscope autour du cou. Elle portait des rangers avec sa blouse et un piercing bleu à la narine.

— Bonjour, mon garçon. Je vais juste vous ausculter une dernière fois avant de vous laisser partir, d'accord ? Même topo qu'hier soir.

— Hier soir ? demandai-je.

Alors qu'elle se rapprochait, je me rendis compte que je me souvenais d'elle. Il faisait noir dans la chambre cette nuit, mais je m'étais réveillé à plusieurs reprises quand elle était venue me braquer une lumière dans les yeux pendant mon sommeil.

— Ah, oui.

— C'est ça, dit-elle. Toutes les deux heures, et vous avez essayé de me jeter dehors. On s'est bien amusés.

— Désolé, articulai-je. Je n'étais pas moi-même.

Rikker gémit dans ses mains.

— C'est le moins qu'on puisse dire. La nuit a été longue.

Le docteur contourna le lit pour rejoindre Rikker, toujours assis à mon chevet.

— Maintenant que nous sommes redevenus amis, tous les deux, j'aimerais aussi inspecter cette contusion à la hanche, me dit-elle. Peut-être que votre petit ami pourrait sortir une minute.

Petit ami.

Ce mot me fit l'effet d'une douche froide. *Oh, bon sang.* Pour la première fois, je songeai à me demander si mes mécanismes de défense n'avaient pas été plus salement amochés que mon casque de hockey ou ma boîte crânienne, hier soir.

Ma stupéfaction devait se lire sur mon visage, car le médecin arqua un sourcil.

— Désolée. J'ai dû me tromper. C'est juste que vous n'avez pas cessé de l'appeler hier soir. Vous refusiez même de le laisser quitter la pièce.

Je tournai la tête vers Rikker et mon mouvement trop brusque m'envoya une douloureuse décharge dans le cou. Mais la mine perplexe de Rikker était encore pire.

— Que s'est-il passé ici ? demandai-je d'une voix rauque.

Je craignais sa réponse.

— Nous en discuterons plus tard, me dit-il. Je vais chercher du café.

Il se leva et se faufila hors de la chambre.

— Voulez-vous bien rouler sur le côté, s'il vous plaît ? me demanda le docteur en me poussant légèrement l'épaule.

Je me tournai pour lui laisser soulever la blouse d'hôpital que je portais. Je ne me rappelais pas l'avoir enfilée. Je ne me rappelais pas non plus comment j'étais arrivé ici ni qui m'y avait amené.

Je n'avais pas la moindre idée de ce que j'avais bien pu dire la veille, et de qui m'avait entendu.

À ce moment, Bella entra d'un pas léger dans la chambre, une tasse Starbucks à la main.

— Laissez-nous une seconde, ma belle, demanda le docteur.

— Oh, j'ai déjà vu ça, dit-elle en s'adossant au mur avant de boire une longue gorgée de café.

— Hmm, fit le médecin en me palpant l'aine de ses doigts gantés. Vous avez l'air de bien vous amuser dans cette fac, plus que moi à l'époque de mes études, en tout cas.

Bella ne releva pas sa remarque.

— Tu as l'air en meilleure forme, Graham.

— C'était si terrible ? demandai-je d'une voix enrouée.

— Cet hématome guérira facilement, dit le médecin. Par contre, cette commotion cérébrale va vous ralentir pendant un mois ou plus.

Mais ce n'était pas le sens de ma question.

— Bella, insistai-je. Qu'est-ce qui s'est passé ici hier soir ?

Elle soupira.

— Tu étais vraiment à l'ouest. C'est peut-être ce que tout le monde se dira. Que tu étais à l'ouest.

— Qu'est-ce que j'ai *dit* quand j'étais à l'ouest ?

Elle évita de croiser mon regard.

— Tu n'arrêtais pas d'appeler Rikker. Et chaque fois qu'il s'éloignait, tu recommençais à crier.

Malheureusement, ses paroles me semblaient terriblement familières. Je me rappelais avoir été déboussolé, oublieux de l'endroit où j'étais et de la raison de ma blessure.

Et j'avais imaginé le pire.

— Merde.

Malgré tout, je réprimai un frisson. Maintenant, je savais pourquoi je m'étais réveillé avec mon casque de hockey à la main. Quelqu'un avait essayé de m'aider à me souvenir de ce qui s'était passé.

Rikker.

— Pourquoi n'est-il pas remonté dans le bus avec le reste de l'équipe ?

La panique m'obstruait la gorge et quand je déglutissais, je sentais un goût de bile. Bella me regarda en plissant les yeux.

— Que voulais-tu qu'il fasse ? Il avait le choix entre rester avec toi, comme tu le lui demandais à haute voix au vu et au su de tout le monde, ou rentrer même si tu criais son nom. Il a fait de son mieux, bordel, Graham.

Rikker entra à ce moment-là, un gobelet blanc à la main. Après avoir bu une gorgée de café, il fit la grimace. Tendant le doigt vers Bella, il s'exclama :

— Tu as eu du *bon* café, toi. Où est le mien ?

— Patience, répliqua-t-elle. Je vous conduirai tous les deux prendre un café dès que Graham sera libre de partir.

— Je vais juste vous rappeler quelques instructions, puis vous pourrez y aller, nous dit le docteur.

J'avais oublié qu'elle était encore dans la chambre avec nous.

— Elles concernent ceux qui s'occuperont de vous.

Elle nous remit une liasse de documents. Bella fit un pas en avant, comme pour les récupérer, puis elle se mordit la lèvre et regarda Rikker.

Mon petit ami tendit la main pour prendre les papiers.

— Lisez-les attentivement, dit le médecin. Il ne peut pas le faire lui-même, car il n'est pas censé lire pendant un moment, en attendant que les migraines s'estompent.

— Ce sera amusant pour les examens, grommelai-je.

— Je les lirai, répondit Rikker avec humeur.

— Maintenant, écoutez-moi bien, reprit le médecin. Vous allez avoir besoin de dormir plus que d'habitude. Pas de lecture. Pas d'exercice physique...

Après le sermon de dix minutes du docteur au cours duquel elle dressa la liste de ce que je n'avais pas le droit de faire pendant au moins deux semaines, nous sortîmes. Je pensais avoir déjà connu la douleur, mais affronter le soleil s'avéra dix fois pire. La lumière se reflétait sur les bandes de neige autour du parking. Et l'éclat me donnait l'impression qu'on m'enfonçait une aiguille dans le cerveau.

— Hmm, geignis-je.

— La voiture est juste là, dit Bella en désignant une berline verte de location. Graham, tu peux t'asseoir devant ou derrière, ce qui te semble le plus confortable.

Je ne pensais pas que ma place ait une grande importance. De toute façon, j'allais souffrir. On aurait dit que des gorilles en colère m'avaient martelé le crâne.

— Je passe derrière, annonçai-je en ouvrant la portière.

— Tu sais, je veux bien conduire, proposa Rikker.

Bella lui lança un regard de travers par-dessus le capot de la voiture.

— Flash info, Rik. Même si je possède un vagin, je suis encore capable de conduire une voiture.

Il leva les mains en signe de capitulation.

— Du calme, Bella. Je voulais juste t'aider. On pourrait croire que tu as passé toute la nuit sur une chaise d'hôpital en plastique. Oh attends, c'était moi.

Elle monta et démarra le moteur.

— Et c'est bien pour ça que je conduis. Je suis la seule à avoir dormi. Et puis, je sais où se trouve le Starbucks.

— Je n'ai rien à redire, grommela Rikker.

Il inclina le siège passager de quelques degrés et poussa un soupir d'épuisement.

— Je suis désolé, dis-je tandis que Bella nous dirigeait vers la sortie du parking de l'hôpital.

— Pourquoi ? répondit-elle. Parce que ce connard t'a fait trébucher hier soir ? Rikker et moi, nous survivrons. Nous pourrions même arrêter de nous envoyer des piques.

Je penchai la tête en arrière et me couvris les yeux avec mon avant-bras. Tout cela était terrible. Je n'avais encore jamais été blessé au hockey – pas comme ça. Dans le pire des cas, j'avais subi quelques ecchymoses et entorses musculaires. Avant que nous quittions l'hôpital, le médecin avait pris soin de me dire qu'elle ignorait encore combien de temps durerait ma guérison. Au moins deux semaines, mais j'avais un mauvais pressentiment.

La voiture fit encore plusieurs virages avant de s'arrêter.

— Tu veux bien y aller pour nous ? demanda Rikker. J'apprécierais beaucoup.

J'étais certain que Bella allait dire à Rikker d'aller lui-même acheter son foutu café, mais elle n'en fit rien.

— Double cappuccino avec du lait écrémé ?

Il lui donna de l'argent.

— Et deux muffins, ce serait génial. G., tu es réveillé ?

Je poussai un grognement.

— Tu n'es pas autorisé à boire du café, mais tu devrais manger, dit Rikker.

— Pas faim, grommelai-je.

Bella disparut et la portière se referma en claquant. Un silence s'ensuivit. Même si je ne pouvais pas le voir, je sentais que Rikker me regardait.

— Il faut qu'on parle, dit-il enfin.

— Au sujet d'hier soir et de la pire honte de ma vie ?

Il ne dit rien pendant un moment. J'ouvris alors les yeux pour découvrir son regard grave braqué sur moi.

— D'accord. Je ne vais pas relever l'idée que me réclamer auprès de toi soit…

Il mima des guillemets avec ses doigts avant de terminer :

— … la pire honte de ta vie.

Seigneur, j'étais un parfait abruti.

— Rik, ma tête me fait un mal de chien. Nous pouvons tout à fait discuter si tu veux. Mais je risque d'être encore plus stupide que d'habitude.

Il soupira, puis il ouvrit sa portière et sortit. Une seconde plus tard, il apparut à mes côtés et se glissa sur la banquette. Il s'avança pour prendre ma tête dans ses mains et se mit à la masser délicatement.

Oh, oui. La douleur était presque supportable quand il faisait cela. Je regardai le parking (même si bouger les yeux à gauche et à droite était douloureux) avant de me pencher pour poser ma tête sur son torse.

Il continua son massage, déposant même un baiser sur le sommet de mon crâne.

— Je peux parler, et toi, tu écoutes.

J'acquiesçai.

— C'est bien. Tu vois, j'ai pris conscience d'une chose hier soir, et je me sens franchement bête de ne pas l'avoir vu plus tôt.

Du bout des doigts, il lissait mes sourcils et je me laissai aller contre lui, même si j'étais persuadé que la suite de ses paroles n'allait pas me plaire.

— Curieusement, j'avais presque oublié que tu étais là toi aussi, dans cette ruelle, il y a cinq ans.

Je gémis.

— Ne plus jamais parler de ça. Tu l'as dit toi-même.

Il prit mon front dans ses paumes pour maintenir ma tête en place contre son torse.

— Nouvelle règle. Nous pouvons en parler chaque fois que l'un de nous a une putain de crise de panique dans un hôpital. Tu sais, j'ai vraiment cru avoir été le seul blessé ce jour-là. Mais ce n'est pas vrai, n'est-ce pas ? D'accord, les côtes cassées, ce n'était pas terrible. Mais elles ont *guéri.*

Ses mains étaient immobiles, de part et d'autre de ma tête. Et j'espérais qu'il en avait terminé avec le sujet. Malheureusement, non.

— Tu vois, ça craint vraiment, reprit-il. Parce que maintenant, je commence à croire que mes parents m'ont peut-être fait une faveur en m'envoyant au Vermont. Ils l'ont fait pour de mauvaises raisons, évidemment, mais j'ai pu tout recommencer dans un endroit nouveau. Je ne risquais pas de croiser les connards qui m'avaient frappé. J'avais une toute nouvelle école, où on ne prêchait pas sur le péché à longueur de journée. Mais toi, tu as dû rester là-bas et faire comme si rien ne s'était passé.

— Je n'étais pas obligé, dis-je.

J'avais gardé le silence par choix. Et j'avais fait ce choix par pure lâcheté.

Il recommença à me masser les tempes.

— Tu avais seize ans, G., et tu venais de te faire agresser. Je ne m'étais jamais rendu compte à quel point ça t'avait retourné le cerveau.

Je ne voulais pas de la compassion de Rikker, et une chose était certaine, je ne la méritais pas.

— Le seul truc qui m'a retourné le cerveau, c'est la surface de la glace.

Rikker poussa un grognement désapprobateur. Il voulait une confession de ma part – qui marquerait la fin de mes anciennes terreurs. Comme si cela pouvait m'aider à devenir un meilleur petit ami, du genre qui n'aurait pas peur de lui tenir la main à l'hôpital.

Pourtant, il n'avait raison qu'en partie. Cette scène dans la ruelle m'avait fichu une trouille bleue, mais l'admettre aujourd'hui ne changerait rien. Ces anciennes peurs s'étaient cristallisées sous une forme proche du dégoût. Et j'y étais resté piégé depuis l'instant où j'avais abandonné Rikker tout seul sans défense.

On ne peut pas résoudre ce genre de problème par une discussion vite expédiée à l'arrière d'une voiture de location. On ne peut pas le résoudre *du tout*.

Malgré tout, je laissai mon corps se détendre contre le sien. Il le fallait. Tout était tellement à l'envers. J'étais blessé, je souffrais. Et mes coéquipiers pensaient… je n'avais pas la moindre idée de ce qu'ils pouvaient bien penser. Rien que cette question me soulevait le cœur. Les mains caressantes de Rikker étaient la seule chose au monde qui comptait pour moi.

La seule chose.

Ses doigts décrivaient des cercles lents à travers ma douleur. Ses murmures étaient si doux que je ne les aurais pas entendus si je n'étais pas pratiquement assis sur ses genoux.

— Qu'est-ce que je vais faire de toi, G. ?

J'avais laissé mes yeux se fermer. En entendant Bella remonter en voiture, je les rouvris brusquement. Mais je ne décollai pas ma tête du torse de Rikker. Cela m'aurait demandé plus d'efforts que je ne m'en sentais capable.

Bella se glissa sur le siège du côté conducteur et se retourna. Quand elle nous vit l'un contre l'autre sur la banquette arrière, je constatai une vive douleur sur son visage. Sans commentaire, elle nous tendit une tasse de café et un sac de viennoiseries. Rikker posa le sac sur ses genoux et prit le café dans sa main libre. Il garda l'autre main sous ma tête. Le moteur vrombit et Bella sortit en marche arrière du parking.

Pendant tout le trajet de retour à Harkness, je somnolai contre Rikker. Il dut me réveiller quand la voiture se gara devant la résidence Beaumont.

— Allez, mon grand. Il est temps de monter chez toi. Bella, je ramènerai la voiture si tu veux.

— Je m'en occupe, dit-elle à mi-voix. Ensuite, je passerai à la pharmacie chercher ses médicaments. Je vous retrouve là-haut.

— Merci, dis-je d'une voix pâteuse.

— Ce n'est rien, répondit-elle.

RIKKER

Je suivis Graham dans la cour de la résidence Beaumont. Il marchait d'un pas hésitant et je ne voulais pas le laisser seul, même si nous ne nous étions jamais vraiment affichés ensemble auparavant.

Pas une seule fois.

Pour une raison quelconque, mon esprit choisit ce moment précis pour discerner le caractère franchement tordu de notre relation. Certaines personnes dans le monde auraient employé le terme « pervers » pour décrire ce que Graham et moi faisions au lit. Mais ces gens-là avaient tout faux. Ce qui était pervers, en réalité, c'était de faire semblant que nous ne nous connaissions pas le reste du temps.

Il avait fallu attendre que Graham *soit blessé* à la tête pour qu'il oublie de me reprocher de marcher à côté de lui. Vie de merde.

À l'entrée de son bâtiment, Graham passa sa carte devant le lecteur. Je le suivis à l'étage, jusque dans sa chambre. Il avait le regard en berne.

— Tu as besoin de quelque chose ? lui demandai-je.

Il posa la main sur son visage.

— Une nouvelle tête, ou une bouteille de Johnnie Walker.

— Bon, qu'y a-t-il en troisième sur ta liste ?

— J'ai besoin d'une douche.

— Tu peux en prendre une.

Graham emporta sa serviette et ses affaires de toilette dans le couloir et je me résolus à l'attendre, assis sur son fauteuil de bureau, au lieu de le suivre. Mais soixante secondes plus tard, j'entendis un fracas dans la salle de bains. Mon cœur bondit et je sortis précipitamment de la chambre pour entrer dans la douche en m'imaginant découvrir Graham face contre terre sur le carrelage en marbre. Au lieu de quoi, je le trouvai à genoux, les yeux baissés sur son nécessaire de toilette étalé devant lui.

— Zut, tu vas bien ?

Il avait un air contrit.

— J'ai un peu titubé, ce n'est rien.

Penché sur lui, je passai une main dans sa chevelure souple tout en essayant d'apaiser les battements de mon cœur.

— Je vais le ramasser. Viens.

Je fis couler l'eau de la douche et le regardai se déshabiller. Comme il me paraissait suffisamment stable sur ses jambes, je récupérai le shampooing et les affaires de rasage qu'il avait fait tomber et passai la main dans la cabine de douche pour les lui rendre.

— Merci, fit-il en soupirant. Je vais bien, maintenant.

Je restai une seconde supplémentaire à me demander que faire.

— Je retourne dans ta chambre, lui dis-je enfin. Tu peux passer à l'occasion.

Il me répondit par un petit rire sans joie. Lorsque je poussai la porte pour sortir, je faillis bousculer Hartley.

— Eh, dit-il en jetant un œil vers la salle de bains. Bella m'a envoyé un texto pour me prévenir que vous étiez rentrés. Comment va-t-il ?

— Il va mieux. Il a les idées claires, mais sa tête lui fait mal.

— D'accord, fit Hartley en croisant et décroisant les bras. C'est déjà un progrès.

— Bien sûr, répondis-je.

Je me sentais profondément malheureux. L'état de santé de

Graham me préoccupait, mais je n'avais évidemment pas le droit de le dire.

— Euh… laissons-lui une minute.

— Oui, dit Hartley. Bon, écoute. J'ai laissé ouverte la porte de la résidence pour…

Des bruits de pas précipités dans les escaliers l'interrompirent. Lorsque je me retournai, ce fut pour découvrir la mère de Graham qui les gravissait au pas de charge.

— Johnny Rikker ! s'écria-t-elle. Je dois te tirer les oreilles.

— Pourquoi, Madame G. ?

À côté de moi, Hartley haussa un sourcil.

— Mon bébé a une commotion cérébrale et c'est de ta faute.

Madame Graham atteignit le palier et se jeta sur moi pour me serrer dans ses bras. Je l'étreignis à mon tour, un peu gêné.

— Ce n'est pas moi qui l'ai fait trébucher. C'est à cette brute de Central Mass qu'il faut tirer les oreilles.

— Le *hockey*, John. Il ne s'était jamais intéressé au hockey avant que tu te mettes dans la tête d'essayer, en quatrième.

Par-dessus son épaule, je jetai un coup d'œil involontaire à Hartley. À présent, il nous dévisageait avec une curiosité non dissimulée.

— Désolé, bredouillai-je. Il n'était pas censé être mis K.O.

— Oh, je ne le pensais pas vraiment, dit-elle en me libérant. Il va bien ? J'étais tellement inquiète que j'ai sauté dans un avion à sept heures du matin.

— Ça va aller. Vous pourrez le voir dans une minute.

Du pouce, je désignai la salle de bains, où le bruit de la douche avait cessé. Puis, me rappelant toute la paperasse de l'hôpital, j'ouvris la porte de la chambre de Graham et récupérai mon sac de sport sur le sol. J'en sortis la liasse d'instructions.

— Voilà ce qu'ils nous ont donné pour que… vous les lisiez.

Je m'arrêtai juste à temps pour me corriger avant de placer un « je » dans cette phrase.

— Merci, mon chou.

Madame Graham me prit les documents des mains et se mit à les feuilleter, sur le palier devant la chambre.

Mon cerveau privé de sommeil commençait à comprendre que j'étais en train de remettre Graham aux mains de sa mère, tout comme je lui avais remis les papiers.

Au même moment, il ouvrit la porte de la salle de bains, une serviette autour de la taille.

— *Maman*, s'exclama-t-il avec stupeur.

Elle l'attira dans ses bras.

— Mon chéri, j'étais si inquiète.

— Je suis tout mouillé. Bon, est-ce que vous voulez bien me laisser une minute, tout le monde ?

Graham disparut dans sa chambre en fronçant les sourcils.

— Je vais le bichonner, nous annonça-t-elle. Il n'aura pas le choix.

Hartley lui sourit.

— Bonne chance.

C'est à ce moment que Bella déboula en haut des escaliers.

— Oh, Madame Graham !

— Bella, ma belle !

Elles s'enlacèrent et je me rendis compte que nous commencions à être un peu à l'étroit dans le couloir devant la chambre de Graham. Bella tenait un petit sac blanc.

— Je suis passée chercher les médicaments de son ordonnance. Et le pharmacien m'a dit qu'il ne devait pas les prendre l'estomac vide, alors je lui ai acheté un sandwich à l'épicerie.

— Oh, ma chérie, merci ! J'ai fait des pieds et des mains pour venir au plus vite, mais je vois que vous vous êtes bien occupés de lui, tous les trois.

Madame Graham donna un petit coup contre la porte de la chambre.

— Michael, on peut entrer ?

— Oui, répondit la voix réticente de Graham à l'intérieur.

La porte s'ouvrit et il apparut, un air traqué sur le visage.

Je voyais très bien ce qui allait se passer. Ce ne serait pas moi qui m'assiérais à côté de Graham pour lui demander s'il avait besoin de prendre un antidouleur. Ce ne serait pas moi qui lirais la posologie sur le flacon de médicament.

Dix minutes plus tôt, je m'imaginais que Graham et moi allions passer le reste de la journée à faire la sieste sur son lit, pour que je puisse veiller sur lui. Mais ça ne se passerait pas ainsi. Ce ne serait pas moi qui le dorloterais. Ni même qui lui dirais à quel point je lui souhaite une guérison rapide.

Ce n'était pas autorisé.

Madame Graham posa les mains sur le t-shirt propre de son fils et le poussa doucement pour entrer dans la chambre. Bella la suivit.

Hartley et moi restâmes dans le couloir, tandis que Graham, nerveux, nous barrait l'entrée de sa chambre. Il n'aurait pas été plus clair, même s'il avait brandi un panneau : *Éliminé.*

Message reçu.

Je hissai mon sac de sport sur mon épaule.

— Soigne-toi bien, lui dis-je piteusement.

— Merci, fut sa réponse laconique.

Sans un mot de plus, je tournai les talons et descendis les marches d'un pas pesant. J'étais si fatigué que j'en avais les jambes lourdes. Quand je poussai la porte d'entrée au bas des escaliers, l'air humide du mois de mars me donna le frisson. Je m'arrêtai pour remonter la fermeture de ma veste.

— Eh, Rikker.

Je me retournai pour voir le capitaine de l'équipe me rejoindre à petites foulées.

— Hartley.

Je partis en direction du portail de la cour, mais il me suivit.

— Tu connaissais Graham au lycée ? Il ne l'avait jamais dit.

Merde.

— Je suis à peu près certain que c'était volontaire, répondis-je à voix basse.

— Waouh.

Il y eut un silence pendant lequel Hartley réfléchit à ce que cela pouvait signifier. Graham me truciderait sans doute s'il entendait cette conversation. Mais qu'étais-je censé dire ?

Quand Hartley reprit la parole, ce qu'il proposa me déstabilisa.

— Tu veux aller manger un morceau quelque part ? Je meurs de faim.

L'invitation me noua la gorge. En effet, j'avais envie d'aller manger un morceau avec Hartley. Mais si nous déjeunions ensemble, il me poserait d'autres questions et je serais tenté de lui répondre. Et ça ne m'était tout simplement pas permis.

J'avais les nerfs à vif et l'impression de ne pas avoir un seul ami.

— Je n'ai pas vraiment dormi la nuit dernière, répondis-je mollement. Je crois que ce sera pour une prochaine fois. Mais merci quand même.

— Bon, d'accord.

Hartley ouvrit la porte devant moi. Quand je passai, il me toucha l'épaule.

— On se voit lundi, à l'entraînement.

— À plus.

J'avais fait quelques pas lorsque Hartley m'appela.

— Eh, Rikker ?

Quand je me retournai pour le regarder par-dessus mon épaule, il souriait.

— Notre jeu était impressionnant hier soir. Tu sais. Avant que…

J'avais l'impression que le match, et notre but d'anthologie, dataient de plus d'un siècle. Et pourtant, c'était vrai, il était d'enfer.

— Tu l'as dit !

— Le meilleur.

Il me salua de la main, puis je traversai la rue. Seul, comme tout ce que je faisais.

J'entrai dans le bâtiment McHerrin et gravis les escaliers d'un pas lourd. En ouvrant la porte de ma chambre, je ne vis qu'un trou à rats, vide et exigu, aux murs dépouillés. Jamais je ne décrocherais la photo de Skippy à la neige pour la remplacer par un cliché de Graham et moi sur une plage quelque part. Même une photo de franche camaraderie – deux potes avec cannettes de bière et casquettes à l'envers – ne conviendrait pas à Graham. Parce que l'un des visiteurs rarissimes qui franchiraient le seuil de ma chambre, et il n'y en avait eu que deux en sept mois, risquait de *deviner*.

Je laissai tomber mon sac par terre et me jetai sur le lit, seul avec mes pensées amères. Le sommeil me ferait du bien. J'essayai de me mettre à l'aise. C'était une bonne chose pour Graham que sa mère ait accouru en ville pour s'occuper de lui. Mais j'étais prêt à parier de l'argent que j'étais un meilleur partenaire de sieste qu'elle.

Alors que je tentais de trouver le sommeil, une autre pensée sinistre vint me tracasser. Cette commotion cérébrale aurait pu m'arriver à *moi*. Et quand j'essayais d'inverser la situation dans ma tête, je n'aimais pas ce que je découvrais. *Ma* mère serait-elle venue pour prendre soin de moi ? Peu probable. Et Graham aurait-il accepté de rester assis à mon chevet pour s'assurer que je ne manquais de rien ? Évidemment. Sauf si Hartley ou le Coach étaient venus prendre de mes nouvelles. Dans ce cas, qu'aurait-il fait ?

J'avais le sentiment de ne pas vouloir connaître la réponse à cette question.

Dans quelques semaines, l'après-saison serait terminée. Je serais à nouveau libre le week-end. Mes coéquipiers en profiteraient pour faire la fête avec leurs copines ou traîner avec leurs amis au foyer étudiant. Et moi, où serais-je ? Je tuerais le temps en attendant qu'il soit suffisamment tard pour me faufiler discrètement dans la chambre de Graham et y passer quelques heures avant de ressortir en douce avant le lever du jour.

Graham ne révèlerait jamais son orientation sexuelle au grand jour. Mon choix se résumait à une alternative : le quitter, ou prendre l'habitude de me satisfaire de ce qu'il daignait m'accorder.

Tellement pathétique.

Je roulai sur le côté, aussi attristé pour lui que pour moi.

Les deux jours qui suivirent furent tout aussi ennuyeux.

Pendant près de quarante-huit heures, je ne reçus aucune nouvelle de Graham. Mes textos restèrent sans réponse. Alors que je commençais à me faire du souci, il m'appela enfin le lundi après-midi, comme je sortais de mon cours d'espagnol.

— Salut, dit-il. Je n'ai qu'une minute. Ma mère est dans la salle de bains, mais j'avais envie de te faire un petit coucou.

— *Coucou*, répondis-je sur un ton légèrement grincheux. Comment va ton gros melon ?

— Ça fait mal, dit-il. Nous rentrons à peine de chez le docteur, et il y a tout un tas de trucs que je ne suis pas censé faire pendant un bout de temps. Lire, par exemple.

— D'accord…

J'essayai de m'imaginer une semaine de cours à Harkness sans lire une ligne.

— Comment vas-tu faire ?

— Eh bien, figure-toi que cette semaine, maman m'accompagne en classe pour prendre des notes.

— Sans blague ?

Je m'arrêtai devant le grand réfectoire de Harkness pour terminer notre conversation.

— Sans blague. Et je n'ai aucune idée de combien de temps ça va durer. Achève-moi.

— Bon sang, je suis vraiment désolé pour toi, G.

C'était sincère. Le son de sa voix me faisait de la peine. Je me rendais compte qu'il me manquait cruellement. Si je supportais toutes ces précautions de ninja, c'était pour une bonne raison. Il était important pour moi, que ce soit pratique ou non.

— Je peux passer ce soir ?

Il se racla la gorge.

— Il y a beaucoup de choses que je ne suis pas censé faire.

— Bon, est-ce que me parler en fait partie ?

— Non, répondit-il en riant.

— Je t'enverrai un texto avant d'arriver, pour savoir si je peux. Mais il va falloir que tu me répondes.

— Je suis désolé, fit-il. Mais rien que regarder l'écran me fait souffrir.

Maintenant, je me sentais minable.

— Merde. Tu préfères que j'appelle ?

— Je t'appellerai quand la voie sera libre.

Quand la voie sera libre. Comme si j'étais un criminel. *Seigneur.*

— Prends soin de toi, G. Tu me manques.

Il s'éclaircit la voix.

— À plus.

Soupir.

Cet après-midi-là, je me rendis à l'entraînement.

Je n'avais revu aucun de mes coéquipiers depuis ce moment de flottement à l'hôpital. Étrangement, j'étais plus gêné que jamais en entrant dans les vestiaires. Certes, j'avais toujours regretté que Graham ne puisse pas être avec moi sans que ce soit un secret d'État, mais par ailleurs, j'avais toujours compris son dilemme. Il ne voulait pas attirer l'attention. C'était bien compréhensible.

Cette fois, tous les regards se posèrent sur moi quand je franchis la porte des vestiaires. Ou du moins, c'est l'impression que j'en eus. Je crus bien entendre cesser une ou deux conversations lorsque j'arrivai.

Je ne savais même pas ce que je devais en penser, si ce n'est que Graham n'aimerait pas ça.

Hartley m'accueillit avec un signe de tête amical et je retirai ma veste et mon jean pour enfiler mes protections.

— Comment va-t-il ? demanda Hartley d'une voix suffisamment basse pour ne pas être entendu par les autres.

— Il se sent mieux, mais les nouvelles ne sont pas au beau fixe, répondis-je. Il n'a le droit de rien faire et sa mère est à la fois son infirmière et son assistante, en permanence.

— Le pauvre, il n'a vraiment pas de cul.

— Oui, acquiesçai-je.

Le terme était bien adapté à la situation, car le cul faisait justement partie des activités proscrites. La porte des vestiaires s'ouvrit et la voix du Coach retentit.

— Bonsoir, bande de hooligans ! Écoutez-moi tous, j'ai des nouvelles.

Les discussions s'éteignirent.

— Je suis désolé de vous apprendre que la commotion cérébrale de Mike Graham va sans doute l'empêcher de chausser ses patins pendant le reste de la saison. Je suis franchement déçu de le perdre. De plus, la tendinite de Davis l'interdit de glace pendant encore deux matchs. Mais n'ayez crainte ! J'ai fait venir des renforts. Pour une durée limitée seulement, je vous demande d'accueillir Bridger McCaulley.

— Pas possible ! s'exclama quelqu'un.

Les cris et les applaudissements rebondirent presque sur les murs lorsqu'un grand roux apparut dans l'encadrement de la porte, un sac de hockey sur les bras. Il souriait timidement, ce joueur que j'avais remplacé à l'automne.

— En tenue, et vite, Bridger. Sur la glace dans dix minutes ! lança le Coach. Nous déciderons cet après-midi de l'organisation de la défense. Que tout le monde donne tout ce qu'il a et tout se passera bien.

Hartley fit signe à Bridger de le rejoindre et lui tapa dans la main.

— Content de te revoir ici, mec, dit-il.

— Ah oui ? Nous verrons si tu es toujours aussi content dans quatre-vingt-dix minutes, répondit Bridger.

Il se tourna vers moi et tendit la main.

— Je m'appelle Bridger. Ravi de faire ta connaissance.

— Rikker, dis-je en lui serrant la main.

— Je sais, fit-il d'un air entendu. J'ignorais que je serais remplacé par une célébrité.

— Bah, eh bien, c'était mon rêve depuis tout petit de devenir célèbre pour avoir été viré d'une équipe de hockey. Mais si tu as besoin d'un autographe ou de quoi que ce soit, ça peut se faire.

Bridger sourit, puis il balaya les vestiaires du regard.

— Hartley, où comptes-tu me placer ?

C'est vrai, j'avais pris son emplacement. *Oups.*

— Par ici, Bridger, lança Bella en désignant un coin de la salle où elle était en train de ranger le matériel de Graham dans un sac. Désolée, nous n'étions pas prêts pour toi.

— Ce n'est rien.

Il se pencha pour ouvrir son sac et je tournai le dos avant de passer mon plastron par-dessus ma tête.

— Eh ! s'écria Big-D en traversant la salle pour gratifier Bridger d'une tape sur l'épaule. S'il te plaît, dis-moi que tu es de retour de façon permanente. Rien n'est plus pareil cette année.

Ma pression artérielle augmenta. Seul Big-D était capable de faire un compliment à Bridger tout en me rabaissant.

— Tu as raison, dit Bridger en sortant du sac son short de hockey. Ce qui est différent, c'est que vous gagnez à tous les coups. Mais je vous promets de ne pas tout ficher en l'air. De toute façon, je ne suis avec vous que pour l'après-saison. Même quelques matchs, c'est déjà plus que je ne peux me le permettre. Je suis déjà redevable envers ma copine de tout prendre en charge à la maison. Très redevable.

Big-D renifla.

— Ne me dites pas que Bridger McCaulley vient d'employer le mot « copine » dans une phrase. Il faut qu'on rencontre cette fille, j'ai besoin de preuves.

— Oui, c'est ce qu'on me dit souvent, répondit Bridger.

En retournant à sa place, Big-D pointa du doigt les pieds de Trevi.

— Mec, ces chaussettes font trop gay.

Tout le monde regarda les chaussettes de Trevi, même moi. Elles étaient rayées : bleu et violet.

— C'est ma sœur qui me les a tricotées pour Noël, répondit Trevi sans se laisser décontenancer.

— La prochaine fois, dis-lui de…

Big-D s'interrompit en plaquant une main sur sa bouche dans un geste exagéré.

— Oups, fit-il en se tournant vers Bridger. J'ai oublié de te prévenir, vieux. On ne peut plus faire de blagues sur les gays. Parce que certaines personnes pourraient se sentir offensées.

Cette petite mise en scène avait pour unique but de me mettre mal à l'aise. En temps normal, Big-D ne passait pas cinq minutes sans utiliser le mot « gay » pour décrire quelque chose qui ne lui plaisait pas.

— Non, intervins-je. Vas-y, Big-D. Je n'en ai rien à foutre. Tu peux dire qu'une paire de chaussettes fait gay. Ou la montre de Smitty, ou ce que tu veux. En fait, rien de ce que tu diras ne peut me vexer. Par contre, j'avoue que je commence à me demander si tu comprends vraiment la signification de ce mot.

Il y eut un long silence dans les vestiaires.

Bien sûr, j'aurais dû la boucler, mais j'étais trop énervé ces derniers temps pour parvenir à me maîtriser.

— … Parce que ce serait plutôt difficile pour une paire de chaussettes ou une montre de « faire gay ». Ou alors, il faudrait que ce soient des chaussettes très talentueuses.

Je mimai des guillemets avec mes doigts.

— *Gay* n'est pas synonyme de couleurs vives. *Gay* est synonyme de ma bouche sur la queue d'un autre type…

Tout le monde réagit par un grognement de détresse.

— Ça suffit ! s'écria Trevi. Merci pour cette image.

Hartley me donna un petit coup de coude.

— Calme-toi, tu veux bien ? C'est l'heure d'entrer en piste.

Je me penchai pour tirer sur mes lacets. D'habitude, je n'entrais pas dans le jeu de Big-D. Et Graham ferait sans doute un infarctus s'il entendait ce que je venais de dire. Mais aujourd'hui, j'étais à fleur de peau. L'univers se foutait de moi et j'avais envie de riposter.

Parce que c'est toujours efficace, n'est-ce pas ?

Mes patins étaient presque lacés quand Bella passa en tirant un sac de hockey. Il était rempli de toutes les affaires de Graham. Elle croisa mon regard et le désigna pour me demander si je pouvais le lui apporter. En fronçant les sourcils, je secouai la tête. Hors de question que j'aide Graham en lui apportant son équipement. Il ferait une

seconde attaque et pendant qu'on utiliserait le défibrillateur, il trouverait encore le moyen de me demander s'il y avait eu des témoins.

— Allez, les gars ! lança Bella. Plus que quatre-vingt-seize heures
avant la demi-finale !

Elle avait raison. Nous avions encore des matchs à gagner. Et
c'était une mauvaise idée de rester assis à éprouver des sentiments
confus au sujet de Graham.

CHAPITRE 14
CHAUFFÉ À BLANC

CHAUFFÉ À BLANC : énervé contre l'autre équipe, à deux doigts d'en venir aux mains.

GRAHAM

Note pour plus tard : ne plus *jamais* avoir de commotion cérébrale.

On m'avait dit que l'essentiel de la douleur s'estomperait *probablement* au bout d'une semaine. Après quoi, je subirais des douleurs intermittentes chaque fois que j'en ferais un peu trop. Et par « en », on entend tout ce qui demande d'utiliser le cerveau ou les yeux.

Mais la douleur n'était pas le plus difficile à supporter. Mon esprit embrumé m'inquiétait beaucoup. Honnêtement, j'avais l'impression d'être *saoul* en permanence. Mon temps de réaction était lent et je ne comprenais pas toujours ce qu'on me disait. C'était terriblement frustrant.

Et à y être, j'ajouterais que le médecin m'avait averti que je risquais d'être un peu émotif. *Mais bien sûr, mec*, avais-je pensé. *C'est ça.* Pourtant, une heure plus tard, alors que je ne trouvais pas les mots pour expliquer le programme d'histoire romaine à ma mère, j'avais éprouvé une irrépressible envie de casser quelque chose. Et une fois que ma colère fut passée, je me sentis atrocement coupable de m'être énervé. Tellement coupable que j'en avais les larmes aux yeux. Et ça faisait une demi-décennie que je n'avais pas pleuré.

L'éclate totale.

Ma mère avait fait preuve d'une patience exemplaire pendant toute la journée. L'heure que j'avais passée dans le cabinet médical m'avait fait rater mes deux cours du matin. Mais après le déjeuner, j'avais pu me rendre en histoire. En fait, *nous* nous étions rendus en histoire. Ma mère allait devoir m'aider constamment pendant un bout de temps, y compris pour prendre des notes.

Après ça, j'avais fait la sieste comme un bébé, sous le regard attentif de ma mère. Puis elle m'avait lu quelques chapitres de mon manuel de psychologie. Quand j'avais tourné les pages pour retrouver l'endroit où je m'étais arrêté la dernière fois, on aurait dit que les mots flottaient sur la page.

Je pourrais vous dire que ça ne m'inquiétait pas, mais ce serait un mensonge.

Pour le dîner, maman et moi sortîmes manger des sushis. À vingt heures, j'avais déjà la migraine et j'étais épuisé. Ma mère retourna à son hôtel et je lui annonçai que j'allais me coucher tôt.

Au lieu de quoi, j'envoyai un message à Rikker, puis je mis du Clapton et m'allongeai sur mon lit pour l'attendre. Mais même la lampe de bureau me paraissait trop éclatante, et je me levai pour l'éteindre. Allongé dans l'obscurité, je guettais chaque bruit de pas dans les escaliers en espérant que ce soit les siens.

— Eh, G., murmura une voix dans le noir.

Deux mains légèrement rugueuses m'effleuraient le visage. Puis des baisers se posèrent sur mon front. Deux bras puissants m'attirèrent. J'avais envie de lui rendre son étreinte, mais j'étais trop somnolent. Le mieux que je puisse faire fut de me pencher vers lui et humer son odeur.

Rikker.

— Tu m'as manqué aujourd'hui, ronronna-t-il. Et hier aussi.

Il s'interrompit un instant. Sans doute attendait-il une réaction de ma part, mais un homme blessé à la tête et à moitié endormi n'est pas dans les meilleures conditions pour témoigner de l'affection.

— En fait, poursuivit-il comme si nous avions une véritable conversation, je ne pense qu'à toi.

Ces paroles auraient dû me paraître réconfortantes, mais le ton de sa voix me rendit nerveux.

— Je sais que toi et moi, nous ne nous parlons pas pendant l'entraînement, dit-il. Et parfois, cette mascarade me fait de la peine. Bon, d'accord, souvent. Mais c'était bizarre pour moi aujourd'hui. Tu n'étais pas là et ça ne m'a pas plu. Je n'arrêtais pas de penser à des choses que j'avais envie de te dire.

Rikker s'avança sur le lit pour se lover autour de moi.

— Alors, voyons, dit-il. Bridger McCaulley est revenu, mais uniquement pour l'après-saison. Il est un peu rouillé, mais je crois que ça va aller. Il a une bonne vitesse de pieds. Je crois même que ses pieds sont plus rapides que ses mains. Si tu étais réveillé, tu pourrais me dire si je me trompe ou pas.

J'appuyai ma tête endolorie contre sa poitrine en signe de confirmation. Mais je ne pense pas qu'il ait compris la signification de mon geste.

— Big-D s'est comporté comme un abruti, mais je n'ai sans doute pas besoin de te le dire. Apparemment, Pépé a *encore* rompu avec sa petite amie canadienne, alors Bella était sur le coup. Elle a regroupé toutes tes affaires dans un sac de hockey. Je crois qu'il a atterri dans le bureau du Coach…

Rikker laissa sa phrase en suspens. Peut-être terminait-il la conversation dans sa tête. Mais sa main décrivait lentement des cercles dans mon dos et je me sentais bien.

— Cette commotion cérébrale craint vraiment, dit-il enfin. Ça me déprime. Je n'aime pas savoir que tu souffres et je n'aime pas être incapable de t'aider.

Tu m'aides en ce moment, avais-je envie de lui dire.

— J'ai bien réfléchi, reprit-il. Tu vois, même si je sais que tu ne peux pas t'empêcher d'être gay, je sais aussi que tu ne peux pas t'empêcher de te sentir mal à cause de ça. Je ne t'en ai jamais voulu, G. Je *comprends*.

C'était gentil de sa part, mais la tristesse dans sa voix fit frémir mon cœur d'appréhension.

— Je ne sais pas quoi *faire*, en réalité, chuchota-t-il. Je n'arrête pas de faire travailler mes méninges pour essayer de trouver une solution.

Même s'ils étaient toujours fermés, mes yeux se mirent à piquer. J'essayai de me concentrer sur la chaleur de son corps là où je le sentais – sous ma joue, contre mon épaule. Je savais qu'un jour viendrait où je ne l'aurais plus. Très bientôt, il se lasserait de mon manège et il se lasserait de moi.

Pas encore, l'implorai-je silencieusement. À présent, ma gorge aussi me brûlait. *Je ne veux pas me retrouver à nouveau seul.* Le silence résonnait bruyamment dans mes oreilles, faisant écho à tous les mots que je ne parvenais pas à prononcer.

— Peut-être que ça ira, tu sais ? chuchota-t-il enfin. Peut-être que les choses vont s'améliorer un peu pour nous. Tu devrais venir me rendre visite dans le Vermont cet été. Si tu pouvais rester longtemps, nous pourrions travailler dans ce verger près de chez ma grand-mère. Ils cultivent des myrtilles et des pêches avant la saison des pommes. La paye n'est pas mauvaise et on passe la journée dehors. Nous pourrions retourner aux soirées guérilla ou même aller faire la fête à Montréal.

Ce brusque changement de sujet me troublait un peu, mais j'aimais ce que j'entendais.

— … Mais si tu ne peux t'échapper que le temps d'un week-end, je crois que nous devrions plutôt aller camper. Ce serait formidable. Ça te dit, l'amour près d'un feu de camp ? Attends… les moustiques nous poseraient sans doute problème. Peut-être l'amour dans une tente, alors.

Rikker ricana tout bas.

— Quoi qu'il en soit, ce seront mes pensées positives le temps que tu guérisses. Si ta mère est tout le temps là, je ne te verrai pas beaucoup. Je sais que ça ne la dérangerait pas que je passe, mais *moi*, ça me gênerait. Je ne pense pas pouvoir être dans la même pièce que toi et devoir surveiller en permanence ce que je dis. Je veux bien mener en bateau quelques sportifs homophobes, mais je n'ai pas envie de mentir à ta mère, G. Elle a toujours été gentille avec moi.

Le silence dura un moment et je l'entendis presque se débattre avec ses pensées.

— Bon. D'accord, reprit-il. Des pensées positives. Le Vermont. Le cinéma de plein air. Danser avec toi sur des musiques pourries. Comme le dirait ma grand-mère, tout a une fin. Tu sais, je me le dis souvent ces derniers temps.

Il me serra encore plus fort.

— Je vais y aller maintenant, G. Dors bien. Appelle-moi demain si tu peux. Attends. C'est fou, je viens juste de demander à quelqu'un qui dort s'il pouvait m'appeler. Disons plutôt que c'est moi qui t'appellerai, d'accord ? On fait comme ça ? Ça marche.

Je rassemblai la force musculaire suffisante pour sourire dans son t-shirt.

Il me reposa contre l'oreiller et je reçus un petit baiser sur les lèvres. Il était doux et tendre, et je fis de mon mieux pour le lui rendre.

Enfin, je sentis qu'il se détachait de moi. J'entendis le bruit de ses pas jusqu'à la porte de ma chambre. Un rayon de lumière douloureuse provenant du couloir infiltra ma grotte de ténèbres, puis il s'en alla.

Les sept jours qui suivirent s'écoulèrent très lentement. Le doyen de la résidence Beaumont aida ma mère à louer une chambre à prix réduit au centre de conférence de l'université.

— Je ne rentrerai pas à la maison avant d'être certaine que tu n'as plus besoin de mon aide, déclara-t-elle.

Malheureusement, j'avais vraiment besoin d'aide. Et j'avais horreur de ça.

Les migraines intégrales commencèrent à s'estomper, revenant par intermittence au lieu d'être constantes. Mais j'éprouvais toujours d'étranges douleurs derrière le front, comme si quelqu'un avait tiré une corde qui me comprimait la tête. Ça se produisait chaque fois que je concentrais mes yeux sur un livre pendant plus de dix minutes.

Ainsi, c'était ma mère qui me faisait la lecture la plupart du temps. Nous nous installions dans ma chambre – moi sur le lit et elle sur la chaise du bureau – et elle me lisait de longs chapitres de psychologie du développement et d'histoire romaine. Elle assistait aussi à mes cours et prenait des notes pour moi.

Tant qu'on n'a pas traîné sa mère avec soi dans trois cours magistraux par jour, on n'a pas vraiment vécu.

Quand arrivait l'heure du dîner, nous étions toujours épuisés et agacés de nous tenir compagnie. Mais nous mangions tout de même ensemble, ajoutant parfois un peu de lecture au programme du début de soirée. Puis elle retournait dans sa chambre d'hôtel et je m'allongeais sur le lit pour ne rien faire. Je ne pouvais même pas surfer sur le web, puisque fixer l'écran me faisait mal à la tête. Je me contentais donc d'écouter des heures de musique tout en lançant une balle de tennis au-dessus de ma tête avant de la rattraper.

Pendant ce temps, mon équipe de hockey essayait d'établir de nouveaux records de victoires d'après-saison. Ils gagnèrent contre Providence en demi-finale, s'offrant un billet pour les championnats de la Conférence. Rikker passait de longues heures aux entraînements chaque soir. Parfois, il venait me voir en sortant, mais dès vingt et une heures, je n'étais plus bon à grand-chose. Et j'étais bien souvent bougon, ce qui le mettait lui aussi de mauvaise humeur.

C'était nul. Tout était nul.

Le Coach m'appela pour me demander si je voulais faire le déplacement à Colgate avec le reste de l'équipe.

— C'est ton match à toi aussi, gamin. Je peux te réserver une place à l'hôtel.

— Waouh, Coach, dis-je en me sentant un peu pris de court. C'est une proposition très touchante.

Cela dit, je trouvai une excuse pour refuser.

— J'ai un rendez-vous chez le médecin vendredi et ma mère est impatiente de savoir ce qu'il dira. Elle m'aide tellement que je me sentirais mal de la laisser tomber.

— Tiens-moi au courant, d'accord ? Envoie-moi un e-mail.

— Je regarderai le match à la télé, Coach. J'ai hâte.

— Tiens bon, mon garçon.

Aurais-je pu me rendre à ce match ? Probablement. Mais je n'étais pas prêt. En partie parce que je me sentais toujours mal. J'aurais difficilement supporté les lumières et le bruit d'une patinoire bondée. Mais ce n'était pas le seul problème. Pour la première fois de ma vie, j'étais réticent à l'idée de retrouver mes coéquipiers. Si j'entrais dans la salle, ils me regarderaient et se rappelleraient que la dernière fois qu'ils m'avaient vu je criais le nom de Rikker.

Quelqu'un de plus avisé en discuterait avec Rikker et lui demanderait si on avait parlé de moi. Rikker me soutiendrait sans doute que la paranoïa était l'un des nombreux symptômes de la commotion cérébrale. Il dirait que j'étais ridicule. Que c'étaient mes amis. Et d'ailleurs, qu'on se fichait bien de ce qu'ils pouvaient penser !

Pourtant, malheureusement, je ne m'en fichais pas. Et je ne m'en ficherais jamais. Je ne voulais pas qu'ils murmurent dans mon dos dès que je sortirais d'une pièce. Je ne voulais pas que l'on me regarde en pensant que j'étais *dégénéré*.

La paranoïa était tout simplement un symptôme de Michael Graham.

Le jeudi précédant le grand match de Rikker, ma mère décida de prendre le train pour aller déjeuner avec ma sœur à Manhattan.

— Elle ne peut prendre qu'une heure et demie de pause, me dit ma mère en levant les yeux au ciel. Mais elle m'a promis de ne pas vérifier ses messages toutes les deux minutes pendant le repas.

Nous rentrions juste du cours de statistiques et je laissai tomber mon sac à dos sur le sol de ma chambre.

— Tu as élevé de sacrés champions, maman. Tu dois tenir compagnie à ta peste de fille ou à ton fils grognon et comateux.

— Je vous aimerai toujours autant l'un que l'autre, tous les deux, répondit-elle en me faisant un clin d'œil.

— Même pendant le cours de stats ?

Nous nous étions disputés une demi-heure plus tôt, quand elle avait éprouvé des difficultés à suivre les formules que le professeur avait écrites sur le tableau blanc.

Ma mère rangea son téléphone dans son sac et se prépara à partir.

— Même là.

Elle me regarda, la mine soudain grave.

— Ça ne me dérange pas, Mikey. J'aime avoir l'occasion de m'occuper encore de toi pendant un petit moment.

Elle fit deux pas pour me serrer dans ses bras.

— Tu es toujours mon bébé, tu sais. Si mon bébé a besoin de moi pour tracer des distributions Z et T sur un papier quadrillé, je le ferai.

Oh, Seigneur. Voilà que le patient au cerveau commotionné redevenait émotif. *Encore*. Je dus déglutir péniblement à plusieurs reprises avant de dire d'une voix étranglée :

— Merci, maman.

Elle me lâcha et se dirigea vers la porte.

— Je t'apporte de quoi manger quand je rentre. D'accord ?

— Oui. Merci.

Puis elle disparut et je demeurai seul pour la première fois de la semaine.

Je m'assis sur mon lit et sortis mon téléphone. Rikker répondit dès la première sonnerie.

— *Hola, Miguel*, dit-il. Comment va ta tête ?

— Ça va, répondis-je. Qu'est-ce que tu fais en ce moment ?

— *Voy a la clase de Español.*

— D'accord. Et ensuite ?

— Je ne sais pas. À toi de me le dire.

— Eh bien, maman est partie à New York pour voir Lori, dis-je avec enthousiasme pour la première fois de la semaine. Viens. Je passe nous acheter de quoi manger.

— C'est bon, je peux prendre quelque chose si tu veux, proposa Rikker.

— Non, je m'en charge. Sinon, qu'est-ce que je vais faire pendant une heure ? Ma vie est très ennuyeuse.

Je ne pouvais toujours pas lire et si je regardais un écran pendant plus de deux minutes, j'avais la migraine. Je n'étais même pas censé faire trop d'exercice. Ma commotion cérébrale me rendait complètement inutile.

— D'accord, je passerai. Je n'ai même pas d'entraînement aujourd'hui.

— C'est vrai ?

— C'est vrai. Le Coach nous a donné la journée. Il veut qu'on soit reposés pour demain soir.

— Je peux t'aider, c'est mon rayon. Le repos, je ne connais que ça.

— Tu es embauché. On se voit dans une heure.

J'achetai des sandwichs aux boulettes de viande pour le déjeuner, car je me rappelais que Rikker les adorait quand il vivait au Michigan. (Dans le Connecticut, par contre, on appelait ça des sandwichs à la viande hachée.)

Rikker franchit la porte en sifflotant à midi et quart. Nous engloutîmes notre déjeuner pendant que Rikker me racontait les derniers potins du hockey. Le Coach avait mis Trevi en défense. Et Pépé, le

Québécois ? Nous savions tous que son nom de famille était Gerault, car c'était écrit sur son maillot.

— La révélation de la semaine ? Figure-toi que son *vrai* prénom, c'est Pépé en réalité.

— Sans blague ! dis-je en éclatant de rire. Je croyais que ce n'était qu'une plaisanterie.

— Moi aussi !

Rikker froissa l'emballage de son sandwich et le jeta dans ma corbeille.

— Deux points, répondis-je par automatisme, avant de bâiller.

— Tu as besoin de dormir ? demanda Rikker.

— Pas forcément, répondis-je.

Je ne voulais pas qu'il s'en aille. Pourtant, il m'avait déjà entendu me plaindre de ne pas être capable de passer une après-midi sans faire la sieste.

— Tu as l'air épuisé, dit-il. Allonge-toi, G. Moi aussi, une sieste me fera du bien.

Je ne savais pas si c'était vrai, mais si je ne fermais pas les yeux pendant un moment, je me déclencherais une nouvelle migraine. Je réglai l'alarme de mon téléphone sur quinze heures, juste au cas où. Le trajet en train pour rentrer de New York durait une heure et quarante-cinq minutes. Ma mère ne pouvait pas arriver avant quinze heures ou quinze heures trente.

Je m'allongeai sur mon lit et Rikker quitta ses chaussures. Nous n'avions jamais fait de sieste ensemble. En fait, il n'était jamais venu dans ma chambre comme ça, en pleine journée. C'était tout nouveau pour nous.

Rikker s'étendit à côté de moi et m'ouvrit ses bras. Je posai volontiers ma tête sur son épaule et passai un bras autour de sa taille. Il déposa un baiser sur mon crâne. Et comme si ce n'était pas suffisant, il recommença. Je me sentis déraisonnablement heureux. J'avais passé l'une des semaines les plus merdiques de ma vie. Mais avec le corps de Rikker, chaud et ferme contre le mien, plus rien n'avait d'importance.

Un autre baiser – je ne m'étais encore jamais couché avec Rikker sans me transformer instantanément en véritable chien en chaleur. Mais aujourd'hui, je m'endormis comme une masse.

Deux heures plus tard, je me réveillai en sursaut en entendant la porte de ma chambre s'ouvrir. Je me redressai, aux abois, prêt à limiter les dégâts. Même dans un demi-sommeil, je craignais d'être surpris en train de faire une sieste avec Rikker.

Mais ce fut Rikker qui apparut dans l'embrasure de la porte.

— Du calme, le tigre, me dit-il. Ce n'est que moi.

Il portait deux gobelets de café l'un sur l'autre, calés sous son menton. Je pris une grande inspiration et forçai mon cœur à retrouver un rythme normal.

— Tu as dormi ? demandai-je d'une voix rauque.

— Bien sûr, mais pas aussi longtemps que toi. Je t'ai apporté un double cappuccino. J'espère que tu aimes ça.

— Merci.

Je lui pris la tasse des mains, ouvris le petit opercule et goûtai la boisson.

— Waouh.

C'était crémeux et délicieux. Je retirai complètement le couvercle et bus une longue gorgée.

— Il faut croire que les Italiens s'y connaissent en café.

Rikker me dévisagea par-dessus sa propre tasse.

— Tu n'en as jamais commandé ?

Je secouai la tête et deux idées me frappèrent. D'abord, j'étais déprimé que mon propre copain ne connaisse pas mes goûts en matière de café. Quand on ne voit quelqu'un que de nuit, c'est le genre de détails qui vous échappe. Nous avions la relation d'un couple de vampires.

Pire encore, j'avais atteint l'âge de vingt-et-un ans sans jamais commander un seul cappuccino. Parce qu'un jour, dans ma jeunesse ignorante, j'avais entendu quelqu'un déclarer que c'était une boisson de fille. Et j'avais rayé les cappuccinos de la liste sans plus y réfléchir.

J'avais toujours procédé ainsi. Il y avait un *millier* de petites décisions que j'avais prises dans le seul but de cacher quelque chose de plus grand. Tous mes vêtements étaient bleus, gris ou noirs. (Exception faite de ma veste de hockey, mais on pouvait difficilement faire plus viril comme habit.) Mon sac à dos était neutre. Mes draps avaient le coloris bleu marine réglementaire. Je vivais selon de curieux critères esthétiques que je m'étais moi-même imposés, avec pour seul objectif de ne jamais paraître gay.

Le résultat ? Non seulement Rikker ne connaissait pas mes goûts en matière de café, mais moi non plus.

Rikker s'installa confortablement sur mon pouf et sirota son café.

— Comment te sens-tu ?

Je me frottai les yeux pour faire disparaître toute trace de sommeil.

— Aujourd'hui, je me sens un peu mieux. Enfin.

— Content de l'apprendre, dit-il en se débarrassant de ses chaussures. Qu'étais-tu censé lire cet après-midi ? Je peux prendre la relève, si tu veux.

Je fis tournoyer mon délicieux café pour ne pas laisser de mousse sur les parois du gobelet.

— Ma mère serait enchantée si tu me lisais quelques chapitres d'histoire romaine. Elle a horreur de ce bouquin.

— Donne-le-moi, me dit-il.

Les pieds sur mes genoux, il me fit la lecture pendant plus d'une heure. En écoutant sa voix chaleureuse et rauque, je me sentais plus heureux que je ne l'avais été depuis plus d'une semaine. C'était ce dont j'avais besoin – quelques heures de détente avec lui. La seule présence de Rikker dans ma chambre était un vrai remède.

Malheureusement pour lui, ma mère avait raison – Rikker me lisait le livre le moins intéressant du monde.

Enfin, il le laissa retomber sur ses genoux.

— *Putain*, G. Il n'y a aucun passage croustillant là-dedans ?

Il venait de lire un autre paragraphe aride sur les fresques murales romaines.

— On ne pourrait pas passer directement au passage sur les orgies ?

— J'aimerais bien.

— Je suis presque sûr que les Romains étaient portés sur la chose. C'est à quel chapitre ?

Je pris l'un de ses pieds dans ma main et lui massai la voûte plantaire.

Il ferma les yeux.

— Recommence, demanda-t-il.

Rikker était très sensuel. Il aimait être touché, même si ça n'avait rien de sexuel.

Je serais peut-être sensuel, moi aussi, si je n'étais pas aussi coincé. Je lui massai les deux pieds. Au bout d'un moment, il reprit le manuel et recommença la lecture. Je parvins à prêter attention au texte et fermai les yeux pour essayer de visualiser les bâtiments antiques que Rikker décrivait.

Je n'y étais plus quand il retira ses pieds de mes genoux en milieu de paragraphe. Il poursuivit néanmoins sa lecture lorsque la porte de ma chambre s'ouvrit pour laisser entrer ma mère.

— ... en contraste avec le Deuxième Style tridimensionnel. Bla, bla, bla, conclut-il. Bonjour, Mme G. !

— Johnny Rikker ! dit-elle en se dirigeant vers lui pour l'embrasser sur la joue avant d'en faire de même avec moi.

Elle tenait un sac du restaurant chinois.

— Tu as déjà dîné ?

— En fait, j'allais partir à la cafétéria, dit-il en se levant pour remettre ses chaussures. Mon cours d'espagnol organise un dîner en langue étrangère une fois par semaine. En général, grâce au hockey, je peux y échapper.

J'espérais de tout cœur que Rikker disait la vérité au sujet de ses projets pour le dîner. Parce que je le soupçonnais de manger seul la majeure partie du temps. À l'exception de sa relation spéciale avec moi, et du reste de ses coéquipiers plus ou moins amicaux, il n'avait aucune vie sociale.

Rikker enfila sa veste. Il venait de passer cinq heures avec moi et il fallait encore que je me retienne de le supplier de rester.

— Merci d'avoir pris le relais avec ce manuel d'histoire, lança ma mère tandis qu'il rejoignait la porte. Le cours de psycho était amusant, mais celui-ci veut ma mort.

— N'est-ce pas ? Je compte emprunter ce livre la prochaine fois que j'aurai du mal à trouver le sommeil.

En riant, ma mère lui souhaita une bonne soirée. Une fois que la porte se fut refermée derrière Rikker, elle ouvrit le sac des plats chinois sur le bureau.

— Quel formidable ami, ce garçon, dit-elle en sortant une boîte en carton blanche.

C'était le moment où j'étais censé dire « oui » avant de changer de sujet, comme je le faisais toujours. Mais au même instant, je ressentis une pointe de douleur à la tête. Parce que ça me paraissait *mal*. Chaque fois que j'esquivais la vérité, j'avais l'impression de trahir à nouveau Rikker. Sans être dramatique, je ne cessais de penser à Pierre qui avait renié Jésus. Si ce n'est que là, c'était pire que Pierre. Au lieu de renier Rikker trois fois, moi c'était tous les jours que je le reniais.

Je portai mes mains à mes tempes.

— Michael ? demanda ma mère. Qu'y a-t-il ?

J'étais trop absorbé dans mon propre malheur pour lui répondre.

Inquiète, ma mère abandonna les plats à emporter pour me rejoindre. Elle s'assit à côté de moi sur le lit et prit mon menton dans ses mains.

— Que se passe-t-il ?

J'avais enfin atteint le point où je ne voulais plus mentir. Mais je n'étais pas non plus capable de dire la vérité. J'étais coincé et les mots m'étouffaient.

— Mon chéri, s'il te plaît. Tu me fais peur.

— Ce n'est pas…

Ma voix se brisa et elle me serra un peu plus fort.

— Ce n'est pas *quoi*, mon chéri ?

Ce que je disais était incompréhensible, et j'en étais conscient. Seulement, je n'étais pas sûr de pouvoir faire mieux. Pas avec cette boule de terreur brûlante et crépitante logée au fond de ma gorge.

— Ce n'est pas…

La dernière partie de ma phrase sortit dans un souffle :

— … *juste mon ami*.

Pendant une seconde, rien ne se produisit. J'attendis que mon monde se fende en deux, comme la faille de San Andreas. J'avais passé ma vie entière à essayer de tout étouffer. Mais je ne le supportais plus. J'en avais *assez*. Ce qui ne signifiait pas pour autant que j'étais prêt à affronter les conséquences.

Pendant un moment, ma mère arrêta de respirer. Quand elle recommença, ce fut par une grande inspiration.

— Michael, fit-elle d'une voix étranglée, les yeux embués de larmes. Depuis combien de temps gardes-tu ça pour toi ?

— Une éternité, répondis-je aussitôt.

— Oh, mon chéri, dit-elle en m'attirant dans ses bras. Mon pauvre garçon. Tu es si dur avec toi-même.

Brusquement, je ne fus plus capable de me retenir. Je me penchai contre son épaule et un sanglot monumental jaillit de ma poitrine.

— Là, dit-elle en me berçant. Là.

Mais j'avais tout gardé sous cloche pendant si longtemps que je ne pouvais plus m'arrêter. Un autre sanglot suivit le premier, puis un autre encore. Impossible de contenir ce flot. Je pleurai jusqu'à ne plus pouvoir respirer, comme un enfant de maternelle.

Je crois que ma mère pleura, elle aussi. Quand je commençai enfin à me calmer, la tête dans les mains et le souffle court, elle se leva pour aller nous chercher des mouchoirs. Je la sentis se rasseoir à côté de moi.

— Tu es exactement le fils que j'ai toujours voulu avoir, dit-elle d'une voix chevrotante. S'il te plaît, ne crois pas que tu pourrais me décevoir avec ça.

— Papa, dis-je en m'étouffant.

Ce n'était qu'un seul mot, mais il était puissant.

— Il ne sera peut-être pas aussi surpris que tu le penses, répondit-elle d'un ton calme.

Je levai la tête pour rencontrer ses yeux rougis. Mais je ne parvins même pas à lui demander pourquoi. J'en étais parfaitement incapable.

— Quand John a déménagé, tu n'es presque pas sorti de ta chambre pendant des mois, dit-elle. C'est à ça que ressemble un chagrin d'amour. Nous nous faisions du souci pour toi. À l'époque, nous nous posions des questions.

Bon sang. Je n'avais rien vu venir.

— Ton père t'aime, dit-elle.

Elle marqua néanmoins une pause avant de reprendre :

— Je ne suis pas en train de dire qu'il n'aura aucune difficulté. Il va devoir ajuster sa… vision pour ton avenir.

Je sentais bien qu'elle faisait des efforts pour éviter d'employer le terme d'» attentes » dans cette phrase. Et c'était justement ce que j'avais toujours craint – baisser dans l'estime des gens.

— … Mais ton père t'aime. *Tellement,* mon chéri. Il sera toujours fier de toi. Toujours.

— Je ne veux pas le lui annoncer, dis-je.

Ma mère m'observa attentivement.

— Mais ne *pas* le lui dire, qu'est-ce que ça te fait ?

— C'est affreux.

Elle m'adressa un sourire triste.

— Tu te retrouves entre le marteau et l'enclume.

— Je commence à avoir l'habitude.

Ma réponse la fit rire.

— Oh, Mikey. *Respire*. Ça va. Tout va bien.

Tout n'allait pas bien, en réalité. Mais je le lui avais dit, et je n'en étais pas mort. C'était déjà ça. Je n'avais toujours pas envie d'être... ainsi. Je ne voulais pas que les gens me voient comme un stéréotype. Pédé. Folle. Tapette. Je ne me reconnaissais pas dans ces mots et je ne voulais pas qu'on me les colle sur le dos. Je voulais juste être Michael Graham. Et il se trouve que Michael Graham était attiré par les hommes. Et l'avait toujours été.

À ce moment-là, je savais que je ne pourrais pas supporter plus de drames pour la soirée.

— On peut manger ce repas chinois maintenant ?

J'étais complètement essoré. Manger me ferait plus de bien que parler.

Ma mère regarda la nourriture sur le bureau comme si elle la découvrait pour la première fois.

— Oui, je crois.

Elle prépara nos assiettes et j'allumai la télé pour mettre les actualités du soir. Pourtant, j'étais à peu près certain que ni elle ni moi ne les écoutions vraiment. Nous étions perdus dans nos propres pensées.

Enfin, le repas prit fin. Quand je revins dans la chambre après avoir jeté les cartons, ma mère me posa pile la question que j'évitais depuis plus de cinq ans.

— Qu'est-il arrivé à Johnny dans le Michigan ?

Rien qu'à cette pensée, mes yeux se remirent à piquer.

— Je ne peux pas parler de ça ce soir.

Elle avait l'air triste.

— Tu te sens responsable.

— J'ai mes raisons.

Je voyais bien qu'elle résistait à l'envie d'insister.

— Ses parents n'ont pas été gentils avec lui quand c'est arrivé, n'est-ce pas ?

Je secouai la tête.

Elle se pinça l'arête du nez entre deux doigts.

— S'il te plaît, ne me dis pas que tu as cru que nous te chasserions comme ça ? Comme ils l'ont fait avec lui ?

— Oh, mais non, maman ! Ses parents sont de vrais cons.

Elle me sourit, mais elle avait l'air chagrinée.

— C'était une erreur de t'envoyer dans cette école chrétienne, non ? Je n'imagine même pas ce qu'ils pouvaient prêcher...

Elle déglutit. *Merde*. Et voilà, maintenant, ma mère se tenait responsable de ma propre confusion. Et cela n'avait absolument aucun sens.

— Ce n'est pas la faute de l'école, lui dis-je.

Même si ça n'avait pas beaucoup aidé.

— Nous t'avons envoyé là-bas uniquement parce que l'école publique rencontrait quelques problèmes.

— Je le *sais*, maman. Ça va.

— Si ça allait, tu n'aurais pas attendu des années pour dire quelque chose.

— C'est de ma faute, dis-je. Uniquement de ma faute.

Mais je commençais à prendre conscience que mes secrets pouvaient faire du mal aux autres. Je savais déjà qu'ils faisaient du mal à Rikker. Je le voyais tous les jours dans ses yeux. Mais il ne m'était pas venu à l'esprit que mes parents méritaient de connaître ce qui était cher à mon cœur. Ils étaient honnêtes avec moi et je ne leur avais pas laissé le bénéfice du doute.

En regardant ma mère dans les yeux, j'y décelais beaucoup de souffrance. Le plus fou, c'était que je savais, sans l'ombre d'un soupçon, que sa tristesse n'avait rien à voir avec le fait que Rikker était mon petit ami, mais qu'elle avait *tout* à voir, au contraire, avec le fait que je ne le lui avais pas dit plus tôt.

— Je regrette de ne pas en avoir parlé avant.

Je n'en avais jamais ressenti le besoin, mais je commençais à comprendre pourquoi elle le méritait.

— Moi aussi, dit-elle en m'attirant pour m'étreindre à nouveau. Mais je suis content que tu me le dises maintenant.

Mon téléphone vibra. Après m'être détachée de ma mère, je consultai le texto que j'avais reçu. C'était Rikker, qui me disait qu'il avait laissé son manuel d'espagnol à côté de mon lit et qui me demandait s'il pouvait passer plus tard. Je lui répondis par l'affirmative sans entrer dans les détails. Il n'en croirait pas ses oreilles quand je lui apprendrais ce que j'avais fait ce soir.

Pendant un moment, ma mère me lut la suite de l'histoire romaine. Mais nous étions trop épuisés l'un comme l'autre pour nous concentrer.

— Je crois que je vais rentrer, me dit ma mère en bâillant. À moins que tu ne veuilles pas rester seul.

— Ça va, répondis-je.

Et je ne serais pas seul. Avant de devenir plus facile, cette situation passerait par une période un peu bizarre.

Elle referma le livre et prit mon visage dans ses mains.

— Mikey, tu es sûr que tu vas bien en ce moment ? Tu me le dirais si ce n'était pas le cas ?

— Oui, maman. Je suis fatigué, moi aussi. Mais ça va. Tu vas parler à papa ?

Elle hésita.

— Il m'appellera sans doute. Que m'autorises-tu à lui dire ?

Je me contentai de hausser les épaules.

— Je ne vais pas l'appeler moi-même pour l'instant, je suis trop fatigué. Tu peux dire quelque chose, ou pas. Ce qui te semblera le mieux.

Je ne voulais pas qu'elle se charge de mon travail à ma place, mais je ne pouvais pas non plus demander à ma mère de mentir.

Elle me serra le bras.

— Essaie de te reposer.

— J'essaierai.

Elle m'étreignit une dernière fois. Très fort. Puis elle s'en alla.

Rikker

J'avais envoyé un texto à Graham plus tôt pour lui demander si je pouvais passer. Il m'avait répondu immédiatement. *J'y comptais bien.*

Ça alors. J'avais l'impression d'avoir gagné au loto. *Super. Je t'écris avant de monter.*

Après avoir révisé dans ma chambre, j'enfilai ma veste de hockey et tapotai ma poche pour m'assurer que ma brosse à dents de voyage s'y trouvait toujours. Graham n'était pas le genre d'amant chez qui vous pouviez prendre la liberté de laisser votre brosse à dents au bord du lavabo. Il avait développé une sorte de folle théorie au sujet de ce que risquait de penser son voisin s'il remarquait deux brosses à dents au lieu d'une, ou quelque chose de ce genre-là. J'avais donc pris l'habitude de garder la mienne sur moi, de la même manière que les randonneurs transportent leurs ordures sur l'Appalachian Trail.

Devant la résidence Beaumont, un autre étudiant franchissait les portes métalliques au moment où j'arrivai. Ce fut plus facile pour moi d'entrer et je m'arrêtai sur le perron dallé pour sortir mon téléphone et envoyer un message à Graham.

— *Monsieur* Rikker, fit une voix dans l'obscurité.

Je levai les yeux pour voir la mère de Graham qui s'avançait vers moi. Oh, zut. Graham ne serait pas content d'apprendre que j'étais tombé sur elle.

— Bonsoir, Madame G., dis-je sur un ton aussi désinvolte que possible.

Je m'empressai de ranger mon téléphone comme un coupable pris sur le fait.

Elle me rejoignit et jeta ses bras autour de mon cou, puis elle m'embrassa sur la joue.

— Je t'aime. Je t'ai toujours aimé, et je t'aimerai toujours. Quoi qu'il arrive.

Je restai planté là, abasourdi, et elle me lâcha. Sans ajouter un mot, elle s'éloigna dans la nuit. Je n'avais toujours pas bougé une minute plus tard, quand j'entendis la grille de fer s'ouvrir et se refermer tandis qu'elle quittait la cour Beaumont et s'en allait dans la rue.

D'accord…

Je me ressaisis et me dirigeai vers la porte d'entrée du bâtiment de Graham, suivant un autre étudiant à l'intérieur. Je gravis les marches quatre à quatre et ouvris la porte de sa chambre sans frapper. À l'intérieur, il faisait noir à l'exception de la lampe de bureau, solitaire dans son coin. Graham était allongé sur le dos dans son grand lit, les bras écartés en signe de capitulation, tel le Christ sur la croix.

— *Hola, Miguel.*

Je me déchaussai et grimpai à quatre pattes sur le lit à côté de lui avant de le dévisager. Ses yeux étaient rouges et gonflés.

— Qu'est-ce qui s'est passé ici, ce soir ? Ta mère vient de me faire un câlin de force dans la cour.

Il tendit sa grande main pour la refermer derrière ma tête. Puis il me guida vers son torse en disant :

— À l'avenir, tu n'auras plus besoin de m'envoyer de textos avant de passer.

— Je vois, répondis-je en me blottissant contre lui.

En réalité, je ne voyais pas grand-chose. Est-ce que Graham avait réellement *parlé* à sa mère ? Cela me semblait fortement improbable.

— Elle prend des notes pour moi dans trois cours magistraux. Elle m'a lu quatre cents pages cette semaine, dit-il.

— Oui ? murmurai-je en espérant qu'il continuerait.

Graham passa un bras autour de moi et ses doigts glissèrent dans mes cheveux. Je me penchai en avant. J'avais envie de son affection spontanée, autant que de savoir ce qui s'était passé.

— Je ne pouvais plus mentir, chuchota-t-il. Pas à *elle*, rectifia-t-il aussitôt, comme si j'étais assez stupide pour croire qu'il pourrait dévoiler notre histoire au grand jour.

— C'est énorme, répondis-je.

Parce que c'était la pure vérité.

Il se contenta de grogner, mais il m'attira encore plus près de lui. Il enfouit son visage dans mes cheveux et prit une grande inspiration. Ses doigts descendirent le long de mon dos. Délicats. Caressants. Graham n'était pas toujours aussi affectueux et j'en avais terriblement envie. Je me blottis contre lui. Serre-moi. Frotte-moi encore, lui disait mon langage corporel. C'est ce qu'il fit. Il sentait peut-être qu'il avait gagné le droit de m'étreindre, en un sens. Je savais à quel point cela avait dû être difficile pour lui d'être honnête avec sa mère.

Nous restâmes longuement allongés à nous câliner. Je voulais que ce moment ne se termine jamais.

— Tu me masses un peu ? demanda-t-il enfin.

— Où ça ? dis-je pour le taquiner.

Mais je me hissai sur l'oreiller et ramenai mon Homme de l'Année contre mon torse. J'entrepris de lui masser le crâne du bout des doigts, exerçant une légère pression sur la peau et les muscles que rencontraient mes mains.

— Hmm, fit-il. *Cómo fue tu mesa de Español ?* (Comment était ta table d'espagnol ?)

— *Muy bien*, répondis-je.

Enfin, je lui posai la question que je mourais d'envie de lui poser depuis une heure.

— *Qué dice tu madre ?* (Qu'a dit ta mère ?)

Il poussa un gémissement contre ma poitrine.

— Qu'est-ce qu'elle t'a dit ?

Je dus déglutir avec peine avant de le lui répéter. Parce que les paroles qu'elle avait eues, ma *propre* mère ne les aurait jamais prononcées.

— Elle m'a dit qu'elle m'aimait quoi qu'il arrive.

— *Lo mismo para mi*, chuchotai-je. (Même chose pour moi.)

Je décrivis encore quelques cercles sur son cuir chevelu.

— Je sais que tu la crois. Mais je sais aussi que c'est quand même dur.

— Le reste de ma famille...

Ses mots étaient étouffés par mon t-shirt.

— Bah, je n'ai pas envie d'en parler.

— Je le sais.

— Je ne veux pas qu'ils me regardent d'un drôle d'air.

— Je sais.

Il fit glisser ses doigts sous l'ourlet de mon t-shirt, où ses mains trouvèrent la peau tendre de mon ventre.

— Je suis un lâche.

C'était au tour de mes mains de caresser son corps. Je passai le bout des doigts sous la ceinture de son pantalon de jogging.

— Hmm... Le lâche le plus sexy que je connaisse.

En ricanant, il se redressa pour plaquer ses hanches contre les miennes. Le poids de son corps me rendit si heureux que j'en étais euphorique.

— C'est plutôt débile de faire mon coming-out devant ma mère au moment où justement je ne peux pas faire ce dont je me confesse.

Je gémis en me trémoussant sous son corps rigide.

— Les docteurs se trompent peut-être. Je suis sûr que nous pouvons le faire sans heurter ton crâne contre quoi que ce soit.

— C'est une question d'*épuisement*, dit-il. Ce médecin, qui devait bien avoir une centaine d'années, m'a assuré qu'un orgasme me donnerait une migraine d'enfer. Cela dit, il ne m'a pas parlé de ce qui se passerait si je *faisais* une fellation.

Rien qu'en entendant ce *mot*, je me sentis durcis. Quand les mains de Graham commencèrent à ouvrir ma braguette, je poussai un gémissement qui en disait long sur mon avis à ce sujet. Il commença par me titiller, se baissant pour déposer une série de baisers aux bons endroits.

— Je ne crois pas que nous aurons un problème d'épuisement, fis-je en haletant.

Ça faisait dix jours que nous n'avions pas couché ensemble. J'allais exploser comme une mine dès qu'il me mettrait tout entier dans sa bouche.

Le souffle chaud de Graham s'attarda sur moi et je retins ma respiration.

Soudain, son téléphone sonna.

Il tenta de l'ignorer – vraiment, il fit de son mieux. Il me prit dans sa main lorsque la sonnerie cessa et je reçus quelques délicieuses caresses. Mais ce fichu machin recommença et je sentis à quel point il était nerveux, surtout après tout ce qui s'était passé ce soir.

Merde.

Je posai mes mains sur ses épaules.

— Je crois que tu devrais regarder.

En soupirant, Graham descendit et récupéra son téléphone sur le bureau. La lumière bleue de l'écran illumina son visage grimaçant.

— Mon père.

Il se tourna alors vers le lit. En me voyant le sexe à l'air, il partit d'un éclat de rire. Je lui souris et m'assis en fermant mon jean.

— Tu vas devoir lui parler.

Le téléphone se tut à nouveau.

— Je sais, dit-il avec un rire qui paraissait un peu dément. Bon sang, je n'en ai pas envie.

— Vas-y, lui dis-je. Arrache ce pansement d'un coup.

Il s'assit sur la chaise de son bureau et regarda le téléphone comme s'il risquait de lui sauter dessus pour l'attaquer.

— Merde.

— Compose le numéro, lui ordonnai-je.

En soupirant, il effleura son écran.

— Je vais me brosser les dents, annonçai-je avant de me diriger vers la porte.

— Bonsoir, dit ce pauvre Graham alors que je tournais la poignée. Ça va, enfin je crois.

Sa voix chevrotait.

Je le laissai tranquille et pris tout mon temps dans la salle de bains déserte. Une fois que j'eus épuisé toutes les raisons pour m'y attarder, j'ouvris à nouveau la porte de Graham, prêt à m'en aller s'il était encore au téléphone. Mais il avait raccroché. Il était assis au bord de son lit, la tête dans ses mains. Et même si j'étais certain que les deux parents de Graham étaient aussi fiables que possible, ses épaules basses me firent douter.

J'entrai sur la pointe des pieds et refermai la porte derrière moi. Puis je rejoignis timidement Graham, comme si je m'approchais d'une bête potentiellement enragée. Il ne leva pas les yeux, mais je me rendis compte qu'il était en train de pleurer.

J'eus un moment d'hésitation. Parfois, un homme peut vouloir verser quelques larmes en toute intimité. Mais Graham se pencha pour poser son front contre ma hanche. Je glissai une main derrière son cou pour le maintenir.

— Il est bouleversé ? demandai-je.

Même si le père de Graham n'avait pas bien réagi, ça ne pouvait pas être permanent. Il était impossible que Monsieur Graham adopte les mêmes principes d'éducation que la famille Rikker.

— Je ne sais pas trop, fit Graham en reniflant. Mais moi, oui.

Oh, bon sang. Je m'assis à côté de lui et l'attirai dans mes bras.

— Il a trouvé les mots qu'il fallait ?

— Tous sans exception. Je ne suis pas sûr de le mériter. De *les* mériter.

— Hmm, répondis-je. Alors peut-être mérites-tu ta sœur ? Parce qu'on peut dire que c'est une peste.

Il essaya de rire, mais seul un hoquet lui échappa.

— Ma tête me tue.

— À quel point ?

— Je dirais sept sur une échelle de dix.

— Tu veux des cachets ?

— Oui.

Je lui tendis des analgésiques et un verre d'eau fraîche. Puis je lui retirai ses chaussettes et son sweat-shirt avant de le border dans son lit. Je me déshabillai à mon tour et me glissai sous les draps en boxer.

Graham recula pour venir placer son dos contre mon torse. Je le pris dans mes bras et déposai un baiser sur sa nuque.

— Je n'en vaux peut-être pas la peine, grommela-t-il.

Je lui caressai le ventre, faisant passer mon pouce à travers la fine bande de poils sous son nombril.

— Je sais que tu te sens minable en ce moment, lui dis-je. Mais tu ne peux que remonter la pente.

— Je l'espère.

Il garda le silence pendant quelques minutes, et je crus qu'il s'était endormi.

— Rik ? dit-il soudain, me faisant sursauter.

— Oui ?

— Je t'aime. Je t'ai toujours aimé.

J'étais si abasourdi que je restai immobile à repasser le son de ses mots dans ma tête. Puis j'éclatai de rire.

— *Bon sang*, G. Tu en vaux *carrément* la peine.

Je le serrai un peu plus fort contre moi.

— Tu es la deuxième personne à me dire ça ce soir, remarquai-je. Ta mère t'a pris de vitesse.

— Tu vas devoir choisir entre elle et moi.

Je souris dans le cou de mon petit ami, puis je l'étreignis tandis que nous nous endormions.

GRAHAM

Le samedi soir, j'assistai au match de hockey avec ma mère, sur un écran géant dans le hall du centre de conférence où elle logeait.

C'était rageant de regarder mon équipe à la télévision en sachant que j'aurais dû être avec eux. L'impuissance était presque insoutenable. Je n'avais jamais été plus nerveux pour un match de toute ma vie.

Au cours de la première période, personne ne marqua et je faillis perdre les pédales. Mais Rikker tira entre les deux jambes du gardien de but et marqua au début de la deuxième période. Maman et moi éclatâmes de rire et applaudîmes comme deux fous à lier. Malheureusement, Colgate enchaîna avec un but de leur côté. Je redevins une épave émotionnelle jusqu'à la fin de la deuxième période et une partie de la troisième.

Enfin, un nouveau défenseur (nouveau *et* joueur en défense !) marqua avec l'aide d'Hartley. L'autre équipe ne remonta jamais la pente. Quand fut sonnée la fin de la rencontre, j'avais la voix rauque à force d'avoir crié devant l'écran.

Ma mère se laissa retomber contre le dossier du sofa.

— C'était épuisant. Quand sera le prochain match ? Je vais avoir besoin de me préparer.

— Dans une semaine, dis-je. Il y a deux matchs éliminatoires pour les championnats de l'ACAA région Côte Est. Si nous sommes toujours en lice après ça, à nous le Frozen Four.

Quelle folie !

Après avoir souhaité bonne nuit à ma mère, je rentrai chez moi à Beaumont. En marchant, je composai le numéro de Rikker. Comme il se trouvait quelque part dans des vestiaires bruyants et joyeux, mon appel atterrit sur la boîte vocale. Je lui laissai un message pour lui dire que c'était formidable qu'il ait marqué ce but et qu'il me manquait terriblement.

La dernière rue de mon trajet de retour à Beaumont fut la plus solitaire de ma vie. Rikker devait avoir reçu mon message tard dans la soirée. À moins qu'il ne soit pas seul. Toujours est-il qu'il ne me rappela pas.

Le lendemain, j'étais sur les nerfs. Après avoir passé de trop nombreuses heures à essayer de me préparer pour l'examen d'histoire, ma mère et moi commencions à ne plus nous supporter. En revenant du restaurant de sushis, je crus qu'elle allait me laisser seul pour la soirée, mais elle avait oublié son roman dans ma chambre.

— C'est ce que je fais souvent après t'avoir fait la lecture pendant toute la journée, dit-elle. Je lis encore.

— Je suis désolé, maman, lui dis-je.

Ça ne semblait pas très drôle pour elle. Elle se contenta de sourire.

— Je sais que nous avons traversé quelques semaines difficiles et que ta tête te fait toujours mal. Mais dans un ou deux ans, quand je repenserai à cette période, je la considérerai comme un cadeau.

Quand tes enfants grandissent, ils n'ont plus besoin de toi. Cette petite corvée ne m'a pas du tout dérangée, elle m'a donné l'occasion de t'aider encore un peu.

À ces mots, je faillis me mettre à pleurer. Oh, les joies de la commotion cérébrale. Tout me mettait en colère ou me changeait en guimauve absolue.

J'allumai ma télévision et zappai à la recherche d'un match de hockey. Si nécessaire, je pouvais opter pour du basketball. Ma mère était en train de rassembler ses affaires quand quelqu'un frappa à la porte.

— C'est ouvert, lançai-je.

Rikker franchit la porte.

— Salut, G. Bonsoir, Madame G.

— Johnny ! Félicitations !

Ma mère se précipita pour le prendre dans ses bras.

Évidemment, je restai en retrait. Non que je ne veuille pas de câlins, mais il n'y aurait aucune preuve d'affection sous quelque forme que ce soit devant ma mère. Jamais.

— Tu as l'air fatigué, mon chéri, dit ma mère à Rikker.

Il sourit.

— Ah bon ? En tout cas, vous êtes resplendissante.

Elle lui ébouriffa les cheveux.

— Dis à votre entraîneur qu'il doit respecter la règle des vingt heures, même en après-saison.

— Je lui passerai le mot dès que possible, dit-il en accentuant sa fossette. Mais avant, j'aimerais emmener votre fils chez Capri pour une heure ou deux.

— Je ne sais pas trop, répondis-je aussitôt.

Rikker traversa la chambre et me prit la télécommande des mains. Il coupa le son de la télévision et croisa les bras.

— Je sais que le soir tu n'es pas en forme, mais sortir un peu te ferait du bien.

— Une autre fois, peut-être.

Il glissa ma télécommande dans sa poche arrière.

— Ce sera calme ce soir. Comme c'est dimanche... Ça me semble parfait, au contraire.

Je me précipitai vers lui, mais il avait anticipé mon geste et m'esquiva avant que je puisse l'atteindre. De toute façon, je ne comptais pas chahuter mon petit ami devant ma mère.

— Tu devrais y aller, Mikey, dit-elle gentiment. Johnny a raison.

Super. Maintenant, ma mère me faisait culpabiliser.

— Non. Vas-y, Rik.

Il prit un air sérieux et s'assit sur ma chaise de bureau.

— Bon, G. Je vais passer un accord avec toi. *Tu* vas chez Capri, et moi je rentre chez moi. Dieu sait que je passe bien trop de temps là-bas.

Et voilà, maintenant, j'avais l'impression d'être un parfait connard. Je sentais le regard de ma mère sur nous. Elle se demandait sans doute pourquoi il me faisait une telle proposition.

— Ce n'est pas cool, Rik, grommelai-je. Tu as quelque chose à fêter.

— Et toi aussi.

Je secouai la tête.

— Tes amis vont se demander pourquoi tu les évites, insista-t-il. Voyons, ils jouent pour la coupe de la Côte Est la semaine prochaine. Montre-toi un peu.

Pff. Je n'arrivais même pas à regarder ma mère. Elle était debout, silencieuse, et assistait à notre prise de bec. Je n'avais pas envie d'aller chez Capri avec Rikker à mes côtés, mais je ne pouvais pas non plus lui demander de ne pas fêter cette nouvelle victoire du championnat. J'étais un enfoiré, certes, mais pas à ce point.

— Allons-y tous les deux, dis-je enfin.

Le sourire de Rikker illumina son visage.

— Prends ta veste.

Je ne suis pas fier des sueurs froides qui me saisirent lorsque Rikker poussa la porte et entra. On entendait Daft Punk dans les haut-parleurs, mais le rythme était mis en sourdine par l'un des frères Capri qui beuglait : « Commande numéro trente-sept ! » dans l'interphone.

Je ne sais pas vraiment à quoi je m'étais attendu, mais on ne peut pas dire que le silence s'imposa quand j'entrai en compagnie de

Rikker. Personne ne se tourna pour nous montrer du doigt et nous dévisager. Le sol ne se déroba pas sous mes pieds pour m'engloutir.

Rikker me comprenait, évidemment. Il me connaissait trop bien. Ainsi, après avoir dépassé le comptoir de la pizzéria, il s'arrêta avant notre salle habituelle pour parler à Orson. Sans un regard dans ma direction, il me laissa passer et me diriger vers les trois ou quatre tables que l'équipe de hockey s'était accaparées.

— Eh ! s'exclama Hartley. Est-ce que quelqu'un reconnaît ce type ? Il me dit vaguement quelque chose.

— Il lui faut un verre, renchérit un autre joueur.

Il y avait une place à la table de Bridger McCaulley et je m'installai à côté de Lucy, sa petite sœur de huit ans.

— Salut, lui dis-je.

— Salut, Graham. Je croyais que tu t'étais fait mal.

Son visage parsemé de taches de rousseur se tourna vers moi et je vis ses yeux chercher mes blessures.

— Je me suis cogné la tête et ce n'est pas encore guéri, lui expliquai-je. Ça me fait toujours mal.

— Ça ne se voit pas, en tout cas, dit-elle en reposant la croûte de sa pizza.

— C'est bon à savoir, lui dis-je, déclenchant l'hilarité de Bridger.

Quelqu'un me servit une bière et je me détendis un peu. Combien de fois étais-je resté assis là, à écouter les bavardages de fin de soirée ? Cent ? Deux cents ? Ça m'avait manqué. Je sirotai ma bière tout en m'imprégnant des disputes et des rires de mes coéquipiers.

Bridger et Lucy rentrèrent chez eux, mais Bella prit leur place.

— Salut, trésor, me dit-elle en enroulant l'emballage de sa paille autour de son doigt. Tu as l'air d'aller mieux depuis la dernière fois que je t'ai vu.

Je jouais avec mon verre de bière.

— C'est parce que ça fait un bout de temps que tu ne m'as pas vu.

Elle posa son menton dans sa main.

— Ta mère est là.

— Et alors ?

Elle leva vers moi ses yeux verts, mais elle me répondit d'une voix si basse que je peinai à l'entendre.

— C'est difficile pour moi, d'accord ?

Ce n'étaient que cinq mots. Mais ils en disaient long.

— Je suis désolé, lui répondis-je.

Et c'était la vérité. J'avais perdu ma meilleure amie et je ne pouvais rien y faire. J'avais passé des années entières de ma vie à regretter de ne pas être attiré par Bella ni aucune autre fille. Mais je ne contrôlais pas mes sentiments.

Et pourtant, je voulais m'expliquer.

— La raison pour laquelle nous avons arrêté de...

Je m'éclaircis la voix.

— ... de *baiser*, s'empressa de compléter Bella.

Je soupirai.

— La raison pour laquelle nous avons arrêté, c'est que j'étais une épave.

Ses yeux se mirent à luire.

— Et tu savais que je m'étais attachée à toi ?

Je secouai la tête avec une telle vigueur que je ressentis un élancement.

— Non, je n'en avais aucune idée. Mais je tenais à toi. Tu es la personne que je préfère à Harkness. Même si je n'arrêtais pas d'espérer pouvoir changer, je ne voulais pas continuer à t'entraîner dans cette mascarade.

Elle posa les yeux sur la table.

— J'étais déjà bien accrochée.

Je pris ses mains dans les miennes et les serrai.

— Sérieusement, Bella. Si j'aimais les filles, tu serais la seule et unique pour moi.

— Ne me fais pas pleurer, espèce de crétin, dit-elle en retirant une main des miennes pour écraser ses larmes.

Mais elle m'adressa ensuite un sourire hésitant.

— D'accord, lui dis-je. Viens t'asseoir à côté de moi. En souvenir de la belle époque.

À contrecœur, Bella contourna la table pour venir s'asseoir contre moi. Puis l'autre côté du box fut pris par Pépé et Frenchie, qui nous racontèrent comment ils étaient restés enfermés dans leur chambre d'hôtel à Colgate.

Je ne parlais pas beaucoup. La musique me faisait mal à la tête et je serrais mon verre comme une grand-mère sa tasse de thé. En me voyant, ça ne sautait pas aux yeux, et pourtant j'étais heureux, assis là, à écouter les statistiques de jeux et les bavardages anodins autour de moi. Rikker avait raison, j'avais volontairement évité cela. Je craignais de regarder mes coéquipiers dans les yeux, car j'ignorais quel regard ils me renverraient.

Et finalement, il n'y avait pas mort d'homme. Je recevais bien quelques coups d'œil curieux, mais je ne savais pas s'ils étaient dus à des interrogations sur ma blessure à la tête ou sur ma vie sexuelle.

Rikker garda ses distances, ce qui n'était guère compliqué étant donné que nous étions accompagnés de trois douzaines de personnes au moins. Je le surpris une fois en train de me regarder, sans doute pour s'assurer que tout se passait bien. Quand il vit que je l'avais remarqué, il me fit un clin d'œil avant de retourner à sa conversation avec Trevi.

Je dévisageai Rikker longuement, sans me demander si quelqu'un risquait de me voir. La ligne souple de ses épaules musclées m'avait toujours attirée. Il bougeait comme un homme à l'aise avec son corps. Et cela, qu'il marche nu pour traverser la chambre dans ma direction ou qu'il soit debout dans un bar avec ses coéquipiers. Cet aspect de lui me plaisait beaucoup et je l'enviais à la fois.

Ce soir, j'arrivais presque à concilier les différentes parties de ma personne. La partie qui aimait Rikker et la partie qui insistait pour rester ce bon vieux Michael Graham.

Je commençai à être très fatigué vers vingt-deux heures et je pris congé des autres. Puis je sortis et envoyai un message à Rikker. *Je suis devant. Je t'attends ou je rentre ?*

Une minute plus tard, il me répondit en franchissant la porte d'entrée. Nous prononçâmes « salut » au même moment.

Rikker sourit.

— La machine à vœux est hors service. Veuillez insérer une autre pièce.

Nous prîmes la direction de College Street et nous éloignâmes dans la nuit.

— Ça s'est bien passé ? demanda-t-il.

— Absolument.

Puis, après s'être assuré que nous étions seuls, il me prit la main. La portant à mes lèvres, je déposai un baiser sur ses phalanges avant de relâcher mon bras.

— Merci, dis-je d'une voix rauque.

— Pas de quoi.

Je n'en étais pas sûr à en juger par sa voix, mais je l'avais sans doute étonné avec cette démonstration d'affection, si minime soit-elle. Quand nous arrivâmes au croisement de Bank Street, qui menait à la résidence de Rikker, j'allai encore plus loin.

— Tu rentres avec moi ?

Il me suivit sans dire un mot. Avant, je ne lui avais jamais proposé cela de vive voix. Et nous n'étions jamais rentrés à Beaumont ensemble.

J'espérais qu'il était conscient de mon effort.

Nous demeurâmes terriblement silencieux pendant le trajet de retour jusqu'à ma chambre. J'ouvris la porte et il entra. Une fois qu'elle se fut refermée et que je l'eus verrouillée derrière nous, je passai mes bras autour de lui. Pendant une longue minute, nous restâmes debout, l'un contre l'autre.

— Tu as été courageux ce soir, murmura-t-il.

— Le courage, c'est de conduire un tank en Afghanistan, objectai-je à voix basse. Le courage, c'est reprendre le palet à un défenseur des Red Wings.

Il ricana dans mon oreille.

— Embrasse-moi, idiot.

Je le poussai contre la porte et fis ce qu'il me demandait. J'inclinai la tête pour coller ma bouche sur la sienne et je l'embrassai lentement, avec tendresse. Il était impatient et s'ouvrit pour m'inviter. Nos langues se mêlèrent et il produisit un bruit de gorge qui exprimait toute son envie.

Mais je calmai le jeu et mon baiser se radoucit. Chaque fois que nous couchions ensemble, c'était toujours moi qui paraissais impatient et avide. Ce soir, je voulais lui donner autre chose. Quelque chose de doux. Je laissai mes mains caresser ses fesses tout en l'embrassant. Bientôt, il se mit à gémir contre mes lèvres en plaquant ses hanches sur les miennes.

— Dans mon lit, ordonnai-je.

— Alors, c'est toi qui commandes ? fit-il en haletant.

Tout en traversant la chambre, Rikker retira sa veste et son t-shirt.

Je le contemplai d'un œil plein de désir. Depuis que j'étais en âge d'éprouver ce sentiment, c'était lui l'objet de mes envies. Je n'avais jamais eu le choix. À aucun moment, je m'étais dit : « Bon, j'ai décidé de choisir Rikker et d'écarter toute la population féminine. » En réalité, j'avais même perdu un temps fou à essayer de ne pas avoir envie de lui. Mais le désir que je ressentais était trop viscéral. Quand ses mains descendirent pour déboutonner sa braguette, je vis les muscles fléchir dans son dos. J'avais envie de passer mes doigts sur tout ce que je voyais.

Mon désir pour lui était bien réel, que je le veuille ou non. Et si je trouvais le moyen de me l'avouer, je pourrais peut-être obtenir enfin la paix.

Une fois nu, Rikker monta sur mon lit. Il posa sa tête dans sa main et attendit que je suive son exemple.

Me secouant de ma rêverie, je commençai à me déshabiller. Ma veste tomba près de la porte. Le t-shirt fut le suivant. Il me regardait avec une convoitise sans doute égale à la mienne. Je me demandais bien ce que j'avais fait pour la mériter.

En un seul geste, je me débarrassai de mon jean et de mon boxer. Rikker passa alors la langue sur ses lèvres. *Bon sang*, ce qu'il m'excitait. J'étais incapable de rester calme plus longtemps. Au lieu de me jeter sur lui, je montai sur le lit et bousculai légèrement son épaule pour le faire tomber sur le dos. Il tendit les bras pour les enrouler autour de moi, mais je m'emparai de ses poignets et les plaquai sur le lit.

— Tiens-toi tranquille, murmurai-je.

Ses hanches tressaillirent sous mon corps.

— Si tu insistes.

— J'insiste.

Je baissai la tête dans son cou et déposai une pluie de baisers sur sa barbe d'un jour. Le frottement contre mes lèvres était terriblement excitant. Je ne pourrais plus jamais coucher avec des femmes et faire semblant d'aimer ça. J'éprouvai un pincement de remords pour les filles que j'avais mises dans mon lit ces dernières années. Elles ignoraient le rôle qu'elles jouaient dans le mélodrame de ma confusion sexuelle.

Mais mon désir pour Rikker était aussi clair que de l'eau de roche. Son corps ferme sous mes hanches était tout ce que je désirais. Suivant la ligne sombre formée par ses poils le long de son torse, je lui libérai les poignets. Mes baisers descendirent jusqu'à ce que je m'interrompe pour poser mon visage contre son ventre plat. Là, je pris le temps de me blottir contre lui. D'une main, j'effleurai la peau de sa cage thoracique jusqu'à sa hanche. *C'est à moi*, songeai-je. Je ne m'autorisais pas souvent à entretenir des pensées possessives à son sujet. Je ne le méritais pas. Mais ce soir, au moins, je l'avais pour moi tout seul.

— Hmm, dit-il en passant une main dans mes cheveux.

À quelques centimètres de mon visage, sa queue se manifesta. Je sortis la langue pour en effleurer le bout et son ventre se contracta sous ma joue. Je l'entendis prendre une brève inspiration.

Je me rapprochai pour le titiller par de petits baisers furtifs. Chaque caresse entraînait un autre soupir ou un frisson d'envie.

Après l'avoir tourmenté ainsi pendant une minute ou deux, je relevai la tête et ouvris la bouche pour le prendre en entier.

— Oh, bébé, oui, fit-il, le souffle court.

Il essaya de se décoller du lit, mais je le lui refusai. Pour le plaisir, je maintenais ses hanches sur le matelas afin de m'occuper de lui à mon propre rythme. Et mon rythme était lent. Je lui donnai de longues caresses tendres, faisant tourner ma langue autour de son extrémité.

— Ahhh, gémit-il avant de se laisser aller à rire.

Il se redressa sur les coudes pour avoir une meilleure vue. En soutenant son regard, je le suçai à nouveau.

— Tu me tues, tu sais, et tu aimes ça, se plaignit-il.

— Hmmmm, hmmmm, fredonnai-je, la bouche pleine.

Il haleta de plus belle en renversant sa tête en arrière. Enfin, je le libérai pour me laisser tomber contre ses hanches.

— Alors vas-y, montre-moi ce que tu sais faire, lui ordonnai-je.

Il n'attendit pas que je le lui demande deux fois. Rikker décolla ses hanches du lit et se mit à décrire des va-et-vient dans ma bouche. Plus heureux que je ne l'avais été depuis des semaines, je laissai mon petit ami s'en donner à cœur joie.

Ensuite, nous continuâmes à nous embrasser et à nous câliner. J'étais content de moi et Rikker aussi semblait très satisfait de ma performance. Je lui posai alors une question qui me trottait dans la tête depuis quelque temps.

— Rik ?

— Oui ? dit-il en me suçant le lobe de l'oreille.

— Est-ce que tu me laisserais te pénétrer ?

— Bien sûr, répondit-il en déposant un baiser dans mon cou.

Étonné par la rapidité de sa réponse, je me redressai pour le regarder.

— Vraiment ?

Son regard brun était tendre et alangui.

— Il te suffit de me le demander, G. Il n'y a presque rien que je te refuserais si tu me le demandais.

Cette générosité m'écrasait.

— Je ne vois pas pourquoi, murmurai-je en me laissant retomber sur l'oreiller que nous partagions.

À présent, ce fut lui qui se releva pour me regarder.

— Tu dois arrêter avec ça, dit-il d'une voix grave et sérieuse.

— Avec quoi ?

— Tu sais très bien ce que je veux dire. Tu te morfonds toujours sur le passé. Il s'est passé quelque chose il y a longtemps, et tu le regrettes. Et tu traînes toujours ce poids avec toi. Il faut lâcher prise, mon vieux.

Je soupirai. Présentée comme ça, l'idée me semblait bonne, mais ce n'était pas juste une mauvaise décision de ma part. J'avais toujours fait du mal aux gens qui m'aimaient. Y compris lui. *Surtout* lui.

— Je ne plaisante pas, insista Rikker. Si tu continues, ça ne marchera pas entre nous.

La peur me broya le cœur.

— Pourquoi ?

Je n'aimais pas mon ton plaintif. J'étais si vulnérable.

— Parce que tu vas tout gâcher. Tu dois pouvoir dire ce dont tu as envie, comme je le fais. Ça ne fonctionne pas autrement. Je ne veux pas toujours devoir deviner ce que tu attends de moi.

— Ce truc qui s'est passé il y a cinq ans…

— Six, rectifia Rikker.

— Cinq, six, quelle importance. Peu importe que je lâche l'affaire, car ce n'est pas le seul problème.

— Alors c'est quoi, le problème ?

Oh, misère. Vous savez, l'un des avantages de ne jamais avoir eu de petite amie, c'est que je n'avais jamais eu besoin d'avoir cette Grande Conversation au sujet du couple. Les types dans les vestiaires s'énervaient toujours chaque fois que la Grande Conversation avait lieu. Et maintenant, c'était à mon tour, et je n'avais pas la moindre idée de ce que je devais faire.

Je me raclai la gorge.

— Voilà, je sais que tu vas finir par me quitter un jour. Parce que je ne peux pas être comme toi. Je ne peux pas faire mon coming-out publiquement. Je ne peux pas parler avec un journaliste ou dire à Big-D d'aller se faire foutre. Alors quand tu en auras assez d'être avec un gars qui n'arrive même pas à te regarder dans les yeux dans les vestiaires, je deviendrai de l'histoire ancienne. Je le sais. Comment veux-tu que j'arrête de me sentir *mal* à propos de ça ? C'est mal, et si je fais semblant que ça ne l'est pas, alors c'est un mensonge.

Au bout d'un moment, Rikker posa ses deux mains sur ses yeux.

— Je ne sais même pas par où commencer.

— Tu n'as pas à commencer. D'ailleurs, je n'ai pas envie d'en parler. Mais tout ce que j'ai dit est vrai. Et je ne comprends pas pourquoi tu es toujours là.

Ses mains remontèrent sur son front, révélant ses yeux perçants.

— Tu ne comprends pas ?

Je secouai la tête et constatai que mes migraines étaient revenues. Il s'assit dans le lit, au comble de l'exaspération.

— Parce que *je t'aime*, espèce de crétin. Et je t'ai toujours aimé. Ce n'est pas toujours facile, de t'aimer. Mais quand tu arrêtes de faire ta tête de mule pendant quelques minutes, tu es formidable. Et tu es loyal, aussi, à ta façon un peu bizarre.

C'était un discours complètement fou. Et pas romantique pour deux sous. Pourtant, mes yeux s'embuèrent.

— Ah, tu fais chier, G. !

Rikker reprit sa place contre moi et posa sa tête sur mon torse.

— Je suis désolé. Je n'ai pas employé les bons mots.

— C'étaient les mots parfaits.

J'appliquai mes paumes sur mes yeux pour en essuyer les larmes et prier de ne pas me remettre à pleurer.

— Je sais que tu ne me crois pas. Mais je crois que tout va s'arranger pour toi.

— Es-tu en train d'essayer de me convaincre ?

Il m'embrassa le menton.

— En quelque sorte. Oui, en fait. Parce que je sais que tu n'as pas envie que le regard que les autres te portent change. Et ce n'est pas insensé. Mais il ne te reste plus qu'un an dans ces vestiaires, non ? Plus qu'un an pour faire régner l'ordre en défense et bomber le torse avant d'abattre l'ennemi. Puis tu changeras d'établissement pour poursuivre tes études après ton diplôme, ou tu décrocheras un boulot, je ne sais pas. La fac, c'est super, mais on n'a aucune vie privée. Ensuite, tout devient plus facile.

— Et si ce n'était pas le cas ? demandai-je d'une petite voix.

— C'est *obligé*, G. Tu l'as dit à tes parents. Chaque fois que tu ajoutes une nouvelle personne dans la colonne de la vérité, tu respires un peu mieux, non ?

— Je crois.

— Tu as discuté avec Hartley ce soir ? me demanda soudain Rikker.

— Oui, évidemment.

— Il est au courant.

Je cessai aussitôt de respirer.

— Comment ?

Rik haussa les épaules.

— À l'hôpital. Il est entré dans ta chambre pour essayer de te calmer, mais tu n'arrêtais pas de lui demander où j'étais. Et… Je ne peux pas l'expliquer, mais j'ai vu le moment où il a tout compris. Puis quand ta mère est arrivée, elle s'est étendue sur le fait que nous jouions ensemble au hockey en troisième.

— Oh, malheur…

Cette image me donnait la nausée. Rikker leva la tête pour me regarder.

— Non, G. Pas *malheur*. Tu dois arrêter de penser de cette façon, pour ta propre santé mentale. Tu sais, Hartley est sympa avec *moi*. Et avec toi, aussi. Il le sait, mais il s'en fiche.

— C'est vrai qu'il est sympa avec toi. Et ce n'est pas du bidon.

Mais j'étais tellement conditionné au secret que je n'imaginais pas être capable un jour de passer outre l'opinion des gens.

— C'est vrai. Il se fiche bien de savoir avec qui on couche. Il n'accorde aucune importance au regard des autres. C'est un vrai homme. Et un véritable *ami*. Tu n'as pas à te demander comment il te traiterait s'il le savait, parce que tu connais déjà la réponse.

Je fermai les yeux, épuisé.

— Mais c'est difficile pour moi.

— Je le sais, dit Rikker. Mais tu vois, chaque personne qui apprend la vérité te permet de respirer un peu mieux. Ensuite, le suivant devient plus facile. Et ainsi de suite.

Ça me semblait presque possible. Vous savez, pour quelqu'un qui ne serait pas moi, évidemment.

Nous arrêtâmes de discuter pendant un moment. Rikker se glissa à nouveau dans le lit. Il roula vers moi et je me retournai pour qu'il vienne s'emboîter contre moi. C'était si agréable que c'en était presque ridicule.

— Il y a quelque chose que j'aimerais te demander de faire pour moi, dit-il enfin.

— Quoi ?

— Que tu prononces le mot.

— Quel mot ?

Rikker soupira.

— Ce gros mot en *g* qui te fait si peur.

Oh.

— Pourquoi veux-tu que je le dise ?

— Je suis *gay*, Graham. Ou homo, si tu préfères ce mot-là. On s'en fiche. Je suis attiré par les hommes. Tu ne peux pas le dire à haute voix, si ? Je parie que tu n'as même pas dit ce mot à ta mère quand tu le lui as avoué. N'est-ce pas ?

— Non, répondis-je à l'oreiller.

Il avait vu juste. J'avais simplement dit que Rikker n'était *pas juste mon ami.*

— C'est comme si... tu voulais pouvoir dire aux gens que tu étais hétéro. Comme si être gay n'était pas assez bien pour toi. Comme si c'était une catégorie inférieure. Ce qui voudrait dire que j'appartiens à une catégorie inférieure.

Je roulai pour le regarder.

— Il n'y a rien d'inférieur chez toi. J'ai une plus haute opinion de toi que de n'importe qui d'autre.

— Vraiment ? Alors dis-moi la vérité à ton sujet. Je suis d'une patience exemplaire quand tu te caches devant des gens qui n'y attachent pas grande importance. Mais au moins, tu pourrais être honnête avec l'homme qui est dans ton lit.

— Je suis gay, chuchotai-je.

Rikker sourit.

— Putain. *Enfin.*

— Je ne sais pas pourquoi tu es si content.

Il resserra ses bras autour de moi.

— Parce qu'un jour, quand tu trouveras ça plus facile à dire, ça te rendra heureux, toi aussi. Et c'est ce que j'ai envie pour toi, G. Je veux que tu sois heureux.

— Ça ne me dérangerait pas que tu sois heureux, toi aussi.

— C'est un grand pas.

Je me pelotonnai contre son corps. Nous venions d'avoir une petite dispute et je me sentais dépendant.

— Tu me laisseras vraiment te baiser ? Je ne savais pas que tu aimais ça.

— Eh bien… hésita-t-il en examinant mon plafond. Je ne suis pas opposé au concept, mais je n'ai jamais apprécié autant que tu sembles l'apprécier.

Je levai la tête pour le regarder.

— Quoi… tu n'arrives pas à jouir comme ça ?

— Pas franchement. Mais je veux bien le faire pour toi. Après tout, ce serait juste.

Waouh. Mon cœur se gonflait de joie. Et pourtant, j'avais encore une question.

— Avec qui as-tu fait ça ?

Nous n'avions jamais vraiment eu cette conversation auparavant et j'étais terriblement curieux.

— Uniquement Skippy. Il m'avait dit que je ne pouvais pas me prétendre gay tant que je n'aurais pas essayé par-derrière. Mais nous n'avons jamais trouvé notre compte de cette façon, alors nous avons repris ce qui nous convenait le mieux.

— J'aime les défis.

Il me sourit.

— Par contre, ne te fâche pas si ce n'est pas un feu d'artifice, tu vois ?

— D'accord, répondis-je en riant. Mais j'espère bien. Parce que… waouh. Sérieusement, tant qu'on ne s'est pas fait pilonner la prostate, on n'a pas vraiment vécu.

— On dirait un slogan.

— Je vais en faire des autocollants à mettre sur sa voiture.

Je me mis à nouveau à mon aise, ou du moins, j'essayai. Ma tête bourdonnait toujours de questions cruciales.

— Rikker ? chuchotai-je au cas où il se serait déjà endormi.

— Oui ?

— Es-tu toujours amoureux de Skippy ?

À peine avais-je posé cette question que je la regrettai. Avais-je vraiment besoin de le savoir ?

— Non, répondit-il lentement. Nous avons eu notre période, mais maintenant, c'est terminé. Cela dit, je l'aimerai toujours. Il a beaucoup compté pour moi.

— Je comprends, m'empressai-je de répondre.

Rikker posa la main sur ma hanche et ses doigts caressèrent négligemment ma peau.

— Tu vois, Skippy avait une vision pour sa vie en tant que gay, même s'il n'avait que dix-sept ans. Il était toujours comme ça : « Regarde comme on va s'amuser ! On va faire du snowboard. On va danser. On va à Montréal ce week-end, même si on ne parle pas la langue. »

Rikker eut un petit rire.

— Ça m'a l'air sympa, dis-je en espérant ne pas paraître trop amer.

— C'était exactement ce dont j'avais besoin à l'époque, dit-il. Mais tu sais quoi ? Skippy est terriblement directif. Il a de bonnes intentions, mais il aime que tout soit fait comme il le souhaite. Je suis plutôt facile à vivre, alors pendant un temps ça ne m'a pas dérangé. Et puis, à un moment donné, j'en ai eu assez. Mais nos rôles étaient établis et j'avais l'impression que je ne pourrais jamais renégocier l'équilibre des pouvoirs dans notre relation.

— Intéressant, dis-je.

C'était sincère.

— Oui. Les stéréotypes ne sont pas toujours vrais, G. Il était en dessous au lit, mais le reste du temps, il voulait tout contrôler. Il choisissait les restaurants, il faisait des projets. Chaque fois que j'avais une idée, il y avait toujours une raison pour que la sienne soit meilleure.

— Ce doit être lassant.

— Exactement, et c'est pour ça que j'ai voulu passer à autre chose. Mais quand il m'a largué, ça m'a vexé.

Il ricana à nouveau et je sentis son souffle dans mon cou.

— Tu me le diras si je deviens insupportable, d'accord ?

J'avais vingt et un ans et je n'avais encore jamais été en couple. Je ne savais pas ce que je faisais. Mais ce soir, nous avions eu des discussions délicates, et curieusement je me sentais mieux. Pas moins bien. Allez savoir !

Il m'embrassa entre les omoplates.

— Nous n'avons jamais eu du mal à nous entendre tous les deux, dit-il. Nous ne sommes pas difficiles. C'est le reste du monde qui l'est.

À qui le dis-tu. Je resserrai son bras autour de mon corps et ramenai sa main à ma bouche pour lui embrasser la paume.

Il poussa un soupir de bonheur.

— Avant, je rêvais de dormir avec toi. Dans le Michigan, je veux dire. Exactement comme ça.

Ma gorge se serra.

— Moi aussi.

— Vraiment ? Je ne parle pas de sexe. Enfin, je rêvais de ça aussi. *Beaucoup.* Mais quand je me couchais chaque soir, je regrettais que tu ne sois pas avec moi. Tu sais que je t'aime, n'est-ce pas ?

— Oui, répondis-je d'une voix étranglée.

J'étais content que nous soyons dans le noir pour qu'il ne puisse pas voir mes yeux briller à nouveau.

— Bonne nuit, G.

— Bonne nuit, Rik.

RIKKER

Après cette conversation difficile, j'en oubliai de programmer l'alarme de mon téléphone.

Je me réveillai donc le lendemain matin dans le lit de Graham. Je fus étonné de découvrir la lumière du jour à travers la fenêtre, ainsi que les épaules larges de Graham.

Il y avait aussi quelqu'un qui frappait à la porte de sa chambre.

— Mon chéri, tu es debout ?

Merde ! Sa mère était là. Je levai la tête pour regarder Graham. Il déglutit et s'étira mollement. Décollant sa tête de l'oreiller, il répondit d'une voix ensommeillée :

— Encore quelques minutes.

En constatant qu'il ne paniquait pas, je fus tenté de lui prendre sa tension.

Il y eut une pause, puis sa mère dit :

— Je crois que je vais aller chercher du café et des muffins.

Graham se redressa et me regarda. J'attendis l'inévitable étincelle de panique dans ses yeux. Mais elle ne vint pas. Au lieu de quoi, son visage encore embrumé de sommeil afficha une expression tendre qui me donna aussitôt envie de sauter sur son corps nu.

— Eh, maman ? lança-t-il d'une voix pâteuse. Tu peux aussi rapporter une tasse pour Rikker ?

Mon cœur bondit dans ma poitrine.

— Bien sûr. J'en ai pour quinze minutes, répondit-elle. Vingt s'il y a du monde.

Je ne dis rien et restai immobile jusqu'à ce qu'elle se soit éloignée de la porte.

Mais Graham rejeta les couvertures et se leva comme si de rien n'était. Comme s'il n'y avait rien d'affolant à ce qu'elle l'ait surpris au lit avec son petit ami. Je le vis traverser la chambre, les fesses nues, pour aller récupérer sa serviette. Il la noua autour de sa taille, tira le loquet et quitta la chambre.

J'étais tenté de me rendormir, mais je ne voulais pas faire ce coup-là à Madame G. Je me mis donc à la recherche de mes sous-vêtements.

Une seconde plus tard, la porte se rouvrit.

— Il n'y a personne dans la salle de bains, annonça Graham. Si tu as envie de prendre une douche…

Ça alors. Sa blessure à la tête était peut-être plus grave que je le pensais.

— Euh, d'accord ?

— Vas-y en premier.

Graham détacha la serviette de sa taille pour me la lancer.

Quinze minutes plus tard, j'étais en train de faire le lit quand il revint dans la chambre après avoir pris sa douche.

— Joli t-shirt, lança-t-il pour me taquiner.

J'avais chipé un t-shirt gris uni dans son tiroir.

— Ça me plaît, lui dis-je en le lissant. Il a ton odeur.

Son expression se radoucit pendant deux longues secondes, peut-être trois. Il était rare que Graham se laisse désarmer, que je puisse apercevoir l'âme tendre qui se cachait sous cette enveloppe endurcie.

Il ne me facilitait pas la tâche, mais hier soir et ce matin, je récoltais enfin ce que j'avais semé.

J'étais en train de lacer mes chaussures quand la mère de Graham frappa à nouveau à la porte.

— C'est ouvert, dit Graham.

— Merci, fit la voix de Madame G dans le couloir. Mais j'ai les mains pleines.

— Désolé, répondit-il en éclatant de rire avant de se ruer vers la porte.

— Il faut toujours être poli avec la personne qui apporte le café, dit-elle en franchissant le seuil. Bonjour, John, me dit-elle. J'ai commandé le tien avec un nuage de lait. J'espère que ça te va.

— C'est formidable, répondis-je en essayant de masquer ma gêne.

Je pris le café qu'elle me tendait sur le porte-gobelet en carton.

— Merci.

— De rien.

Je bus une gorgée et appréciai le liquide chaud que je sentis passer, comme si la vie elle-même se déversait en moi.

— À quelle heure a lieu l'entraînement aujourd'hui ? demanda Graham.

— Je ne sais pas trop, répondis-je. J'ai peur de regarder mon téléphone. Le Coach a commencé à nous persécuter à propos du prochain match avant même qu'on descende du bus hier.

— Vous affrontez Union, dit Madame Graham en secouant la tête.

— Oui. C'est peut-être notre dernier déplacement de l'année.

— Quel bel état d'esprit, fit Graham avec un sourire goguenard.

— Eh, c'est encore tôt. Je n'ai pas absorbé suffisamment de café.

Je posai la tasse pour pouvoir ranger mon manuel d'espagnol dans mon sac à dos.

— Passe une bonne journée, G. Quant à vous, Madame G, sentez-vous libre de lire le prochain chapitre d'histoire romaine sans moi.

— Au revoir, John, dit la mère de Graham.

— Merci pour le café, répondis-je.

Enfin, je m'en allai pour nous épargner à tous des instants gênants supplémentaires. Quand la porte se referma dans mon dos, j'entendis sa mère lui dire :

— J'adore ce garçon.

— Il est déjà pris, répliqua Graham.

CHAPITRE 15
TRAVERSÉE
AVRIL

TRAVERSÉE : lorsqu'un jour fait remonter le palet du fond de sa propre zone défensive jusqu'au but de l'équipe adverse.

GRAHAM

Ma mère passa presque un *mois* à Harkness pour m'aider à me tenir à jour dans mes devoirs. En fin de compte, j'avais abandonné mon cours de programmation informatique, mais tout le reste était sous contrôle.

Au fur et à mesure que je retrouvais mon énergie, elle se sentait de moins en moins utile. Ainsi, à la mi-avril, après avoir invité Rikker et moi au restaurant pour manger un bon steak, elle prit un vol le lendemain matin et rentra dans le Michigan.

Pour la première fois en cinquante-trois ans, l'équipe de hockey de Harkness s'était hissée jusqu'aux championnats du Frozen Four. Cette fois, je pris le bus pour Boston avec l'équipe. Et j'assistai depuis la tribune VIP à la victoire de mon équipe sur le Dakota du Nord. Mais ce fut pour mieux se faire botter le train par les Minnesota Gophers.

Notre défaite lors du match du championnat national me fendit le cœur. D'un autre côté, nous n'avions jamais remporté autant de victoires en une saison. Et apparemment, la fondation d'anciens joueurs de hockey de l'université versait plus d'argent à notre école qu'aucune autre année dans l'histoire.

Au moins, quelqu'un à Harkness sortait vainqueur.

À présent, la plus longue saison de hockey du monde était enfin terminée. Il ne restait plus que le barbecue viande et fruits de mer qu'organisait toujours le Coach en fin de saison. Un dimanche ensoleillé, vers midi, je sortis de la résidence Beaumont en compagnie de Bella et d'Hartley. Nous étions censés vider nos casiers, puis nous rendre ensemble chez le Coach.

Évidemment, il ne restait plus rien dans mon casier. Tout avait été vidé pour Bridger. Mais j'accompagnai tout de même mes amis à la patinoire.

La première chose que je vis en entrant dans le vestiaire, ce fut Rikker.

Huit mois plus tôt, le voir m'avait donné des sueurs froides. Cette fois, c'était un régal pour les yeux. Rikker était assis sur le banc devant son casier. Il était en train de sortir son téléphone de sa poche. Mais au lieu de lever les yeux vers moi, il fronça les sourcils.

Rikker porta le téléphone à son oreille.

— Allô, dit-il. J'ai vu que tu m'appelais, mais je suis un peu…

Son interlocuteur avait dû l'interrompre, car Rikker pinça les lèvres d'un air sinistre. Je vis alors son visage perdre ses couleurs. Le téléphone lui échappa des mains et tomba dans un grand bruit sur le banc à côté de lui. Puis Rikker se voûta et posa une main devant ses yeux.

Une seconde plus tard, j'avais à mon tour traversé la salle et récupéré le téléphone oublié. Sur l'écran, on pouvait lire : « Skippy ». J'entendis un filet de voix à l'autre bout de la ligne.

— Rik ? Rikky, tu es là ?

— Allô, répondis-je au téléphone. Skippy ?

Je m'assis à côté de Rikker.

— Mais qu'est-ce qui s'est passé, bon sang ?

— Qui est-ce ?

— Mike Graham, répondis-je.

Il y eut un bref silence.

— J'ai annoncé de mauvaises nouvelles à Rikker. Tu peux lui demander de m'écouter ?

Je regardai à nouveau mon petit ami. Il fixait le sol sans le voir. Si j'avais dû le décrire en un mot, j'aurais choisi « catatonique ».

Mon cœur se serra.

— Skippy, insistai-je. Dis-moi ce qui se passe.

Il soupira dans le téléphone.

— La grand-mère de Rikker a fait un malaise après l'église ce matin. Ils l'ont emmenée dans une ambulance.

— Non !

— Si.

Dans ma tête, je ne cessais de répéter. *Non. Non. Non.* Il fallait qu'elle s'en sorte. Il le fallait.

— Et maintenant, où est-elle ?

— À Fletcher Allen, je crois. C'est le seul grand hôpital du coin.

— Bon, d'accord.

Fletcher Allen. Je n'avais même pas de stylo. Je jetai un regard circulaire et aperçus Hartley debout à côté de moi.

— Peux-tu… j'ai besoin de quelque chose pour écrire.

Il tourna les talons et s'éloigna.

— Bon, Skippy. Est-ce que Rikker sait comment y aller ?

— Oui, il saura où c'est. Je pars tout de suite aux nouvelles.

— Et comment le sais-tu, d'abord ?

J'avais le fol espoir que Skippy se trompait peut-être. La grand-mère de Rikker était la vieille dame la plus dynamique que j'aie jamais rencontrée.

— Ma mère était là-bas à l'église. C'est elle qui a appelé l'ambulance. C'est arrivé il y a une demi-heure à peine. Ma mère avait l'air plutôt secouée.

Bon sang.

— Très bien, fis-je en déglutissant. Je vais nous chercher une voiture. Et ça nous prendra… environ trois heures et demie pour arriver. Peut-être quatre.

Dans ma panique, je ne me rappelais même pas le temps que nous avions mis pour rentrer au Nouvel An.

— Je t'appelle quand j'en sais plus.

— Merci, dis-je inutilement.

Je mis un terme à l'appel. La seule chose à laquelle je pensais, c'était qu'il me fallait emprunter une voiture. Qui en avait une ?

Je levai alors les yeux. Tout le monde dans les vestiaires me regardait. *Nous* regardait, en réalité. Parce que Rikker était toujours recroquevillé dans son coin. Et que j'avais passé mon bras dans son dos pour poser ma paume contre son cou, mes doigts dans ses cheveux trop longs. Cela n'avait rien de sexuel, mais ce n'était pas non plus un geste normal envers un coéquipier. C'était la caresse que l'on donnait à son petit ami quand son monde était en train de sombrer et que l'on ne pouvait absolument rien y faire.

Pendant une longue seconde, je m'immobilisai. Je pris conscience que je pouvais détacher ma main de Rikker. En d'autres circonstances, c'est sûrement ce que j'aurais fait. Mais pour une fois dans ma misérable petite vie, il y avait des problèmes plus importants à régler. Je pris donc une profonde inspiration par le nez et laissai ma main où elle se trouvait.

— Il me faut emprunter une voiture, annonçai-je. Nous devons aller dans le Vermont. C'est urgent.

Le silence dura un peu plus longtemps, jusqu'à ce que Bridger McCaulley y mette un terme en disant :

— Ma copine a une voiture. Mais je vais devoir la trouver et lui demander les clés.

Je me levai alors, prêt à accepter son offre. Je posai ma main sur la tête de Rikker, mes doigts dans ses cheveux souples. Jusqu'à présent, j'avais toujours laissé tomber Rikker à la moindre occasion. Mais pas aujourd'hui. Sa grand-mère avait dit que ses années passées avec lui étaient un vrai bonheur. Elle *rayonnait* de fierté à son sujet. Moi aussi, je pouvais le faire. Je pouvais me lever et assumer qu'il était important pour moi. C'était le moins que je puisse faire.

— Tu peux prendre la mienne, fit quelqu'un.

Je me tournai pour voir Trevi extraire des clés de sa poche.

— Et je suis garé juste derrière la patinoire.

— Merci, mec.

Je lâchai Rikker pour pouvoir attraper au vol les clés qu'il me lançait.

— Je vous accompagne jusqu'à la voiture, dit Trevi en se dirigeant vers la porte.

Je me penchai au-dessus de Rikker. Dans mon dos, je sentais qu'on me regardait toujours.

— Viens, Rik. Allons la voir.

Je lui serrai l'épaule. Mollement, Rikker se leva et sortit à la suite de Trevi. Il avait laissé son sac de sport par terre.

Entretemps, Hartley était revenu avec un carnet et un stylo, mais je n'en avais plus besoin.

— Que se passe-t-il ? me demanda-t-il tandis que je hissais le sac de Rikker sur mon épaule.

Nos coéquipiers écoutaient toujours ce que je disais.

— La grand-mère de Rikker, dans le Vermont – c'est là qu'il vivait depuis que ses parents l'ont mis à la porte. Elle a eu un malaise tout à l'heure. Nous ignorons pourquoi.

— Ses parents l'ont *mis à la porte* ? bredouilla Hartley. Définitivement ?

— Oui, plutôt. Je dois y aller.

Je quittai les vestiaires sans un regard en arrière.

Trevi conduisait une Volkswagen Jetta rouge vif.

— Merci, vraiment, dis-je tandis qu'il nous montrait sa voiture. J'en prendrai soin.

— Ce n'est rien.

Quelques minutes plus tard, Rikker et moi accélérions sur l'autoroute. Pendant cent cinquante kilomètres, il ne dit presque rien. Assis sur le siège passager à côté de moi, il gardait les yeux rivés sur la route. Durant la longue portion sur l'autoroute 91, je tendis la main pour la poser sur sa cuisse. Et il prit ma main machinalement, la serrant dans ses doigts froids. J'ignorais ce qui lui passait par la tête. Je savais seulement que ce n'était pas positif.

— Où vit ton oncle Alan ? demandai-je au bout d'un moment.

Il fallait vraiment qu'on le prévienne.

— Vers Atlanta, c'est ça ?

— Oui.

Tandis que nous traversions le centre du Massachusetts, je sentis le téléphone de Rikker vibrer dans ma poche arrière. Comme je conduisais, je n'en tins pas compte. Si les nouvelles étaient très mauvaises, on rappellerait. De toute façon, il ne pourrait pas arriver plus vite. Alors que nous traversions la limite de l'État et entrions au Vermont par le sud, le téléphone se remit à vibrer. Je sortis alors de l'autoroute à Brattleboro et m'arrêtai dans une station-service. J'insérai l'embout de la pompe à essence dans le réservoir de la voiture de Trevi avant de jeter un œil au portable de Rikker.

Il y avait deux messages de Skippy. Le premier annonçait : *Je suis*

dans salle d'attente urgences Fletcher Allen. Pas de nouvelles pour l'instant.
Le texto le plus récent disait : *Vivante mais inconsciente. On la soigne
pour crise cardiaque.*
Je répondis : *Merci. On vient d'arriver au Vrmt. -MG*
J'avançai la tête dans la voiture et regardai Rikker. Il était détendu
contre l'appuie-tête et fixait le pare-brise.

— Rik ?

Il se tourna vers moi, mais son regard était vide, comme si je
pouvais voir à travers lui.

— Skippy a écrit. Elle est vivante, mais inconsciente.

Mon petit ami déglutit péniblement.

— Bon, nous n'arrivons pas trop tard.

Je n'avais jamais entendu Rikker si fragile. Si sa grand-mère
mourait, l'univers aurait de mes nouvelles. Je m'avançai de quelques
centimètres pour prendre son visage dans ma main.

— Nous n'arriverons pas trop tard. Ça va aller.

Il soupira.

— Elle n'a que soixante-seize ans. Je ne suis pas prêt.

À présent, j'avais une boule d'un kilomètre de diamètre dans la
gorge. Et je ne pouvais même pas rejeter la faute sur ma commotion
cérébrale.

— Ça pourrait très bien se résoudre, ajoutai-je.

Il frappa son crâne contre l'appuie-tête.

— Si elle disparaît, je n'ai plus personne. C'est fini.

Quelque chose me tordit les boyaux, et ce n'était pas une sensation
agréable. Je me penchai carrément vers lui pour prendre sa nuque
dans ma main.

— Non, ce n'est pas vrai. Je sais qu'elle est spéciale et j'espère
qu'elle vivra jusqu'à cent ans. Mais tu n'es *pas* seul. Tu m'entends ?

Ses yeux se tournèrent vers moi et, pendant une fraction de
seconde, je le vis émerger de son malheur pour me dévisager intensément. Je déposai un baiser sur son front.

— Merci, dit-il. Pour…

Il agita la main en direction du volant.

— Ce n'est rien, répondis-je.

J'entendis la pompe à essence produire un déclic.

— Tu as besoin de quelque chose ? demandai-je en désignant la
boutique.

Personnellement, j'étais en train de mourir de faim.

— J'ai juste besoin d'arriver.

— C'est comme si c'était fait.

Je me dépêchai de remettre le capuchon du réservoir. Le repas attendrait.

J'empruntai la voie d'accélération, ébahi par ma propre stupidité. *Tu as besoin de quelque chose ?* avais-je demandé à Rikker. Aujourd'hui, pour une fois, je le pensais vraiment. Dommage qu'il ait fallu attendre une tragédie pour me sortir la tête du cul.

La migraine se déclara vers la sortie White River. Le temps d'arriver à Montpelier, elle s'était atrocement accentuée.

— Je peux rouler à quelle vitesse sur cette portion ? demandai-je à Rikker.

Cela faisait un moment que je n'avais pas vu de policier.

— Cent trente, répondit-il sans hésitation. Ils ne patrouillent pas beaucoup. Fais juste attention aux passages qui coupent le terre-plein central pour permettre de faire demi-tour. Ralentis quand ils sont cachés par des arbres.

Je roulais à vive allure en essayant de ne pas prêter attention à la pression qui me barrait le front. Rikker devint de plus en plus fébrile au fur et à mesure que nous approchions de Burlington. Il tapait du pied. Incapable de supporter son manège plus longtemps, je tendis la main et la posai sur son genou.

— Excuse-moi, fit-il en soupirant.

Je ne pouvais rien faire d'autre que conduire et refermer ma main autour de sa jambe. Nous n'avions pas reçu d'autres textos.

— Tu prendras la sortie quatorze, me dit enfin Rikker.

Oui, ce que tu voudras. Les dix derniers kilomètres me parurent interminables. Mais nous atteignîmes enfin le grand parking de l'hôpital et nous hâtâmes sur nos jambes raides en direction de l'entrée des urgences.

À l'intérieur, Rikker fonça vers un bureau d'accueil, mais trop de personnes attendaient. Il changea alors de cap et tourna dans la salle d'attente. Je repérai Skippy en compagnie de deux femmes plus âgées. Ils lui faisaient signe.

Skippy se leva pour prendre Rikker dans ses bras. Cette marque d'affection n'aurait pas dû me perturber, mais il y avait une intimité évidente dans la manière dont il ramena l'oreille de Rikker contre lui pour lui chuchoter quelque chose. Et Rikker ferma les yeux pour écouter les paroles réconfortantes que Skippy lui réservait.

Difficile de décrire à quel point cette scène me rongea. Ce n'était pas une jalousie classique d'amoureux. Le problème, c'était que je n'avais *jamais* accueilli Rikker de cette façon-là, et certainement pas dans une salle bondée. J'étais frappé de constater à quel point j'avais envie de recevoir *ma* part d'affection. J'avais raté cet aspect-là de notre couple, et tout ça à cause de la peur.

Au même moment, une petite ampoule s'alluma dans ma tête de mule. Je savais déjà que mon refus d'assumer mon orientation sexuelle avait fait du mal à Rikker. Mais jusqu'à ce moment, je n'avais pas pris conscience que ce comportement m'avait fait du mal à moi aussi. Après tout, vivre en évitant les regards hostiles n'était rien si cela me permettait de ne plus rater un seul câlin de Rikker.

Je m'approchai d'eux lentement, me frayant un chemin dans la foule. Pas une personne ne prêtait attention aux deux hommes qui s'enlaçaient dans un coin de la salle au lino vert.

Quand j'arrivai à leur niveau, Skippy recula sans toutefois lâcher les mains de Rikker.

— Bon, voilà ce que nous savons. Si tu comptes faire une crise cardiaque, arrange-toi pour que ce soit dans une salle remplie de monde. Elle a eu son premier TDM environ vingt minutes après s'être effondrée. Et la fourchette de temps pour soigner une attaque avec le traitement le plus fort est d'à peu près trois heures.

— Ils le lui ont administré ? demandai-je. Comment ça fonctionne… il dissout les caillots si on le prend à temps ?

Skippy hocha la tête.

— Ils le lui ont donné. Maintenant, elle subit un nouveau scan.

— John, dit l'une des femmes plus âgées.

Elle referma un bras ridé autour de Rikker.

— Accroche-toi, mon chéri.

Puis elle tendit la main vers moi.

— Je m'appelle Gertie.

Gertie ? Celle qui triche au poker ?

— Graham, répondis-je en lui serrant la main.

— Si tu n'y vois pas d'inconvénient, fit Gertie, je vais emmener John pour essayer de trouver le docteur qui nous a tout expliqué. Bien sûr, il ne pourra pas la voir tant qu'elle ne sera pas sortie des tests.

— Est-elle consciente ? demanda Rikker d'une voix rauque.

Gertie secoua la tête.

— Non, mon chéri. Mais d'après le médecin, ce n'est pas inhabituel.

Rikker ferma les yeux, puis les rouvrit.

— Allons-y.

Ils s'éloignèrent dans le couloir, me laissant en compagnie de Skippy et d'une femme qui lui ressemblait beaucoup. Elle avait les mêmes yeux marron vifs.

— Je m'appelle Linda, dit-elle.

Je remarquai alors qu'elle avait le même sourire avenant que son fils.

— Graham. Enchanté de faire votre connaissance.

Nous nous serrâmes la main et je ressentis une vive douleur à la tête.

À présent que j'avais enfin les mains libres, je pouvais m'offrir un massage crânien. La douleur s'était étendue, irradiant jusqu'à mes tempes et la racine de mes cheveux.

— Ça va ? demanda Linda.

— Oui.

— Attends… tu as été blessé à la tête, non ? demanda Skippy.

— Ça va, je suis juste…

… *sur le point de m'évanouir.* J'avais emmené Rikker à bon port et mon corps choisissait cet instant précis pour me faire subir le contre-coup de la montée d'adrénaline, ainsi qu'une probable hypoglycémie. Et puis, j'avais sauté ma sieste de convalescent. Je n'avais qu'une chose à faire, chercher un siège vide. Quand j'en eus repéré un, je me laissai choir comme une forme invertébrée.

— Juste ciel, s'écria la mère de Skippy.

Je sentis qu'elle s'asseyait à côté de moi, mais je ne la voyais pas car j'avais toujours le visage dans mes mains.

— Veux-tu que j'aille te chercher de l'aspirine ?

— C'est une excellente idée, mais j'en ai.

Je glissai une main dans ma poche et en sortis mon petit flacon magique. J'avais diminué le traitement et me limitais désormais à de bons vieux cachets d'ibuprofène, qui faisaient généralement l'affaire. J'en pris deux dans ma main et les avalai sans eau.

— Sérieusement, est-ce que ça va ? demanda Skippy en prenant place de l'autre côté. Quand as-tu mangé pour la dernière fois ?

— Hmm.

Bonne question.

— Hier, je crois. Nous nous rendions à un barbecue quand tu as appelé.

Il y avait sans doute un distributeur quelque part. Je savais que je ferais mieux de le chercher. Skippy marqua sa désapprobation.

— Tu sais qu'il est presque dix-sept heures ?

Il sortit son téléphone et effleura l'écran à plusieurs reprises.

— Saluuuut, chéri ! Non, toujours pas de nouvelles. Mais Rikker est arrivé, alors c'est une bonne chose. Par contre, son copain ne va pas tarder à tomber dans les pommes. On pourrait peut-être faire ce repas thaï plus tôt que prévu.

Skippy inclina la tête dans ma direction.

— Tu aimes le thaï ?

— Bien sûr.

— Prends aussi un menu supplémentaire pour Rikker, parce que c'est toujours bon, chaud comme froid. Merci, chéri. Je t'aime aussi.

La mère de Skippy, qui s'était éloignée, revint à côté de moi. Cette fois, elle me tendait une cannette de Coca-Cola glacée.

— C'est ce que je bois chaque fois que j'ai la migraine.

— Oh, merci, dis-je.

Le sucre et la caféine constituaient un excellent remède contre les maux de tête.

— Vous n'étiez pas obligée de faire ça.

Elle me sourit.

— Nous avons passé la journée ici à regretter de ne pas avoir quelqu'un à réconforter, dit-elle. Tu es l'heureux élu.

La mère de Skippy posa une main dans mon dos et Skippy en fit de même de son côté. L'épuisement me faisait presque délirer et j'eus l'impression que leur soutien était la seule chose qui m'empêchait de m'effondrer. J'ouvris la cannette et bus une longue gorgée de soda. Puis je baissai les yeux par terre pour qu'aucun d'eux ne remarque mes yeux humides.

RIKKER

Un mois plus tôt, quand je les avais vus emmener Graham hors de la patinoire, j'avais cru connaître la peur. Mais ce n'était rien comparé à cela.

On me laissa enfin voir ma grand-mère, une heure et demie après mon arrivée. Aussitôt, je faillis bien le regretter. L'unité des soins intensifs était pleine de malades à la mine blême. Et ma grand-mère était la plus effrayante de tous. Elle était inerte et tellement frêle dans ce lit.

Ce fut une veille solitaire, car elle ne pouvait recevoir qu'un parent à la fois. Je ne pouvais rien faire d'autre que m'asseoir dans l'une de ces atroces chaises en plastique et entamer des tractations avec Dieu. *Je vous en prie, que tout se passe bien,* suppliai-je.

Le problème avec cette stratégie, c'était que je n'étais pas en excellents termes avec Dieu. Même s'il fermait les yeux sur les jurons et la fornication, cela faisait des années que je n'allais plus régulièrement à l'église. Et j'en voulais à tous ceux qui évoquaient Jésus en dehors d'un trait d'ironie, car j'avais été élevé dans un milieu d'homophobes fondamentalistes qui prétendaient accomplir l'œuvre de Dieu en me rejetant.

Cela dit, ce n'était pas vraiment de sa faute. Mais la prière me mènerait sans doute dans une impasse. Il ne me restait que l'espoir, dont je disposais en abondance.

J'espérais que mamie allait se réveiller.

J'espérais que les effets de sa crise cardiaque ne seraient pas trop importants. (Et par là, je voulais dire que j'espérais retrouver le lendemain matin son esprit et ses yeux espiègles.)

J'aurais aimé pouvoir l'aider, ne serait-ce qu'une fraction de ce qu'elle m'avait aidé.

Pendant ma veille, je finis par m'endormir.

Quelqu'un me tapotait la main.

Je me réveillai en sursaut pour découvrir qu'il ne s'agissait que d'une infirmière replète.

— Elle est réveillée, jeune homme.

Mes yeux se tournèrent aussitôt vers ma grand-mère, qui regardait autour d'elle d'un œil critique. Une aide-soignante rehaussa la tête de ma grand-mère de quelques centimètres avant de lui tendre la paille d'un verre d'eau. Elle but une gorgée. Quand elle déglutit, une goutte s'échappa sur le côté.

— Cha ne me dit rien de bon, dit-elle lentement.

En entendant sa voix, mes yeux s'embuèrent. Quand elle m'aperçut, elle se rembrunit.

— Oh, ne vous inquiétez pas pour lui, dit l'infirmière à ma grand-mère. Il est juste épuisé car nous sommes au milieu de la nuit.

Je me levai péniblement de ma chaise et m'essuyai les yeux.

— Salut, mamie, dis-je.

Je me penchai pour l'embrasser sur le front et mes stupides glandes lacrymales réagirent à nouveau.

— Mon chéri, fit-elle d'une voix pâteuse et malaisée. Je chuis toujours là.

— Je vois ça, parvins-je à répondre.

Mais j'étais en train de perdre mon combat contre les larmes.

— Rentre à la maison, dit-elle. Il est tard.

— Elle a raison, mon jeune ami, ajouta l'infirmière qui m'avait réveillé. Demain matin, elle sera transférée dans une vraie chambre. Vous pourrez lui parler.

Elle me secoua doucement.

— Votre grand-mère se reposera mieux si elle ne se fait pas de souci pour vous.

Je pris une minute pour réfléchir à la logique de sa suggestion et décrétai qu'elle marquait un point.

— D'accord. Je reviendrai demain matin tôt.

L'infirmière sortit un bout de papier de sa poche.

— Vos amis ont laissé ce mot pour vous, au cas où votre téléphone serait éteint. Passez une bonne nuit.

J'embrassai encore une fois ma grand-mère et elle me regarda avec tendresse. Puis je sortis en titubant du service des urgences, laissant derrière moi toutes ces machines et leurs signaux sonores. Le mot était écrit par Skippy. « C'est minuit. Je ramène Graham à la maison.

Appelle-nous si tu as besoin de quelque chose, ou si tu veux qu'on vienne. Tu peux passer. Appelle-moi sur mon portable ou frappe à la fenêtre à droite du perron. » D'après l'horloge dans la salle d'attente, il était trois heures du matin. Quand je franchis les portes de l'hôpital, il me fallut quelques minutes pour me repérer. J'avais déjà visité le campus universitaire en compagnie de Skippy, mais je n'avais jamais vraiment prêté attention au complexe médical. Enfin, je compris où je me trouvais et je marchai pendant une dizaine de minutes dans les petites rues paisibles en direction de chez Skippy.

Je sortis mon téléphone presque déchargé pour m'assurer que j'étais bien devant la bonne maison, car je ne voulais pas réveiller un inconnu à cette heure-ci. Après avoir gratté au carreau, j'entendis un mouvement à l'intérieur. Je gravis le perron en bois et Skippy apparut de l'autre côté de la porte, vêtu d'un kimono. Ross et lui vivaient dans une ancienne maison victorienne qui avait été divisée il y a bien long-temps en vieux appartements au charme désuet.

Sans dire un mot, il me laissa entrer. Quand je pénétrai dans le salon, je distinguai la silhouette de Graham sur le canapé-lit déplié.

— Merci, murmurai-je.

— Comment va-t-elle ? demanda-t-il.

— Elle s'est réveillée et elle parle un peu. Mais elle a une mine affreuse.

Skippy fit la grimace.

— Demain, tu en sauras plus.

— Oui.

Il désigna le bout du couloir.

— Utilise ce que tu veux dans la salle de bains. Je retourne me coucher.

— Skippy, merci, lui répétai-je.

J'avais oublié de nombreux moments de la journée, qui s'étaient déroulés dans un brouillard d'angoisse. Mais je savais que les personnes dans cette pièce – celui qui dormait et l'autre, en kimono – avaient joué les marionnettistes en arrière-plan pour rendre mon cauchemar un peu plus supportable. Quelques heures plus tôt, j'avais aperçu Skippy qui me faisait de grands signes derrière la vitre du service des urgences. Quand j'étais sorti pour voir ce qu'il voulait, il m'avait fourré dans les mains une boîte en carton de cuisine thaïlandaise, et dans l'autre une paire de baguettes. Puis il avait désigné un banc.

— Tu ne retournes pas là-bas avant d'avoir mangé ça, avait-il déclaré.

C'était plus facile d'obtempérer que de me disputer avec lui.

Dans le salon, Skippy se pencha pour me serrer dans ses bras.

— De rien, chéri. Tu ferais la même chose pour moi.

Puis il se retourna pour aller se remettre au lit. Nous n'avions rien d'autre à ajouter, car nous savions tous les deux que c'était la vérité.

Je me déchaussai et reportai mon attention sur Graham, qui avait réussi à m'emmener jusqu'au Vermont depuis le Connecticut à la vitesse de l'éclair, tel un superhéros. Même si nous avions passé quatre heures ensemble dans une voiture, j'avais l'impression de ne pas lui avoir parlé depuis un an.

Je quittai ma veste et mon jean et me pelotonnai dans le lit à côté de lui. Le canapé-lit était toujours aussi catastrophique – un matelas fin sur des ressorts désagréables. Mais je n'avais jamais été aussi heureux d'être quelque part. La politesse aurait voulu que je m'allonge en silence et que je m'endorme, mais ça ne me suffisait pas. Je me blottis contre Graham, que j'attirai dans mes bras.

— Ça va ? demanda-t-il d'une voix ensommeillée.

Puis il se réveilla brusquement et posa sur moi un regard soucieux.

— Qu'est-ce qui ne va pas ?

Je secouai la tête.

— Tu me manques, c'est tout. J'aurais peut-être dû te laisser dormir, mais je t'aime beaucoup trop.

Si les personnes importantes dans ma vie commençaient à tomber les unes après les autres, il me paraissait soudain essentiel de le leur dire.

Il posa une lourde paume sur ma joue.

— Je t'aime aussi, Rik.

Cette déclaration d'amour avait roulé tout naturellement sur sa langue engourdie par le sommeil. Puis il bâilla à s'en décrocher la mâchoire.

— Quelle heure est-il ?

— Trois heures ? Quatre ? répondis-je en bâillant à mon tour.

— Comment va-t-elle ?

— Réveillée. Elle a une sale voix, mais elle est *là*, tu sais ?

— Dieu merci.

Ses bras m'entourèrent pour me serrer.

— Quand j'ai ramassé ce téléphone aujourd'hui, et que Skippy m'a dit ce qui s'était passé, j'ai paniqué.

Je rapprochai mon corps du sien, plaçant ma bouche juste à côté de son oreille pour nous permettre de discuter à voix basse. Tout était silencieux. C'était toujours le cas au Vermont, la nuit – c'était si calme qu'on pouvait entendre ses propres pensées.

— Cette partie de la journée est un peu floue pour moi, avouai-je. Merci de m'avoir amené à Burlington.

— C'est flou pour toi, répéta-t-il.

— Oui. J'étais sous le choc.

Pendant une minute, il ne répondit pas et se contenta d'enfouir son nez dans mon cou.

— Je pense que l'équipe n'est pas près de l'oublier.

— Comment ça ?

Graham déposa plusieurs baisers sur ma mâchoire avant de répondre.

— Je n'ai plus à développer tous les stratagèmes du monde pour cacher mon orientation sexuelle.

— Quoi ?

Je m'écartai pour le regarder en face, mais Graham avait les yeux fermés et le visage serein.

— Aujourd'hui, je n'avais pas le temps de trouver une excuse pour me couvrir. Alors j'ai laissé couler. En ce qui me concerne, en tout cas.

Je dus repasser le film dans ma tête pour comprendre ce qu'il voulait dire.

— Dans les vestiaires ?

À ce moment-là, je n'étais pas au mieux de ma concentration, mais je ne me souvenais d'aucune parole échangée, si ce n'est que Graham avait demandé qu'on lui prête une voiture.

— Ce n'était sans doute pas si méchant.

Il haussa mollement les épaules.

— Aucune importance. Ça m'est égal maintenant.

Il m'attira à nouveau contre son corps.

— C'est le milieu de la nuit, Rik. Je ne suis bon que pour dormir ou faire l'amour.

En souriant, je me frottai contre lui.

— Je crois que ce ne serait pas très correct de baiser sur le canapé-lit de Skippy.

— Le sofa ne survivrait peut-être pas, murmura Graham.

— Bien vu.

Je remontai la couverture et me détendis dans les bras de Graham. Le sommeil m'enveloppa immédiatement et je sombrai.

Je me réveillai le lendemain matin pour entendre Ross qui préparait du café à cinq mètres de nous dans leur petite cuisine. La grande cuisse de Graham s'était presque logée dans mes fesses et je me retenais au bord du lit. J'allais devoir devenir un dormeur plus affirmé ou bien choisir uniquement des grands lits. Avec mes pieds, je poussai sa jambe du milieu.

— Hmmf, fit-il.

— J'allais le dire.

Ross éclata de rire par-dessus le gargouillis de la cafetière.

Skippy sortit en trombe de la chambre, quelques minutes plus tard, et commença à tout organiser, fidèle à lui-même.

— Graham peut prendre sa douche pendant que tu appelles ton oncle, ordonna-t-il. Je vais vous donner des t-shirts de Ross.

J'adressai un regard contrit à Ross, qui se contenta de hausser les épaules en portant un morceau de pain grillé à sa bouche.

— … Ross et moi, nous avons cours plus tard dans la matinée, mais j'aimerais passer à l'hôpital avec vous, histoire de faire un rapport à maman. Maintenant, venez vite manger quelque chose.

Graham et moi laissâmes Skippy nous diriger. Grâce à lui, trente minutes plus tard, nous nous retrouvâmes plus rafraîchis et en meilleure forme que nous ne l'aurions jamais été autrement.

Ross déposa leur petit caniche dans son sac de sport et le hissa sur son épaule. Puis nous sortîmes tous ensemble pour rallier l'hôpital à pied.

En entrant dans le bâtiment, Graham me prit la main et la serra légèrement. Curieusement, il ne la lâcha pas. Nous nous approchâmes du bureau d'information, où j'appris que ma grand-mère avait quitté le service des urgences pour être transférée dans une chambre classique au troisième étage.

— C'est bon signe qu'ils l'aient déménagée, non ? demandai-je tandis que nous attendions l'ascenseur tous les quatre.

— C'est formidable, acquiesça Skippy.

Graham avait gardé ma main dans la sienne et exerça une douce pression. Bizarre.

Au troisième étage, nous regardâmes autour de nous pour chercher la bonne chambre. J'étais tellement concentré sur les numéros que je ne remarquai qu'au dernier moment la femme debout devant une porte, au bout du couloir.

Ma mère.

Alors que nous nous rapprochions, je vis sa bouche s'ouvrir toute grande.

Moi aussi, je suis content de te voir, maman.

— Comment va-t-elle ? demandai-je sans préambule.

— Qu'est-ce qu'*il* fait ici ? répondit-elle.

À côté de moi, le corps de Graham devint parfaitement immobile, mais il ne retira pas sa main de la mienne. Il y eut un silence désagréable, puis je sentis Skippy s'avancer à côté de moi.

— C'est elle ? demanda-t-il.

Pour des raisons évidentes, il n'avait jamais rencontré ma mère.

— C'est cette sale pétasse qui est censée être ta mère ?

— Skip, l'avertit Ross. Du calme.

— Tu crois que je devrais être *poli* ? rétorqua mon ex-petit ami. D'accord. Merci, Madame Rikker, d'avoir flanqué votre fils à la porte quand il avait seize ans. Parce que sinon, j'aurais dû trouver quelqu'un d'autre pour perdre ma virginité.

Ma mère s'étrangla et crispa les poings. Je craignis presque une altercation physique entre ma mère et mon ex-petit ami, qui portait justement un t-shirt rose sur lequel on pouvait lire : *Seigneur, délivrez-nous du mâle.* Le chien, qui percevait sans doute la tension, choisit ce moment pour pousser un glapissement strident. Et Graham me serra la main comme s'il voulait se souder à moi.

J'eus brusquement l'impression de regarder toute ma vie d'en haut. Et ce que j'y voyais était *tordant.* Mon ventre se contracta et un gloussement inapproprié m'échappa.

— Ne *ris* pas, Rikky, me dit Skippy d'une voix blanche.

Mais pourquoi devrais-je m'en priver ? Parce que la seule chose réellement triste, c'était que ma grand-mère venait de faire une crise cardiaque. Tout le reste, comme le Coach aimait le dire, ce n'était que du *bruit*.

Ross posa ses deux grandes mains sur les épaules de Skippy pour le retenir.

— Tu énerves Bella, dit-il. Et si tu fais quelque chose, nous risquons de nous faire jeter dehors.

— Ça en vaudrait la peine, répliqua Skippy.

Ma mère reprit la parole.

— Tu n'es pas le bienvenu ici, dit-elle.

Son ton attira mon attention. À ma grande horreur, je me rendis compte qu'elle s'adressait à Graham.

Je ne savais même pas qu'il était physiquement possible de passer si rapidement d'une attitude zen à la rage la plus totale. Mon cœur fut comprimé comme dans un étau et pendant un instant, j'éprouvai une envie folle de clouer le bec à ma mère. Personnellement, cela faisait longtemps qu'elle ne me faisait plus de peine. Mais on n'avait pas le droit de *dire* ces choses-là à Graham.

Pourtant, ce ne fut pas moi qui la fis taire. Et ce ne fut pas non plus Skippy.

— Oh, certainement pas, lâcha Graham.

Sa main quitta enfin la mienne, mais ce fut pour mieux se poser sur mon épaule.

— Et ce n'est *même pas vrai*.

Sa voix chevrotait, comme la mienne si j'essayais de parler en ce moment.

— Il m'a fallu six *ans* pour me rendre compte que j'étais le bienvenu ici, et ce n'est pas *vous* qui allez changer ça.

Ma mère avait le visage en feu.

— Tu ne sers à rien, murmura-t-elle. À part à le condamner à l'enfer.

Et voilà, c'était dit. Aucun plaidoyer ne ferait jamais céder ce barrage. Sa Bible était son règlement. Et cela serait parfaitement inutile que Skippy se lance dans la liste de toutes les contradictions entre la Bible et la coutume : *tu ne mangeras point de porc*, ou encore : *tu ne te vêtiras pas d'une étoffe mélangée de deux espèces de fil*. Cela n'aurait aucune importance pour ma mère, parce qu'on lui avait enseigné à craindre plutôt qu'à réfléchir. Et elle était douée pour la peur. Une vraie pro.

— Les garçons ! entendit-on dans la chambre d'hôpital.

La voix de ma grand-mère me tira de mon hébétude. Je poussai légèrement Graham en direction de la porte ouverte. Nous entrâmes pour découvrir mon père et mon oncle Alan côte à côte, les fesses appuyées sur le rebord de la fenêtre.

— Mamie, dis-je en allant l'embrasser.

Elle avait l'œil vif aujourd'hui, même si son visage était toujours pâle et gonflé. Skippy et Ross nous suivirent. Bientôt, la chambre fut pleine à craquer.

— J'aimerais parler à John, dit ma grand-mère.

Ses paroles étaient encore un peu confuses. De sa main gauche, elle chassa mon père et mon oncle vers la porte.

Skippy saisit l'allusion.

— Content de vous voir, Madame Rikker, dit-il. Ma mère passera plus tard.

Il la salua d'un geste de la main et entraîna Ross hors de la chambre. Mon père leur emboîta le pas, mais en passant près de moi, il s'arrêta. Il posa une main sur mon épaule.

— John, dit-il simplement.

Je sentais le poids de son regard, mais je ne pouvais pas prendre cette orientation maintenant. Je n'étais pas prêt à passer un moment solennel avec cet homme qui ne m'avait pas soutenu quand j'en avais besoin. Après quelques secondes, il me lâcha à contrecœur et sortit.

Graham détacha à son tour son bras de mon dos, mais je le retins par la main.

— Reste, dis-je.

Je ne voulais pas qu'il se retrouve dans le couloir avec mes parents. Je refermai la porte et me tournai vers ma grand-mère.

— Je n'ai pas fait ce qu'il fallait, me dit ma grand-mère.

— Quoi ? Bien sûr que si.

Elle secoua le menton.

— J'ai laissé ton père à l'écart parce que j'appréciais ta compagnie.

Son élocution était lente, comme s'il lui fallait plus de concentration que d'habitude.

— J'aurais dû vous pousser à la confrontation. Plus vous vous éviterez, plus ce sera difficile.

Oh, bon sang. Mes yeux se mirent à me brûler.

— J'ai adoré vivre avec toi, lui dis-je.

Non, je n'avais pas envie d'employer le passé.

— J'*adore* ça et je viendrai passer l'été au Vermont.

Elle secoua à nouveau la tête.

— Tu ne devrais pas t'occuper d'une vieille dame.

Je tirai la seule chaise près du lit et m'assis à son chevet.

— Ce n'est pas à toi d'en juger. J'aime ça. Mes amis sont ici. Et Graham viendra me rendre visite.

Je regardai par-dessus mon épaule pour apercevoir mon petit ami qui hochait la tête, la mine grave.

— Ton père a besoin de te voir, dit-elle en se raclant la gorge. Et moi, j'ai besoin de plus de soins que tu ne pourrais m'en donner.

— Et alors ? Nous engagerons une infirmière à temps partiel. L'arrière-cuisine du rez-de-chaussée peut devenir une salle de bains, et tu pourrais emménager dans ta pièce à couture. Ce n'est pas sorcier.

À présent, son regard s'était radouci.

— Ton père, répéta-t-elle.

— Je lui rendrai visite. Un peu. Une semaine ou deux, lui promis-je. J'essaierai. Et si c'est trop affreux, la mère de Graham me recevra chez eux. Mais tu ne me mettras pas à la porte, mamie. Tu ne ferais pas ça.

Ses yeux s'embuèrent.

— Non, je ne ferais pas ça.

— Alors, ça suffit, dis-je en essuyant les miens du revers de la main.

— Bon, d'accord, répondit-elle en reniflant.

— Tu viens de te coucher, comme au poker quand on a une mauvaise main, la taquinai-je.

Elle leva les yeux au ciel.

— Cela dit, je vais te jeter dehors maintenant, fit-elle. Tu devrais être à l'école.

— Pendant cinq semaines encore, répondis-je. Combien de temps vont-ils te garder ici ?

Malgré mes grands projets d'aider ma grand-mère chez elle, je ne savais pas si mon calendrier me le permettrait.

— Il y a une unité de convalescence où je peux aller, dit-elle. Et ensuite, chez Gertie peut-être.

— D'accord, me contentai-je de répondre.

J'étais dans tous mes états.

— L'école, dit-elle en me serrant la main.

Elle avait l'air épuisée.

— Je t'appelle demain ?

Elle me sourit et je me levai.

— À bientôt, Madame Rikker, dit Graham, la main sur la poignée. Soignez-vous bien.

— Attends, lui dis-je en l'arrêtant.

Je pénétrai dans le périmètre personnel de Graham et enroulai mes bras autour de lui.

— Merci d'avoir fait taire ma mère au lieu de l'étrangler, comme j'en avais envie. Parce que maintenant, je ne suis pas obligé de te rendre visite en prison.

En riant, il me rendit mon étreinte. Juste devant ma grand-mère.

Dans le couloir devant la chambre, mes parents et mon oncle Alan avaient l'air tendus. Je fermai la porte de ma grand-mère derrière moi.

— Qu'a dit le docteur ce matin ? demandai-je.

Mon père se racla la gorge.

— Les anti-coagulants fonctionnent bien. La convalescence sera longue, mais pour l'instant, ils sont contents des résultats.

— Bien.

— Je passe la semaine ici, pour l'aider à trouver une place dans une maison de repos, dit Alan.

— Nous devons installer une salle de bains au rez-de-chaussée, dis-je.

Il sourit.

— Je m'en charge. Je passerai des coups de fil aujourd'hui, à moins que tu aies des contacts à me recommander ?

— C'est à Gertie qu'il faut poser la question, lui répondis-je. Elle connaît tous les potins. Ou peut-être la mère de Skippy.

Je jetai un œil en direction de Graham, qui était adossé contre le mur, les bras croisés, et faisait baisser les yeux à ma mère.

— Nous devons rentrer dans le Connecticut, annonçai-je à la cantonade.

Sur ces mots, je pris la main de Graham et me tournai en direction des ascenseurs. Cela ne m'aurait pas dérangé de bavarder plus long-temps avec Alan, mais j'avais atteint ma limite. Je ne pouvais pas supporter mes parents en plus de la crise cardiaque de ma grand-mère. C'était trop.

— Je vous raccompagne, lança alors mon père en trottinant pour nous rejoindre.

Génial. J'appuyai sur le bouton de l'ascenseur et priai pour être libéré. Graham me serra le poignet. Puis sa main vint se nicher au bas de mon dos, où il exerça un massage circulaire pour me réconforter. C'était à la fois doux et sournois, car mon père n'apprécierait sûrement pas cette démonstration d'affection, aussi légère qu'elle soit.

— Tu as l'air en forme, John, dit mon père.

Je ne répondis pas.

— Je veux que tu viennes à la maison cet été, ajouta-t-il.

— Quoi, elle a menacé de te rayer de son testament ?

J'enfonçai frénétiquement le bouton de l'ascenseur comme un forcené impatient.

— John, soupira mon père. Je t'aime.

— Tu as une drôle de façon de le montrer, dis-je. Même si les frais de scolarité sont toujours payés à temps. Je suppose que maman s'attend à de la reconnaissance.

— Ta mère pense… commença-t-il avant de soupirer.

— C'est discutable, avançai-je.

— Pour elle, l'amour est exigeant.

— … ça a tellement bien fonctionné.

Je ne comptais pas lui faciliter la tâche.

— Vous ne me changerez jamais, d'accord ? Pas dans ce domaine. Alors je suis à prendre ou à laisser.

— Dans ce cas, je te prends.

Les portes de l'ascenseur s'ouvrirent enfin, révélant quatre autres personnes. J'entrai, suivi par Graham et mon père.

— Tu veux bien rentrer à la maison cet été ? me demanda-t-il.

Pouah. Je voyais le tableau d'ici. Des silences tendus à la table familiale, ou pire. Si ma mère se mettait en tête de me faire participer à un camp de guérison, je ne mâcherais pas mes mots.

— Je vous rendrai visite, dis-je. Parce que c'est ce que m'a demandé mamie. Mais pas tout de suite. Je dois d'abord rester un peu avec elle.

Les portes s'ouvrirent et nous sortîmes tous. Je fonçai tête baissée vers la liberté. Les portes automatiques coulissèrent et j'inspirai une grande goulée d'air frais du Vermont. Ça me fit un bien fou.

— John ?

Seigneur, il était comme un chien avec son os.

— Oui ?

— Tu es un bon petit-fils.

— Je le sais déjà.

— Les clés de voiture ? demandai-je à Graham en me tâtant les poches.

Il les agita dans sa main. Incapable de l'éviter plus longtemps, j'affrontai enfin le regard de mon père. En fait, il me ressemblait beaucoup. Et je passai une longue seconde à me demander si un jour moi aussi j'aurais des rides soucieuses sur le front.

— À plus tard. En août, peut-être.

— Je l'espère, mon fils.

Cela n'aurait pas dû faire de différence, et pourtant sa réponse me touchait.

— D'accord, répondis-je en grommelant.

— J'ai hâte, dit-il.

Je conduisis pour sortir de la ville et emprunter l'autoroute. Nous ne parlions pas, sans doute car j'étais trop concentré sur mes réflexions. Chaque fois que je regardais Graham, je le voyais en train de somnoler dans le siège passager. Enfin, je sortis de l'autoroute pour passer au drive-in d'un fast-food.

Quand arriva notre tour de commander, je posai une main sur le genou de Graham pour le réveiller. J'ignorais ce qu'il prendrait.

— C'est l'heure de déjeuner, bébé. Nous sommes à Wendy's, qu'est-ce que tu veux ?

Il se secoua pour se réveiller.

— Euh, une salade taco ?

Je le dévisageai.

— Vraiment ? Une salade ?

Graham m'adressa un sourire endormi.

— Je mange souvent une salade à midi, mais jamais le soir.

— Je ne le savais pas. Nous ne déjeunons jamais ensemble.

Une tristesse voila son regard, mais il retrouva aussitôt son sourire.

— Un certain idiot s'était mis en tête que c'était risqué, répondit-il. Je ne me rappelle pas pourquoi.

À ces mots, mon cœur s'enflamma.

— Nous pouvons commencer maintenant.

— D'accord.

Graham se pencha alors vers moi et prit mon menton dans ses mains. Puis il m'embrassa, comme ça. Devant Dieu et tout le monde.

— Euh…

Je m'écartai de Graham pour lever les yeux vers le jeune homme boutonneux au guichet extérieur de Wendy's.

— Désolé, dis-je par automatisme.

— Vous pouvez m'inviter, répondit alors le type. Ou passer votre commande. C'est vous qui voyez.

Je le regardai en clignant des yeux, trop interloqué pour continuer. Graham se pencha pour demander une salade. Une fois que je me fus ressaisi, j'ajoutai ma propre commande.

Dès que j'eus avancé la voiture pour attendre notre repas, Graham éclata de rire.

— Tu aurais dû voir ta *tête*, fit-il en riant. Et moi qui croyais être le plus prude de nous deux.

— Il m'a surpris, c'est tout.

Graham s'étira tant bien que mal sur le siège passager.

— Eh bien, ces deux jours ont été éprouvants.

— J'aimerais bien pouvoir passer un week-end sans catastrophe.

— Tu sais ce que je veux ? Quarante-huit heures au lit. Toi. Moi. Peut-être quelques films. Dormir. Faire l'amour. Manger, parce que nous finirons bien par avoir faim. Mais aucune interruption.

— Super programme. Malheureusement, tu vas devoir passer tes examens. Et suivre les cours du printemps.

Il soupira.

— Je sais. Mais ça finira bien un jour, non ? Tu m'as promis d'aller camper dans le Vermont. J'ai envie de cueillir des pommes et de faire l'amour sous une tente.

À ces mots, je fondis complètement.

— Tu m'avais *entendu* ?

— Bien sûr.

Graham essaya de me donner de l'argent pour le repas, mais je le repoussai. La dame du guichet suivant nous tendit notre sac et je déplaçai la voiture pour me garer en face d'une pente herbeuse à l'arrière du restaurant.

Graham me donna mon sandwich, mais lorsqu'il reprit la parole, j'en oubliai de le manger.

— Au fait, Rik ? J'ai décidé de ne pas jouer au hockey l'an prochain.

— *Quoi ?*

Calmement, il mélangea sa salade tout en parlant.

— J'ai un tas de raisons. Et elles ne vont pas toutes te plaire. Mais écoute, d'accord ?

— D'accord.

Même si je doutais pouvoir lui donner raison.

— D'abord, je ne veux pas risquer une autre commotion cérébrale. S'il m'arrive encore quelque chose, ça mettrait deux fois plus longtemps à guérir.

Oh.

— Aïe.

— Je ne plaisante pas. Mais aussi, j'aimerais quelques changements. Je veux arrêter de me cacher, mais je dois le faire à mon propre rythme. Et je ne veux pas que nous soyons le couple gay de l'équipe. Je ne veux pas faire les gros titres. Alors, je ne vais plus jouer.

— *Seigneur*, Graham ! Tu…

Il leva une main.

— Continue de m'écouter, s'il te plaît. À la base, j'ai commencé le hockey à cause de toi. C'était ton choix.

— … Mais tu es *doué* pour ça.

Graham haussa les épaules.

— Pas autant que toi. Mais ce n'est pas le problème. Ferme-la pendant une minute, d'accord ? Il y a d'autres choses que j'aimerais faire à la place. Tu connais Dan Armitage ?

Je répondis par la négative.

— Il sera rédacteur en chef du *Daily News* l'an prochain.

C'était le journal de notre université.

— Il a besoin d'un rédacteur pour la rubrique sportive, et c'est ce que j'ai toujours voulu faire.

— Vraiment ?

— Oui. J'aimerais écrire sur la crosse et le football américain. Il y en a qui ont décroché des jobs à la chaîne ESPN après avoir occupé ce genre de poste.

Oh.

— C'est cool. Mais tu ne me l'avais jamais dit.

Il posa sa fourchette.

— Je le *sais*. Toute ma vie, je n'ai jamais pris l'habitude de dire ce que je voulais. Il me reste une année à la fac. Et j'ai envie de l'utiliser pour faire ce que j'ai choisi.

Il avança la main au-dessus du levier de vitesse pour la poser sur mon torse.

— *Tout* ce que j'ai choisi. Et le plus important, c'est que je te choisis, toi.

— Eh bien, ça alors…

Je déglutis péniblement.

— C'est d'abord ton équipe, tu sais.

— Peu importe. Je suis content que tu l'aies intégrée.

Oh, bordel ! C'était enfin arrivé.

Délicatement, pour ne pas renverser tout ce que nous avions sur les genoux, je l'attirai par la nuque et l'embrassai.

— Ça y est, murmurai-je. Un dix parfait sur l'échelle de Rikker.

— La quoi ?

Mais je n'étais même pas capable de lui fournir plus d'explications sans que ma voix se brise. Je me contentai donc de rester assis à le dévisager. Il portait un t-shirt rouge *Alabama* de Ross et me regardait de ses yeux bleus limpides.

— Je t'aime tellement G., dis-je d'une voix étranglée.

Il me piqua une frite.

— Je t'aime aussi, Rik. Maintenant, mange pour qu'on puisse rentrer à la maison.

MERCI

DU MÊME AUTEUR

Série Ivy Years
Notre Année Trouble, Série Ivy Years, t. 1
Notre Année Cachée, Série Ivy Years, t. 2
L'Homme de l'année, Série Ivy Years, t. 3
L'Heure de vérité, Série Ivy Years, t. 4
L'Heure de gloire, Série Ivy Years, t. 5

L'Équipe de Brooklyn
Le Brooklynaire
Superstar

Série Étoiles du Nord
Renouveau
Incartade
Étincelles

Série Grand Nord
Amertume
Ancrage
Secrets

Et…
Accidentelle

Avec Elle Kennedy
Attirance
Confidence

À PROPOS DE L'AUTEUR

Sarina Bowen est une auteur de romans sentimentaux contemporains et de fiction New Adult. C'est depuis sa campagne du Vermont qu'elle écrit ses best-sellers, qui figurent au classement du *USA Today*.

Les histoires d'amour de ses séries *Ivy Years* et *Brooklyn Bruisers* se déroulent dans l'univers du hockey. Ces deux séries ont commencé à se faire une place dans le cœur des lecteurs en 2014, avec *The Year We Fell Down* (Notre année trouble).

Consultez: sarinabowenenfrancais.com pour en savoir plus.

HIM et *US* sont des best-sellers LGBT sur le hockey, co-écrits avec Elle Kennedy. *HIM* est également lauréat du concours RITA® Award des Romance Writers of America's.

Pour ceux qui aiment les snowboarders torturés, Sarina a également écrit la série *Gravity*, qui met à l'honneur les sports de glisse.

Sarina aime skier, boire du café et du bon vin. Elle vit avec sa famille, six poules et tout un tas d'équipement de ski et de hockey.

Elle se ferait une joie de communiquer avec vous sur sarinabowenenfrancais.com